詩經評釋

（下）

朱守亮著

臺灣學生書局印行

詩經評釋目次

下冊

魯頌

商頌

雅

雅之說及小雅大雅之別，已詳緒論詩之六義一節；惟雅詩雖多爲燕享朝會公卿大夫大臣之作，但大雅三十一篇，並非全爲朝會之詩。而小雅七十四篇，亦非全爲燕饗之詩，尤不乏類似國風之吟詠性情，勞人思婦之作。惟以音調不同，故列入雅詩而已。

小雅

鹿鳴之什

雅頌無國別，但依其次第，編十篇爲一什。

一、鹿鳴

此燕饗群臣嘉賓之詩。

呦呦鹿鳴❶，食野之苹❷。我有嘉賓❸，鼓瑟吹笙❹。吹笙鼓簧❺，承筐是將❻。人之好我❼，示我周行❽。

右第一章，言人君以禮樂與遺幣，善待嘉賓，並望其給以幫助。

【註釋】

❶呦：音攸一ㄡ，呦呦：鹿鳴相和之聲也。鹿鳴呦呦然，和樂之象也。❷苹：音平ㄆㄧㄥˊ，草名，一名藾蕭。又名掃帚草。❸嘉賓：爲所燕之群臣也。❹鼓：敲擊也。句言以嘉賓群集，故鼓瑟吹笙以娛之也。❺簧：舊多解笙之發聲處也。實樂器之一種，形似搖鼓。❻承：奉也。筐：盛幣帛之器也。將：行也，致送也。奉筐行幣帛，謂盛禮物於筐中以進奉賓客，以勸侑酒食也。❼好：音號ㄏㄠˋ，愛好也。❽行：音杭

ㄏㄤˊ，周行：周之國道，大道也，此喻治國之大道。二句言庶幾乎人之能愛於我，示我以至美應行之至道正途也。

呦呦鹿鳴，食野之蒿❶。我有嘉賓，德音孔昭❷：「視民不恌❸，君子是則是傚❹。」我有旨酒❺，嘉賓式燕以敖❻。

右第二章，言嘉賓德音之美，故人君以酒食款待之。

【註釋】

❶蒿：香蒿也。❷德音：他人之言語也，此指嘉賓示我之至道正途。孔：甚也。昭：明也。句言嘉賓示我之至道正途，甚爲昭昭明著也。❸視：同示。恌：音挑ㄊㄧㄠ，同佻，輕佻也，偷薄也。句言昭示萬民，使不輕佻偷薄也。❹則：以爲法則。傚：同效，效法也。句言君子可用此法則而效之也。❺旨：美也。❻式：發語詞。燕：同宴，宴飲也。敖：意舒也。又古遨字，遊也。

呦呦鹿鳴，食野之芩❶。我有嘉賓，鼓瑟鼓琴。鼓瑟鼓琴，和樂且湛❷。我有旨酒，以燕樂嘉賓之心❸。

右第三章，言人君以禮樂酒食，歡娛嘉賓之心。

【註釋】

❶芩：音琴ㄑㄧㄣˊ，草名，蔓生。❷湛：音沉ㄔㄣˊ，同耽，樂之久也。❸句言燕飲之使嘉賓心感娛樂也。

【欣賞品評】

嚴粲曰：

古者上下交而為泰，於鹿鳴諸詩見之。謂羣臣為嘉賓，以禮待臣之厚也。詩中求規益，謂忠告無隱也。上下之情不通，則忠臣嘉賓雖欲盡心以告君，而其勢分隔絕有不可得者，非為必待燕而後盡其心也。

方玉潤曰：

嘉賓卽羣臣，以名分言曰臣，以禮意言曰賓。文武之待羣臣，如待大賓，情意既洽而節文又敬，故能成一時盛治也。至其音節，一片和平，盡善盡美。

守亮案：

詩序云：「鹿鳴，燕群臣嘉賓也。既飲食之，又實幣帛筐篚，以將其厚意，然後忠臣嘉賓得盡其心矣。」詩序所謂燕群臣嘉賓者，其意乃指燕其群臣，若待嘉賓也。蓋地位則群臣，以禮待之則嘉賓也。故自來說解此詩者，多從詩序之說。詩則以呦呦和聲鹿鳴起句，蓋鹿食則相呼，得其美草，口甘其味，故呼求其友共食之，以興燕饗之歡愉和樂也。能飲食以饗之，瑟笙以樂之，幣帛以將之。既有誠敬之厚意，則人心感悅而相好，故上下情通，而得「示我周行」忠告之益矣。首章因飲酒而作樂，而行幣，而乞言。前六句言我之敬賓，後二句乞言賓之善我也。次章除言飲酒外，而德音云云，卽答首章之「示我周行」乞語也。前六句承首章「人之好我」言，後二句乃言我之樂賓也。三章又合作樂飲酒而言之，使嘉賓心感娛樂，久不已也。前六句接言賓之樂，後二句又申言我之樂賓，以明賓之樂，實我有以致之也。高葆光先生曰：「辭意敦厚，聲調鏗鏘，至今歌之猶覺流暢圓宏。」信然。

二、四牡

此使臣自詠勞苦，久不得歸而念其父母之詩。

四牡騑騑❶，周道倭遲❷。豈不懷歸？王事靡盬❸，我心傷悲。

右第一章，言道遠馬勞，豈有不懷歸去之心；惟以王事靡可止息，故心為之悲傷也。

【註釋】

❶牡：雄馬也。騑：音非ㄈㄟ，騑騑：行不止貌。❷周道：與周行同，周之國道，大路也。倭：音威ㄨㄟ，倭遲：路途迴遠彎曲之貌。❸王事：王室之事，猶今言國家之事。靡：無也。盬：音古ㄍㄨˇ，止息也。王事靡盬：王事靡可止息也。

四牡騑騑，嘽嘽駱馬❶。豈不懷歸？王事靡盬，不遑啓處❷。

右第二章，與首章略同；惟重在奔馳於道路，無平靜安居從容之生活也。

【註釋】

❶嘽：音貪ㄊㄢ，嘽嘽：眾盛貌，此狀馬奔騰時所發之聲也。又喘息不止貌。駱：音洛ㄌㄨㄛˋ，白馬黑鬣也。
❷遑：暇也。不遑：今言來不及。啓：跪也。古人席地，跪與坐無別。處：居也。啓處：猶言安居。句謂

無平靜安居從容之生活也。

翩翩者鵻❶，載飛載下❷，集于苞栩❸。王事靡盬，不遑將父❹。

右第三章，易馬之奔馳為鳥之或飛或棲以起興，彼鳥也，尚得棲息安止之所，因念己父之無暇奉養也。

【註釋】

❶翩翩：飛貌。鵻：音椎ㄓㄨㄟ，鵓鳩鳥，即今鴿子。❷載：則也。❸集：止棲也。苞：茂也。栩：音許ㄒㄩˇ，柞櫟也，其子爲皂斗，俗名橡子，即皂角，殼可以染皂者是也。❹將：養也。

翩翩者鵻，載飛載止，集于苞杞❶。王事靡盬，不遑將母。

右第四章，作法同三章，惟易父為母，重增慨歎之意也。

【註釋】

❶杞：音起ㄑㄧˇ，木名，即枸杞。

駕彼四駱，載驟駸駸❶。豈不懷歸？是用作歌❷，將母來諗❸。

右第五章，以前四章已將心中事述盡，此乃作結，並申言作歌之所由。所歌為何？惟以養母是念也。母以恩惠偏多，故再言之。

【註釋】

❶騤：疾馳也。駸：音侵ㄑㄧㄣ，駸駸：疾馳貌。❷是用：是以也，所以也。❸來：猶是也，助詞。諗：音審ㄕㄣˇ，念也，常思也。將母來諗：言惟養母是念也。

【欣賞品評】

龍仿山曰：

每章不脫王事，所以教忠；惓懷父母，所以教孝；教忠教孝，所以譜之於樂，可用之鄉人，可用之邦國也。通首纏綿肫摯，猶見周家忠厚之遺。

守亮案：

詩序云：「四牡，勞使臣之來也。有功而見知則說矣。」此本左傳襄公四年：「歌鹿鳴之三。」「四牡，君所以勞使臣也。」以此為勞使臣之詩，王靜芝先生已駁斥其非。季本曰：「周之征夫勞於王事，不得歸而思其父母，故作此詩也。」細審詩文，季氏之說是也。觀詩中「豈不懷歸，王事靡盬，我心傷悲。」「不遑將父」，「不遑將母」之語自知。詩則皆以王事之靡可止息，欲歸不得，故爾傷悲也。是以首章言：「我心傷悲」。所傷悲者何在？二章之「不遑啟處」，此尚淺。至三章之「不遑將父」，四章之「不遑將母」，五章之「將母來諗」，則意轉哀矣，此皆傷悲之所在也。夫鵻，孝鳥也。詩以取喻，則詩重在孝字上。然求忠臣於孝子之門，故詩中每言勤勞王事也。此詩與唐風鴇羽同意，惟彼詩全吐哀怨，此則兼及公義。風雅之別，其在斯乎？宜乎呂柟有「私恩公義之說，可以竝行不悖。」牛運震有「意思慘切，音節舒婉」之說也。

三、皇皇者華

此忠勤使臣，奔波道路，博訪民情之詩。

皇皇者華❶，于彼原隰❷。駪駪征夫❸，每懷靡及❹。

右第一章，寫使臣行路所見與雖懷忠勤之心，猶恐不及之心情也。

【註釋】

❶皇皇：猶煌煌，燦爛貌。華：古花字。❷于：於也，在也。原：高平之地。隰：音昔ㄒㄧˊ，下濕之地也。二句使臣道途中所見之景物也。❸駪：音心ㄒㄧㄣ，駪駪：眾多疾行之貌。征夫：使臣及其屬員也。❹每：常常也。靡及：今言趕不及。句言雖竭盡心力，每感仍有不能及者也。

我馬維駒❶，六轡如濡❷。載馳載驅❸，周爰咨諏❹。

右第二章，使臣自詠馳驅盡力，博訪民情之狀也。

【註釋】

❶駒：馬之小者。❷轡：音佩ㄆㄟˋ，御馬之索也，今云韁繩。每馬二轡，四馬有八轡，但以驂馬內轡納於觖，故在手者惟六轡耳。濡：音儒ㄖㄨˊ，鮮澤也。又柔也。❸載：則也。載……載……，即語體一邊……一邊……。馳：走馬謂之馳。驅：策馬謂之驅。馳驅：謂車馬疾行也。❹周，徧也。爰，於也。諏：音鄒ㄗㄡ，咨諏：訪問也。

我馬維騏❶，六轡如絲❷。載馳載驅，周爰咨謀❸。

右第三章，義與二章同，換韻而重唱之。

【註釋】

❶騏：馬之青黑色者。即馬青色而有如黑色棋子花紋者。❷絲：柔也。如絲：言似絲之調勻柔韌也。❸咨謀：猶咨諏。

我馬維駱❶，六轡沃若❷。載馳載驅，周爰咨度❸。

右第四章，義與二三章同，又換韻而三唱之。

【註釋】

❶駱：音洛ㄌㄨㄛˋ，白馬黑鬣者。❷沃若：沃然也，潤澤貌，此狀其鮮豔也。❸度：音墮ㄉㄨㄛˋ，咨度：猶咨謀。

我馬維駰❶，六轡既均❷。載馳載驅，周爰咨詢❸。

右第五章，義與二三四章同，又換韻而四唱之。蓋為加重表達其意，乃重而三重，以至四重而歌之。

【註釋】

❶駰：音因ㄧㄣ，馬之淺黑色而有白雜毛者。❷均：調勻也。調勻猶三章之如絲。❸咨詢：猶咨度。此詩

之咨諏、咨謀、咨度、咨詢，皆訪問、謀議、商談之義。

【欣賞品評】

方玉潤曰：

使臣一人知識有限，故戒以「每懷靡及」之心。於是周諮博訪，乃無負職，庶可副朝廷望耳。夫天下至大，朝廷至遠，民間疾苦何由周知？惟賴使者悉心訪察，以告天子。故曆茲選者，凡修廢擧墜之在所當議，邊防水利之在所當籌，興利除害之在所當酌，遺逸耆舊之在所當詢者，莫不殷殷致意。上之德欲其宣，下之情欲其達，故不可以不重也。

守亮案：

詩序云：「皇皇者華，君遣使臣也。送之以禮樂，言遠而有光華也。」後之說解此詩者，多從詩序之說。然王靜芝先生曰：「細揆此詩，純是征途所見，及出使之心情，並無遣行之義在。」且詩中有「駪駪征夫，每懷靡及」之語，屈萬里先生「使臣所自作」之說似是。又二章以後每章末句之「周爰咨諏」、「周爰咨謀」，「周爰咨度」，「周爰咨詢」，是博訪民情也。詩則首章末出「每懷靡及」，此當日忠勤使臣心事，遂爲千古臣子良箴。然常懷不能及之者何在？下諏謀度詢四語，當日忠勤使臣之周徧訪問，博採廣聞是也，遂爲千古使臣寶鑑。姚際恒以爲「大抵諏爲聚議之意，謀爲計劃之意，度爲酌量之意，詢爲究問之意。」分言之如此，合言之其意相若。故二章起，除分別自詠其馳驅盡力外，皆以此周爰云云四語作結。

四、常棣

此周公傷管蔡之死，敘兄弟之情，應互相友愛之詩。

常棣之華❶，鄂不韡韡❷。凡今之人，莫如兄弟。

右第一章，以華之與鄂，互爲連綴承拊，喻兄弟手足之親，不可須臾相離也。

【註釋】

❶常：借爲棠。棣：音地ㄉㄧˋ，常棣：即棠梨樹，果似李子而小，可食。華：古花字。詩人每以常棣花喻兄弟，以其花朵相依也。❷鄂：音餓ㄜˋ，借爲萼，即花托。不：當作柎，音夫ㄈㄨ，萼足也。韡：音韋ㄨㄟˇ，韡韡：光明貌。此以花萼之相承，喻兄弟關係之親密。

死喪之威❶，兄弟孔懷❷。原隰裒矣❸，兄弟求矣❹。

右第二章，以死喪可畏，故而念甚。兄弟離散，遇有人聚，則探尋其蹤跡，冀得見其兄弟於此間也。

【註釋】

❶之：是也。威：畏也。❷孔：甚也。懷：思也，念也。❸原：高平之地。隰：音昔ㄒㄧˊ，下濕之地也。裒：音抔ㄆㄡˊ，聚也。聚於原野，似指戰爭之事。或以爲屍體裒聚於原隰也。❹求：尋覓也，謂彼此關心生死，故而互相尋覓也。或以爲兄弟死後，往求其屍也。

脊令在原❶，兄弟急難❷。每有良朋❸，況也永歎❹。

右第三章，以脊令起興，飛鳴相呼應，喻兄弟有急難，必相互救助也。

【註釋】

❶脊令：鳥名，今作鶺鴒。飛則共鳴，行則搖尾，有急難相共之意。❷急難：災難也，患難也。二句言鳥尚如此，兄弟於急難之中，必能互相救助也。❸每：雖也。又時常也。❹況：語詞。又釋爲滋，多也，增加也。永歎：長歎也。二句言雖有良朋，當一己有危難時，惟增加其長歎，而不能如兄弟之奔赴救助也。

兄弟鬩于牆❶，外禦其務❷。每有良朋，烝也無戎❸。

右第四章，以兄弟或有意志不合，鬩狠於牆下之事；然遇有外侮之侵，則必共同合作以抵禦之，極言兄弟之相親也。

【註釋】

❶鬩：音系丅一丶，鬩狠也。牆：家牆之內也。❷禦：抵抗也。務：同侮，欺侮也，侵陵也。❸烝：語詞。或釋爲久。戎：助也。二句言雖有良朋，於一己有外人欺陵時，亦不能助我抵禦之也。

喪亂既平，既安且寧。雖有兄弟，不如友生❶。

右第五章，以雖有兄弟，不如友生，述共安樂時，兄弟群處，或偶因小事而不合，反不如友也，此不宜有之者。

【註釋】

❶生：語詞。友生：朋友也。以上四句，言人居平安之世，不知兄弟之可恃，而以至親相責望，則兄弟常多過失，易以生怨，故有以朋友爲賢於兄弟者。

儐爾籩豆❶，飲酒之飫❷。兄弟既具❸，和樂且孺❹。

右第六章，以陳籩豆，饜飲酒，寫兄弟俱在，和樂而孺慕父母之情也。

【註釋】

❶儐：音賓ㄅㄧㄣ，又讀去聲鬢ㄅㄧㄣˋ，陳列也。爾：語詞。籩：盛乾肉水果之食器，竹製。豆：盛肉菜之食器，陶、銅或木製。❷之：是也。飫：音玉ㄩˋ，饜足也。❸具：同俱，俱在也，集也。❹孺：小兒之慕父母也。又濡之假借，滯久也。又借爲愉，悅也。

妻子好合，如鼓瑟琴❶。兄弟既翕❷，和樂且湛❸。

右第七章，以妻子之好合歡樂，如鼓瑟琴，言兄弟尤宜好合而和樂且久也。

【註釋】

❶鼓：敲擊也。二句以琴瑟諧調喻夫婦親愛和好。❷翕：音系ㄒㄧˋ，合也。❸湛：音沉ㄔㄣˊ，深也。又樂之久也。

宜爾室家❶，樂爾妻帑❷。是究是圖❸，亶其然乎❹？

右第八章，總結全詩，宜爾室家，謂兄弟俱在，和樂且孺也。樂爾妻帑，謂妻子好合，如鼓瑟琴也。

【註釋】

❶宜：善也，和順妥適也。室家：指家中之人也。句謂兄弟相處，和順妥適得宜也。❷帑：音奴ㄋㄨˊ，子也。二句祈能善處兄弟與妻子。❸究：推尋窮究也。圖：考慮圖謀也。❹亶：音膽ㄉㄢˇ，誠也，信也。二句謂以此窮究之而圖謀之，上所言者，信其然乎！

【欣賞品評】

朱善曰：

自三章至五章，皆舉朋友以明兄弟之當親。自六章至八章，復舉妻子以明兄弟之當厚。薄於兄弟而厚於朋友者，不知親疏之殺者也；薄於兄弟而厚於妻子者，不知尊卑之等者也。故必厚於兄弟，而後朋友之好愈篤；尤必厚於兄弟，而後妻帑之樂可久。苟兄弟鬥鬩于牆內，則不惟朋友不得以盡其情，而妻帑且不得以久其樂矣。

守亮案：

詩序云：「常棣，燕兄弟也。閔管蔡之失道，故作常棣焉。」孔疏云：「周公閔傷管蔡二叔之不和睦而流言作亂，用兵誅之，致令兄弟之恩疏，恐天下見其如此，亦疏兄弟，故作此詩以燕兄弟，取其相親也。」朱傳亦云：「此詩蓋周公既誅管蔡而作。」姚際恒、方玉潤從之。詩中有「喪亂既平」之語，明是指管蔡之亂而言。是自來說解此詩者，多與詩序相近。

至其作者，鄭玄以爲召公作，左傳以爲召穆公作，國語以爲周公作，惟後世多主爲周公所作。詩則大旨全在「凡今之人，莫如兄弟」二語，故一篇中凡八言兄弟。二三四章就死喪、急難、外侮，大小變故言之。至第五章，姚際恒曰：「喪亂既平，而安寧矣。乃雖有兄弟，反不如友生。何哉？蓋此時兄弟已亡，所與周旋者，唯友生而已，故爲深痛，皆反覆明其莫如兄弟之意。」六七八章姚氏又曰：「追思兄弟之宜和樂也，上以良朋陪說，此又以妻子陪說。」說雖稍異前章旨中所言者，然亦有其見地。故朱子有「垂涕泣而道之者」，牛運震有「一聲一淚」之言也。又此詩句少而章多。故除一章首揭兄弟相親之義外，其後則次第敘死生之間，急難之間，私鬬之間，共安樂之間，與室家之間兄弟相親之狀也。語淺而眞，慘而厚，志切辭哀，而用心也亦苦。

五、伐木

此燕朋友故舊樂歌之詩。

伐木丁丁❶，鳥鳴嚶嚶❷。出自幽谷❸，遷于喬木❹。嚶其鳴矣❺，求其友聲。相彼鳥矣❻，猶求友聲；矧伊人矣❼，不求友生❽？神之聽之❾，終和且平❿。

右第一章，以鳥與鳥之相求，喻人與人之相友，人如能篤於朋友之好，則神明聽之，而能既和且平也。

【註釋】

❶丁：音爭ㄓㄥ，以刀斧伐木之聲也。❷嚶：音英一ㄥ，嚶嚶：鳥鳴聲。❸幽谷：深谷也。❹喬木：上竦無枝之木，高木也。❺其：語尾辭，嚶其：猶嚶然。❻相：視也。❼矧：音審ㄕㄣˇ，況也。伊：是也。❽生：語詞。友生：朋友也。❾神：神明也。上之字語助詞，無義。下之字代詞，指友朋相交之誼，神明聽之。或以爲神之，愼之也。聽之，聽從勸告也。句言交友之道，在於愼敬與聽從忠告。❿終：猶旣也。二句言神明聽聞人之相互友愛，亦將賜以旣和且平之福也。

伐木許許❶，釃酒有藇❷。旣有肥羜❸，以速諸父❹。寧適不來❺，微我弗顧❻。於粲洒埽❼，陳饋八簋❽。旣有肥牡❾，以速諸舅❿。寧適不來，微我有咎⓫。

右第二章，言備酒食，勤灑掃，以燕友朋之諸父諸舅尊者也。

【註釋】

❶許：音虎ㄏㄨˇ，許許：以鋸伐木之聲也。❷釃：音思ㄙ，以筐漉酒，去糟存清，濾酒也。藇：音序ㄒㄩˋ，美也。有藇：藇然也。❸羜：音佇ㄓㄨˋ，五月之小羊，羔羊也。❹速：延請也。諸父：朋友之同姓而尊者也。或以爲同姓長輩之尊稱。❺寧：豈也，何也。適：語詞。相當於乃字，能也。句言何能不來乎？謂必能來也。❻微：無也，非也。顧：念也。句言非我不念於彼也。❼於：音烏ㄨ，歎辭。粲：鮮明貌。❽陳：設也。饋：食物也。簋：音鬼ㄍㄨㄟˇ，盛食物之圓形器皿。八簋：言陳列食器之盛也。❾牡：畜之雄者。❿諸舅：朋友之異姓而尊者也。或以爲異姓長輩之尊稱。⓫咎：音救ㄐㄧㄡˋ，過也。句言無以我爲有過也。

伐木于阪❶，釃酒有衍❷。籩豆有踐❸，兄弟無遠❹。民之失德❺，乾餱以愆❻。有酒湑我❼，無酒酤我❽。坎坎鼓我❾，蹲蹲舞我❿。迨我暇矣⓫，飲此湑矣⓬。

右第三章，義略同二章，惟陳美酒籩豆，在燕友朋之同儕者也。

【註釋】

❶阪：音板ㄅㄢˇ，山坡也。❷衍：溢出也，此言酒多。或以爲美貌。有衍即衍然。❸籩：音邊ㄅㄧㄢ，竹製，其形似豆，用以盛棗、栗、桃、梅、脯、脩等食物者。豆：木製或陶製，亦有銅製者，用以盛肉醬等之食物者。有踐：猶踐然，行列之貌。❹兄弟：朋友之同輩者，兼同姓異姓而言。無：讀爲毋ㄨˋ，無遠：言毋使之疏遠也。❺民：人也。失德：失和也。❻餱：音侯ㄏㄡˊ，乾餱：食之薄者也。愆：音千ㄑㄧㄢ，過錯也。二句言人與人之彼此失和，往往因款待稍薄，飲食細故。❼湑：音許ㄒㄩˇ，濾酒使清也。湑我：我湑也。或以爲我當作𢦏，形似而誤。𢦏借爲哉，語尾助詞。下三句同。❽酤：音沽ㄍㄨ，買也。酤我：我酤也。❾坎坎：擊鼓聲。鼓我：我鼓也。❿蹲：音存ㄘㄨㄣˊ，蹲蹲：舞貌。舞我：我舞也。⓫迨：音殆ㄉㄞˋ，及也。暇：古讀如戶ㄏㄨˋ，空閒也。⓬湑：已濾之清酒也。

【欣賞品評】

朱善曰：

伐木以燕朋友，而篇中有諸父、諸舅、兄弟之辭，何也？曰：人之所資乎朋友者，以明道也，以進德也。貴之而為天子，賤之而為庶人；尊之而為父兄，卑之而為子弟；親之而為同姓，疏之而為異姓。其分雖不同，而其可友則如一。故以賤交貴而不為諂，以貴交賤而不為屈；以卑就尊而不為僭，以尊就卑而不為貶。內取之同姓而不為昵，外取之異姓而不為泛。道之所存，德之所存，卽吾友之所存也。而何貴賤親疏之間哉！

守亮案：

詩序曰：「伐木，燕朋友故舊也。自天子至于庶人，未有不須友以成者。親親以睦，友賢不棄，不遺故舊，則民德歸厚矣。」自來說解此詩者，多從詩序之說。惟姚際恒以詩中有「諸父」、「諸舅」、「兄弟」之語，而解爲「此燕朋友、親戚、兄弟之樂歌。一章言朋友也。二章言諸父，親也；諸舅，戚也。三章言兄弟也。解者唯以朋友爲言，非也。」然諸父、諸舅、諸兄，如依朱傳「朋友之同姓而尊者」、「朋友之異姓而尊者」、「朋友之同儕」而言，說亦可通，似不必改詩序另爲之說。詩則首章言朋友而先以鳥，言鳥而先以伐木，言鳥聲而又先以出幽谷，遷喬木，何等有波折。次章兩寧字，兩微字，何等婉致。三章無遠二字，親洽之極。且有酒我醑以飮之，無酒我沽以飮之，總不致無酒以入口也。又坎坎然我擊鼓矣，蹲蹲然我起舞矣，及我之閒暇也，則與朋友飮此旣湑之酒矣，此又何等盡燕飮朋友故舊之樂也。

六、天保

此臣下祝福于君之詩。

天保定爾❶，亦孔之固❷。俾爾單厚❸，何福不除❹？俾爾多益❺，以莫不庶❻。

右第一章，以保安孔固，厚福多益祝君也。

【註釋】

❶保：安也。爾：汝也，指君。句言天安定汝也。❷亦：語詞。孔：甚也。之：語詞。固：堅也。❸俾：音必ㄅㄧˋ，使也。單：音丹ㄉㄢ，誠也，信也。或以爲厚也，大也。厚：謂福祿厚，富有也。❹除：猶備也。又開也，始至也。或又以爲授也，給予也。❺多益：益多也，謂福祿多。❻庶：衆也。句言以是之故，任何福祿財富，無不衆多也。

天保定爾，俾爾戩穀❶。罄無不宜❷，受天百祿。降爾遐福❸，維日不足❹。

右第二章，以保安福祿，無不盡宜祝君也。

【註釋】

❶戩：音剪ㄐㄧㄢˇ，福也。穀，祿也。❷罄：音慶ㄑㄧㄥˋ，盡也。句言爾之一切，無有不適宜。❸遐：大也。遐福：大福也，長遠之福也。❹維：通惟，祇也，僅也。句言福祿之多，惟感時日之不足，迎接無遐也。

天保定爾，以莫不興❶。如山如阜❷，如岡如陵❸。如川之方至，以莫不增❹。

右第三章，以保安興盛，高隆不歇祝君也。

【註釋】

❶興：盛也。句言無不興盛也。❷阜：高平曰陸，大陸曰阜。今謂土山。❸陵：大阜曰陵。二句言其福祿事業之委積，如山阜岡陵之高大而永固也。❹增：加也，盛也。二句言其福祿事業之增盛，如川水之方至，源遠流長，氣勢充沛，未可限量也。

吉蠲爲饎❶，是用孝享❷。禴祠烝嘗❸，于公先王❹。君曰：「卜爾❺，萬壽無疆❻。」

右第四章，言吉日潔身獻酒食以祭，先君賜以萬壽無疆也。

【註釋】

❶吉：善也。蠲：音娟ㄐㄩㄢ，潔也。饎：音斥ㄔˋ，酒食也。句言擇吉日齋戒沐浴以潔身，獻酒食以祭祀也。❷享：獻也，祭祀之通名。祭祖先乃對祖先孝敬，故曰孝享。❸禴：音越ㄩㄝˋ，夏祭也。祠：春祭也。烝：冬祭也。嘗：秋祭也。❹句謂祭于先公先王也。❺君：先君也。此指代表先君之尸。卜：賜予也。爾：汝也。❻萬壽：猶今言萬歲。無疆：無極限也。二句尸代先君曰：予爾萬年長壽，而無邊限極止也。

神之弔矣❶，詒爾多福❷。民之質矣❸，日用飲食。羣黎百姓❹，徧爲爾德❺。

右第五章，言神至降福，黎民助之以成德也。

【註釋】

❶弔：至也。❷詒：音義同貽，音宜ㄧ，遺也，給予也。❸質：實也。言其質實無僞，日用飲食而已。或以爲安定也。❹黎：眾也。羣黎，眾民也。百姓：百官也。❺爲：化也。句言普遍化於汝之德也。又普遍助汝以成德也。

如月之恆❶，如日之升❷。如南山之壽，不騫不崩❸。如松柏之茂，無不爾或承❹。

右第六章，總結祝福之意，言圓盈升騰，永在長茂，而不虧崩凋零也。

【註釋】

❶恆：上弦月，漸圓也。又久也，言如月之長在。❷句言日初升漸高漸明也。❸騫：音牽ㄑㄧㄢ，虧損也。崩：倒塌也。❹承：繼也。或：語助詞。句言松柏之屬，新葉既出，舊葉始落，承繼不斷，永無凋零之象也。

【欣賞品評】

季本曰：

人君能以德及民，宜享多福，故其臣美之。蓋欲其德之有常也。雖稱頌之而歸於有德，則責難之意寓焉。

朱謀㙔曰：

人臣將以福祿祝其君，不敢自為之詞，必稱天保之，天定之，先公先王以詒之，尊敬之義也。

守亮案：

詩序云：「天保，下報上也。君能下下以成其政，臣能歸美以報其上焉。」鄭箋云：「下下謂鹿鳴至伐木，皆君所以下臣也。臣亦宜歸美於王，以崇君之尊，而福祿之，以荅其歌。」朱傳逕取箋義，謂「人君以鹿鳴以下五詩燕其臣，臣受賜者歌此詩以荅其君。」詩序鄭箋朱傳之說，季本、方玉潤已駁其非是。鹿鳴以下五篇，非盡君所以下臣之詩，前已逐篇言其旨；況臣之報君，豈必俟其能善美於天下，然後乃福祿之耶！姚際恒曰：「此臣致祝于君之詞。」細考詩篇，全詩六章，皆是祝頌之詞，姚說是也。詩則雖極言天神降福，無所不至；其實則以「群黎百姓，徧爲爾德」爲主。賀子翼曰：「月言其恒，不言其盈；日言其升，不言其中；南山不言其高，第言其不騫不崩；松柏不言其喬，第言其茂，立言之意自深。」且曰單厚，諷以仁也；曰多益，諷以損也；曰戩穀，諷以盡善也；曰群黎百姓，諷以治也；終曰爾德，是歸美祝頌之中，寓有責難之意，規勸之旨也。至其用字也，如字有九，三章有五，六章有四，相隔相應，錯落有致。又多用爾字，一章二章各有三，五章有二，三章四章六章各有一。忠愛之至，親之之詞，故不厭其複也。

七、采薇

此戍守之人還歸自咏之詩。

采薇采薇❶，薇亦作止❷。曰歸曰歸❸，歲亦莫止❹。靡室靡家❺，玁狁之故❻。不遑啓居❼，玁狁之故。

右第一章，述遠別家室，久戍邊疆，歲暮思歸也。

【註釋】

❶薇：野菜名，嫩葉可煮食，即野豌豆苗。❷亦：語詞。作：生也。止：語尾詞。下同。❸曰：語詞。句謂詩人屢屢思念其家，亟欲歸之，故重言之也。❹莫：同暮。句謂又至一年將盡時也❺靡：無也。句言戍守在外，家人遠隔，雖有亦若無之，故曰靡室靡家也。❻玁：音險ㄒㄧㄢˇ，狁：音允ㄩㄣˇ，玁狁：北狄之名，即殷末周初之鬼方，西周中葉以後稱玁狁，秦漢時稱匈奴，唐稱突厥，宋稱契丹，久爲邊患。❼遑：暇也。不遑：今言來不及。啓：跪也。古人席地，跪與坐無別。居：處也。啓居：猶言安居。句謂無平靜安居從容之生活也。

采薇采薇，薇亦柔止❶。曰歸曰歸，心亦憂止。憂心烈烈❷，載飢載渴❸。我戍未定❹，靡使歸聘❺。

右第二章，義若首章，惟憂思加深耳。

【註釋】

❶柔：始生而莖柔也。❷烈烈：憂貌。本火勢猛盛貌，用以狀憂心，謂憂心如焚也。❸載：則也。載飢載渴：言其苦也。❹戍：以兵守邊疆也。句謂戍守之地不定也。❺歸：使也。聘：問也。二句謂以一己戍守之地不定，故家人無法使使者前來探問也。

采薇采薇，薇亦剛止❶。曰歸曰歸，歲亦陽止❷。王事靡盬❸，不遑啓處❹。憂心孔疚❺，我行不來❻。

右第三章，義同前二章，惟憂思又加深耳。

【註釋】

❶剛：堅剛也。謂薇已壯而莖剛勁也。❷陽：十月爲陽。今俗農曆十月仍稱小陽春。❸王事：王室之事，猶今言國家之事。靡：無也。盬：音古ㄍㄨˇ，止息也。王事靡盬：王事靡可止息也。❹啓處：猶啓居也。❺孔：甚也。疚：病也。❻來：歸來也。句言我行戍役而不能反家也。或讀爲賴ㄌㄞˋ，勞慰也。言我自戍邊以來，即無人勉慰也。

彼爾維何❶？維常之華❷。彼路斯何❸？君子之車❹。戎車既駕❺，四牡業業❻。豈敢定居？一月三捷❼。

右第四章，述將帥車馬之盛，一己戍役無定居之苦。

【註釋】

❶爾：音你ㄋㄧˇ，薾之假，華盛貌。維：是也。❷常：棠棣也。華：古花字。❸路：即輅，音同，高大之車也。斯：猶維也，是也。❹君子：將帥也。古於有官位之人，謂之君子。❺戎車：兵車也。❻牡：雄馬也。業業：高大健壯貌。❼捷：勝也。或以爲抄行小路爲捷。三捷：言行軍之多，故不克定居也。

駕彼四牡，四牡騤騤❶。君子所依❷，小人所腓❸。四牡翼翼❹，象弭魚服❺。豈不日戒❻？玁狁孔棘❼。

右第五章，復言將帥車馬之威，一已戍役常戒備之苦。

【註釋】

❶騤：音奎ㄎㄨㄟˊ，騤騤：強壯貌。❷依：猶乘也。句言將帥依乘於車中也。❸小人：士卒也。腓：音肥ㄈㄟˊ，庇護也。句言士卒藉兵車以遮蔽矢石，得以庇護也。❹翼翼：行列整治之狀。又健壯貌。❺弭：音米ㄇㄧˇ，弓兩端受弦之處也。象弭：以象骨所飾之弭也。魚：獸名，似猪，皮可以爲箭囊。服：爲箙字之假借，箭囊也。魚服：以魚獸皮作成之箭囊也。❻日戒：日日警惕戒備也。❼孔：甚也。棘：急也。

昔我往矣❶，楊柳依依❷。今我來思❸，雨雪霏霏❹。行道遲遲❺，載渴載飢。我心傷悲，莫知我哀❻！

右第六章，述歸途中雨雪飢渴之苦，哀痛傷悲之情也。

【註釋】

❶往：指當初出征之時。❷依依：柳條迎風柔拂貌。❸思：音胞ㄙㄞ，語詞，今四川省仍用之。❹雨：音玉ㄩˋ，落也。霏霏：雪盛貌。以上四句，言春往冬還也。❺遲遲：緩行貌。❻句言無人知我中心之悲哀也。

【欣賞品評】

方玉潤曰：

五章皆追述之詞，末乃言歸途景物。並回憶往時風光，不禁黯然神傷。絕世文情，千古常新。

糜文開曰：

此詩末章真情實景之筆，尤以「昔我往矣，楊柳依依；今我來思，雨雪霏霏」之句，最為膾炙人口，衆所推崇。

守亮案：

詩序云：「采薇，遣戍役也。文王之時，西有昆夷之患，北有玁狁之難，以天子之命，命將率遣戍役，以守衞中國，故歌采薇以遣之，出車以勞之，杕杜以勸歸也。」詩序之說，清人姚際恒已駁斥其非是。詩明言「曰歸曰歸」，昔往如何，今來如何，皆既歸之詞，何言遣戍役乎？又「文王之時」云云，屈萬里先生曰：「玁狁一名，西周中葉以後始有之，殷末及周初稱鬼方。詩中屢言玁狁，知此乃西周中葉以後之詩；舊謂作於文王時者，非也。以出車及六月諸詩證之，此詩蓋作於宣王之世。」自來說解此詩者，多從王質之「當是將佐述離家還家之狀」之說。故屈萬里先生謂「戍役者所自作。」王靜芝先生謂「戍守之人還歸自咏。」

詩則言戍守者勤苦有四：一則有舍其室家之悲，二則有不遑啟居之勞，三則有載飢載渴之苦，四則有不得其家音信之憂。故此詩於前三章，備載此四事。此私情也，然有「玁狁之故」，「王事靡盬」語，則又兼重公義矣。四章五章，言車馬甚盛，器械精好；且「一月三捷」，「豈不日戒」，則專言公義。至第六章，感時傷事，哀戚滿紙，則又全在私情矣。私情公義，交織成篇，善讀詩者，亦不可忽乎此也。牛運震曰：「悲壯淒婉，全以正大之筆出之。結構用意處，更極渾成。後世出塞曲傷於慘而盡矣。」似亦有見於此而發爲斯論也。又此詩末章，其所以膾炙人口，備受推崇者，端在其印象鮮明，情景交融之意境美，實寫景之絕唱也。

八、出車

此征玁狁將佐，還歸後自敘之詩。

我出我車❶，于彼牧矣❷。自天子所❸，謂我來矣❹。召彼僕夫❺，謂之載矣❻。王事多難❼，維其棘矣❽。

右第一章，敘初出征之事也。

【註釋】

❶上我字指我國家，下我字指我之軍隊。❷于：往也。牧：郊外可牧牛羊之處，遠野也。❸自：從也。天子：周王也。所：處所也。❹謂：使也❺僕夫：御車之人也。❻謂：告語也。告以將軍需諸物載之於車也。❼王事：王室之事，猶今言國家之事。難：危難也。❽維：語詞。相當於乃字。棘：

急也。句謂兵戎之事緊急也。

我出我車，于彼郊矣。設此旐矣❶，建彼旄矣❷。彼旟旐斯❸，胡不旆旆❹！憂心悄悄❺，僕夫況瘁❻。

右第二章，敍出征後之憂勞瘁病也。

【註釋】

❶旐：音兆ㄓㄠˋ，旗之繪有龜蛇者。❷旄：音毛ㄇㄠˊ，旗竿頭曲，上飾犛牛尾之旗也。❸旟：音余ㄩˊ，旗之畫有鳥隼者。斯：語尾詞。❹胡不：今言好不，何不。旆：音沛ㄆㄟˋ，旆旆：飛揚貌。又旌旗旒穗下垂貌。❺悄：音巧ㄑㄧㄠˇ，悄悄：憂貌。❻況：金文作兄，病也。瘁：音翠ㄘㄨㄟˋ，況瘁：與殄瘁，盡瘁義同，病也，憔悴也。

王命南仲❶，往城于方❷。出車彭彭❸，旂旐央央❹。天子命我，城彼朔方❺。赫赫南仲❻，玁狁于襄❼。

右第三章，敍大將南仲出師成功也。

【註釋】

❶于：周王也。南仲：大將名。❷城：築城也。方：朔方也。或以為地名，即六月詩「侵鎬及方」之方。❸彭：音邦ㄅㄤ，車馬眾多貌。又車行啷啷急馳聲。❹旂：音其ㄑㄧˊ，旗之畫有交龍者。央央：鮮明貌。❺朔方：同朔北，朔漠，北方荒遠沙漠之地也。❻赫赫：顯耀威嚴貌。❼于：語詞。相當於乃字。襄：除

也。

昔我往矣，黍稷方華❶；今我來思❷，雨雪載塗❸。王事多難，不遑啓居❹。豈不懷歸？畏此簡書❺。

右第四章，敘還歸途中，回憶往事也。

【註釋】

❶黍：稷之黏者，即小黃米。稷：與黍一類二種。黏者爲黍，不黏者爲稷。華：古花字。方華：花正盛開也。❷思：音腮ㄙㄞ，語詞，今四川省仍用之。❸雨：音玉ㄩˋ，落也。載：則也。又滿也。塗：泥也。或曰同途，路也。句謂落雪滿路途也。❹不遑啓居：謂不暇安息也。❺簡書：策命也，天子遣師之命也。今言公文，文誥，命令。

喓喓草蟲❶，趯趯阜螽❷。未見君子❸，憂心忡忡❹。既見君子，我心則降❺。赫赫南仲，薄伐西戎❻。

右第五章，敘將士出征，室家念之之情也。

【註釋】

❶喓：音腰一ㄠ，喓喓：蟲鳴聲。草蟲：蝗屬。俗名紡織娘，大小長短如蝗蟲，喜生活在茅草中。❷趯：音替ㄊ一ˋ，趯趯：跳躍也。螽：音終ㄓㄨㄥ，阜螽：尚未生翅之幼蝗，俗名蚱蜢。❸君子：指出征之人，其丈夫也。❹忡：音冲ㄔㄨㄥ，忡忡：猶衝衝也。憂慮不安貌。❺降：音洪ㄏㄨㄥˊ，下

也。心降猶心安。意謂心在懸念，降則不懸而安矣。❻薄：語詞。有勉義，急忙義，與言字略同。西戎：西方昆夷也，即玁狁之別名，乃變其文以叶韻耳。

春日遲遲❶，卉木萋萋❷。倉庚喈喈❸，采蘩祁祁❹。執訊獲醜❺，薄言還歸❻。赫赫南仲，玁狁于夷❼。

右第六章，敘於春光明媚中還歸也。

【註釋】

❶遲遲：舒緩貌。春日漸長故云。❷卉：音會ㄏㄨㄟˋ，草也。萋萋：茂盛貌。❸倉庚：鳥名，黃鶯也。喈：音基ㄐㄧ，喈喈：鳥鳴聲。❹蘩：白蒿也，蠶始生未可食桑，故以此白蒿啖之。祁祁：眾多貌。❺執：擒也，生得之也。訊：可審訊之活口，即俘虜。醜：惡也。周人稱異國敵人爲醜，如今語呼之爲鬼子。又獲義同馘，馘音國ㄍㄨㄛˊ，殺之而取其左耳也。醜：眾也。獲醜謂殺死眾多敵人也。❻薄言：語詞。或單曰言，或單曰薄，或合言薄言，其義無甚區別。還：音旋ㄒㄩㄢˊ，還歸：返歸也。❼于：猶是也。夷：平也。句言玁狁于是被平定降服也。

【欣賞品評】

輔廣曰：

行師之道，始出則尚嚴肅，既歸則尚和樂。故出則有誓，而歸曰凱還。前三章則如秋霜之肅；後三章則如春風之和。如此，然後謂之王者之師。

竹添光鴻曰：

句句是大將擧止。出師尙嚴：讀首三章，便凛如秋霜；凱歸貴和：讀後三章，便藹如春露。其閒有整有暇，有勤有愼，有威有斷。我出我車，責任專也；自天子所，寵命渥也；憂心悄悄，臨事懼也；執訊獲醜，恩威著也。全是專閫氣象。

守亮案：

詩序云：「出車，勞還率也。」詩序之說，淸人姚際恒、方玉潤已駁斥其非是。王質曰：「此亦是將佐敍離家還家之狀，與采薇同。」是以後之說詩者，多從王質之說。蓋詩在敍出征之苦，戰伐之難，至於歸還之事。而「赫赫南仲」之語，亦是南仲之屬下頌揚之辭，當非天子勞臣之語。朱傳從序，而以爲追言始受命出征之時，皆不甚切。詩有南仲，而漢書人表又列南仲爲宣王時人，知當爲宣王之世所作。詩則言出師，爲伐玁狁，故三章六章明書「玁狁于襄」，「玁狁于夷」。惟五章忽又有「薄伐西戎」之語，或謂伐西戎爲另一戰爭，實則西戎即玁狁之別名，崔述豐鎬考信錄固已言之也。篇中除極寫忠奮武勇，旟旐飛揚；赫赫南仲，氣燄奪人；執訊獲醜，驚心動魄之尊敬王命，憂勤王事，奔走犯難，克敵制勝外；又寫「黍稷方華」、「雨雪載塗」；草蟲喓喓，阜螽趯趯；倉庚鳴，采蘩衆不同之景。征夫懷歸，閨人思君子不同之情。頭緒繁多，而竟無散漫之感者。此固作者匠心獨運，故能使繁者理，而散者齊也。

九、杕杜

此閨人思念征人之詩。

有杕之杜❶，有睆其實❷。王事靡盬❸，繼嗣我日❹。日月陽止❺，女心傷止❻。征夫遑止❼。

右第一章，敍閨人思征人當歸而未歸，思念之情也。

【註釋】

❶杕：音地ㄉㄧˋ，孤特貌，有杕：杕然也。杜：木名，即赤棠樹。❷睆：音晚ㄨㄢˇ，有睆：睆然也。顏色鮮明貌。或果實渾圓貌。❸句言王事靡可止息也。❹嗣：續也。句言繼續我出征之日，而不能止也。❺陽：十月也。止：語尾詞。下同。❻句謂閨人思夫之心悲傷也。❼遑：暇也。三句言時已屆冬令，室人念征夫而傷悲，征夫此時當有暇歸家而竟未能，故念之深也。

有杕之杜，其葉萋萋❶。王事靡盬，我心傷悲。卉木萋止❷，女心悲止。征夫歸止❸。

右第二章，義同首章，而重唱之。

【註釋】

❶萋萋：茂盛貌。❷卉：音會ㄏㄨㄟˋ，草也。❸句言征夫此時當歸，而實未歸也。

陟彼北山❶，言采其杞❷。王事靡盬，憂我父母❸。檀車幝幝❹，四牡痯痯❺。征夫不遠❻。

右第三章，敍閨人思征夫而升北山以望之也。

【註釋】

❶陟：音至出丶，升也。❷言：語詞。相當於而或乃字。杞：枸杞也。❸句言女子之憂心於父母，因丈夫出征不在家，無人耕稼，將使父母生活發生困難，故而擔憂也。❹檀：木名，質堅實宜爲車。又車輪以檀木爲之，故凡車皆可稱檀車，此謂役車也。幝：音產彳ㄢˇ，幝幝：破敝之貌。❺痯：音管ㄍㄨㄢˇ，痯痯：疲憊貌。❻不遠：距家不遠，言其將至也。

匪載匪來❶，憂心孔疚❷。期逝不至❸，而多爲恤❹。卜筮偕止❺，會言近止。❻征夫邇止❼。

右第四章，望而不來，乃卜之筮之。占辭曰近，信其將歸。此自解之詞，以舒一己思念之深也。

【註釋】

❶匪：通非。載：乘車也。言征夫不乘車而歸來也。❷孔：甚也。疚：病也。❸期：約定之時期也。逝：語詞。相當於乃字。又往也，過也，言已過期而人仍不歸至也。❹而：乃也。恤：憂也。❺卜筮：卜用龜甲，筮用蓍草，古者遇重要事必卜筮以占吉凶，以決可否。偕：俱也，謂旣卜且筮也。又合也，謂卜筮結果相合一致也。❻會合也。句言離人之相會合，爲時不遠也。❼邇：近也。言征夫今必甚近而將至矣。

【欣賞品評】

方玉潤曰：

此詩本室家思其夫歸而未卽歸之詞，故始則曰征夫遑止，言可以暇矣，曷為而不歸哉？繼則曰征夫歸止，言計其歸期實可歸也。既又曰征夫不遠，言雖未歸，其亦不遠矣。終則曰征夫邇止，言歸程甚邇，豈尚誑耶？始終望歸而未遽歸，故作此猜疑無定之詞耳。然期望雖殷，而終以王事為重，不敢以私情廢公義也。此詩人識見之大，詎得以尋常兒女情視之耶？

守亮案：

詩序云：「杕杜，勞還役也。」詩序之說，清人姚際恒已駁斥其非是。王質曰：「此當是師徒之室家所敍。」其後之說詩者，多從王質之說，而謂閨人思念征夫之辭。然亦有謂此征人思歸之詩，乃假家人思念征夫語氣，以抒其懷歸之情。詩意甚明，似不必再曲爲之說也。詩則前三章皆有「王事靡盬」語者，此公義也。「女心傷止」，「我心傷悲」，「憂我父母」者，此私情也。私情公義並行而不相悖，斯大可歌者也。「征夫遑止」，「征夫歸止」，「征夫不遠」，「征夫邇止」，四章皆不脫征夫，乃女心中人，時時念之，故中心算計之也。「檀車幝幝」，則車破敝矣。「四馬痯痯」，則馬病憊矣，而征人何若？又「而多爲恤」，饑渴歟？疾病歟？死傷歟？雖未一一明言，而可知必有是想也。且歸期近而思愈切者，人情也；期逝不至，然後憂傷孔疚焉。行者過期而不至，則居者之憂百端矣。卜筮兼詢，亦情之出於無奈也。借其「卜筮偕止，會言近止」以自解，而舒一己之思念。於杕杜詩，知閨人之情切、意厚、憂深，傷悲無限也。

十、魚麗

此主人宴客，客人美之之詩。

魚麗于罶❶，鱨鯊❷。君子有酒❸，旨且多❹。

右第一章，以魚鮮酒美燕饗賓客，賓客讚美之也。

【註釋】

❶麗：罹也，遭遇也。罶：音柳ㄌㄧㄡˇ，捕魚之竹器，長筒形，以曲薄為笱，而承梁之空者也，今名鬚籠。❷鱨：音嘗ㄔㄤˊ，黃頰魚也。鯊：音沙ㄕㄚ，鮀魚之小者，圓而有點文，常張口吹沙，又名吹沙，簡稱鯊。❸君子：指宴客之主人。❹旨：美也。

魚麗于罶，魴鱧❶。君子有酒，多且旨。

右第二章，義同首章，換韻而重歌之。

【註釋】

❶魴：音房ㄈㄤˊ，鯿魚也。又名赤尾魚。鱧：音禮ㄌㄧˇ，即鮦魚，俗名黑鯉魚。

魚麗于罶，鰋鯉❶。君子有酒，旨且有❷。

右第三章，義仍同首章，又換韻而三疊唱之。

【註釋】

❶鰋：音晏一ㄢˋ，即鮎魚，體滑無鱗，俗稱黏魚。❷有：猶多也。

物其多矣，維其嘉矣❶。

右第四章，讚美酒食之豐而美也。

【註釋】

❶嘉：美善也。

物其旨矣，維其偕矣❶。

右第五章，義同四章，換韻重唱之。

【註釋】

❶偕：齊也，言各物皆齊陳於前也。又合也，言飲食物品能配合得宜也。又嘉也，多也。

物其有矣，維其時矣❶。

右第六章，義仍同四章，又換韻而三疊唱之。

【註釋】

❶時：得其時也。

【欣賞品評】

季本曰：

前三章皆言有酒，乃置酒之通名也。後三章皆言物，則其所謂旨，所謂多者，皆以殽言矣。雖用字不同，其實嘉與時，皆所以言旨也；有與偕，皆所以言多也。不過即旨多二義，反覆歎詠，以見主人禮意之殷勤耳。如此賢者豈不樂就哉！

守亮案：

詩序云：「魚麗，美萬物盛多，能備禮也。文武以天保以上治內，采薇以下治外；始於憂勤，終於逸樂。故美萬物盛多，可以告於神明矣。」詩序之說，迂曲牽合，附會失理，清人姚際恒、方玉潤已駁斥其非是。此詩後又用爲燕饗通用之樂歌，朱傳以爲與南有嘉魚，南山有臺相同是也。詩則先言魚，後言物。蓋物兼水陸之羞，盛多之象，豈但魚與酒爲然哉？故去其魚與酒、改言嘉偕與時也。蓋嘉美時羞之物，齊陳於前。是既多且嘉，既旨且偕，既有且時，而益盛也。後三章首句之多旨與有三字，仍承前三章末字而來，詩之章法如此。若侈陳備物，則屢牘不盡，故單拈魚言，別以一物字盡之也，自是古人質樸處。是以牛運震曰：「此詩「不必侈陳太平之盛，只就物產點逗自見，自是高手。」至其形式，王靜芝先生曰：「此詩共六章。前三章爲同義三疊唱；後三章又爲同義三疊唱。爲雙重之三疊唱者，亦爲極美之形式。」

南陔，白華，華黍。

此三篇但存篇目而無詩。詩序云：「南陔，孝子相戒以養也。白華，孝子之絜白也。華黍，時和歲豐，宜黍稷也。有其義而亡其辭。」既云亡其辭，則不知何以知其義也。朱傳云：「南陔以下，今無以考其名篇之義，曰笙曰樂曰奏而不言歌，則有聲而無辭明矣。」故以為笙詩。此蓋據儀禮鄉飲酒：「笙入堂下，磬南北面立，樂南陔、白華、華黍。」所指較序為有據。以為此詩是笙詩，故無文也。鄭箋云：「此三篇者，鄉飲酒燕禮用焉。曰：『笙入，立于縣中，奏南陔、白華、華黍。』是也。」鄭氏以為遭戰國及秦之世而亡。姚際恒以史記言三百五篇，王式曰：「臣以三百五篇諫」，漢世從無三百十一篇之說，儀禮六笙詩本不在三百篇中，概從删去。今僅照毛詩篇次附錄其篇名於兩處。

南有嘉魚之什

一、南有嘉魚

此燕饗賓客之詩。

南有嘉魚❶，烝然罩罩❷。君子有酒❸，嘉賓式燕以樂❹。

右第一章，以嘉魚美酒燕饗嘉賓，賓主盡歡而樂也。

【註釋】

❶南：南方也。嘉：美也。或謂魚名，鯉質鱒鱗，出沔南丙穴。❷烝：眾也。罩罩：眾魚游水之貌。或以爲烝，久也。烝然，費時既久也。罩罩，以罩竹器捕魚之動作，罩之又罩，然後得之，以示魚之珍貴也。❸君子：指宴客之主人。❹式：語詞。燕：同宴。

南有嘉魚，烝然汕汕❶。君子有酒，嘉賓式燕以衎❷。

右第二章，義同首章，換韻而重唱之。

【註釋】

❶汕：音扇ㄕㄢˋ，汕汕：魚游水貌。或以汕爲捕魚之具。汕汕者，以汕竹器捕魚之動作，汕而又汕，示魚

之珍貴難得也。❷衎：音看ㄎㄢˋ，樂也。

南有樛木❶，甘瓠纍之❷。君子有酒，嘉賓式燕綏之❸。

右第三章，義同前章，而改以南有樛木起興。

【註釋】

❶樛：音糾ㄐㄧㄡ，樹木下曲曰樛。❷瓠：音戶ㄏㄨˋ，胡盧也，甘瓠可食。纍：音雷ㄌㄟˊ，繫也。❸綏：安也。

翩翩者鵻❶，烝然來思❷。君子有酒，嘉賓式燕又思❸。

右第四章，為四疊之唱，而又改以翩翩者鵻起興。

【註釋】

❶翩翩：飛貌。鵻：音椎ㄓㄨㄟ，鵓鳩鳥，即今鴿子。❷思：音腮ㄙㄞ，語詞，今四川省仍用之。❸又：同侑，勸也。思：念也，念而不忘也。又語詞。

【欣賞品評】

王靜芝曰：

此篇前後四章，前二章以南有嘉魚起興，三章改南有樛木，四章改翩翩者鵻，而統以君子有酒嘉賓式燕貫之，結構極美。

守亮案：

詩序云：「南有嘉魚，樂與賢也。大平君子，至誠樂與賢者共之也。」鄭箋云：「樂得賢者與共立於朝，相燕樂也。」詩序鄭箋以爲樂得賢者與共而燕樂之詩，但考之詩篇，其中但述賓主燕樂之情，全無樂得賢者與共之意。南有嘉魚之詩，其意與魚麗略同，後亦爲燕饗通用之樂歌。詩則首兩章上半言嘉魚優游，三章言樛木瓠纍，四章言烝然鵻來。興嘉賓雲集，纍然而繫，烝然而來，以相聚也。下半章幾全同，既能飽我以酒，故嘉賓式燕而樂之，衎之，綏之，思之也。神會精聚，次第甚明。雖與魚麗略同，但彼詩專言餚酒之美，此則兼敘賓主綢繆之情，纏綿之意也。

二、南山有臺

此頌德祝壽之詩。

南山有臺❶，北山有萊❷。樂只君子❸，邦家之基❹。樂只君子，萬壽無期❺。

右第一章，以南山有臺起興，祝君子萬壽無期也。

【註釋】

❶臺：通薹，莎草也，可製蓑衣。❷萊：草名，嫩葉可食。❸只：語助詞。樂只：猶言樂哉。君子：指賓客也。❹邦家：國家也。基：本也。❺萬壽：猶今言萬歲。期：窮極之義。無期：無盡期也。句言萬年長

壽，而無盡期也。

南山有桑，北山有楊。樂只君子，邦家之光❶。樂只君子，萬壽無疆❷。

右第二章，義同首章，換韻而重唱之。

【註釋】

❶光：光榮也。❷疆：界限也。句言萬年長壽，而無邊限極止也。

南山有杞❶，北山有李。樂只君子，民之父母❷。樂只君子，德音不已❸。

右第三章，起法與前二章同。樂只君子下，頌其為民之父母，期其為民造福，並祝其聲譽日高而無已也。

【註釋】

❶杞：音起ㄑㄧˇ，木名，即枸杞。❷句言頌其爲民之父母，期其懷安其民，造福其民也。❸德音：聲譽也。不已：不止，不盡也。此順祝其聲譽日高而無已也。

南山有栲❶，北山有杻❷。樂只君子，遐不眉壽❸？樂只君子，德音是茂❹。

右第四章，作法同上章。樂只君子以下，改祝其高壽，而聲譽日隆也。

【註釋】

❶栲：音考ㄎㄠˇ，木名，山樗也。❷杻：木名，梓屬。❸遐：何也。下同。眉壽：高壽也。年高者每有豪眉，故云。句言何能不高壽乎？❹茂：盛也。

南山有枸❶，北山有楰❷。樂只君子，遐不黃耇❸？樂只君子，保艾爾後❹。

右第五章，作法同上章。尾祝其老壽而能安養其後人也。

【註釋】

❶枸：音舉ㄐㄩˇ，木名，枳枸，亦名木蜜。❷楰：音余ㄩˊ，木名，亦名苦楸。❸黃：黃髮也，老人髮白而復黃也。耇：音茍ㄍㄡˇ，老也。或以爲耇，凍梨也。謂老人面色如凍梨也。❹保：安也。艾：音愛ㄞˋ，養也。後：後人也。

【欣賞品評】

輔廣曰：

後二章言「遐不眉壽」，「遐不黃耇」，與首章次章末句相應。「萬壽無期」，「萬壽無疆」者，願之之辭也。「遐不眉壽」，「遐不黃耇」者，必之之辭也。「德音是茂」，言不但不已而已，而又愈益茂盛也。「保艾爾後」則不但為今日計，而又願其安養其後世子孫也。

守亮案：

詩序云：「南山有臺，樂得賢也。得賢則能爲邦家立大平之基矣。」詩序之說，穿鑿附會，近人吳闓生已駁斥其非是。朱傳曰：「此亦燕饗通用之樂。」王靜芝先生曰：「此詩惟祝福之詩耳。」後取祝福之義，又引以爲燕饗通用之樂歌。詩則首三章曰「邦家之基」，「邦家之光」，「民之父母」者，是美其已然之德也。曰「萬壽無期」，「萬壽無疆」，「德音不已」者，是祝其將然之壽也。曰「不已」，則壽亦可知矣。下二章曰：「遐不眉壽」，「遐不黃耇」者，美其必然之壽也。曰「保艾爾後」者，有引翼之道寓焉，亦德也。通篇德壽相錯，雖全是贊美之詞，而未嘗不諷之以惠廸感召之理，此范守正所及言之者也。上天保詩九如，以錯綜出之。此詩十樂只，整整相對。天保言爾，此詩亦言爾。或錯綜，或整齊，或相同。章法所在，又不盡相似也。

由庚，崇丘，由儀。

此三篇亦但存篇目而無詩。詩序云：「由庚，萬物得由其道也。崇丘，萬物得極其高大也。由儀，萬物之生，各得其宜也。有其義而亡其辭。」鄭箋云：「此三篇者，鄉飲酒燕禮亦用焉。『乃閒歌魚麗，笙由庚；歌南有嘉魚，笙崇丘；歌南山有臺，笙由儀。』亦遭世亂而亡之。」朱傳謂此皆笙詩，似近情理。今亦照毛詩篇次附錄其篇名於此。

三、蓼蕭

此天子燕諸侯而美之之詩。

蓼彼蕭斯❶，零露湑兮❷。既見君子❸，我心寫兮❹。燕笑語兮❺，是以有譽處兮❻。

右第一章，以蓼蕭起興，述天子接見諸侯，燕而美其安樂也

【註釋】

❶蓼：音路ㄌㄨˋ，長大貌。蕭：蒿也。斯：語詞。❷零：落也。湑：音許ㄒㄩˇ，露珠清明貌，盛貌。❸君子：指諸侯也。❹寫：舒暢也，愉悅也。❺燕：燕飲也。或以爲樂也。❻譽：通豫，安也。譽處：猶言安樂也。

蓼彼蕭斯，零露瀼瀼❶。既見君子，爲龍爲光❷。其德不爽❸，壽考不忘❹。

右第二章，略同首章，燕而美其德壽也。

【註釋】

❶瀼：音壤ㄖㄤˇ，瀼瀼：露盛貌。❷龍：寵也。龍光：光榮也。❸爽：差失也。❹考：老也。不忘：不已也。

蓼彼蕭斯，零露泥泥❶。既見君子，孔燕豈弟❷。宜兄宜弟，令德壽豈❸。

右第三章，略同首章，仍燕而美其德壽也。

【註釋】

❶泥泥：濡濕貌。❷孔：甚也。燕：樂也。孔燕：甚樂也。或以爲燕，飲酒也。豈：音慨ㄎㄞˇ，弟：音替

ㄊㄧˋ，豈弟：同愷悌，和樂平易也。❸令：美也。豈：音慨ㄎㄞˇ，樂也。壽豈：長壽而和樂也。

蓼彼蕭斯，零露濃濃❶。既見君子，鞗革沖沖❷。和鸞雝雝❸，萬福攸同❹。

右第四章，略同首章，燕而美其萬福也。

【註釋】

❶濃濃：厚貌。❷鞗：音條ㄊㄧㄠˊ，轡首之飾，以金屬爲之。革：轡首也，以皮爲之。鞗革：謂以金屬飾於皮革所製之轡首也。沖：或作忡。沖沖：下垂貌。❸和鸞：皆鈴也。在軾曰和，在鑣曰鸞。雝：音雍ㄩㄥ，雝雝：鈴聲諧和也。❹攸：所也。同：猶會也，聚也。句言萬福所聚也。

【欣賞品評】

方玉潤曰：

此蓋天子燕諸侯而美之之詞耳，然美中寓戒，而因以勸導之。曰德曰壽，有是德乃有是壽，固也。諸侯之易於失德，則尤在兄弟爭奪之間，與鄰國侵伐之際，故又從令德中特言宜兄宜弟。夫必內有以和其親，然後外有以睦其鄰。諸侯睦而萬國寧，乃真天子福也。故更曰萬福攸同。是豈徒為諸侯頌哉！古人立言，各有體裁，以上頌下，當以此種為得體。

守亮案：

詩序云：「蓼蕭，澤及四海也。」詩序之說，篇中未有此意，宋朱熹，清方玉潤已駁斥其非是。朱傳曰：「諸侯朝於天子，天子與之燕，以示慈惠，故歌此詩。」此說乃因其用而言之。就其全篇詩義揆度之，當是天子燕諸侯而美之之詞，亦戒而勵之，後乃引以爲燕饗諸侯賓客通用之樂歌。詩則神情全在各章「既見君子」四字，一種款洽，俱從既見後想出。首章之「我心寫兮」，一寫字極狀傾倒之誠。次章龍光二字，離合言之，自是奇筆。三章「孔燕豈弟」，猶言大哉燕飲之時，如是乎其和易也。且人之所難得者長生耳，五福莫先於壽，故曰「壽豈」。末章曰「萬福」，則不止於壽，而壽自在其中矣。又二三章之「其德不爽，壽考不忘。」「宜兄宜弟，令德壽豈」云云，除頌美外，似有戒勵之意。故輔廣曰：「二三章則又因以勸戒而警敎之也。」觀前方玉潤語，亦可知此意。

四、湛露

此天子燕饗諸侯之詩。

湛湛露斯❶，匪陽不晞❷。厭厭夜飲❸，不醉無歸。

右第一章，以湛露起興，敘燕飲之盡歡也。

【註釋】

❶湛：音站ㄓㄢˋ，湛湛：露盛貌。斯：語詞。❷匪：同非。陽：陽光也。晞：音希ㄒㄧ，乾也。❸厭厭：安也。又滿足也。

湛湛露斯，在彼豐草❶。厭厭夜飲，在宗載考❷。

右第二章，仍以湛露起興，敍燕飲之盡歡，而能成其禮也。

【註釋】

❶豐草：茂美之草也。❷宗，宗室也，宗廟也。載：則也。考：成也。謂成其燕飲之禮也。

湛湛露斯，在彼杞棘❶。顯允君子❷，莫不令德❸。

右第三章，仍以湛露起興，而美在座之明信君子，無不有善德也。

【註釋】

❶杞：音起ㄑㄧˇ，木名，即枸杞。棘：棗也，俗謂酸棗。❷顯：明也。又高貴顯赫也。允：信也。又俊之借，英俊特出也。❸令：善也。句謂莫不有善德也。

其桐其椅❶，其實離離❷。豈弟君子❸，莫不令儀❹。

右第四章，改由桐椅起興，而美在座之樂易君子，皆有美好之威儀也。

【註釋】

❶桐、椅：皆木名。❷離離：垂貌。或云猶纍纍，分披茂盛之貌。❸豈：音慨ㄎㄞˇ，弟：音替ㄊㄧˋ，豈弟：同愷悌，和樂平易也。❸儀：威儀也，禮儀也。即今言合乎禮節之態度與舉動也。句言莫不有美好之威儀也。

【欣賞品評】

姚舜牧曰：

露必待陽而晞，飲必至醉而歸，期其饜也。露必濡於豐草，飲必設於宗室，隆其禮也。杞棘承湛湛之露，桐椅生離離之實。君子承燕而不喪其令德，不失其令儀。此天子所樂予，而錫之燕饗之隆禮也。詩敘燕飲於前，而推本於君子之德儀，旨深哉！

方玉潤曰：

夜飲至醉，易於失儀。故必不喪其威儀而後謂之禮成。其威儀之所以醉而不改乎其度者，則非有令德以將之也不可。故醉中可以觀德，尤足以知蘊蓄之有素。況天子夜宴而曰「不醉無歸」，君恩愈寬，臣心愈謹，乃可免愆尤而昭忠敬，詎可恃寵以失儀乎？詩曰「莫不令儀」，「莫不令德」者，蓋美中寓戒耳。外雖美其德容之無不善，意實恐其德容之或有未善，則未免有負君恩而虧臣職，其所係非淺鮮也。

守亮案：

詩序云：「湛露，天子燕諸侯也。」此據左傳文公四年：「昔諸侯朝正于王，王宴樂之，于是乎賦湛露」之言爲說。孔穎達正義曰：「諸侯來朝，天子與之燕飲，美其事而歌之。」季本曰：「此天子燕諸侯而留之夜飲之樂歌。」後之說詩者，於詩序多無異說。詩則重夜飲，故以露字點綴，蓋露夜降者也。首章之「不醉無歸」，此天子眷顧勤厚之意也。二章之「在宗載考」，此夜飲恐醉，易於失態，故言成其禮而無差忒也。三四章之「顯允君子，莫不令德。」「豈弟君子，莫不令儀。」此期明信樂易之君子，於萬燭輝煌，觥酬交錯，笙歌連宵，絃管永夕之際。不喪其令德，不失其令儀，美中寓戒也。故朱公遷曰：「前二章見親愛之至誠，後二章有戒飭之微意。」龍仿山曰：「予謂後二章即從前二章生出，有前二章之厭厭，始見後二章之令德令儀。前二章君有餘愛，後二章見臣有餘敬，章法本極分明。」

五、彤弓

此天子燕有功諸侯而賜之以弓矢之詩。

彤弓弨兮❶，受言藏之❷。我有嘉賓❸，中心貺之❹。鐘鼓既設❺，一朝饗之❻。

右第一章，述天子燕饗有功諸侯，並賜以貴重之弓也。

【註釋】

❶彤：音同ㄊㄨㄥˊ，朱色也，亦漆也。彤弓：漆爲朱色之弓也。弨：音超ㄔㄠ，放鬆弓弦，弛而不張也。❷言：語詞。相當於而或乃字。句言王受此弓而藏之。❸我：天子自稱。嘉賓：指有功諸侯。❹貺：音況ㄎㄨㄤˋ，善也。言嘉其人。❺設：置也。天子大饗諸侯，用鐘鼓。❻一朝：一旦，即刻，言其速也。饗：大燕賓客也。句言久藏之物，一旦遇有功諸侯，饗而賜之，未嘗有顧惜之意也。

彤弓弨兮，受言載之❶。我有嘉賓，中心喜之❷。鐘鼓既設，一朝右之❸。

右第二章，義同首章，惟換韻以重唱之。

【註釋】

❶載：載之以歸，亦收藏之義。❷喜：言悅其人。❸右：通侑，勸酒也。句言侑勸飲酒，賜之以弓也。

彤弓弨兮，受言櫜之❶。我有嘉賓，中心好之❷。鐘鼓既設，一朝醻之❸。

右第三章，義同前章，又換韻而三疊唱之。

【註釋】

❶櫜：音高ㄍㄠ，收藏弓矢等物之囊也。此作動詞用，亦藏之之義。❷好：音號ㄏㄠˋ，悅也。言愛其人。❸醻：與酬同，報也。飲酒之禮，主人獻賓，賓酢主人，主人又酌而自飲，遂以酌賓，謂之醻。亦勸酒之意。句言醻勸飲酒，賜之以弓也。

【欣賞品評】

呂大臨曰：

天子賜有功諸侯，必曰中心貺之、喜之、好之者，言是錫也，非以為儀也，出於吾情而非勉也。饗之、右之、醻之者，言功之大者情必厚，情之厚者賜必多，賜之多者儀必盛。所謂本末情文，無所不稱者也。

曹居貞曰：

王者於賞功之物，始而不知重其物，則必有輕視之心，而人亦褻之矣；終而不出於誠心，又吝而不果，則人雖得之，亦不以為異矣。故未有功之時，則藏之也不敢輕；既有功之時，則誠心與之而無所惜。王者賞功之大權，當如是矣。

守亮案：

詩序云：「彤弓，天子錫有功諸侯也。」此本左傳文公四年：「古諸侯敵王所愾而獻其功，王于是乎賜之彤弓一，彤矢百，玈弓十，玈矢千，以覺報宴。」杜預注：「謂諸侯有四夷之功，王賜之弓矢。又爲歌彤弓，以明報功宴樂」之言爲說，最爲有據。是以自來說解此詩者，從無異說。詩則藏之、貺之，饗之，三項雖平列，卻重在一朝。否則，如項王吝賞，有印刓敝，而不忍予，則雖物重，亦失之誠而速矣。下二章同。又自鹿鳴至此，笙簧酒醴，無一不備。惟此篇現出鐘鼓，見得煌煌巨典，非尋常可比。是此詩之作，當是周初制禮時所定，故其詞甚莊雅而意亦深厚也。既重其典，又隆其燕，禮之甚盛者耳。此方玉潤所及言之者也。

六、菁菁者莪

此人君喜見賢者之詩。

菁菁者莪❶，在彼中阿❷。既見君子❸，樂且有儀❹。

右第一章，以菁菁者莪起興，言既見賢者，中心喜樂而以禮儀待之也。

【註釋】

❶菁：音精ㄐㄧㄥ，菁菁：茂盛貌。莪：音鵝ㄜˊ，蘿蒿也。❷阿：山曲也。中阿：阿中也。❸君子：指賢者。

❹儀：禮儀也。

菁菁者莪，在彼中沚❶。既見君子，我心則喜。

右第二章，仍以菁菁者莪起興，言既見賢者，中心喜樂之也。

【註釋】

❶沚：音止ㄓˇ，小渚也，水中可止息之處。中沚：沚中也。

菁菁者莪，在彼中陵❶。既見君子，錫我百朋❷。

右第三章，仍以菁菁者莪起興，言既見賢者，如獲重寶也。

【註釋】

❶陵：丘阜也。中陵：陵中也。❷錫：賜也。朋：幣值之名稱。古者以貝爲幣，五貝爲一串，兩串爲一朋。

汎汎楊舟❶，載沈載浮❷。既見君子，我心則休❸。

右第四章，改以汎汎楊舟起興，言既見賢者，中心喜悅之也。

【註釋】

❶汎汎：漂浮不定貌。楊舟：楊木爲舟也。❷載：則也。沈：今作沉。❸休：喜也。

【欣賞品評】

朱公遷曰：

首章喜樂有禮儀，近乎外貌。故次章以我心則喜，言見其由中達於外也。三章錫我百朋，則甚遂其所欲。四章言昔憂今喜，則大遂其所願。皆以見其真誠之心非僞也。

守亮案：

詩序云：「菁菁者莪，樂育材也。君子能長育人材，則天下喜樂之矣。」朱傳云：「亦燕飲賓客之詩。」詩序朱傳之說，迂曲附會，詩中未見有一字言及育材及燕飲者，明季本已駁斥其非是。季本曰：「此人君得賢而愛樂之詩也。」後之說解此詩者多從之，是以姚際恒曰：「大抵是人君喜得見賢人之詩。」詩則前三章以中阿、中沚、中陵，喻賢者所隱處幽深之地。仰望甚切，得見極難。及既得而見之，仰望其豐采，故中心喜樂，如獲重寶也。末章之「載沈載浮」，言可升可降，猶有與時俯仰，隨波上下之意。若非既見而「樂且有儀」、「錫我百朋」，中心喜悅，則何能觀賢人之光耀，親哲士之楷模乎？又詩人喜以舟喻心，多涵有憂意。如鄘風「汎彼柏舟，亦汎其流」下云：「耿耿不寐，如有隱憂。」小弁「譬彼舟流，不知所届」下云：「心之憂矣，不遑假寐」是。此詩獨不然，其人君之樂見賢者，有以致之歟？

七、六　月

此美尹吉甫伐玁狁有功之詩。

六月棲棲❶，戎車既飭❷。四牡騤騤❸，載是常服❹。玁狁孔熾❺，我是用急❻。王于出征❼，以匡王國❽。

右第一章，敘出師急遽之狀也。

【註釋】

❶棲棲：行不止貌，遑遑不安貌。或以爲淒淒之借，多雨貌。❷戎車：兵車也。飭：整飭也，修整也。❸牡：雄馬也。騤：音奎ㄎㄨㄟˊ，騤騤：馬強壯貌。❹載：以車載之也。常服：戎服也。似指著戎服之士兵言。❺孔熾：甚盛也。❻用：以也。急：緊急也，緊張也。二句言因玁狁甚盛之故，我方是以緊急也。❼王：宣王也。于：語助詞。王于興師：言王正在興師出兵，欲與玁狁戰也。此雖非王親征，然征伐出於王命，故云。❽匡：正也。句言以使王之國正而安也。或以爲匡，救也。句言以救王國之急難也。

比物四驪❶，閑之維則❷。維此六月，既成我服❸。我服既成，于三十里❹。王于出征，以佐天子❺。

右第二章，敘軍行有節之狀也。

【註釋】

❶比：齊同也。物：毛物也，此指馬而言。比物：謂其力相齊而色亦同之馬也。驪：音離ㄌㄧˊ，黑色毛之馬。❷閑：熟習也。維：語詞。相當於以字。則：法則也。句言戰馬閑習而皆中法則也。❸服：戎服也。❹于：往也。句言軍行一日三十里，以免過度疲勞也。❺句言出征之人，殺敵禦侮，以輔佐天子也。

四牡脩廣❶，其大有顒❷。薄伐玁狁❸，以奏膚公❹。有嚴有翼❺，共武之服❻。共武之服，以定王國。

右第三章，敘出征立功之狀也。

【註釋】

❶脩：長也。廣：大也。❷顒：音庸ㄩㄥˊ，大貌。有顒：即顒然。❸薄：語詞。有勉意，急忙意，與言字略同。❹奏：作也，成也。膚：大也。公：功也。❺嚴：威嚴也。翼：護持也。又敬也。有嚴有翼：即嚴然翼然，威嚴謹慎之意。言行軍用兵不敢有絲毫疏忽也。❻共：古通恭。服：事也，言敬謹於武事也。或以爲武之服謂戎裝。句言共同著此戎裝也。

玁狁匪茹❶，整居焦穫❷。侵鎬及方❸，至于涇陽❹。織文鳥章❺，白旆央央❻。元戎十乘❼，以先啓行❽。

右第四章，敘趨敵疾急之狀也。

【註釋】

❶匪：同非。茹：柔也。句言玁狁軍勢兵力不弱也。❷整：齊也。穫音戶ㄏㄨˋ，焦穫：地名。玁狁所居也。❸鎬、方：均地名，二地當距不遠。鎬非周京之鎬。❹涇：音經ㄐㄧㄥ，水名，涇陽：涇水之北。水北曰陽，指涇水下游入渭之處也。❺織：同幟。鳥章：鳥隼之花紋。謂旗幟繪有鳥形花紋也。❻白：即帛。旆：音佩ㄆㄟˋ，白旆：以帛繼旐下，猶今所謂飄帶也。中央：鮮明貌。❼元：大也。戎：戎車也。軍之前鋒也。

乘：音剩ㄕㄥˋ，四馬曰乘，此指車。❽行：音杭ㄏㄤˊ，啓行：開道也，即作開路先鋒。

戎車既安，如輊如軒❶。四牡既佶❷，既佶且閑❸。薄伐玁狁，至于大原❹。文武吉甫❺，萬邦爲憲❻。

右第五章，敘吉甫出征，平亂至於大原之狀也。

【註釋】

❶如：或也。輊：音至ㄓˋ，車後低也，指車向下俯。軒：車前高起也，指車向上仰。如輊如軒：言車可以任意下俯上仰，或低或高也。❷佶：音吉ㄐㄧˊ，壯健貌。❸閑：嫻熟也。❹大：音太ㄊㄞˋ，大原：地名，在山西西部，但非今山西省會太原。或以爲即今陝西固原。或又以爲乃今甘肅之平涼。❺吉甫：周宣王時卿士尹吉甫也，伐玁狁之大將。亦即大雅崧高、烝民兩篇之作者。文武吉甫：言尹吉甫才兼文武也。❻憲：法也。句言萬邦皆以之爲法則榜樣也。

吉甫燕喜❶，既多受祉❷。來歸自鎬❸，我行永久❹。飲御諸友❺，炰鱉膾鯉❻。侯誰在矣❼？張仲孝友❽。

右第六章，敘吉甫凱旋燕喜之狀也。

【註釋】

❶燕：樂也，歡也。或以爲燕飲也。❷祉：福也，此謂所得之賞賜。或以爲吉甫多受上天之賜福。❸句言自鎬而還也。❹句言此行征戰，與親故濶別甚久也。❺御：進也，進獻酒食也。吉甫班師凱旋，故進酒食

燕飲諸故舊也。❻炰：音袍ㄆㄠˊ，煮也。膾：音快ㄎㄨㄞˋ，細切肉而烹之也。❼侯：維也，語詞。❽張仲：人名，當時之賢臣。二句言在座者爲何等人耶？有一既孝敬父母又友愛兄弟之張仲也。

【欣賞品評】

方玉潤曰：

寇退不欲窮追也，此吉甫安邊良謀。非輕敵冒進者比。故當其乘勝逐北也，車雖馳而常安，馬雖奔而恆閑，何從容而整暇哉！及其回軍止戈也，不貪功以損將，不黷武以窮兵，又何其老成持重耶！所謂有武略者尤須文德以濟之，非吉甫其孰當此？宜乎萬邦取以為法也。

守亮案：

詩序云：「六月，宣王北伐也。」詩序之說，與詩意不甚切合，蓋宣王本未親征也。朱傳云：「成康既沒，周室寖衰，八世而厲王胡暴虐，周人逐之，出居於彘，玁狁內侵，逼近京邑。王崩，子宣王靖卽位，命尹吉甫帥師伐之。有功而歸，詩人作歌以序其事如此。」其意近是。季本曰：「尹吉甫伐玁狁成功而還，以飲御諸友，故在朝之君子作此以美之。」細審末章語，季氏之說是也，後之說詩者多從之。詩則前三章言自治之備，車堅馬良，旌旗鮮盛，以見器械之精，訓練之勤。四章「玁狁匪茹」四句，是其犯順之罪，故詩中兩言「薄伐玁狁」，以著其問罪也。五章言其成功處，只是「至於大原」，一句便止，非後世侈言戰功之風腥水赤也。末章言凱旋燕飲之樂，又可見內有賢臣，始能使大將成功於外也。且「戎車既飭，四牡騤騤。」出師堂堂正正也。「有嚴有翼，共武之服。」治軍威嚴敬謹也。「文武吉甫，萬邦維憲。」儒將功施於無窮也。「飲御諸友，炰鼈膾鯉。」至交恩加於故舊也。詩中出征情狀、平亂情狀，立功情狀、凱旋燕飲情狀，敍之又層次井然；至文則壯盛嚴整，餘波又綺麗輕逸也。寫王者之師之筆，固當如是，洵爲一篇宣王征伐玁狁，周室中興之寶貴史詩也。

八、采芑

此美方叔征伐荊蠻之詩也。

薄言采芑❶，于彼新田❷，于此菑畝❸。方叔涖止❹，其車三千，師干之試❺。方叔率止❻，乘其四騏❼。四騏翼翼❽，路車有奭❾。簟茀魚服❿，鉤膺鞗革⓫。

右第一章，以采芑起興，美方叔簡習士衆，啓行在道，及車馬、旌旗、服飾之美，軍容之盛，紀律之嚴也。

【註釋】

❶薄言：語詞。或單曰言，或單曰薄，或合言薄言，其義無甚區別。芑：音起ㄑㄧˇ，苦菜也。❷于：在也。新田：新墾二歲之田也。❸菑：音玆ㄗ，新墾一歲之田曰菑畝。❹方叔：大將名。涖：音立ㄌㄧˋ，臨也。止：語詞。下同。又同之，指新田、菑畝也。❺師：衆也。干：盾也。之：猶是也。試：練習也。如今之演習。❻止：舊多解爲語詞，實同之，指上三千車師干之演習也。❼乘：駕也。騏：馬之青色如綦文者。

❽翼翼：壯盛貌。或行列整治之狀。❾路車：戎車也。奭：音士ㄕˋ，赤紅色。有奭：即奭然。❿簟：音店ㄉㄧㄢˋ，方文之竹席也。茀：音扶ㄈㄨˊ，車之蔽物也。簟茀：以方文竹簟爲車蔽也。魚服：以魚獸皮做成之箭袋也。⓫膺：音英ㄧㄥ，胸部也。鉤膺：馬腹之帶，以鉤拘之，施之於膺也。鞗：音條ㄊㄧㄠˊ，鞗首之飾，以金屬爲之。革：轡首也，以皮爲之。鞗革：謂以金屬飾於皮革所製之轡首也。

薄言采芑，于彼新田，于此中鄉❶。方叔涖止，其車三千。旂旐央央❷！方叔率止，約軝錯衡❸，八鸞瑲瑲❹。服其命服❺，朱芾斯皇❻。有瑲葱珩❼。

右第二章，義略同首章，惟換韻。

【註釋】

❶鄉：田野也。中鄉：鄉中，謂田野之中也。❷旂：音其ㄑㄧˊ，旗之畫有交龍者。旐：音兆ㄓㄠˋ，旗之畫有龜蛇者。央央：鮮明貌。❸約：約束也。軝：音祁ㄑㄧˊ，長轂也。戎車轂長，故以皮纏轂以保護鞏固之。錯：文彩也，衡：輈前端之橫木也。錯衡：謂橫木有文彩也。❹鸞：鈴之在鑣者也。馬口兩旁各一，四馬故八鸞。瑲：音槍ㄑㄧㄤ，瑲瑲：鈴聲也。❺命服：天子所命之服也。古公卿大夫，服有常制，天子賜以某種爵位，始可穿著某種命服。❻芾：音扶ㄈㄨˊ，同韍，皮製蔽膝也。斯：語詞。皇：猶煌，煌煌：鮮明貌。❼瑲：音槍ㄑㄧㄤ，玉聲也。有瑲：瑲然也。狀葱珩之聲。葱：蒼色也。珩：音杭ㄏㄤˊ，雜佩上端之橫玉。葱珩：蒼色之橫玉也。

鴥彼飛隼❶，其飛戾天❷，亦集爰止❸。方叔涖止，其車三千，師干之試。方叔率止，鉦人伐鼓❹，陳師鞠旅❺。顯允方叔❻，伐鼓淵淵❼，振振闐闐❽。

右第三章，改由飛隼起興，義仍略同首章，惟由啓行在道，進而陳師佈陣也。

【註釋】

❶鴥：音玉ㄩˋ，疾飛貌。隼：音準ㄓㄨㄣˇ，鷂鷹類猛禽。❷戾：至也。戾天：猶云摩天也。❸亦：語詞。集：鳥棲集於木也。爰：於也。止：休止也。爰止：言於是休止也。❹鉦：音征ㄓㄥ，樂器名，即鐃鈸。古時軍中擊鼓以進軍，鳴鉦以止兵。鉦人伐鼓乃鉦人鳴鉦，鼓手伐鼓之省略語。伐：擊也。❺陳：列也。鞠：告也。二千五百人爲師，五百人爲旅。言陳其師旅而告誓之也。❻顯：顯赫也。允：誠信也。❼淵淵：鼓聲也。❽振振：整飭師旅，以備戰也。闐：音田ㄊㄧㄢˊ，闐闐：亦鼓聲也，較淵淵爲壯盛。或以爲出日治兵，入日振旅。闐闐：盛貌。句言戰罷而歸，其衆盛多也。

蠢爾蠻荆❶，大邦爲讎❷！方叔元老❸，克壯其猶❹。方叔率止，執訊獲醜❺。戎車嘽嘽❻，嘽嘽焞焞❼，如霆如雷❽。顯允方叔，征伐玁狁，蠻荆來威❾。

右第四章，敘方叔平蠻荆獲勝神速，蠻荆畏威來服之狀也。

【註釋】

❶蠢：動而無知之貌，愚蠢也。荆：古代楚國之別稱。蠻：周人對南方民族之蔑稱。❷大邦：中國也。句言與中國爲讎也。❸元：大也。元老：在軍事政治上有重要地位與長久資歷之老臣也。❹克：能也。壯：大也。猶：謀略也。❺執：擒也，生得之也。訊：可審訊之活口，即俘虜。醜：惡也。周人稱異國敵人爲醜，如今語呼之爲鬼子。又獲義同馘，馘音國ㄍㄨㄛˊ，殺之而取其左耳也。醜，眾也。獲醜謂殺死眾多敵人也。❻嘽：音貪ㄊㄢ，嘽嘽：眾盛貌。此狀戎車急馳所發之聲也。❼焞：音推ㄊㄨㄟ，焞焞：亦狀車盛聲。❽霆：疾雷也。❾來：是也。威：畏也。二句言方叔初隨吉甫征玁狁，此又來征蠻荆，蠻荆畏之也。

【欣賞品評】

方玉潤曰：

觀其全詩，題既鄭重，詞亦宏麗。如許大篇文字，而發端乃以采芑起興，何能相稱？蓋此詩非當局人作，且非王朝人語。乃南方詩人從旁得覩方叔軍容之盛，知其克成大功，歌以誌喜。如杜甫觀安西兵過及聞官軍收河南河北諸詩，故先從已身所居之地興起。及入題，乃曰「方叔涖止」。以下即極力描寫軍容之盛，紀律之嚴，早已為懾服蠻荆張本。其人必流寓蠻荆者，素必熟稔荆楚情形，知其不臣已久，而又不能力請王師以討之。一旦得覩大將軍威，元老雄略，不覺深幸南人之得覩天日，而已身亦與有餘慶焉。故末一章，振筆揮灑，詞色俱厲，有泰山壓卵之勢，又何患其不速奏膚功也耶！

守亮案：

詩序云：「采芑，宣王南征也。」朱傳云：「宣王之時，蠻荆背叛，王命方叔南征。軍行采芑而食，故賦其事以起興。」此詩實爲方叔奉宣王命南征荆蠻，非宣王南征也。朱子謂爲「王命方叔南征」是也。惟云「軍行采芑而食」則非是，故清人方玉潤并駁斥之。季本曰：「方叔奉命南征，而能以威望服蠻荆，故詩人作此以美之。」細審末章「蠢爾蠻荆」前六句云云，自是方叔南征蠻荆之明證，季氏之言是也。詩則前三章兩言「師干之試」，明是先期練兵，預習武事，嚴其號令，信其賞罰。故能軍容整治，紀律森嚴也。以「克壯其猶」之「顯允方叔」主帥，率此堂堂正正師衆，必能進退得宜，趣舍有節，秋毫無犯，禽鳥不驚。旗央央而馬翼翼，車嘽嘽而鼓淵淵，先聲奪人，勢如雷霆。故末章一戰，而「執訊獲醜」，「蠻荆來威」也。前六月詩之伐玁狁也，先敍玁狁，後點吉甫。非文武之吉甫，無以卻匪茹犯義之玁狁。此詩之征蠻荆也，先寫方叔，後點蠻荆。非顯允之方叔，無以威蠢爾無知之蠻荆。二詩雖皆美當時將帥，且同爲宣王威宣遠夷，患除肘腋之中興大業戰爭，但格法筆勢，又自多變換也。

九、車攻

此宣王會諸侯田獵於東都之詩。

我車既攻❶，我馬既同❷。四牡龐龐❸，駕言徂東❹。

右第一章，敍將出獵而備車馬之狀也。

【註釋】

❶攻：音義同鞏ㄍㄨㄥˇ，堅固也。❷同：齊也。句謂馬行速度相齊同也。❸龐：音龍ㄌㄨㄥˊ，龐龐：高大強

盛貌。❹言：語詞。相當於而或乃字。徂：音殂ㄘㄨˊ，往也。東：東都也，東方也，指洛陽一帶之地。

田車既好❶，四牡孔阜❷。東有甫草❸，駕言行狩❹。

右第二章，敍車堅馬壯，將東狩甫田之狀也。

【註釋】

❶田車：田獵之車也。好：善也。❷孔：甚也。阜：盛大也，肥壯也。❸甫：大也。甫草：大草原也。或謂甫草為甫田之草，鄭有甫田，在今河南省中牟縣西。❹狩：音守ㄕㄡˇ，獵也。冬獵為狩。

之子于苗❶，選徒嚻嚻❷。建旐設旄❸，搏獸于敖❹。

右第三章，敍至東都而選徒以獵之之狀也。

【註釋】

❶之子：此人也，指宣王。或以為有司也，指負責狩獵之官。于：助詞，有正在進行之意。苗：狩獵之通名也。于苗：猶言正往獵也。❷選：擇也。又數也。徒：徒眾也。嚻音敖ㄠˊ，即囂字，嚻嚻：人數眾多而聲盛也。❸旐：音兆ㄓㄠˋ，旗之畫有龜蛇者。旄：音毛ㄇㄠˊ，以犛牛之尾注於旗之竿首。❹搏獸：搏取野獸也。敖：山名，在今河南省滎澤縣西北。

駕彼四牡，四牡奕奕❶。赤芾金舄❷，會同有繹❸。

右第四章，敍諸侯來會朝於東都之狀也。

【註釋】

❶奕奕：盛大貌。❷芾：音扶ㄈㄨˊ，蔽膝也。赤芾：赤色蔽膝也。舄：音細ㄒㄧˋ，履也。金舄：有金飾之鞋也。赤芾金舄：皆諸侯之服也。❸會：時見也。諸侯無定期朝見天子曰時見。同：殷見也。諸侯合其眾同時朝見天子曰殷見。繹：盛貌。有繹：即繹然。或以爲會同即今之會合，繹即有順序貌。

決拾既佽❶，弓矢既調❷。射夫既同❸，助我舉柴❹。

右第五章，敍既會同後，正式田獵之狀也。

【註釋】

❶決：象骨所製之扳指，著於右手拇指，以鉤弓弦。拾：以皮爲之，著於左臂，即射鞲，類今之套袖。佽：音次ㄘˋ，助也。利也。句言決與射鞲已可有助於用也。❷調：和也，妥當也。❸射夫：指諸侯也。同：會合也。❹柴：積禽也，言獵獲之多。或以爲柴，柴薪也，禽獸多聚於藪澤之中，必烈火驅之使出，以便射獵也。舉柴：舉柴薪以助烈火之燃燒也。或又以爲柴：音自ㄗˋ，胔之借，獵死之禽獸也。句言助我舉此獵死之禽獸以便歸也。

四黃既駕❶，兩驂不猗❷。不失其馳❸，舍矢如破❹。

右第六章，敍車馬奔馳，田獵之狀也。

【註釋】

❶四黃：四馬皆色黃也。❷驂：音參ㄘㄢ，四馬之靠外面左右二馬曰驂。猗：音以ㄧˇ，同倚，謂偏倚不正

也。❸句謂不失其驅馳之法也。❹舍：捨也，放出也。如：猶而也。破：謂射中獸而傷害之也。

蕭蕭馬鳴❶，悠悠旆旌❷。徒御不驚❸，大庖不盈❹。

右第七章，敘獵畢旋歸，而無讙譁之狀也。

【註釋】

❶蕭蕭：馬鳴聲。❷悠悠：長貌。旆旌：旗幟也。句言旌旗長而悠悠飄動也。❸徒：徒步者。御：乘車者。不驚：不喧嘩以致驚擾居民也。❹庖：音袍ㄆㄠˊ，大庖：君之庖廚也。不盈：不滿也。句言射獲雖多，而多分與同射者，君不多取，故庖厨不盈滿也。

之子于征❶，有聞無聲❷。允矣君子❸，展也大成❹。

右第八章，總敘其獵事嚴肅而美之也。

【註釋】

❶征：行也，指東行出獵也。❷聞：音問ㄨㄣˋ，有聞：有善良之名，聞於人也。又讀如本字。句謂人民但聞出獵之事，而無行軍喧嘩之聲以擾民也。❸允：信也。允矣：猶言信哉。君子：指宣王也。❹展：誠也。展也：猶言誠然。大成：所成者大，成大功也。

【欣賞品評】

李樗曰：

車攻之詩，其形容宣王之美，可謂備矣。既見其車馬之脩，又見其器械之備，與夫諸侯之服，射御之良。此仍帶定軍行嚴肅，乃是王者之師。

守亮案：

詩序云：「車攻，宣王復古也。宣王能內脩政事，外攘夷狄，復文武之境土，脩車馬，備器械，復會諸侯於東都，因田獵而選車徒焉。」詩序之說，本墨子明鬼篇：「周宣王合諸侯而田於圃田，車數百乘」之言爲說，其義近是，後之說詩者，多從之。惟細考詩篇，固多言及田獵之事；但其主旨，則重在會諸侯，帶有濃厚政治作用。蓋東都之朝，不行田獵已久，故宣王假狩獵，示其天子之威，以懾服衆諸侯耳。詩則大寫旌旗之盛，車馬之衆，射御之能，獵獲之多，此固當時美觀。然其所重也，則在諸侯之「會同有繹」。首章之徂東，二章之行狩，三章之選徒，是未會諸侯以前事也。五六兩章之田獵射御，是既會以後事也。七章之蕭蕭悠悠，是田獵終事也。末以「展矣大成」總結。以第四章作中樞，「赤芾金舄」，「會同有繹」，自是主句。此等修武盛典，輕率不得，否則諸侯何能重見漢官威儀？因之，通篇以嚴肅之字爲骨幹。車如何，馬如何，旌旗如何，弓矢如何，御射如何，無不井然有序，一無所失。尤以「徒御不驚」，「有聞無聲」，爲具體寫照。天子會諸侯，固當如是也。

十、吉　日

此美天子于西都田獵之詩。

吉日維戊❶，既伯既禱❷。田車既好❸，四牡孔阜❹。升彼大阜❺，從其羣醜❻。

右第一章，敍天子選定吉日，祭祀馬祖，準備車馬，升阜從獸以出獵也。

【註釋】

❶維：語詞。相當於乃字。戊：剛日也。天干之奇數爲剛日，偶數爲柔日，剛日宜外事，出獵爲外事，故剛日之戊爲吉日也。❷伯：馬祖也。既伯：既祭馬祖也。田獵用馬，故祭之。禱：祝禱之也。❸田車：田獵之車也。好：謂備妥也。❹孔：甚也。阜：盛大也，肥壯也。❺阜：高平日陸，大陸曰阜。今謂土山。❻從：跟蹤也。醜：謂禽獸之眾也。句謂跟蹤禽獸之羣而追逐之也。

吉日庚午❶，既差我馬❷，獸之所同❸，麀鹿麌麌❹。漆沮之從❺，天子之所❻。

右第二章，敍驅馬狩於獸所聚居之衆多處也。

【註釋】

❶庚午：亦剛日也。❷差：音釵ㄔㄞ，選擇也。❸同：聚也。❹麀：音攸一ㄡ，牝鹿也。麌：音雨ㄩˇ，麌麌：鹿眾多羣聚貌。❺漆、沮：西周境內二水名，今在陝西境內。❻天子之所：天子所在之處也。二句言從漆沮之水所流經之處，驅禽獸至天子之所，以供田獵也。

瞻彼中原❶，其祁孔有❷。儦儦俟俟❸，或羣或友❹。悉率左右❺，以燕天子❻。

右第三章，敍原中之多獸也。

【註釋】

❶中原：原中也。❷祁：大也。孔：甚也。孔有：甚多也。句謂禽獸之體大而多也。❸儦：音標ㄅㄧㄠ，儦儦：疾走貌。俟俟：緩行貌。❹群：獸三相聚曰群。友：二曰友。❺悉：盡也。句謂盡率左右隨從之人也。❻燕：樂也。

既張我弓❶，既挾我矢；發彼小豝❷，殪此大兕❸。以御賓客❹，且以酌醴❺。

右第四章，敍張弓發矢，獵獲之多，歡宴作結也。

【註釋】

❶張：加弦於弓也。古人用弓則加弦，是爲張。不用則解弦，是爲弛。❷發：發矢也。豝：音巴ㄅㄚ，牝豕也。❸殪：音意ㄧˋ，死也。兕：音四ㄙˋ，野牛也。❹御：進也。謂進奉酒食也。❺酌：以勺取酒也。醴：音禮ㄌㄧˇ，酒名。

【欣賞品評】

范處義曰：

詩人之美人君，多擧一事終始言之，以見其餘可知也。田非重事也，既謹日而祭馬祖，又謹日以差我馬，則必能致謹於國事矣。因田而得禽，非厚獲也，猶爲醴酒以御賓客，則必能與之食天祿矣。虞人既聚獸，必於天子之所；左右皆取禽，共天子之燕，則他日必能用命矣。

守亮案：

詩序云：「吉日，美宣王田也。能愼微接下，無不自盡以奉其上焉。」詩序之說，不可全信，尤以「愼微接下」語爲然。屈萬里先生曰：「此自是美天子田獵之詩，惟天子是否爲宣王，未能遽定。」詩有水流經西安府境之「漆沮」，又有「天子之所」、「以燕天子」之語，當是美天子于西都田獵之詩也。詩則全篇層次分明，結構完整，所應注意者，寫天子田獵有：吉日之選擇，馬神之祭祀，馬匹之挑選，獵車之堅好，田獵之場所，弓矢之技巧，獵獲物之宴饗，無不一一點明。至其用字也，既字首章連用者三，末章連用者二。且三之字，三以字，三彼字，亦錯落有致，此糜文開先生所及言之者也。又「悉率左右，以燕天子」二語寫出師律精嚴，人心和同氣象，此美之之所在也。此詩與前車攻，雖同屬田獵詩，但亦有不同。是以蔣悌生有「車攻、吉日，雖皆田獵之詩，車攻會諸侯於東都，其禮大；吉日專田獵，不出西都畿內，其視車攻差小，故二詩之辭，其氣象大小詳略，亦自不同」之言也。

鴻鴈之什

一、鴻鴈

此歌頌使臣賑濟安撫流民之詩。

鴻鴈于飛❶，肅肅其羽❷。之子于征❸，劬勞于野❹。爰及矜人❺，哀此鰥寡❻。

右第一章，敍詩人代流民感使臣之惠也。

【註釋】

❶鴻、鴈：均鳥名，大者曰鴻，小者曰鴈。于：助詞，有正在進行之意。于飛：猶言正在飛也。❷肅肅：羣聲之詞，此乃急促飛翔所成之羽聲也。二句以鴻雁飛翔，羽聲肅肅，喻流民之流離不安也。❸之子：指安撫流民之使臣也。征：行也。于征：言正出使於外也。❹劬：音渠ㄑㄩˊ，劬勞：勞苦也，辛勞也。二句謂吾流民不定，無安居之所。其受命而安撫流民者，居野者多，故病苦辛勞於野也。❺爰：語詞。相當於乃字。矜：苦也，憐也。矜人：謂可憐之人，指流民而言也。❻鰥：音官ㄍㄨㄢ，老而無妻曰鰥。寡：婦喪夫曰寡。二句言當道者之德惠，乃及於吾可憐之人，而哀憫我鰥夫寡婦，有此惠愛之心，誠可感也。

鴻鴈于飛，集于中澤❶。之子于垣❷，百堵皆作❸。雖則劬勞❹，其究安宅❺。

右第二章，敘詩人言使臣督導流民營築居室，漸獲安集也。

【註釋】

❶中澤：澤中也。❷垣：牆也。此作動詞用，築牆也。于垣：言正在築牆也。❸堵：牆也。一丈爲版，言長度也。版高二尺，五版爲堵，言高度也。五版相接，其高亦一丈也。百堵：言多也。❹則：猶然也。❺究：終也。安宅：安居也。二句言今雖勞苦，而終獲安定之居所也。

鴻鴈于飛，哀鳴嗸嗸❶。維此哲人❷，謂我劬勞。維彼愚人，謂我宣驕❸。

右第三章，敘詩人代使臣以答流民歌頌之言也。

【註釋】

❶嗸：音遨幺′，嗸嗸：愁苦聲。❷哲人：明智之人也。❸宣：示也。驕：慢也。二句言若彼愚人，則不知我之勞苦，而謂流民之歌頌，以示我以驕慢不恭也。

【欣賞品評】

龍伤山曰：

起二句有飛鴻滿野之象，第三句緊接之子。之子本廟堂上人，此番乃劬勞于野。于野未已，第二章乃復于垣。蓋首章勞來故于野，次章于垣乃還定也。三章則勞來還定之功已畢，此中不知費幾許心力。然惟通達治體之人，始曉得他一番盡勞。其餘不曉事人，以為侈言勞績而已。通篇深淺次第分明，首尾完善。三箇劬勞是主腦，具見中興名臣作用，不是僅繪鄭俠流民圖也。

守亮案：

詩序云：「鴻鴈，美宣王也。萬民離散，不安其居，而能勞來還定安集之，至于矜寡，無不得其所焉。」朱傳云：「周室中衰，萬民離散，而宣王能勞來還定安集之，故流民喜之而作此詩。」鴻鴈之詩，宋人如歐陽修，清人如姚際恆，多從詩序之說。近人如屈萬里先生，王靜芝先生，則多從朱子之說，後說義長。惟其作者當是詩人感流民之受使臣賑濟，漸獲安居而歌頌之，並代使臣以答流民之歌頌也。詩則恐係由於戰亂，或暴政災荒，衆多難民流亡至荒郊野外，遍地哀鴻，無處棲身。彼惠愛之執政者，乃命使臣前往賑濟安撫之，就地築城拓荒，流民得以安居，生息。詩人卽詠其事成詩，前二章以美使臣，第三章代使臣以答所美。此糜文開先生所及言之者也。三章皆以「鴻鴈于飛」起興者，轉徙無定，喻流民之流離不安也。三章之「哀鳴嗸嗸」，尤可見此意。「爰及矜人，哀此鰥寡。」「雖則劬勞，其究安宅」諸語，給予人溫暖至多。而劬勞字凡三見，眞摯之情，亦甚感人。

二、庭燎

此美君王能早朝勤政之詩。

夜如何其❶？夜未央❷。庭燎之光❸，君子至止❹，鸞聲將將❺。

右第一章，述君王視朝之早也。

【註釋】

❶其：音基ㄐㄧ，語詞。句謂現在之夜色如何？此問語。❷央：盡也。未央言未盡。句謂夜尚未盡，爲時仍早也。此答語。❸庭燎：庭中用以照明之火燭也。古燭或用樵薪，或以麻楷爲之，今之火把是也。❹君子：指諸侯。止：語詞。又同之，會朝之所也。❺鸞：鈴也，鈴繫在鑣者。將：音槍ㄑㄧㄤ，將將：鸞鈴鳴聲也。

夜如何其？夜未艾❶。庭燎晣晣❷，君子至止，鸞聲噦噦❸。

右第二章，義同上章，換韻而重唱之。

【註釋】

❶艾：音易ㄧˋ，盡也，已也。未艾：略同未央。惟未艾者，時在未央後，鄉明前也。❷晣：音至ㄓˋ，晣晣：明也。❸噦：音會ㄏㄨㄟˋ，噦噦：響聲也。

夜如何其？夜鄉晨❶。庭燎有煇❷，君子至止，言觀其旂❸。

右第三章，義同前二章，惟第二句夜鄉晨，較前二章時間為晚也。

【註釋】

❶鄉：同嚮。鄉晨：近曉也。❷煇：音輝ㄏㄨㄟ，光貌。有煇：即煇然。❸言：語詞。相當於而或乃字。旂：音其ㄑㄧˊ，旗之繪有交龍者。

【欣賞品評】

劉瑾曰：

列女傳云宣王嘗晏起，姜后脫簪珥待罪於永巷。宣王感悟，於是勤於政事，早朝晏退，卒成中興之名，以此說之，或果宣王詩也。

守亮案：

詩序云：「庭燎，美宣王也。因以箴之。」詩序之說，清人方玉潤已駁斥其非是。庭燎之詩，異說甚多。卽詩序既云美，又云箴，而季明德又謂「刺不早朝」。程伊川，嚴坦叔同謂「規宣王過勤」，惟朱傳云：「王將起視朝，不安於寢，而問夜之早晚。」其義近是。後之說詩者，語雖有異，大意皆不離此。詩則三章皆以「夜如何其」問語起句，次句答以「夜未央」，「夜未艾」，爲時尚早也。及「夜鄉晨」，則天漸曉矣。且將將噦噦，夜聞其聲也。至「言觀其旂」，則曉辨其色矣，皆寫黑夜至天明之進展也。故此詩也，爲一幅鮮明早朝圖，有聲有色，敍次如畫。或謂晏起小事也，然唐人詩「從此君王不早朝」，溯其由來，則雲鬢花顏，芙蓉帳暖，以致春宵苦短，日高始起。推其終極，則鼙鼓動地，城闕生煙，有不獨見月傷心，聞鈴斷腸者也。識乎此，則知君王能早朝，則必勤政，而無唐人詩所云之患矣，斯不大可美者歟?!

三、沔　水

此憂亂戒友之詩。

沔彼流水❶，朝宗于海❷。鴥彼飛隼❸，載飛載止❹。嗟我兄弟❺，邦人諸友，莫肯念亂❻，誰無父母❼？

右第一章，歎亂離之際，諸友未能互相為助也。

【註釋】

❶沔：音免ㄇㄧㄢˇ，水滿貌。或以爲水名，在今陝西省沔縣境，其下流即爲漢水。❷朝、宗：諸侯春見天子曰朝，夏見曰宗。借以喻水，謂歸向也。句言小水必就大海，此世事自然之理也。❸鴥：音玉ㄩˋ，疾飛貌。隼：音準ㄓㄨㄣˇ，鷂鷹屬猛禽。❹載：則也。❺嗟：音皆ㄐㄧㄝ或噘ㄐㄩㄝ，歎辭。❻念：憂念也。亂：禍亂也。句言無人念及離亂也。❼句言人人皆有父母，能不憂慮父母遭離亂之安危乎？

沔彼流水，其流湯湯❶。鴥彼飛隼，載飛載揚❷。念彼不蹟❸，載起載行❹。心之憂矣，不可弭忘❺。

右第二章，歎憂亂之多，不可止不能忘也。

【註釋】

❶湯：音傷ㄕㄤ，水流盛貌。❷揚：高舉也。❸不蹟：不循道而行之人，謂製造禍亂者。❹行：音杭ㄏㄤˊ，載起載行：則起則行，謂爲所欲爲也。或以爲憂愁在心，坐臥不寧也。❺弭：音米ㄇㄧˇ，止也。不可弭忘：謂欲止憂而忘之，不可得也。

鴥彼飛隼，率彼中陵❶。民之訛言❷，寧莫之懲❸？我友敬矣❹，讒言其興❺？

右第三章，歎世亂不止，儆戒讒言使之不興，以避害也。

【註釋】

❶率：循也。中陵：陵中也。❷訛：音鵝ㄜˊ，僞也。訛言：即今語謠言。❸寧：乃也。懲：止也。句言莫能禁止民之訛言也。或以爲懲，戒也。句言聞訛言而猶不懲戒己之過惡也。❹敬：通儆，戒愼也。❺其：將然之詞。此爲疑問語氣，謂讒言其能興乎？

【欣賞品評】

朱公遷曰：

一章言人皆不知憂亂，二章言己獨憂人之造亂，三章言在位者敬以自持，則可止讒而息亂。

王靜芝曰：

本篇三章，前二章皆以沔彼流水以下四句起興，其固定形式為一句為沔彼流水，三句為鴥彼飛隼。第三章忽捨沔彼流水，似若變化。然前二章皆八句，三章則祇六句，細察之，語氣亦短促無力。似三章亦應有沔彼流水二句為始。或詩有佚文，脫離二句。惟已不可考矣。特錄所見，以供參考。

守亮案：

詩序云：「沔水，規宣王也。」詩序之說，近人吳闓生已駁斥其非是。詩無規意，朱傳云：「此憂亂之詩。」觀詩中「莫肯念亂，誰無父母」語，其意近似。然未盡也，末章又有「我友敬矣，讒言其興」之語，當以季本所謂：「亂世讒謗相傾，而勸其友以謹言免禍，故作此詩。此朋友相戒之辭也」之說爲是。詩則慘悽離亂，危機四伏，故以流水飛鳥起興。彼流水也，雖盈溢而「朝終于海」。彼飛鳥也，雖飛揚而「率彼中陵」。但離亂危機何可忘，無根訛言何莫之能止也？一章之「誰無父母」，二章之「載起載行」，三章之「我友敬矣」。自是痛悲流涕之言，非深心人，不能道出，其世亂多讒，賢臣遭禍者之所爲歟？是以牛運震有「一部離騷神理在內」之說也。詩或有錯簡脫誤，宋朱熹已言之。然對詩之了解，似無大妨。

四、鶴鳴

此招隱之詩。

鶴鳴于九皐❶，聲聞于野❷。魚潛在淵❸，或在于渚❹。樂彼之園，爰有樹檀❺，其下維蘀❻。它山之石，可以爲錯❼。

右第一章，寫賢者隱居高雅幽靜之境，若人君求得，則可砥礪其行，有助於治國也。

【註釋】

❶九：有高義。皐：猶陵也，岸也。九皐：猶言高陵，高岸也。或以爲九皐爲迂曲之湖澤也。❷聞：音ㄨㄣˋ，聲之所達也。句言賢者雖不求聞達，然聲稱自遠也。❸潛：沈也。淵：水深處也。❹渚：音主ㄓㄨˇ，舊解爲水中可居之地，小洲也。實借爲瀦，水所都聚之處也。二句言賢者或隱或出之有時也。❺爰：乃也。檀：木名。樹檀：即檀樹，以配韻故倒置其字。❻其：指檀樹。維：語詞。相當於乃字。蘀：音拓ㄊㄨㄛˋ，草木皮葉落地爲蘀。或讀爲擇ㄗㄜˊ，亦木名也。❼錯：礪石也，可以磨治美玉。二句言如能得此賢者，等於獲它山之石，可爲砥礪之具，而輔成人君進德修業，以治其國也。

鶴鳴于九皐，聲聞于天。魚在于渚，或潛在淵。樂彼之園，爰有樹檀，其下維穀❶。它山之石，可以攻玉❷。

右第二章，義同首章，換韻重唱之。

【註釋】

❶榖：音古ㄍㄨˇ，惡木名。或以爲菜名。❷攻：錯也。磨治也。攻玉：磨治美玉也。

【欣賞品評】

方玉潤曰：

詩人平居必有一賢人在其意中，不肯明薦朝廷，故第卽所居之園，實賦其景，使王讀之，覺其中禽魚之飛躍，樹木之葱蒨，水石之明瑟，在在可以自樂。卽園中人，令聞之清遠，出處之高超，德誼之粹然，亦一一可以並見。則卽景以思其人，因人而慕其景，不必更言其賢，而賢已躍然紙上矣。其詞意在若隱若現，不卽不離之間，並非有意安排，所以為佳。

守亮案：

詩序云：「鶴鳴，誨宣王也。」鄭箋云：「敎宣王求賢人之未仕者。」詩序鄭箋之說，意似近之，惟未必爲敎宣王耳。朱傳云：「此詩之作，不可知其所由，然必陳善納誨之詞也。」詩無陳善納誨之意，朱傳語迂曲牽合，不可從。方玉潤曰：「此好一篇招隱詩也。」細審每章末兩句語，斯說是也，故後之解詩者多從之。詩則每章前七句詠隱者居處之風物，皐有鳴鶴，水有游魚，地上有雜樹，樹下有落葉。彼高雅幽靜之境，賢者自可樂之，故詩曰：「樂彼之園」也。園字貫串上下，覺禽魚樹石，無一非園中應有之物也。末二句「它山之石，可以爲錯。」「可以攻玉」云云，招隱之意，甚爲顯著。蓋人君若得此賢者，則必可爲錯以磨治美玉，謂砥礪己行，而大有益於治國安邦也。情淡意遠，境幽調高，往復吟咏，韻味極佳。

五、祈父

此王近衛之士，徵調失常，久役邊疆作戰，不得安居養親之詩。

祈父❶！予❷，王之爪牙❸。胡轉予于恤❹？靡所止居❺？

右第一章，敘王之爪牙，應在王左右，今何轉往憂患之地而訴之也。

【註釋】

❶祈：古通圻，音其ㄑㄧˊ，邊境也。父：音甫ㄈㄨˇ，古對男子之尊稱。圻父：官名，司馬也。職掌封圻之兵甲，故以爲號。此軍士呼祈父而告之也。❷予：我也。軍士自謂。❸爪牙：鳥獸用以爲威搏噬者也。王之爪牙：軍士自喻，即王之衛士也。❹胡：何也。恤：憂也。謂憂患之地。句言何轉我於憂患之地也？❺靡：無也。止居：安居也。句言使我無安居之所也。

祈父！予，王之爪士❶，胡轉予于恤？靡所厎止❷？

右第二章，義同第一章，換韻重唱之。

【註釋】

❶爪士：爪牙之士也。猶言虎士。❷厎：音止ㄓˇ，定也，終也。

祈父！亶不聽❶，胡轉予于恤？有母之尸饔❷。

右第三章，怨之深而再呼訴之，且譏祈父耳誠不聽也。

【註釋】

❶亶：音旦ㄉㄢˋ，誠也。聽：聞也。句謂耳誠不聽，聽而不聞一己之呼號也。❷尸：主也，陳也。饔，音雍ㄩㄥ，熟食也。句言我不能歸家，則祭祀之事，勞母陳熟食，年高勞苦，皆祈父之過也。或以為有母二字當逗讀。之，猶則也。言我從軍以出，有母不得終養，歸則維陳饔以祭，是可憂也。

【欣賞品評】

龍仿山曰：

三章開口連呼祈父，其聲動心。泰誓曰：「亶聰明，作元后。」此詩末章呼祈父變文曰：「亶不聽」，豈真斥祈父哉！詩人之譎也。

守亮案：

詩序云：「祈父，刺宣王也。」祈父之詩，但見悲憤之情，全無譏刺之意。詩序以為刺宣王之詩，不免迂曲附會。方玉潤曰：「此禁旅責司馬徵調失常之詩。」且朱傳曰：「軍士怨於久役，故呼祈父而告之。」斯二者是也。故屈萬里先生曰：「此詩當是王近衞之士，而調任邊疆作戰者所作。」詩則三呼祈父者，呼而訴之以情也。其情若何？曰：我本王之爪牙衞士，藩衞王室，禁兵不出。奈何遷易常職，調發遠征，轉我於憂患之地，久役不歸？初則無有安居，繼則無有終止，終則有母不得終養，歸則維陳饔以祭乎？恨而責之之聲，怨而呼之之聲，似仍振紙欲出而可聞也。牛運震之「語急氣咽，故是苦調」之言，深獲我心。

六、白駒

此君王留賢者仕而未得之詩。

皎皎白駒❶，食我場苗❷。縶之維之❸，以永今朝❹。所謂伊人❺，於焉逍遙❻。

右第一章，寫留賢之情殷，縶其駒惟恐其去也。

【註釋】

❶皎皎：白貌。駒：馬之小者。白駒：白色馬之未壯者，賢者所乘也。❷場：圃也。❸縶：音至ㄓˋ，絆也。維：繫也。句言繫絆其駒不令賢者去也。❹永：猶終也。又久也，長也。句言留賢之殷，期以延長其時，盡此今朝也。下同。❺伊人：指賢者。❻於焉：猶於是也。逍遙：遊息也。

皎皎白駒，食我場藿❶。縶之維之，以永今夕。所謂伊人，於焉嘉客❷。

右第二章，義同首章，惟換韻重唱之。

【註釋】

❶藿：音霍ㄏㄨㄛˋ，豆葉也。即上章之苗。❷嘉：美也。句言仍願留此爲我之嘉客也。

皎皎白駒，賁然來思❶。爾公爾侯❷，逸豫無期❸。愼爾優游❹，勉爾遁思❺。

右第三章，寫勸賢者留止，希其勿優游過甚思遁也。

【註釋】

❶賁：音奔ㄅㄣ，古亦與奔通，疾急也。賁然：即奔然。或謂光彩之貌。思：語詞。❷爾公爾侯：指伊人。言爾可以爲公，可以爲侯也。或以爲汝等公侯。❸逸：安也。豫：樂也。無期：無盡期也。二句言爾如爲公爲侯，則永久安樂也。❹愼：謹也。禁戒之辭。優游：猶遨游。句言愼勿優游過甚，而思隱逸也。或以爲愼、順古通用。優游，閒暇自得也。句言爾既不欲爲公爲侯，則順爾優游之志也。❺勉：音義同免。句言免爾隱逸之想，以思遁也。或以爲勉，嘉勉也。遁，隱也。言嘉勉爾之隱遁也。

皎皎白駒，在彼空谷❶。生芻一束❷，其人如玉❸。毋金玉爾音❹，而有遐心❺。

右第四章，寫留之不得，賢者遠云，目斷心傷，臨行叮囑，惠我好音也。

【註釋】

❶空谷：深谷也。二句言賢者乘白駒而去，已至深谷之中矣。❷生芻：新刈之草也。以其鮮嫩，爲飼駒之佳物也。❸如玉：似玉之溫潤高潔也。句謂賢者之德如美玉也。❹金、玉：皆貴重之物。音：音問也。

句言勿珍惜爾如金似玉之音問，不肯多賜教言也。❺遐：遠也。句言而有遠我之心也。

【欣賞品評】

方玉潤曰：

此王者欲留賢者不得，因放歸山林而賜以詩也。其好賢之心，可謂切；而留賢之意，可謂殷。奈士各有志，難以相强，何哉？觀其初欲縶白駒以永朝夕，繼則更欲縻以好爵，而不暇計賢者之心不在是也。終則知其不可留而惟冀其毋相絕，時惠我以好音耳。詩之纏綿，亦云至矣。

守亮案：

詩序云：「白駒，大夫刺宣王也。」詩序以大夫刺宣王詩，詩中明言「爾公爾侯」，作者當係君王，何言大夫？迂曲附會，斷不可從。詩中又有「勉爾遁思」語，自是勉賢者勿思隱遁之詞。是以鄭箋云：「刺其不能留賢。」除刺字欠妥外，「不能留賢」，義頗近似。故朱傳云：「爲此詩者，以賢者之去而不可留也。」後之解詩者，多不離此意。詩則首兩章寫賢者之去，雖不可留，但縶維其駒，期其終此朝夕，暫事逍遙，仍爲嘉客。此與好客而至投其轄何異？留止之情亦已殷切矣。三章勸勉、禁戒、希冀之言，無不用之；願其爲公爲侯，以益時教，勿優游思遁也。愼勉二字，宜用心看。四章以留止不得，故多繾綣之情、瞻戀之意，不能自已之言。末兩句尤可見其拳拳思慕，眷懷神往也。

七、黃鳥

此流寓異國者思歸之詩。

黃鳥黃鳥❶，無集于穀❷，無啄我粟❸。此邦之人❹，不我肯穀❺。言旋言歸❻，復我邦族❼。

右第一章，民適異國，遭遇歧視，不能安居，乃有思歸之情也。

【註釋】

❶黃鳥：黃雀也。非黃鶯，黃鶯不啄粟。❷穀：音古ㄍㄨˇ，惡木名。❸粟：糧食之通稱。❹邦：國也。❺穀：善也。二句言所流寓國之人，莫肯善待我也。❻言：語詞。相當於而或乃字。旋：回還也。❼復：反也。邦：故國也。族：本族也。

黃鳥黃鳥，無集于桑，無啄我粱。此邦之人，不可與明❶。言旋言歸，復我諸兄❷。

右第二章，與首章同義，換韻重唱之。

【註釋】

❶明：音忙ㄇㄤˊ，盟也，可信賴也。❷句言反於我諸兄之處也。

黃鳥黃鳥，無集于栩❶，無啄我黍。此邦之人，不可與處❷。言旋言歸，復我諸父❸。

右第三章，義同前二章，又換韻而疊唱之。

【註釋】

❶栩：音許ㄒㄩˇ，木名。❷處：居也。不可與處：則有強陵弱，衆暴寡之意。❸諸父：伯父叔父等總稱。

【欣賞品評】

范處義曰：

適異國之民，而所至之邦，人不能與之相善，不能與之相知，不能與之相安，於是思歸故國，復依族人與諸兄諸父也。國風曰：「豈無他人，不如我同姓。」此之謂也。

守亮案：

詩序云：「黃鳥，刺宣王也。」詩中但述思歸之情，全無譏刺之意，詩序之說，斷不可從。朱傳云：「民適異國，不得其所，故作此詩。」斯言是矣，故近人說解此詩者，多從朱子之說。詩則以前三句起興，與本事無關。後四句乃詩之本意也。或曰連呼黃鳥黃鳥者，以黃鳥之啄粟，比人之害己也。此恐失之鑿。夫民之去其鄉土，離其親戚者，勢之不得已也。然人不相恤，故思「復我邦族」，「復我諸兄」，「復我諸父」也。蓋人情困苦之極，則愈益思其親者焉。然若父兄邦族可依，又何至遠適異國乎？此故作強詞，正自可憐也。故牛運震曰：「口硬心酸，愴急之調。」對此無可奈何之哀鳴，讀之者，自易起憐恤之心耳。

八、我行其野

此貧苦男子，異鄉入贅，以求安居，其妻厭故喜新，而不相容，思歸故里之詩。

我行其野，蔽芾其樗❶。昏姻之故❷，言就爾居❸。爾不我畜❹，復我邦家❺。

右第一章，言惡木尚可庇蔭，今何棄婚姻至親，竟不畜我，故而思返邦家也。

【註釋】

❶蔽：謂可蔽風日。芾：音費ㄈㄟˋ，蔽芾：茂盛貌。樗：音書ㄕㄨ，惡木也。❷昏：夫稱妻爲昏。姻：妻稱夫爲姻。昏姻：謂夫妻也。❸言：語詞。相當於而或乃字。就：從之也。爾：汝也。此夫稱其妻。二句言以夫妻之故，乃就爾以居之也。❹畜：養也，收容也。❺復：返也。家音姑ㄍㄨ，邦家：故鄉之家也。

我行其野，言采其蓫❶。昏姻之故，言就爾宿❷。爾不我畜，言歸斯復❸。

右第二章，義同首章，換韻而重唱之。

【註釋】

❶蓫：音竹ㄓㄨˊ，惡菜也，又名羊蹄菜。❷宿：猶居也。❸斯：語詞。相當於乃字。言歸斯復：謂歸返家園也。

我行其野，言采其葍❶。不思舊姻❷，求爾新特❸。成不以富❹，亦祇以異❺。

右第三章，言惡菜尚可禦饑，今何不念舊姻，以逐其奇異，另求新夫耶？

【註釋】

❶葍：音福ㄈㄨˊ，古音逼ㄅㄧ，惡菜也，今魯西謂之葍苗。葉，花，皆似牽牛花，蔓生。❷思：念也。❸特：匹也。又畜之牡者亦曰特。此謂男性，指夫壻。❹成：即誠，誠然也。或以爲成謂新成之婚姻也。❺祇：只也，僅也。異：新異也。二句言誠然不因新特之富，亦祇以其新異耳。責其厭故喜新也。

【欣賞品評】

輔廣曰：

常人之情，有不得已來依親舊，而不見收卹，則怨怒形於色辭，苛責痛詆，無所不至。而此詩但言「爾不我畜」，則「復我邦家」而已。至其末章，則又厚其情實，而歸之忠厚焉。此情性之正，而詩之所謂可以怨者，於此可見矣。

守亮案：

詩序云：「我行其野，刺宣王也。」考文求義，全無刺意，詩序以此爲刺宣王之詩，自不可信。朱傳云：「民適異國，依其昏姻，而不見收邺，故作此詩。」細審詩篇，中有「昏姻之故，言就爾居。」「不思舊姻，求爾新特」之語，當係流落異國者，本欲依其婚姻，以求安居；但其妻另結新歡，故其夫作此詩以責之。朱傳說是。詩則以婚姻之故，而就爾居、就爾宿。首章言居，欲爲久處也。次章言宿，則思暫寓矣。然不論久處暫寓，由「爾不我畜」語，知皆不可得也。其所以如此者，惟在末章之「不思舊姻，求爾新特」耳。然其所另求之新夫，抑果有何可取乎？富不逾我，僅以其新異也。厭故喜新之情，煥然紙上。既不相容收恤，無恩澆薄如是，故思「復我邦家」也。

九、斯干

此王侯公族築室初成，頌禱祈吉之詩。

秩秩斯干❶，幽幽南山❷；如竹苞矣❸，如松茂矣❹。兄及弟矣，式相好矣❺。無相猶矣❻。

右第一章，總述其地勢之美，以祝家族和樂。

【註釋】

❶秩秩：澄清貌，水流貌。斯：語詞。干：澗也。❷幽幽：深遠貌。❸如：與而通。下同。或釋爲似。苞：叢生茂密貌。❹茂：枝葉繁盛也。二句以竹之苞，松之茂，喻兄弟之和好也。❺式：語詞。好：和好也。❻猶：古通猷、詐也，欺也。又通尤，怨尤也。

似續妣祖❶，築室百堵❷，西南其戶❸，爰居爰處❹，爰笑爰語。

右第二章，統言其築室始終，以祝嗣續妣祖。

【註釋】

❶似：嗣也。續：繼也。妣：先人之女者。祖：先人之男者。古者祖母以上稱妣，祖父以上稱祖。後始考妣對稱。句言嗣繼祖先德業，故必築宮室以祀之也。❷堵：凡築牆一方丈爲一堵。此以一堵代表房屋一間。百堵：狀其所築房屋之廣且多也。❸戶：門戶也。古宮室制度，有正戶，有側戶，方向不同。此謂門戶或西向，或南向也。❹爰：於是也。句言於是居處之也。

約之閣閣❶，椓之橐橐❷。風雨攸除❸，鳥鼠攸去。君子攸芋❹。

右第三章，敘以板築牆之堅固嚴密。

【註釋】

❶約：捆紮也。閣閣：猶歷歷，狀築牆時以繩索捆紮木板之牢固貌。或以爲捆板閣閣之聲也。❷椓：音灼ㄓㄨㄛˊ，築也，以杵擊土，使之堅固也。橐：音沱ㄊㄨㄛˊ，擊土杵聲也。❸攸：語詞。此有所以，因而，於是意。下同。❹芋：宇之假借，居也。

如跂斯翼❶，如矢斯棘❷；如鳥斯革❸，如翬斯飛❹。君子攸躋❺。

右第四章，敘堂宇之美觀。

【註釋】

❶跂：音企ㄑㄧˋ，舉踵也。斯：語詞。翼：恭敬貌。句言宮室之大勢，如鳥翼之展，似人企立翼然恭敬也。❷如矢：言其直也。棘：稜也。房之廉隅也。或以爲棘，急也。矢行緩則枉，急則直。句言房宇之廉隅，如矢之正直也。❸革：古讀如棘ㄐㄧˊ，張翼之狀。句言棟宇之宏偉，如鳥之展翅也。❹翬：音輝ㄏㄨㄟ，雉雞也。句言簷阿之形勢，如雉之飛翔也。❺躋：升也。句言如斯之建築，誠君子所宜升而入之也。

殖殖其庭❶，有覺其楹❷。噲噲其正❸，噦噦其冥❹。君子攸寧❺。

右第五章，敘居室之寬明。

【註釋】

❶殖殖：平正也。❷覺：直也。有覺：覺然也。楹：音盈ㄧㄥˊ，宮室四周有柱，其門前之二柱曰楹。❸噲：音快ㄎㄨㄞˋ，噲噲：寬廣明亮貌。正：向明之處。又正中處。指堂言。❹噦：音會ㄏㄨㄟˋ，噦噦：幽暗貌。冥：謂暗處。指室言。❺寧：安也。

下莞上簟❶，乃安斯寢❷，乃寢乃興❸，乃占我夢❹。吉夢維何？維熊維羆❺，維虺維蛇❻。

右第六章，頌主人安寢，並得吉夢。

【註釋】

❶莞：音管ㄍㄨㄢˇ，蒲草也。簟：音店ㄉㄧㄢˋ，竹席也。句言蒲草藉下，竹席覆上，寢處已安妥矣。❷斯：

乃也。寢：寐也。❸興：起也。❹我：代主人自稱。句言占夜寢時所作之夢也。此下皆假設之辭。❺羆：音皮ㄆㄧˊ，獸名，似熊而大。❻虺：音悔ㄏㄨㄟˇ，蛇之一種。

大人占之❶，維熊維羆，男子之祥❷；維虺維蛇，女子之祥❸。

右第七章，祝大人占夢，乃獲吉兆。

【註釋】

❶大人：占夢之官也。古有太卜之官，尊之故曰大人。此下四句即大人對夢之解說。❷祥：先兆也。二句言熊羆屬男子之吉兆。❸二句言虺蛇屬女子之吉兆。

乃生男子，載寢之牀❶，載衣之裳❷，載弄之璋❸。其泣喤喤❹，朱芾斯皇❺，室家君王❻。

右第八章，祝生男也。

【註釋】

❶載：則也。❷衣：音亦ㄧˋ，穿著也。❸弄：玩也。璋：半圭也。弄璋：本置圭璋於手邊作玩弄狀，此預祝其爲顯官也。❹喤：音黃ㄏㄨㄤˊ，喤喤：小兒啼聲洪亮也。❺芾：音費ㄈㄟˋ，蔽膝也。朱芾：赤色蔽膝也。斯：語詞。皇：猶煌。煌煌：鮮明貌。❻君：指諸侯。王：指天子。二句言此兒長成，必服鮮明朱芾，爲君爲王也。或以爲室家君王，猶言一家之主也。

乃生女子，載寢之地，載衣之裼❶，載弄之瓦❷。無非無儀❸，唯酒食是議❹。無父母詒罹❺。

右第九章，祝生女也。

【註釋】

❶裼：音替去一，褓也。包裹嬰兒之小被也。❷瓦：紡錘也，用以撚線者。弄之瓦：意使習紡織之事也。❸非：違也。儀：專制也。句謂於人所言，不持異議，而己又不作主張也。古者女子以順從爲美德，故云。或以爲非，錯誤也。儀，當讀爲俄さ，邪僻也。句言無錯誤邪僻也。❹議：談論也。句言婦女惟以酒食之事爲是耳。❺詒：或作詒，給與也。罹：憂也。句言無貽父母以憂也。

【欣賞品評】

牛運震曰：

敍作室正身，祗中間四章。前段設景佈勢，後篇摸情生波，極章法結構之妙。篇中有極篤厚語，有極壯麗語，有極奇幻語，錯出不竭，曲盡其妙。

裴普賢曰：

全詩寫來層次分明，由遠而近，由大而小，由外而內，由靜而動，由實而虛。自首章至六章之前半章，皆屬寫實，以後則純屬推想期望之意。而三章寫牆垣堅固，則謂「君子攸芋」，四章寫房屋氣勢，則謂「君子攸躋」，五章寫內室居寢，則謂「君子攸寧」，描寫細緻而生動，用字更是精鍊恰當。

守亮案：

詩序云：「斯干，宣王考室也。」考室，成室也。成室雖是，然未必宣王。清人方玉潤已駁斥其非。朱傳云：「築室既成，而燕飲以落之，因歌其事。」細讀詩篇，詩中但見頌禱之詞，全無燕飲之語。故屈萬里先生曰：「此當是築室既成，而頌禱之之詩。」惟詩中有「室家君王」之語，似非民間之作。詩則似此大篇，欲其井然有序，多不知如何下筆。此則卻從臨水面山說起宮殿氣象，曠若巖泉，高深閒遠。中間之敘堂宇之美觀，居室之寬明，為後世宮殿賦所祖。秦之阿房，漢之未央，南朝結綺臨春之閣，齊雲落星之樓；視此，似亦無以過之也。詩後之生男育女，與篇首之聚祖承先，遙遙相應，自是結構精密處。惟男子之生也，則寢牀，衣裳以弄璋。女子之生也，則寢地，衣裼以弄瓦；知吾國之重男輕女觀念，周固有之也。至「朱芾斯皇，室家君王。」「無非無儀，唯酒食是議，無父母詒罹」之言，則對男女期望之不同，恐亦植基於此也。

十、無羊

此咏畜牧有成，而牛羊衆多之詩。

誰謂爾無羊？三百維羣❶。誰謂爾無牛？九十其犉❷。爾羊來思❸，其角濈濈❹，爾牛來思，其耳濕濕❺。

【註釋】

右第一章，寫牛羊之蕃殖盛多也。

❶維：猶爲也。句言羊性喜群，故多相聚集也。❷犉：音純ㄔㄨㄣˊ，牛七尺爲犉。或以爲黃牛黑脣爲犉。九：謂以九計之，十：謂以十計之。句言七尺之牛即多至九十頭，言其衆多也。❸思：語詞。❹濈：音吉ㄐㄧˊ，濈濈：衆多聚集貌。❺濕濕：潤澤貌。牛病則耳燥，安則潤澤。或以爲耳動之貌，言其嚼食而耳動也。

或降于阿❶，或飲于池，或寢或訛❷。爾牧來思❸，何蓑何笠❹，或負其餱❺。三十維物❻，爾牲則具❼。

右第二章，寫牧場之人畜活動也。

【註釋】

❶阿：大陵也。❷訛：動也。或曰出聲也。以上三句，寫牛羊之動態。❸牧：牧人也。❹何：同荷，讀如賀ㄏㄜˋ，負荷也。❺負：戴也。餱：音侯ㄏㄡˊ，乾糧也，食物也。❻物：牛羊之毛色相異者也。句言依顏色分類，有三十種之多。三十維物：與九十其犉，句式相同，皆言其多也。❼牲：供祭祀之家畜犧牲也。具：備也。古祭祀因所祭者不同，而用不同毛色之犧牲，故云具也。

爾牧來思，以薪以蒸❶，以雌以雄❷。爾羊來思，矜矜兢兢❸，不騫不崩❹。麾之以肱❺，畢來既升❻。

右第三章，寫牧罷之歸來情狀也。

【註釋】

❶薪、蒸：薪之粗者曰薪，薪之細者曰蒸。❷雌雄：指禽鳥言，牧人於暇時所弋者。❸矜矜：矜持也。兢兢：戒懼也。矜矜兢兢：狀其溫謹也。羊性和善，故云。或以為狀牛羊行進迅速爭馳貌。❹騫：音牽ㄑㄧㄢ，躁進也。崩：離散也。句謂羊羣不散亂也。或以為騫借為蹇，跛足也。崩，傾跌也。❺麾：音義同揮ㄏㄨㄟ，指揮也。肱：音工ㄍㄨㄥ，手臂也。❻畢：俱也。既：盡也。升：升入牢也。

牧人乃夢：衆維魚矣❶，旐維旟矣❷。大人占之❸：「衆維魚矣，實維豐年❹；旐維旟矣，室家溱溱❺。」

右第四章，寫牧之有成，藉夢以祝歲豐年和，生齒繁庶也。

【註釋】

❶眾維魚矣：猶云維眾魚矣。言夢魚之眾多也。❷旐：音兆ㄓㄠˋ，繪有龜蛇之旗。旟：音與ㄩˇ，繪有鳥隼之旗。句亦寫夢境。❸大人：占夢之官也。古有太卜之官，尊之故曰大人。❹二句以魚、餘、裕音近，故以之釋豐年之象。❺溱：音珍ㄓㄣ，溱溱：眾也。言人口眾盛，因旐旟所以聚眾也。以上四語，皆占夢者之言。

【欣賞品評】

方玉潤曰：

詩首章誰謂二字，飄忽而來，是前此凋耗，今始蕃育口氣。以下人物雜寫，或牛羊並題，或牛羊渾言，或單咏羊不咏牛，而牛自隱寓言外。總以牧人經緯其間，以見人物並處，兩相習自不覺其兩相忘耳。其體物入微處，有畫手所不能到，晉唐田家諸詩，何能夢見此境？末章忽出奇幻，尤為匪夷所思；不知是真是夢，真化工之筆也。其尤要者，「爾牲則具」一語，為全詩主腦。蓋祭祀燕饗及日用常饌所需，維其所取，無不具備，所以為盛，固不徒專為犧牲設也。然淡淡一筆點過，不更纏繞，是其高處。若低手為之，不知如何鄭重以言，不累卽腐。文章死活之分，豈不微哉！

守亮案

詩序云：「無羊，宣王考牧也。」詩中但述牛羊之事，斷非美宣王考牧之詩，清人方玉潤已駁斥其非是。朱傳云：「此言牧事有成，而牛羊衆多也。」細考詩篇，此惟詩人見牧事有成，牛羊衆多，乃喜而咏之耳，朱傳說是也。詩則描寫人畜動態，刻劃入微，栩栩如生，構成一幅別具風格之野趣畫面。或曰：游牧之事，北狄所重，中國則不然。然鄘風詩固有「騋牝三千」之言也。漢之興也，史亦稱其牛羊被野也。詩首章角濈耳濕，已具畫意。二章降阿飲池，「或寢或訛」，則不獨畫其形體，並其性情亦形容之矣。不僅此也，又畫出牧人荷蓑笠，負餱糧，奔走追隨風雨田畝之中，筆墨眞生動，光景何閒逸。三章寫牛羊下來情狀，「矜矜兢兢，不騫不崩。」寫牛羊矜持戒懼之合群不散亂也。又旁筆輕帶牧人之「以薪以蒸，以雌以雄」所樵弋持歸之物。「麾之以肱，畢來旣生」之驅策歸牢動作。至末章幻出牧人一夢，一切不知是夢是眞，何等奇絕。牛運震曰：「中間描寫牧事物態，鮮動入神。」豈只中間，全詩無不如此。

節南山之什

一、節南山

此賢臣家父所作，以刺執政者任用姻小而敗政之詩。

節彼南山❶，維石巖巖❷，赫赫師尹❸，民具爾瞻❹。憂心如惔❺，不敢戲談❻。國既卒斬❼，何用不監❽！

右第一章，以南山積石高峻起興，言師尹地位高崇，反趺所為不善，使人憂心如焚也。

【註釋】

❶節：高峻貌。❷巖巖：積石貌，峻危可怖貌。❸赫赫：尊顯貌。師：太師也。尹：尹氏，皆周王朝執政者官名❹具：俱也。句言赫赫然尊顯之大師及尹氏，民皆惟爾是視也。❺惔：音談ㄊㄢˊ，火焚也。❻戲談：相戲而言，隨便談論也。❼卒：終也。斬：絕也。句言國家既已終絕也，當指犬戎滅周而言。❽何用：何以也。監：視也、察也。句謂何以不能察視其政治敗壞，乃至於此之害也。

節彼南山，有實其猗❶。赫赫師尹，不平謂何❷！天方薦瘥❸，喪亂弘多❹。民言無嘉❺，憯莫懲嗟❻！

右第二章，以南山廣大山曲起興，責師尹用心行政不平，招致喪亂，民無善言也。

【註釋】

❶實：廣大貌。有實：實然也。猗：古讀與阿同，當爲阿之假借，山之曲隅處也。❷不平：謂處事不得其平也。謂何：奈何也，爲何也。❸薦：重複也。瘥：音嵯ㄘㄨㄛˊ，病也，災疫也。句言上天正屢重降病患災疫也。❹喪亂：禍亂也。弘：大也。❺嘉：善也。句言人民對師尹之政，已無善言矣。❻憯：音慘ㄘㄢˇ，曾也，乃也。懲：戒也。嗟：歎也。句言師尹乃不懲改警戒，亦無咨嗟悔悟也。

尹氏大師，維周之氐❶；秉國之均❷，四方是維❸；天子是毗❹，俾民不迷❺。不弔昊天❻！不宜空我師❼。

右第三章，述師尹秉持大權，維繫四方，毗輔天子，領導人民之地位重要。不應不善，以失其職，使我衆民窮困也。

【註釋】

❶氐：音抵ㄉㄧˇ，同柢，根本也。又解爲砥，柱石也，皆形容尹氏、大師二人地位之重要，爲國家根本。❷秉：掌握也。均：通鈞，陶人模下圓轉者。句言尹氏大師掌握政權以治國，猶陶人之製器，方圓大小，任其所欲，謂秉持大權也。❸維：維持也。句言尹氏大師有維持四方之責也。❹毗：音皮ㄆㄧˊ，輔也。❺俾：使也。迷：迷惑也，今俗謂之迷失。句言使百姓不迷失一己，而得其正當生活也。❻不弔：即不淑，猶不幸也，不善也。昊：音浩ㄏㄠˋ，元氣博大之貌。昊天：猶今語老天也。❼空：窮也。師：衆也。謂人民百姓。句言上天不宜使尹氏大師居高位，以窮我衆民也。

弗躬弗親❶，庶民弗信❷；弗問弗仕❸，勿罔君子❹？式夷式已❺，無小人殆❻。瑣瑣姻亞❼，則無膴仕❽。

右第四章，訴師尹不善職責，弗親政事，致民不信，近小人，而用姻親也。

【註釋】

❶躬：身也。親：親自也。句言尹氏大師，凡事皆不親身躬行處治之也。❷庶：眾也。庶民：黎民百姓也。信：信賴也。❸問：過問也。仕：事也，從事也。❹罔：欺也。君子：指君王。或指在官爲吏者。❺式：語詞。夷：平也。悅也。謂當平其心悅其性也。已：止也。謂當止其惡也。或謂當廢退小人也。❻殆：危也。句謂勿使小人危其國也。❼瑣瑣：小貌。姻亞：壻之父曰姻，兩壻相謂曰亞。姻亞即今所謂裙帶關係也。❽膴：音五ㄨˇ，厚也。膴仕：謂高官厚祿也。

昊天不傭❶，降此鞠訩❷；昊天不惠❸，降此大戾❹。君子如屆❺，俾民心闋❻；君子如夷❼，惡怒是違❽。

右第五章，言天以師尹之持事不能均平，故降此窮極之亂，發出沉痛呼聲，並作希望之辭。願能行至正之道，使民心平而安也。

【註釋】

❶傭：均也。句言天以師尹之持事不能均平也。又韓詩作庸，善也。昊天不傭：與上不弔昊天同意。❷鞫：窮也。又大也。訩：音凶ㄒㄩㄥ，凶咎也，災亂也。❸惠：愛也，仁也。❹戾：乖違不順也。此指災難。

❺屆：至也。句言君子之施政，當躬親理治之也。君子，設想之人，亦暗指師尹而刺之也。❻闋：音缺ㄑㄩㄝ，息也。句言使民之心平息而安也。❼夷：平也。與上屆字同。❽違：去也。句言人民厭惡怒恨之情乃消失也。

不弔昊天，亂靡有定❶；式月斯生❷，俾民不寧❸。憂心如酲❹，誰秉國成❺？不自爲政❻，卒勞百姓❼。

右第六章，仍對天呼喊，世亂不止，有增無已，民不安寧，憂心如醉，其誰致之耶？不親國政，委諸親亞，有所使然耳。

【註釋】

❶亂：動亂也。靡：無也。句言動亂無所定止也。❷式、斯：皆語辭。式月斯生：謂按月而生也。此言動亂因歲月之增，而滋生不已也。❸寧：安也。❹酲：音呈ㄔㄥˊ，病酒也。❺成：平也。句言誰能秉持國政能使之平邪？又借爲程、法也。句言誰秉持此國之大法也？❻爲：行也。句言持政者不躬親爲之也。❼卒：終也。句言終使人民受其勞苦也。又音義同瘁ㄘㄨㄟˋ，勞弊也。

駕彼四牡，四牡項領❶。我瞻四方，蹙蹙靡所騁❷。

右第七章，本擬駕彼四馬，脫離此地，然四方擾亂如一；覺天地窄小，無我安身之處也。

【註釋】

❶項：大也。領：頸也。項領：言馬肥大也。❷蹙蹙：縮小之貌。騁：馳騁也。句言四方蹙蹙然縮小，馬

雖肥壯，亦無所馳騁也。

方茂爾惡❶，相爾矛矣❷；既夷既懌❸，如相醻矣❹。

右第八章，言所用彼小人之性，反覆無常也。

【註釋】

❶方：當也。茂：盛也。惡：惡感也。❷相：視也。視爾矛，言欲相鬪也。二句言當爾等相互憎恨正盛時，則視爾之兵器，勢將用武也。❸夷：平也。懌：音亦一、，悅也。句謂怒氣平息而兩相悅也。❹如：猶乃也，則也。醻：同酬，謂飲酒相酬酢也。

昊天不平，我王不寧。不懲其心❶，覆怨其正❷。

右第九章，言天視此師尹之事為不平，故降禍而使吾王不寧也；然師尹竟不自戒其心，反怨持正道者之不能與己合作也。

【註釋】

❶懲：戒也。❷覆：反也。正：持正道者也。二句言非但不改悟，反怨恨持正道者。

家父作誦❶，以究王訩❷。式訛爾心❸，以畜萬邦❹。

右第十章，為全詩作結，點出作詩之人及作詩原因，並願化改惡者之心，養萬邦，致太平也。

【註釋】

❶父：音甫ㄈㄨˇ，家父：作此詩者之字也。作者自書其字於詩中。誦：可誦之詩也。❷究：推究也。王訩：謂王政致凶之由也。❸訛：化也，變也。爾：謂師尹也。❹畜：養也。萬邦：四方諸侯之國也。

【欣賞品評】

許謙曰：

此詩刺王用尹氏。前九章惟極言尹氏之罪，而卒章以一言歸之王心，則輕重本末自見，此家父之善於辭也。其所以刺尹氏者，大要有二事：為政不平而委任小人也。

守亮案：

詩序云：「節南山，家父刺幽王也。」詩序之說，宋人朱熹已疑其爲非。朱傳云：「此詩家父所作，刺王用尹氏以致亂。」不言爲何王。後世若季明德，何玄子，僞詩傳皆以爲桓王時詩。或可信從。詩中所謂「以究王訩」者，乃言究王訩之所由來耳，全無刺王之意。吳闓生曰：「通篇一意貫注，詞意甚明，並無一語斥王。」甚是。節南山之詩，詩中所謂「赫赫師尹」者，屈萬里先生曰：「師，大師。尹，尹氏。皆官名也。」是師尹指太師及尹氏，所謂尊顯之執政者。又詩有「瑣瑣姻亞，則無膴仕」之語，知此乃家父作以刺執政者任用姻小而敗政之詩。詩則首章以「赫赫師尹」之位尊權重，威爲人畏，誰敢正言其失，直陳其非？而詩人竟怒斥切責者，蓋憂國情深，禍福有所不計也。二章略同，然特出不平二字，憤苦之極，此是主腦。然不平者何？三章之失其職也，末句不宜二字，氣咽語梗，有滿腹怨毒。何以失職？四章之凡事不躬親，近小人而用姻親也。故詩中反覆申明不平之意，「弗躬弗親」，「不自爲政」皆爲斥其失職之辭。五六兩章，以沉痛呼聲，愬百姓因爲政不平所遭致之窮困勞苦。七章本擬一走了之，一則不忍離去祖國，再則四方莫不然，何處可安身也？末二語極沉鬱。八章特繪姻亞小人情狀，險躁之態酷肖。九章言師尹爲政不平之危殆結果。末章乃以「訛爾心」，「畜萬邦」作結，何等忠厚，一篇怨斥幽憤罪責，至此皆成苦口良藥矣。又特明書「家父作誦」，一肩承當，直節勁氣，光明磊落之情，可並日月。直書無諱，願言之者眞無罪也。

二、正　月

此周大夫憂國將亡，憤極而作之詩。

正月繁霜❶，我心憂傷。民之訛言❷，亦孔之將❸。念我獨兮❹，憂心京京❺。哀我小心❻，癙憂以痒❼。

右第一章，由天時失常，傷己孤立讒邪之朝，而憂心獨深也。

【註釋】

❶正：音征ㄓㄥ，正月：正陽之月，周之六月，夏曆四月也。繁：多也。四月非降霜之時，今乃多霜，是氣候反常，故天變示儆也。❷訛：或作譌，僞也。訛言：今謂之妖言或謠言。❸亦：語詞。孔：甚也。將：大也。二句謂謠言流傳甚盛也。❹念：思也。獨：孤獨無依也。❺京京：憂不去貌。二句謂思我一人獨力辯其僞言之非是，而無力挽回，故心中憂愁不已也。❻哀：憂傷也。小心：狹小之心也。❼癙：音鼠ㄕㄨˇ，憂也。痒：音羊一ㄤˊ，病也。

父母生我，胡俾我瘉❶？不自我先，不自我後❷。好言自口，莠言自口❸。憂心愈愈❹，是以有侮❺。

右第二章，自傷生逢亂世，讒邪可畏，中心憂懼之也。

【註釋】

❶胡：何也。俾：使也。瘉：音愈ㄩˋ，病也。此指災難。句言何爲使我遭此喪亂之病苦也。❷二句謂禍亂之興，不先不後，我乃適逢其會也。❸莠：音有ㄧㄡˇ，醜惡也。二句謂好言出自其口，惡言亦出自其口，信口而出，反覆無常，故可畏也。❹愈愈：病貌。又猶鬱鬱，煩悶也，憂懼也。❺句言因憂傷時政而爲人嫉恨，故遭欺侮也。

憂心惸惸❶，念我無祿❷。民之無辜，幷其臣僕❸。哀我人斯❹，于何從祿❺？瞻烏爰止❻？于誰之屋❼？

右第三章，傷身不遇，恐遭國亡，憂後禍之不測也。

【註釋】

❶惸：音瓊ㄑㄩㄥˊ，惸惸：憂思貌。又作煢煢，孤獨貌。❷祿：福也。無祿：猶言不幸也。又無祿食，無以爲生也。❸幷：俱也，皆也。臣僕：囚虜奴隸也。二句言一旦亡國，無論有罪無罪，將幷爲人臣僕也。❹我人：今言我們。斯：語詞。❺從：就也。句言從何而得幸福耶？又從何而得祿食乎？言無以爲生也。❻瞻：視也。爰：於何也。❼于：在也。俗謂烏落於富家之屋。此言擧世皆窮困，不知烏落於誰家之屋也。

二句以烏之不知將止息於誰家屋上，喻國人亦不知將何所依歸也。承上幷其臣僕而言。

瞻彼中林❶，侯薪侯蒸❷。民今方殆❸，視天夢夢❹。既克有定❺，靡人弗勝❻。有皇上帝❼，伊誰云憎❽！

右第四章，傷讒邪殘民，衆庶危殆，寄希望於天命也。

【註釋】

❶中林：林中也。❷侯：維也，語詞。薪：粗薪也。蒸：細薪也。二句以林木盡爲柴薪，而無棟樑之材，喻朝中盡姦邪小人，而無忠藎賢臣也。❸方：正也。殆：危也。❹夢夢：不明也。今言迷迷糊糊。❺克：能也。定：謂定亂也。言天如肯定亂，則無人不能勝過，所謂天定勝人也。❻靡：無也。二句謂天如肯定亂，則無人能勝過天意而作亂也。❼皇：大也。有皇：皇然也。上帝：指上天。❽伊：語詞。云：是也。憎：惡也。句言天竟不肯定亂，是爲憎誰邪？

謂山蓋卑❶，爲岡爲陵❷。民之訛言，寧莫之懲❸！召彼故老❹，訊之占夢❺，具曰：「予聖」❻。誰知烏之雌雄❼？

右第五章，傷訛言不止，是非紛紜，皆自以為是也。

【註釋】

❶蓋：讀如盍ㄏㄜˊ，何也。謂山蓋卑：言山何其卑也。❷爲：謂之假借。岡：山脊也。陵：大阜也。均有高意。山本高而言其卑，證其言之不實。故下云民之訛言也。❸寧：乃也。懲：止也。句言莫能禁止民之

訿言也。或以爲懲，戒也。句言聞訿言而猶不懲戒己之過惡也。❹故老：謂年高望重之人也。❺訊：問也。占夢：官名，掌占夢之吉凶者。❻具：俱也，皆也。句言故老與占夢者皆自以爲聖哲也。❼烏之雌雄不易辨，此喻故老、占夢之言，亦不易辨其是非也。

「謂天蓋高，不敢不局❶；謂地蓋厚，不敢不蹐❷。」維號斯言❸，
有倫有脊❹。哀今之人，胡爲虺蜴❺？

右第六章，傷無辜之民，危懼不安，生命一無保障也。

【註釋】

❶局：曲也。二句言天雖甚高，然吾人遭此世亂，在天之下，亦不敢直立而只有曲身也。極言人之行動小心謹慎。❷蹐：音及ㄐㄧˊ，小步也。二句言地雖厚大，然吾人遭此世亂，在地之上，亦不敢昂首濶步也。亦極言行動之小心謹慎。❸號：呼也。斯言：謂上文局蹐等語也。❹倫：道也。脊：理也。❺虺：音毀ㄏㄨㄟˇ，蛇屬。蜴：音易ㄧˋ，蜥蜴也。二句言可憐今世之人，何竟爲虺蛇蜥蜴而爲害乎！或以爲虺蜴見人即逃避，乃用以喻人之局蹐也。

瞻彼阪田❶，有菀其特❷。天之扤我❸，如不我克❹。彼求我則，
如不我得❺；執我仇仇❻，亦不我力❼。

右第七章，傷己在朝孤立、賢不見用，將危苦歸之於天也。

【註釋】

❶阪田：崎嶇貧瘠之田也。❷菀：音玉ㄩˋ，有菀：即菀然，茂盛貌。特：謂特出之苗也。二句言崎嶇貧瘠之田地，尚有繁茂特出之苗，反襯朝廷中反無一賢臣也。❸扤：音誤ㄨˋ，爲手持樹振動而搖落其花實，故有危害意。❹克：勝也。言天之危害我，有如不我勝者，謂無所不用其極也。❺則：法也。又則，敗古通。敗，壞也，猶過失也。二句言彼當政之人求我之過失，有如不我得者，以見其無微不至也。❻仇仇：同扤扤，緩也。❼力：盡力也。四句言彼求我之法則，唯恐不能得我，言求我之急也；既得我之後，則緩於用我也。

心之憂矣，如或結之❶。今茲之正❷，胡然厲矣❸！燎之方揚❹，寧或滅之❺？赫赫宗周❻，褒姒烕之❼！

右第八章，舉宗周事為鑒戒，以政治混亂原因，一委之於寵褒姒也。

【註釋】

❶結：憂不離心，如物之纏結也。今言鬱結。❷正：政也。❸胡然：何以如此也。厲：暴亂也。❹燎：火焚田也。揚：盛也。❺寧：猶乃也。句言如何有人能消滅之。❻赫赫：顯盛貌。宗：主也。宗周：以其爲天下所宗，故曰宗周。此指鎬京，西周之京都。❼褒姒：幽王后，褒國姒姓也，幽王寵之以致亂，西周遂爲犬戎所亡。烕：同滅，毀滅也。或以爲褒姒將滅亡西周。

終其永懷❶，又窘陰雨❷。其車既載❸，乃棄爾輔❹。載輸爾載❺，將伯助子❻。

右第九章，以車載物棄輔，喻政治措施之失誤，必敗而悔無及也。

【註釋】

❶終：既也。永：長也。懷：憂傷也。永懷：深憂也。❷窘：困也。句言又爲陰雨所困也。❸既：已也。載：裝載也。❹輔：車兩旁立版，今所謂車箱也，所以載貨者。二句言其車既已滿載，竟而棄其夾輔兩旁之版，則所載之物必墮矣。此用以喻國家輔佐之賢臣。❺輸：墮也。因棄其輔，故墮汝車之所載也。❻將：音羌ㄑ一ㄤ，請也，願也，希望也。伯：長也。呼人之敬詞，猶今言老兄。句言呼長者予以援手也。

無棄爾輔，員于爾輻❶。屢顧爾僕❷，不輸爾載，終踰絕險❸。曾是不意❹！

右第十章，仍以車之載物為比，如勿棄爾之輔，則可行踰絕險之地。惜初未能以此為意，故遭失敗也。

【註釋】

❶員：益也，加大也。輻：支輪輞之細柱也。輻或有鬆脫時，所謂加大，乃以繩索竹木以固之也。❷屢：數也。顧：視也。僕：謂御車者。❸踰：度過也。絕險：險絕之地也。❹曾：乃也。句言汝初未曾以此等事爲意，故遭失敗也。

魚在于沼❶，亦匪克樂❷；潛雖伏矣❸，亦孔之炤❹。憂心慘慘❺，念國之爲虐❻。

右第十一章，以魚自比，自傷進退維谷，無可逃脫其悲慘命運也。

【註釋】

❶沼：池沼也。❷匪：同非。克：能也。❸潛：深也，謂深伏於水中也。❹孔：甚也。炤：音灼ㄓㄨㄛˊ，顯明也。以上四句，言魚在池中不能樂，雖潛藏於深水，亦明顯可見，喻賢者之無可逃避也。❺慘慘：猶戚戚也。❻虐：國家暴虐之政也。

彼有旨酒❶，又有嘉殽❷；洽比其鄰❸，昏姻孔云❹。念我獨兮，憂心慇慇❺。

右第十二章，以當權小人之朋比為奸，念己之孤特，至為憂痛也。

【註釋】

❶旨：美也。❷殽：同餚。❸洽：融洽也。比：親近也。❹昏姻：親戚也。云：芸之省體，多也。或以爲云，周旋也。句謂大事周旋於親友之間也。以上四句，言當權小人交結聯絡，成群樹黨，與一己孤立成對比。或又以爲云，友善也。❺慇：音殷ㄧㄣ，慇慇：痛貌。

佌佌彼有屋❶，蔌蔌方有穀❷。民今之無祿，天夭是椓❸。哿矣富人❹，哀此惸獨❺。

右第十三章，以社會之不平等現象，作一強烈對比，傷世傷身以結之也。

【註釋】

❶佌：音此ㄘˇ，佌佌：鮮盛貌。句言彼當權者居室之華麗也。❷蔌：音速ㄙㄨˋ，蔌蔌：車行聲。方：並也。

穀：或引作轂，方有轂：謂車輛並轂而行也。句言彼當權者車行之聲喧也。❸夭夭：韓詩作夭夭，夭夭，少壯之貌。此謂少壯之人也。椓：音卓ㄓㄨㄛˊ，害也。句言少壯之人皆受椓害，老弱者可想而知矣。❹哿：音可ㄎㄜˇ，歡樂也。❺惸獨：孤獨也。二句承上四句言，言歡樂哉富人，可憐哉孤獨無依之人也。

【欣賞品評】

鄒泉曰：

此詩憂訛言之甚大，至於邦國之將亡；傷國政之淫虐，至於周宗之旣滅。而斯民之病，賢者之困，又皆有感慨之思焉。可謂以天下之憂為憂者矣。

方玉潤曰：

鎬京未亡，何以遽言褒姒威之？古人縱極戇直，亦不應狂誕若此！此必天下大亂，鎬京亦亡在旦夕，其君臣尚縱飲宣淫，不知憂懼，所謂燕雀處堂，自以為樂，一朝突決棟焚，而怡然不知禍之將及也，故詩人憤極而為是詩，亦欲救之無可救藥時矣。

守亮案：

詩序云：「正月，大夫刺幽王也。」正月之詩，詩中但述感時傷世之情，詩序以爲大夫刺幽王之詩，恐不可信。方玉潤曰：「周大夫感時傷遇也。詩人語氣，蓋其自傷多難，不前不後，生當厄運，深恐國破家亡，與無辜人民同時被虜爲人臣僕，有似烏飛啞啞不知集于何屋，則此情此境眞不堪預爲設想也。」又曰：「此周大夫感時傷遇之作，非躬親其害，不能言之痛切如此。」又詩中有「民今方殆」，「哀今之人」之語，當是周大夫憂國將亡，憤極而作之詩。詩則所言禍亂之本，在信訛言亂政，寵褒姒滅周也，故反覆哀傷之。或呼天，或嘆命，或號父母，或自哀，或哀人。既痛恨於小人，復感傷於君子。上天下地，寓言正意，錯綜其間。旁引曲喻，嗚咽淋漓，不自覺其言之長也。至詩中「不自我先，不自我後。」，「民今方殆」，「哀今之人」，「今茲之正」，「民今之無祿」句，則知民不幸，遭遇厄運之情難堪矣。又念字哀字皆四見，憂心或心憂凡七見，不沉痛淒切，悲憤至極，何克出此。纏綿繚亮，觸緒感傷；沈痛危悚，悲苦百折；正喻錯雜，已開離騷門徑矣。

三、十月之交

此刺皇父亂政以致災變之詩。

十月之交❶，朔月辛卯❷。日有食之❸，亦孔之醜❹。彼月而微❺，
此日而微❻。今此下民，亦孔之哀❼。

右第一章，言天象變於上，而思下民之可哀也。

【註釋】

❶十月：周之十月，即夏之八月也。交：日月之交會，即月朔時也。❷朔月：月之朔也。即月之初一日。辛卯：古以干支紀日，周幽王六年十月初一日，正值辛卯。❸有：又也。食：今通作蝕。句言又有日食之事。❹孔：甚也。醜：惡也。古人以爲君主失道，則天變示儆。所謂醜惡，言非吉兆也。❺彼：彼時也，即往日。微：幽昧不明也。月而微：指月食。句言不久前曾發生月食。❻此：指今日。日而微：指日食。

句言詩人寫此詩時又發生日食，災變愈大矣。❼二句言上天屢垂異象，則下民深感哀痛矣。

日月告凶❶，不用其行❷。四國無政❸，不用其良❹。彼月而食，則維其常❺；此日而食，于何不臧❻？

【註釋】

❶告凶：告天下以凶亡之徵兆也。❷行：道也。句謂不由其常行之道也。古人以爲日月失其常行之道，乃有日月蝕。❸四國：四方之國也，猶言天下。無政：無善政也。❹良：賢良之人也。二句互爲因果，因無善政，故不用賢良之人。因不用賢良之人，故國無善政也。❺二句言月食乃常見之現象，故云。❻于何：猶如何也。臧：善也。二句言今日已食矣，是爲大災異，必有所以而致此也，如何尚不戒懼改悔而向善乎！

右第二章，敘天變人禍相會之可畏也。

爗爗震電❶，不寧不令❷。百川沸騰，山冢崒崩❸，高岸爲谷，深谷爲陵❹。哀今之人，胡憯莫懲❺？

右第三章，敘天降災異之可怖也。

【註釋】

❶爗：音葉一ㄝˋ，爗爗：電光貌。猶今語閃閃也。震：雷也。❷寧：安也。令：善也。❸冢：音腫ㄓㄨㄥˇ，山頂也。崒：當讀爲猝ㄘㄨˋ，突然也。又碎之假借。二句言大地震，暴風雨時之河川沸騰，山岳崩墜也。❹陵：即嶺。二句言大地震，暴風雨使高者變低，低者變高，地形改變也。❺憯：音慘ㄘㄢˇ，曾也，乃也。

懲：懲戒也。二句言哀今在位之人，見如此災變，乃不自爲懲戒起警惕也。

皇父卿士❶，番維司徒❷，家伯冢宰❸，仲允膳夫❹。聚子內史❺，蹶維趣馬❻，楀維師氏❼，豔妻煽方處❽。

右第四章，歷述致災由小人而起之群惡也。

【註釋】

❶皇父：卿士號石父之字也。卿士：六卿之外，更爲都官，以總六官之事也。❷番：氏也。維：語詞。司徒：官名，掌天下土地之圖，人民之數。❸家伯：人名。或以爲冢宰之字也。冢宰：官名，掌邦治之官。❹仲允：人名。或以爲膳夫之字也。膳夫：官名，掌王之飲食膳羞。❺聚音鄒ㄗㄡ，聚子：人名。或以爲氏也。內史：官名，掌爵祿廢置生殺予奪之法。❻蹶：音桂ㄍㄨㄟˋ，氏也。趣馬：官名，掌王之馬政。❼楀：音矩ㄐㄩˇ，氏也。師氏：官名，掌朝廷得失之事。❽豔妻：謂褒姒，因其美色故云。煽：熾熱也。方處：猶並處。謂與幽王並處也。或以爲方處，方居也。言其方居其盛勢，無能動搖也。

抑此皇父❶，豈曰不時❷？胡爲我作❸，不即我謀❹？徹我牆屋❺，田卒汙萊❻。曰：「予不戕❼，禮則然矣❽。」

右第五章，述皇父害民之惡也。

【註釋】

❶抑：猶噫，歎詞。❷時：是也。句言豈能自以爲所作者非是乎？❸胡：何也。作：役使也。或借爲詐，

歎也。或借爲迮，逼迫也。❹即：就也。句言不來謀商於我也。❺徹：同撤，毀也。❻卒：盡也。汙：停水於田中也。萊：生草也。二句言使我牆屋毀壞，田地積水生草荒蕪也。❼戕：音強ㄑㄧㄤˊ，害也。❽禮：理也。二句謂皇父破壞人之屋田，反曰：非我害汝，按理固當如此作也。

皇父孔聖❶，作都于向❷。擇三有事❸，亶侯多藏❹；不憖遺一老❺，
俾守我王❻；擇有車馬❼，以居徂向❽。

右第六章，述皇父都向之惡也

【註釋】

❶孔聖：甚爲聖明也。怨皇父而言其聖，諷刺語也。❷都：城也。向：邑名，在今河南省濟源縣境。皇父先作避亂之準備，故詩人諷之曰孔聖。❸三有事：即三有司，當指司徒、司馬、司空三卿也。❹亶：音膽ㄉㄢˇ，誠也。侯：維也，語詞。藏：音臟ㄗㄤˋ，多藏：多財貨也。二句言皇父所擇之三卿，信皆多財貨之富人也。❺憖：音印ㄧㄣˋ，願也，肯也。遺：留也。老：謂舊臣也。句言皇父不願留一舊臣，盡率之以去也。❻俾：使也。❼句言又擇民之有車馬者。❽居：處也。或以爲語詞。徂：音殂ㄘㄨˊ，往也。句言使之往居於向也。

黽勉從事❶，不敢告勞❷。無罪無辜，讒口囂囂❸。下民之孽❹，匪
降自天❺，噂沓背憎❻，職競由人❼。

右第七章，述下民所受小人之禍也。

【註釋】

❶黽：音敏ㄇㄧㄣˇ，黽勉：努力也。❷告：語也。句謂不敢自言勞苦也。❸囂：即囂字，音敖ㄠˊ，囂囂：形容進讒者所發眾多之聲也。二句言無罪無辜，而遭甚多讒言也。❹孽：音聶ㄋㄧㄝˋ，災害也，罪過也。❺匪：同非。❻噂：音撙ㄗㄨㄣˇ，聚也。沓：音踏ㄊㄚˋ，合也。句謂小人聚則相合，背則相憎。❼職：專主也。競：競尚也。句言下民之遭罪孽，實由於人專意競尚噂沓背憎致之也。

悠悠我里❶，亦孔之痗❷。四方有羨❸，我獨居憂❹。民莫不逸❺，我獨不敢休❻。天命不徹❼，我不敢傚我友自逸❽。

右第八章，述憂思以自明己志而作結。

【註釋】

❶悠悠：漫長也。或以為憂也。里：同㾖，音里ㄌㄧˇ，憂也。或以為居也，謂所居之所或所處之世也。❷痗：音昧ㄇㄟˋ，病也。亦孔之痗：謂憂愁之極以致疾也。❸羨：餘也。或以為羨有欣喜之意，有羨：羨然也。❹居：處也。二句言四方皆有豐餘，獨我身處憂患之中也。❺逸：樂也。❻休：休息安逸也。❼徹：道也。句言天命無常也。又明也，均也。❽傚：同效。我友：指同在官位者。自逸：自居於安逸也。句謂不能效我友之全不關心也。

【欣賞品評】

方玉潤曰：

月而食，則維其常；此日而食，于何不臧。」是不唯欺君，而又欺天矣。小人無忌，往往如此，豈非罪之尤大者乎？詩人刺之，開口直書天變時日於上，以著其罪，詩史家法嚴哉！

皇父援黨，布置要樞，竊權固寵，罔上營私，以致災異。曾莫自懲，乃敢誣天曰：「彼

守亮案：

詩序云：「十月之交，大夫刺幽王也。」鄭箋云：「當爲刺厲王。」毛傳以此詩爲刺幽王，鄭箋以爲刺厲王。以曆法推之，厲王二十五年十月朔辛卯，及幽王六年十月朔辛卯，皆有日蝕。又國語幽王二年西周三川皆震。是歲三川竭，岐山崩。與此詩「百川沸騰，山冢崒崩」正合。阮元亦詳證鄭箋之說不可從。詩序刺幽王之說，亦恐非是。後之說詩者，多從何楷「幽王之世，褒氏用事于內，皇父之徒亂政于外」之說，謂詩人刺皇父等亂政，以致災變之作。詩則前半言天變災異，哀今人之不懲。後半則專責皇父。皇父之積惡雖多端，然其顯然者，在都向一事。殘民以營私，不仁甚矣！而反自言曰禮則。然則禮者，乃徹人牆屋，壞人田宅之具也。工於自謀矣，而反稱之曰聖，則聖者乃擇多藏，實車馬，樹朋黨之術也，自是作者傷心蒿目處。此竹添光鴻所及言之者也。如此肆惡無忌，故天示異象，降災禍，而民不堪命矣。是以詩人言天變，歸之人事以刺之也。故牛運震曰：「詩意本刺皇父，開端卻列日食山崩諸異，推本於天變之不虛作，而人事之失其所係者重也。用意自深。」

四、雨無正

此東遷之際，傷群臣離散，匡國無人之詩。

浩浩昊天❶，不駿其德❷。降喪饑饉❸，斬伐四國❹。昊天疾威❺，弗慮弗圖❻。舍彼有罪❼，既伏其辜❽；若此無罪，淪胥以鋪❾。

右第一章，述天之降災，以傷王政也。

【註釋】

❶浩浩：廣大貌。昊：音浩ㄏㄠˋ，亦廣大之意。昊天：皇天也，上天也。❷駿：長也。長猶常也。不長其德：猶云不恆其德耳。乃怨天之詞。又駿，大也，美也。❸饑饉：穀不熟曰饑，蔬不熟曰饉。句謂降此令萬民死喪之饑饉荒年也。❹斬伐：傷害也。四國：天下四方也。❺疾威：暴虐也。❻慮、圖：皆謀也。二句謂上天降災，而當政者不思圖謀修明其政也。❼舍：置也，赦也。❽既：盡也。伏：藏也，隱也。辜：罪也。二句言赦置彼有罪之人，盡隱瞞其罪過而不治之也。❾淪：率也。又陷入也。胥：相也。以：及也。鋪：徧也。又通痡，病也，苦痛也。又懲處也。二句言無罪之人，率徧相淪於病苦之中也。

周宗既滅❶，靡所止戾❷。正大夫離居❸，莫知我勩❹。三事大夫❺，莫肯夙夜❻。邦君諸侯，莫肯朝夕❼。庶曰式臧❽，覆出爲惡❾。

右第二章，述國亂不安，群臣離散也。

【註釋】

❶周宗：即宗周，指鎬京周宗室。或以爲與周同姓者，即周之宗族也。滅：指犬戎殺幽王，破鎬京言。或以爲古通蔑。蔑，輕慢也。周宗既滅：當是過甚之辭，謂周勢衰微，周天子已不被尊重也。❷戾：定也。

句言無處可得安定也。❸正：長也。正大夫：六卿百官之長也。離：散也。居：處也。句言正大夫離居散處也。❹勩：音亦一ˋ，勞也。句言不知我民處災難中之勞苦也。❺三事：三公也。大夫：六卿及中下大夫也。❻夙：早也。句謂莫肯早晚護衛主上，努力王事，休戚相關也。❼莫肯朝夕：與莫肯夙夜同。❽庶：庶幾也。希望之辭。曰、式：皆語詞。臧：善也。句言庶幾可以爲善矣。❾覆：反也。句言衆臣竟反更加爲惡也。

如何昊天，辟言不信❶？如彼行邁❷，則靡所臻❸。凡百君子❹，各敬爾身❺。胡不相畏？不畏于天❻？

右第三章，述不信法度之言，呼天而訴之也。

【註釋】

❶辟言：法度之言也。不信：不被採信也。句言合乎法度之言，竟不被執政者採信也。❷行邁：行路也，行走也。❸臻：音珍ㄓㄣ，至也。二句言執政者若彼行路，心無所主，不知所至也。❹凡百：言多也。凡百君子：指在位者。❺敬：儆也。句言各自敬儆一己之身也。❻天：上天也。二句謂天災如此，何能不畏懼？豈並天亦不畏乎？

戎成不退❶，饑成不遂❷。曾我暬御❸，憯憯日瘁❹。凡百君子，莫肯用訊❺。聽言則答❻，譖言則退❼。

右第四章，述外患內憂薦至，群臣無忠告之言也。

【註釋】

❶戎：兵亂也。句言兵禍已成，尚未退去。作者寫此詩時，蓋犬戎尚未退出鎬京一帶之地也。❷遂：安也。句言饑饉已成，而不能安撫黎庶也。❸曾：乃也，猶今言只有。暬：音泄ㄒㄧㄝˋ，暬御：近侍之臣也。❹憯：音慘ㄘㄢˇ，憯憯：憂貌。瘁：音翠ㄘㄨㄟˋ，病也。二句言惟我近侍小臣，心憂日增病苦也。❺訊：問也。句謂不肯詢善於人也。❻聽言：順從之言也。❼譖：音怎四聲ㄗㄣˋ，譖言：即諫言，逆耳之言也。則退：謂退而不答也。二句言遇人陳順耳之言則答理之，逆耳之言則拒退之也。

哀哉不能言！匪舌是出❶，維躬是瘁❷；哿矣能言❸，巧言如流，
俾躬處休❹。

右第五章，述己言未出口已遭殃，巧言無滯之被接納也。

【註釋】

❶匪舌是出：即今有話未說出口。又非舌之所能說出也。❷躬：自身也。下同。瘁：病也。以上三句，謂可哀者吾之不能言也。非不能言，話尚未出口，自身已遭殃，故以為病也。❸哿：音可ㄎㄜˇ，歡樂也。❹俾：使也。休：美也。以上三句，謂能言者歡樂，巧言獲在上者採納，使身處休美之地也。

維曰予仕❶，孔棘且殆❷。云不可使❸，得罪于天子；亦云可使❹，
怨及朋友❺。

右第六章，述直道難容，出仕之不易也。

【註釋】

❶維　曰：皆語詞。予：或作于，往也。又語詞，有正在進行之意，于仕謂正出而為仕也。❷孔：甚也。棘：猶今言棘手之棘，不順也。殆：危也。二句言為仕之甚為棘手，且多危殆也。❸云：如也。❹亦：語詞。❺朋友：指同在官位者言。以上四句，謂如不足任使，則得罪於天子；如足以任使，表現才華，則朋友同官之人必嫉妒而生怨也。

謂爾遷于王都❶，曰：「予未有室家❷。」鼠思泣血❸，無言不疾❹。昔爾出居❺，誰從作爾室❻！

右第七章，述勸大臣遷于王都被拒，痛責離散者也。

【註釋】

❶謂：使也，告也。王都：蓋謂王城洛邑，東周京都所在之地也。❷室家：指房舍言。二句言使汝遷往王都，勿若是散處離居。汝則答以王都未有室家以居，相推諉拒而不遷也。❸鼠：同癙，憂也。泣：無聲而淚曰泣。泣血：謂淚盡而繼之以血也。❹疾：疾惡也。句謂己之言無一語不見疾於人也。❺出居：謂鎬京之亂時出而散居他地也。❻作室：造屋也。二句言昔者爾出居之時，何人從汝作房屋乎？惟自作之耳，今何以此相拒？蓋離散之權貴，及平王東遷，又恐事不可為，不願隨往，故詩人詰之也。

【欣賞品評】

沈守正曰：

通詩責離散，而詞旨嗟歎體諒，不正責之。至末章始窮其情，而猶有屬望之意。蓋去者原未嘗以義絕，亦不敢以明言窮之，正冀以返之也。

牛運震曰：

一片篤厚，純以咨嗟怪歎出之。筆勢起落離奇，極瀏亮頓挫之妙。

守亮案：

詩序云：「雨無正，大夫刺幽王也。雨自上下者也，衆多如雨，而非所以爲政也。」詩序之說，與詩內容毫無關係，宋人歐陽修已疑其非。此詩篇名與詩全不相關。朱子集傳云：「正大夫離居之後，暬御之臣所作。」並記元城劉安世之言，謂昔讀韓詩，有雨無極篇。「至其詩之文，則比毛詩篇首多『雨無其極，傷我稼穡』八字。」篇名之所以爲雨無正？蓋極，止也。止訛多一畫爲正，而又脫去極字，故爲今之雨無正也。毛詩祖本，亦當有「雨無其極，傷我稼穡」八字，不知何時逸之。詩中有「周宗既滅」，「正大夫離居」，「爾遷于王都」，「予未有室家」句，自是東遷之際，群臣懼禍者，因以離居，不復隨王遷於東都。匡國無人，近侍小臣而感傷之也。詩則戎成饑成，自是全篇關鍵。蓋國家大患，厥有兩端，曰寇曰饑也。其所以致此者，乃二章之「正大夫」，「三事大夫」，「邦君諸侯」之莫肯夙夜朝夕護衞主上，努力王事，離居走避。三章之「凡百君子，各敬爾身」之一無所畏也。末章一問一答，問得嚴正，答得勉強。末二句冷然一詰，正使置對不得。全詩文自沉痛，意極哀戚。

五、小旻

此志士忠臣，感王之惑於邪謀而不辨是非，乃憂傷恐懼而作之詩。

旻天疾威❶，敷于下土❷。謀猶回遹❸，何日斯沮❹！謀臧不從❺，不臧覆用❻。我視謀猶，亦孔之邛❼。

右第一章，言王惑於邪謀，不能斷之以善也。

【註釋】

❶旻：音民ㄇㄧㄣˊ，幽遠之意。疾威：暴虐也。❷敷：音夫ㄈㄨ，布也。土：東周初葉前載籍，率稱地曰土。下土：對上天而言之，即地上也。二句言皇天疾威暴虐，降下災難。❸猶：亦謀也。下同。回：邪也。遹：音玉ㄩˋ，邪僻也。❹斯：乃也。沮：音居ㄐㄩ，止也。二句言王之謀猶盡爲邪僻，何日乃止耶？❺臧：善也。從：聽從也，採用也。❻覆：反也。二句言謀善者則不從，其不善者，王反而用之。❼孔：甚也。邛：音窮ㄑㄩㄥˊ，病也。二句言我視其用謀如此，實甚以爲病也。

潝潝訿訿❶，亦孔之哀。謀之其臧❷，則具是違❸；謀之不臧，則具是依❹。我視謀猶，伊于胡厎❺！

右第二章，言小人為謀相和相詆，終歸敗亂誤國也。

【註釋】

❶潝：音系丅一丶，潝潝：相附和也。訿：音子ㄗˇ，訿訿：相詆毀也。句謂出言紛紜也。❷之：猶若也，如也。❸具：俱也。下同。是：於是也。違：背也。二句謂謀之如善，則皆違背不肯用也。❹依：從而用之也。❺伊：語辭。于：往也。胡：何也。底：音至ㄓˋ，至也。今謂結果，最後境地。二句言我視王之用謀如此，眞不知將至於何等地步矣！

我龜既厭❶，不我告猶❷。謀夫孔多，是用不集❸。發言盈庭❹，誰敢執其咎❺？如匪行邁謀❻，是用不得于道❼。

右第三章，言謀之多且非其人，故無所成也。

【註釋】

❶龜：卜所用也。厭：惡也。❷二句謂因卜過多，龜亦厭之，故卜兆不靈也。蓋小人不尚德而喜灼龜求吉，請問過度，媟瀆神靈，故不再告以吉凶之道也。❸用：以也，因也。集：就也。句言是以所謀無所成就也。❹盈：滿也。❺執其咎：任其過也。今言負其責任也。二句謂發言者雖盈庭，然謀之不臧，則無人敢任其過咎，負其責任也。❻匪：彼也。行邁：行路之人也。❼道：正道也。二句謂與行路之人謀，路人與己無故，知己不詳，是以不能得其正道也。

哀哉爲猶！匪先民是程❶，匪大猶是經❷。維邇言是聽❸，維邇言是爭❹。如彼築室于道謀❺，是用不潰于成❻。

右第四章，言謀而不當，將不遂於成也。

【註釋】

❶匪：非也。先民：古人也。程：法也。❷經：行也。又常道也。二句言不以先民爲法，不以大謀爲常道。❸維：同惟，僅也。邇：近也。邇言：淺近之言也，膚淺之言也。❹爭：爭爲邇言也。句謂上好邇言，故下之人爭爲邇言以媚之也。❺築室：建屋也。句言如築室而謀於道路之人也。❻潰：遂也，成也。句言是以不能遂成其室也。

國雖靡止❶，或聖或否❷；民雖靡膴❸，或哲或謀❹，或肅或艾❺。如彼泉流，無淪胥以敗❻！

右第五章，言聖哲肅艾，賢愚將同受禍也。

【註釋】

❶止：定也。或以爲禮也，謂禮法。❷或：猶有也。二句言國雖不安定，然國中亦有聖者或不聖者。❸膴：音五ㄨˇ，厚也。謂人衆多也。❹哲：明哲也。謀：有謀慮也。❺肅：恭謹敬肅也。艾：通乂，音亦ㄧˋ，治理也。以上三句，言民雖不衆，亦或有明智、善謀、敬肅，長於治理事務之人也。❻無：同勿。淪：率也。又陷入也。胥：相也。二句謂無如彼泉流，相率以敗。泉流夾泥沙俱下，以喻善惡同歸於盡也。

不敢暴虎❶，不敢馮河❷。人知其一，莫知其他❸。戰戰兢兢❹，如臨深淵，如履薄冰❺。

右第六章，言懼禍自處之道，以哀時命也。

【註釋】

❶暴虎：徒手搏虎也。❷馮：同憑。河：黃河也。馮河：徒步涉水也。二句言暴虎馮河皆極險之事，故不敢從事於此也。❸二句言人但知暴虎馮河一端之危險，而不知更有其他危險之事。意謂小人禍國而人莫察之也。❹戰戰兢兢：恐懼戒慎貌。❺履：踐也。二句言如臨深淵，恐墜於水；如行於薄冰，恐其破而下陷也。

【欣賞品評】

牛運震曰：

借謀猶為感刺，而歸於憂讒懼禍。古勁蒼深，自是奇作。四章結尾俱用喻言，長句拗調，自成結構，詩中亦自創見。

方玉潤曰：

夫天下不患無謀，患在有謀而弗用；不患在有謀弗用，而患在用非其謀。謀非所用，則好謀實足以誤事。又況以邪辟之人議之於前，而以多欲之言聽而斷之於後也哉！

守亮案：

詩序云：「小旻，大夫刺幽王也。」朱傳云：「大夫以王惑於邪謀，不能斷以從善，而作此詩。」詩序朱傳以此爲大夫之作，以詩義衡之，或恐非是。王靜芝先生曰：「細度此詩，作者未必爲大夫，所言之王未必爲幽王。」甚是。至此篇名何以加小字，說者紛紜，但以旻天一詞涉泛，故去天字而偶加小字以爲名之說可信。嚴粲曰：「刺不能聽謀，將致亂也。」

其意近是。吳闓生曰：「此篇以謀猶迴遹爲主，而剴切反覆言之，最見志士憂國忠悃勃鬱之忱。」近人說解此詩者，多從吳氏之說。詩則既以「謀猶回遹」句爲主，故詩中謀字凡十見，或作動詞用，或作形容詞用，或作名詞用。又所謀有遠有近，有正有邪，有善有不善。變化多端，斯須皆留意看。詩前兩章末均言我視如何？句法一律。後則均用如譬喻作結，三章、四章、五章各用一譬喻，語長而氣舒。末章疊兩如字，用兩譬喻，句短而勁，與前稍變。此其作法，亦當注意。

六、小宛

此詩人感生亂世以自警愼，無貽父母羞之詩。

宛彼鳴鳩❶，翰飛戾天❷。我心憂傷，念昔先人❸。明發不寐❹，有懷二人❺。

右第一章，心憂傷感念父母也。

【註釋】

❶宛：小貌。鳴鳩：斑鳩也。❷翰：羽也。戾：至也。戾天：猶云摩天也。❸先人：先祖也。或以爲作者指父母。❹明發：謂將旦而光明開發也。❺二人：父母也。

人之齊聖❶，飲酒溫克❷。彼昏不知❸，壹醉日富❹。各敬爾儀❺，天命不又❻。

右第二章，歎世人不知敬慎也。

【註釋】

❶之：猶有也。齊：知慮之敏也。齊聖：聰明睿智也。❷溫：和柔也。克：能也。二句言聰明睿智之人，雖飲酒至醉，猶能溫恭自持，勝其酒力，無爲酒困而失態也。❸昏：昏瞶也。知：智也。句謂彼昏瞶不智之人也。❹壹醉：一經飲醉也。日富：日益盈滿，盈滿即驕縱之意。句言以醉喩不智之人稍有得意即忘形也。或以爲富當讀爲愊，音壁ㄅ一ˋ，憤怒也。句言一經醉酒，則終日怒不止也。❺敬：謹也。儀：威儀也，容貌擧止也。❻又：古右字，與佑通，助也。二句言宜各自敬謹其威儀，勿失其道。蓋一有失，則天命不佑助之也。或以爲又，復也。天命不又，即天命不再，一去不可復得也。

中原有菽❶，庶民采之❷。螟蛉有子❸，蜾蠃負之❹。教誨爾子，式穀似之❺。

右第三章，善其身以教子也。

【註釋】

❶中原：原中也。菽：大豆也。❷庶民：眾民也。❸螟：音名ㄇ一ㄥˊ，蛉：音零ㄌ一ㄥˊ。螟蛉：桑上小青蟲也，即螟蛾之幼蟲。❹蜾：音果ㄍㄨㄛˇ，蠃：音裸ㄌㄨㄛˇ。蜾蠃：土蜂也。似蜂而小腰。負：養也，孵也。舊說蜂取桑蟲負之於木空中，七日，而化爲其子。實則蜂以螟蛉飼其幼蜂。古人但見幼蜂出穴，誤爲

此說，故今有螟蛉即養子之代稱。❺式：語詞。穀：善也。以上四句，謂螟蛉之子，本不似蜾蠃，而教化之使似也。以喻不似者，可教化而使之似。以興後二句教子似父之義也。

題彼脊令❶，載飛載鳴❷。我日斯邁❸，而月斯征❹。夙興夜寐❺，無忝爾所生❻。

右第四章，戒兄弟無辱所生父母也。

【註釋】

❶題：視也。脊令：鳥名，鶺鴒也，飛則鳴，行則搖，爲急難相救之鳥，故用以喻兄弟相助之義。❷載：則也。❸斯：則也，乃也。邁：行也。❹而：通爾，汝也。征：行也。二句言你我兄弟二人，僕僕道路，無休息之時，爲生活而奔走也。❺夙：早也。句言侵晨而起，深夜始眠，勤奮不懈也。❻無：同勿。忝：辱也。所生：謂父母也。二句謂若能夙興夜寐，勤奮不懈，雖生此亂世，亦可有所成就，不致遭禍，則無辱父母也。

交交桑扈❶，率場啄粟❷。哀我塡寡❸，宜岸宜獄❹。握粟出卜❺，自何能穀❻？

右第五章，求卜筮期能去凶趨吉也。

【註釋】

❶交交：古詩歌通作咬咬，鳥之鳴聲也。又飛而往來之貌。或曰小貌。桑扈：鳥名，竊脂也。俗稱之青觜，

瓦灰色。三、四月間採桑之時常見之，肉食而不食粟。❷率：循也。場：即打穀場。❸填：同瘨ㄉㄧㄢ，病也。寡：寡財也，謂貧窮。句言可憐我既病且貧也。❹宜：二宜字皆且字形近之譌。岸：鄉亭地方之獄也。獄：朝廷之獄也。句謂又訴又訟，多受其累也。❺握：執也。粟：所以為卜卦之資也。句言握一把粟，以之為貧，出而問卜也。❻自：從也。穀：善也。句言自何處始能得其吉兆邪？意謂貧苦無依，終不能得吉兆也。

溫溫恭人❶，如集于木❷。惴惴小心❸，如臨于谷❹。戰戰兢兢，如履薄冰❻。

右第六章，懼災禍深自警惕也。

【註釋】

❶溫溫：和柔貌。恭人：和恭之人也。❷集：鳥落樹上曰集。此謂如人在樹上，惟恐墜下，言小心也。❸惴：音墜ㄓㄨㄟˋ，惴惴：憂懼貌。❹谷：深谷也。❺戰戰兢兢：恐懼戒慎貌。❻履：踐也。此數句謂詩人深自警戒，以期免於禍也。

【欣賞品評】

牛運震曰：

苦心厚衷，妙在以溫婉出之。孝子血性，騷人幽思，乃有一片團結處。

守亮案：

詩序云：「小宛，大夫刺宣王也。」詩序之說，宋朱子，淸方玉潤已駁斥其非。朱傳云：「此大夫遭時之亂，而兄弟相戒以免禍之詩。」兄弟相戒以免禍，近是，惟去其大夫則可矣。方玉潤曰：「賢者自箴也。」細審詩篇，其所以自警戒愼者，乃恐貽父母羞也。故王靜芝先生曰：「此詩人感生亂世而自警戒愼之詩也。」較朱子說雖泛，但頗合詩義。首章「有懷二人」，思父母也。詩則言敬威儀、修德、免禍、以思親爲主，故通篇不離父母義。二章「飮酒溫克」，勿爲酒困，昏然忘形，使父母爲其疾是憂也。三章「教誨爾子，式穀似之。」使父母令德長延也。四章「夙興夜寐，無忝爾所生。」辛勞勤業，無辱所生父母也。五章「宜岸宜獄」，懷刑免禍，無貽父母羞也。末章以「惴惴小心，如臨于谷，戰戰兢兢，如履薄冰」作結，自警其身，期以免禍、全身，無毀先人令譽，以孝於父母也。全詩孝思充溢，其孝經之濫觴歟?!

七、小弁

此人子不得於父母，而憂讒畏禍所作之詩。

弁彼鸒斯❶，歸飛提提❷。民莫不穀❸，我獨于罹❹。何辜于天❺？我罪伊何❻？心之憂矣，云如之何❼！

右第一章，怨己遭不幸，呼天而訴之也。

【註釋】

❶弁：音盤ㄆㄢˊ，鳥飛拍翼之貌。又樂也。鸒：音玉ㄩˋ，似鴉而小，腹下白，喜成群飛行。斯：語詞。下

同。❷歸飛：飛回也。提：音時ㄕˊ，提提：羣飛貌。❸穀：善也。❹于：語詞。罹：憂也。二句言人莫不善，我何獨在憂患之中邪？❺辜：罪也。句謂我有何罪於天？❻伊：是也。句謂我之罪是何邪？❼云：發語詞。如之何：無可奈何也。今言如何是好。

踧踧周道❶，鞫爲茂草❷。我心憂傷，惄焉如擣❸。假寐永歎❹，維憂用老❺。心之憂矣，疢如疾首❻。

右第二章，傷親棄己，心憂轉深也。

【註釋】

❶踧：音敵ㄉㄧˊ，踧踧：平易貌。周道：大道也。❷鞫：音菊ㄐㄩˊ，盈也。又盡也，窮也。二句謂平易之大道，今則盡長滿茂草，荒廢之象也。❸惄：音溺ㄋㄧˋ，飢意也。謂憂思之甚，如飢餓之難堪也。擣：音義同搗ㄉㄠˇ，搗擊也。二句言我心之憂，如搗擊之痛也。❹假寐：合衣而臥也，不脫衣冠而臥也。永歎：長歎也。句謂雖在夢中亦長歎也。❺維：通惟，僅也。今言只是因爲。用：以也，而也。句言因憂而老也。❻疢：音趁ㄔㄣˋ，熱病也。疾首：頭痛也。句謂如患頭痛之熱病也。

維桑與梓❶，必恭敬止❷。靡瞻匪父❸，靡依匪母❹。不屬于毛❺？不罹于裏❻？天之生我，我辰安在❼？

右第三章，雖不得於父母，但仍追慕之也。

【註釋】

❶桑：木名，葉可養蠶也。梓：木名，質堅可以爲器也。❷止：語詞。二句言桑以育蠶養生，梓以爲棺送死，且爲父母所植，故我必恭敬之也。❸靡：無也。瞻：尊仰也。匪：非也。句言未有不敬仰父親者，即所尊而仰之者惟父也。❹依：親而倚之也。句謂未有不依偎母親者，即所親而倚之者惟母也。❺屬：音主ㄓㄨˇ，連也。句謂我與父母豈不毛髮相連？❻罹：麗也，附着也。裏：讀爲理ㄌㄧˇ。謂腠理，即肌肉也。句言我與父母肌肉豈不相附麗？即所謂身體髮膚，受之父母，己與父母若相連屬附麗者，何竟不爲父母所愛也？❼辰：時也。二句言我生所值之時安在？自傷生不逢時也。

菀彼柳斯❶，鳴蜩嘒嘒❷。有漼者淵❸，萑葦淠淠❹。譬彼舟流❺，
不知所屆❻。心之憂矣，不遑假寐❼。

右第四章，以舟流靡至，喻己無所歸依也。

【註釋】

❶菀：音玉ㄩˋ，茂盛貌。❷蜩：音條ㄊㄧㄠˊ，蟬也。嘒：音慧ㄏㄨㄟˋ，嘒嘒：鳴聲。❸漼：音璀ㄘㄨㄟˇ，深貌。有漼：漼然也。❹萑：音桓ㄏㄨㄢˊ，萑葦：即蒹葭、蘆荻。淠：音譬ㄆㄧˋ，淠淠：茂盛貌。❺舟流：言無人操縱，任舟自流也。❻屆：至也。二句謂己不知流落何處也。❼遑：暇也。句謂即假寐亦無暇，非無時間，實無情緒也。

鹿斯之奔❶，維足伎伎❷。雉之朝雊❸，尙求其雌❹。譬彼壞木❺，
疾用無枝❻。心之憂矣，寧莫之知❼！

右第五章，託物自傷孤立，悲不為人所知也。

【註釋】

❶奔：疾走也。❷伎：音祈ㄑㄧˊ，一作跂，與企通，伎伎：翹足之貌，奔走之狀也。或以爲安舒貌。❸雉：音至ㄓˋ，野雞也。雊：音夠ㄍㄡˋ，雄雉之鳴也。❹尚：猶也。以上四句，謂鹿奔求其羣，雉鳴求其雌，喻人不可孤立也。❺壞：傷也。又瘣之假借，病也。壞木：枯萎之樹也。❻疾：傷病也。用：以也，因也。句言因其有疾，故而無枝，以彼兀特喻己孤立也。❼寧：乃也。二句言己心之憂，乃不爲人所知也。

相彼投兎❶，尙或先之❷；行有死人❸，尙或墐之❹。君子秉心❺，維其忍之❻！心之憂矣，涕既隕之❼。

右第六章，言父母心忍棄我，憂而至於淚落也。

【註釋】

❶相：視也。投：掩也，謂以網掩取之也。❷先：掀之假借，謂掀網釋放兎也。或讀爲本字。先之：言在兎未入網之前先驅走也。❸行：音杭ㄏㄤˊ，道路也。❹墐：音僅ㄐㄧㄣˇ，埋也。❺君子：雖泛言，意則指父母也。秉：持也。秉心：存心也，居心也。❻維其：猶何其。忍：慈之反也。忍之：忍心也，殘忍也。❼隕：音允ㄩㄣˇ，落也。二句言心憂爲之淚落也。

君子信讒❶，如或醻之❷。君子不惠❸，不舒究之❹。伐木掎矣❺，析薪杝矣❻。舍彼有罪❼，予之佗矣❽。

右第七章，言父母信讒，無惠愛於我反加之以罪也。

【註釋】

❶君子，亦指父母。下同。❷醻：同酬，酌酒進客也。之：指君子。醻酒必受，言其父母聞讒必信也。又醻借爲倩，蒙蔽也。❸惠：愛也。❹舒：緩也。究：察也。句謂君子聞讒言不肯舒緩細究其實情也。❺掎音幾ㄐㄧˇ，偏引也，即由一面牽曳之使倒也。❻析薪：劈木柴也。杝：音拖ㄊㄨㄛ，隨木之紋理而剖析之也。二句謂凡事必依正理而爲之也。❼舍：捨也。句言捨去彼眞有罪者。❽佗：音駝ㄊㄨㄛˊ，負荷也，加也。句謂反使予負荷其罪也。

莫高匪山❶，莫浚匪泉❷。君子無易由言❸，耳屬于垣❹。無逝我梁，❺無發我笱❻；我躬不閱❼，遑恤我後❽！

右第八章，被讒見逐，雖遠去仍深念父母也。

【註釋】

❶匪：彼也。又同非。下同。句謂山莫不高也。❷浚：深也。句謂泉莫不深也。二句以喻父母之恩莫不深厚也。❸由：于也。句謂君子勿輕易出言也。❹屬：音主ㄓㄨˇ，連也。垣：墻也。耳連於垣言竊聽也。二句謂我雖被棄遠行，猶望父母謹於發言，以免被人竊聽而受害也。❺逝：往也。梁：堰石障水而空其中，以通魚之往來者也。今謂魚梁，堵魚壩。❻發：舉也，開也。笱：音苟ㄍㄡˇ，以竹爲器，而承梁之空以取魚者也。今仍有此捕魚具，俗謂䰀籠。❼躬：身也。閱：容也。❽遑：暇也。恤：憂也。我後：我去後之事。二句謂我自身已不見容，何暇憂慮我去後之事乎？以上四句，謂被讒見逐，猶慮其敗我家事，故以逝

梁發苟爲喻。

【欣賞品評】

方玉潤曰：

此詩反覆申言被放之由，及見逐之苦。或興或比，或反或正。或憂傷於前，或懼禍於後。無非望父母鑒察其誠，而怨昊天之降罪無辜。此謂情文兼到之作。至其布局精巧，整中有散，正中寓奇。離奇變幻，令人莫測。讀者熟思而細玩之，當自有得。

守亮案：

詩序云：「小弁，刺幽王也。大子之傅作焉。」朱傳云：「幽王太子宜臼被廢而作此詩。」詩序朱傳之說，清人姚際恒已駁斥其非是。孟子告子下曰：「小弁之怨，親親也。親親，仁也。」是以爲親親之詩，未指其人。故屈萬里先生曰：「孟子論此詩，大意謂人子不得於其父母者所作，而未坐實其人。」後之解詩者多不離此旨。詩則以首章「民莫不穀，我獨于罹。」語最哀痛。而「何辜于天，我罪伊何？」問得悲壯不平。故除七章說信讒，八章說易言外，餘則全自此推衍之。篇內五「心之憂矣」，又有「我心憂傷」，「維憂用老」。憂字凡七見，則哀痛迫切之思，幽苦沉鬱之情，可以想知矣。許謙曰：「總言怨慕之意，篇內五『心之憂矣』。一曰『云如之何』，其詞尙緩；二曰『疢如疾首』，則切於身矣；三曰『不遑假寐』，則晝夜無有休止；四曰『寧莫之知』，則無所告訴，而倉卒急迫，故終之以涕隕也。」此又言心憂之寫作層次也，似亦不可等閒看。

八、巧言

此傷讒致亂之詩。

悠悠昊天❶，曰父母且❷。無罪無辜，亂如此幠❸。昊天已威❹，予慎無罪❺。昊天大幠❻，予慎無辜。

右第一章，感禍亂而呼天也。

【註釋】

❶悠悠：遠大貌，涵有憂意。昊：音浩ㄏㄠˋ，亦廣大義。昊天：上天也，蒼天也。❷曰：語詞。且：音居ㄐㄩ，亦語詞。二句謂呼天呼父母，有責望疾怨無可奈何之意。❸幠：音呼ㄏㄨ，大也。二句言今人無罪無辜，何以世亂竟如此之大也。❹已：甚也。威：暴也，虐也。❺慎：眞也，誠也。下同。二句言天施威暴已甚矣，然我誠無罪也。❻大：音泰ㄊㄞˋ，太也。句言天施威暴太大也。

亂之初生，僭始既涵❶；亂之又生，君子信讒❷。君子如怒，亂庶遄沮❸；君子如祉❹，亂庶遄已❺。

右第二章，述亂生於信讒也。

【註釋】

❶僭：音譖ㄗㄣˋ，譖之假借，以虛僞之事，誣毀他人之讒言也。既：盡也。涵：容也。二句言亂之初生，由於讒言始盡被容也。❷君子：指王言，下同。二句謂亂之又生，由於君子之信讒也。❸庶：庶幾也。遄：音船ㄔㄨㄢˊ，速也。沮：音舉ㄐㄩˇ，止也。二句言君子如能聞讒而怒其進讒者，則亂庶幾可以速止也。❹

祉：喜也。❺已：止也。二句言君子如能喜賢人，則亂庶幾可以速已也。

君子屢盟❶，亂是用長❷；君子信盜❸，亂是用暴❹；盜言孔甘❺，亂是用餤❻。匪其止共❼，維王之邛❽。

右第三章，傷聽讒足以致亂也。

【註釋】

❶屢盟：屢次結盟也。既盟而背，是以屢屢結盟也。❷用：以也，因也。長：音掌ㄓㄤˇ，增多也。二句言盟而不信，故亂乃增多也。❸盜：指讒人也。❹暴：猛烈也。❺孔：甚也。甘：味美也。❻餤：音談ㄊㄢˊ，進食也。言信讒如進食也。❼匪：彼也。止：古止、足同字。共：恭之假借。止共：猶足恭，僞而過其恭也。指甘言。❽邛：音窮ㄑㄩㄥˊ，病也。二句言以讒者巧言、足恭，造成王不明之病，以致國亂也。

奕奕寢廟❶，君子作之。秩秩大猷❷，聖人莫之❸。他人有心❹，予忖度之❺。躍躍毚兔❻，遇犬獲之❼。

右第四章，知讒人之終必察獲也。

【註釋】

❶奕：音亦一ˋ，奕奕：高大貌。寢廟：宗廟前曰廟，後曰寢。廟乃接神之處，故在前；尊，寢則爲衣冠所藏之處也。寢廟，指西周王朝之宮殿宗廟。❷秩秩：明智貌。或以爲有條理次序也。猷：謀也。❸聖人：與君子同。莫：謨之假借，謀也。❹他人：謂進讒言之衆小人。❺忖：音ㄘㄨㄣˇ，度：音惰ㄉㄨㄛˋ。忖度：

猶今言揣度也。❻躍：音替ㄊㄧˋ，躍躍：同趯趯，跳走貌。毚：音纏ㄔㄢˊ，毚兎：狡兎也。❼獲：擒獲也。二句言狡兎遇犬必被捕獲，以喩忖度他人之心必中，亦將得而懲治之也。

荏染柔木❶，君子樹之❷。往來行言❸，心焉數之❹。蛇蛇碩言❺，出自口矣。巧言如簧❻，顏之厚矣❼。

右第五章，責讒人之無忌憚也。

【註釋】

❶荏：音忍ㄖㄣˇ，荏染：柔貌。柔木：柔弱之木也。❷樹：栽植也。二語喩進用小人。❸行言：流言也。句言讒人往來散播無根誑言於道路之上也。❹數：辨也。又責也。句言我能辨察之也。❺蛇：音移ㄧˊ，蛇蛇：猶訑訑，大言欺世之貌。碩：大也。❻簧：笙中金葉以發聲者也。句言讒言似音樂之易入於人耳也。❼顏：顏面也。句言臉皮厚不知羞恥也。

彼何人斯❶？居河之麋❷。無拳無勇❸，職爲亂階❹。既微且尰❺，爾勇伊何❻！爲猶將多❼，爾居徒幾何❽！

右第六章，惡讒人之為亂階也。

【註釋】

❶彼：謂讒人。❷麋：音湄ㄇㄟˊ，水草之交，即河邊。❸拳：音權ㄑㄩㄢˊ，力也。❹職：主也，猶言實。亂階：禍亂之階梯，亂之所由至也。❺微：腳脛生瘡也。尰：音腫ㄓㄨㄥˇ，足腫也。❻伊：是也。❼猶：

謀也，謂欺人之詐謀也。將：大也。又方也，且也。句言爾之欺人詐謀甚多也。❽居：語詞。又猶其也。句言爾徒輩幾何？意謂爾眾不多，除之不難也。

【欣賞品評】

許謙曰：

夫人旣被讒，終篇未嘗有怨懟詆斥之語，拳拳專欲諷上之審聽。而五章且以開讒人之迷，不自憂其身，而惟憂天下之亂；不惡怒其人，而發其羞恥之心。詩人之忠厚如此。

守亮案：

詩序云：「巧言，刺幽王也。大夫傷於讒，故作是詩也。」朱傳云：「大夫傷於讒，無所控告，而訴之於天。」詩序朱傳之說，王靜芝先生已疑其爲非。詩既不必專刺幽王，亦不必大夫所作。方玉潤曰：「嫉讒致亂也。」斯言是也，後之說詩者，多不離此旨。詩則以五章之巧言名篇，前三章八言亂字，末章復結以亂階，自是一篇綱領。詩前半言信讒，其下言讒情易察，讒言易辨，讒奸亦易除。其所以爲亂階禍患者，蓋浸潤之譖，膚受之愬，人君易信，漸使之然也。故篇中雖七言君子，不僅不能止之。且有「君子屢盟」之反覆無常，「君子樹之」之進用讒人。並明言「君子信讒」，「君子信盜」。如此信之不悟，何能止讒佞巧言之入，禍患災難之起乎？

九、何人斯

此傷僚友趨勢附暴，作歌責之，期其自警悔悟之詩。

彼何人斯❶？其心孔艱❷。胡逝我梁❸，不入我門？伊誰云從❹？維暴之云❺。

右第一章，言其人心甚險惡也。

【註釋】

❶斯：語詞。句謂何人者，若不知其姓名以識之也。❷孔：甚也。艱：險也。❸胡：何也。逝：往也。梁：堰石障水而空其中，以通魚之往來者也。今謂魚梁，堵魚壩。惟下有不入我門，此處當指橋梁。❹伊：語詞。云：是也。從：同行者。句言維誰是從也。❺維：語詞。相當於乃字。暴：人名。之：是也。云：語結束之詞。

二人從行❶，誰爲此禍❷？胡逝我梁，不入唁我❸？始者不如今，云不我可❹。

右第二章，言其人性情無常也。

【註釋】

❶二人：謂暴及其從行之人也。❷禍：災患也，當指失勢言。句言誰爲此禍者，明知之故爲此問以識之也。❸唁：音彥一ㄢˋ，弔生爲唁，同情慰問之也。❹云：語詞。不我可：不以我爲是也。二句謂始者與我甚厚，而今日不同於昔者矣。

彼何人斯？胡逝我陳❶？我聞其聲，不見其身❷。不愧于人，不畏于天❸？

右第三章，言其人行踪詭祕也。

【註釋】

❶陳：由堂至大門之徑也。❷二句言其行動之詭祕也。❸二句言汝所行如此，即使不愧於人，豈竟不畏於天乎？

彼何人斯？其爲飄風❶？胡不自北？胡不自南❷？胡逝我梁？祇攪我心❸。

右第四章，言其人往來無定也。

【註釋】

❶飄風：旋風也，暴起之風也。二句言其人行如飄風，不可捉摸也。❷二句言其人來莫知其所自，飄忽不定也。❸祇：適也。攪：音絞ㄐㄧㄠˇ，擾亂也。句言適足以擾亂我心也。

爾之安行❶，亦不遑舍❷。爾之亟行❸，遑脂爾車❹？壹者之來❺，云何其盱❻！

右第五章，言其人不來見我也。

【註釋】

❶安行：緩行也。❷遑：暇也。舍：息也。二句謂汝之緩行，竟不暇稍息乎？何過門而不入邪？❸亟行：疾行也。❹脂：膏也，即油。此作動詞用，謂塗油於車軸使之潤滑也。二句謂汝有急事而疾行乎？爾乃有暇停車加油，而不入我之門也。❺壹者：猶言一次也。❻云何：如何也。盱：音吁ㄒㄩ，病也。二句謂汝來我處一次，於汝能有何病乎？又盱，張目遠視也，甚爲盼望之意。

爾還而入❶，我心易也❷；還而不入，否難知也❸。壹者之來，俾我祇也❹。

右第六章，言其人遺其故舊也。

【註釋】

❶還：返也。入：入我之門也。❷易：悅也，由憂改易爲喜悅也。二句謂當汝還返之時，能入我之門，則我心可易憂傷而爲喜悅也。❸否：音丕ㄆㄧ，丕之假借，太也，甚也。二句謂汝還返不入我家，汝甚難知，責其居心叵測也。❹祇：音奇ㄑㄧˊ，安也。

伯氏吹壎❶，仲氏吹篪❷。及爾如貫❸，諒不我知❹？出此三物❺，以詛爾斯❻！

右第七章，寫其人有始無終也。

【註釋】

❶壎：音熏ㄒㄩㄣ，土製而燒成之樂器，大如鵝卵，上銳而底平，似秤錘。週有六孔，上有一孔，口吹此孔，指按其他六孔爲音。❷篪：音池ㄔˊ，竹製樂器，似笛，長一尺四寸，圍三寸，有七孔，另上出一孔，以口橫吹，指按七孔爲音。二句言昔如伯、仲兄弟，倡和友好也。❸及：與也。貫：相連也。❹諒：誠也。二句言昔之親近如物相連貫，汝豈誠不知我乎？❺三物：雞、犬、豕三牲也。❻詛：音祖ㄗㄨˇ，刺牲血而誓也。二句謂願出三物以與爾誓盟，以示己心之無愧於神明也。或以爲祈神鬼降殃咎於敵對之人。

爲鬼爲蜮❶，則不可得❷。有靦面目❸，視人罔極❹。作此好歌，以極反側❺！

右第八章，言其人惡如鬼蜮也。

【註釋】

❶蜮：音域ㄩˋ，相傳蜮爲水中短狐，常含沙以射水中人影，其人輒病，而不見其形。❷句言鬼蜮之害人，人不能得見也。❸靦：音腆ㄊㄧㄢˇ，慚貌。有靦：即靦然，或釋靦爲面目可見貌。❹視：示也。罔極：不良也。二句謂其人既有可見之面，乃爲人而非鬼蜮矣，然其所示者竟無爲人應有之準則而不可測度也。❺極：窮究也。又糾正也。反側：反覆無常也。二句謂作此好歌，以究極其反覆無常行爲，揭以示其醜也。

【欣賞品評】

郝敬曰：

詩言微婉，未有刺其人而直斥之者。故屢言「彼何人斯」為窮詰之詞。從行二人，究其推諉之奸；逝梁不入，發其忸怩之情；飄風鬼蜮，比其曖昧之私。辭婉而意切矣。

守亮案：

詩序云：「何人斯，蘇公刺暴公也。暴公為卿士而譖蘇公焉。故蘇公作是詩以絕之。」詩序之說，宋朱子、清方玉潤已駁斥其非是。王靜芝先生曰：「細讀此詩，名暴者有之，名蘇者無之。所譏者從暴之人，非暴本人。是詩人傷友之趨勢附暴，反覆無常，故為是歌耳。若云詩人為蘇公，則無據也。」詩人所傷者本為作者好友，後疏離而曲附權勢，作者亦因而失勢得禍，其友一不過門問慰之。乃「作此好歌，以極反側。」期其自警悔悟也。詩則以「其心孔艱」四字為一篇骨幹，首章發之，末章「以極反側」究之。作者本甚惡其人，但妙在不直指其姓名。六用胡字，四用何字，二用誰字，以疑其辭。而以「彼何人斯」詰之，「誰為此禍」難之，「不入我門」，「不入唁我」反覆責之也。雖冷譏巧諷，深疾痛恨。但語委婉，意含蓄，情眞痴，不失忠厚也。

十、巷伯

此寺人孟子刺讒人之詩。

萋兮斐兮❶，成是貝錦❷。彼譖人者❸，亦已大甚❹！

右第一章，言讒人巧佞過甚也。

【註釋】

❶萋、斐：皆文彩貌，花紋錯雜貌。❷貝：水中介蟲也，有文彩。貝錦：似貝紋之織錦也。句以織成似貝文之錦喻譖人羅織巧佞讒言也。❸譖：音怎四聲ㄗㄣˋ，以虛僞之事，誣毀他人之讒言也。❹大：古同太。大甚：過甚也。

哆兮侈兮❶，成是南箕❷。彼譖人者，誰適與謀❸！

右第二章，言讒人張大其詞也。

【註釋】

❶哆：音扯ㄔㄜˇ，大口貌。侈：音恥ㄔˇ，張大貌。❷南箕：星名，在南故曰南箕。箕宿四星狀似箕，如人口之張大多言，故以喻讒人之以小而成大，因虛而爲實，誇大其詞，使人被誣也。❸適：音敵ㄉㄧˊ，主也，專意從事於一事也。二句言彼譖人者，竟能如是，是誰與主其謀邪？

緝緝翩翩❶，謀欲譖人。愼爾言也❷，謂爾不信❸。

右第三章，言讒人勿逞口舌也。

【註釋】

❶緝：音器ㄑㄧˋ，緝緝：附耳私語也。或以爲口舌聲。翩翩：巧言也。或以爲往來貌。❷愼：謹愼也。爾：指讒人。❸二句言汝宜愼爾之言，否則，言詐必失，一旦暴露眞象，則謂爾之言不誠信，而不信汝矣。

捷捷幡幡❶，謀欲譖言。豈不爾受❷？既其女遷❸。

右第四章，言讒人亦或遭禍也。

【註釋】

❶捷捷：便捷貌，巧言貌。幡：音番ㄈㄢ，幡幡：反覆貌，往來貌。❷受：指聽信讒言。❸既其：既而。女：同汝。女遷：遷至汝身也。二句言王初時豈能不受爾之譖言邪？既而知其詐，禍必遷至汝身也。

驕人好好❶，勞人草草❷。蒼天蒼天！視彼驕人❸，矜此勞人❹！

右第五章，言讒人及被讒者憂樂不同也。

【註釋】

❶驕人：指譖人者，得意而驕也。好好：喜樂也。❷勞人：指被譖者，受誣而憂也。草草：憂勞也。❸視：同示，展示也，顯現也。句言將讒人眞象顯現也。❹矜：音今ㄐㄧㄣ，憐也。句言矜憐我被讒者之憂勞也。

彼譖人者，誰適與謀❶！取彼譖人，投畀豺虎❷；豺虎不食，投畀有北❸；有北不受，投畀有昊❹。

右第六章，言讒人惡極當懲也。

【註釋】

❶二句再言彼譖人者，甚嫉之，故重言之也。或以爲衍文。❷畀：音必ㄅㄧˋ，與也。豺：音柴ㄔㄞˊ，狼屬，俗名山狗。❸有：語首助詞，如有虞、有夏，及下文之有昊。有北：北方寒涼不毛之凶地也。❹有昊：昊天也。句言祈天降罪以懲之也。

楊園之道❶，猗于畝丘❷。寺人孟子❸，作爲此詩；凡百君子❹，敬而聽之❺！

右第七章，自敘作詩之意，以警群臣也。

【註釋】

❶楊園：園名，疑即寺人孟子之居處也。或以爲宮內道名。❷猗：同倚，依也。畝丘：高地也。二句言通往楊園之道，依傍於畝丘高地也。❸寺人：內小臣也，被宮刑者，俗稱太監。孟子：寺人之字。❹凡百：言多也。凡百君子：指在位者。❺敬：儆也。二句言凡朝中諸大臣，聽而儆之，勿以我人卑言微而不經意也。

【欣賞品評】

錢天錫曰：

詩被痛而作，故反覆哀傷，或怨或訴，皆深惡讒人之詞。篇中一敬字，總是發明憂讒畏譏，惴惴小心之旨，亦未敢謂敬遂足以免讒也。

守亮案：

詩序云：「巷伯，刺幽王也。寺人傷于讒，故作是詩也。」朱傳云：「時有遭讒而被宮刑爲巷伯者，作此詩。」詩中但見刺讒之意，而無遭刑之語。朱子襲用齊詩，即班固漢書司馬遷傳贊「迹其所以自傷悼，小雅巷伯之倫。」又馮奉世傳贊「孟子宮刑」之說，以此爲遭讒而被宮刑者之作，恐不可從。詩序以此爲寺人傷讒之作，甚是。但以此爲刺幽王之詩，太落實，恐非。屈萬里先生曰：「此寺人孟子刺讒人之詩。」觀詩意怵迫警悚，筆調夭嬌不平，投畀豺虎數語，尤爲憤激。當爲寺人孟子所作，以刺讒人之詩也。至此詩何以名曰巷伯，朱子主巷伯卽寺人，故以名篇。詩則首二章兩譬喻，造語精工，創所未有。次二章運用八疊字，極力描寫，下二句代爲叮囑，代爲商量，語極婉切。五章感憤良多，呼天而訴，不言報應，報應自在言外。六章「取彼譖人」下，著三投字，奇想奇筆，故作動心駭目，悲憤痛絕語也。末章特書寺人孟子之居里、官職、姓名，明銜恨至深，卽使因而遭禍，亦一肩承擔也。篇中或諷或戒，或責或誨，或怨而訴之，或惡而疾之。皆自眞情深意出，故多蒼涼感喟語也。

谷風之什

一、谷風

此婦人為夫所棄，以敘其悲怨之情之詩。

習習谷風❶，維風及雨❷。將恐將懼❸，維予與女❹。將安將樂，女轉棄予❺。

右第一章，寫己之被棄，言夫可共患難，不可共安樂也。

【註釋】

❶習習：和舒貌。谷風：谷中之風也，東風也。谷風吹而穀生。❷維：乃也，竟也。二句言和舒之東風，本協調之象也，今何竟成風雨大作情況。❸將：且也，正也。❹維：通惟，僅也，只也。女：同汝。二句言昔且恐且懼之際，惟我與爾同之共渡也。❺轉：反也。二句言而今且安且樂矣，汝反棄我不顧也。

習習谷風，維風及頹❶。將恐將懼，寘予于懷❷。將安將樂，棄予如遺❸。

右第二章，義同上章。換韻而重言之。

【註釋】

❶頹：音隤ㄊㄨㄟˊ，暴風從上下降也。❷寘：音義同置。句謂愛則加諸膝，今言把我抱在懷裏。❸如遺：如遺忘之物，忽然不記其爲有也。

習習谷風，維山崔嵬❶。無草不死，無木不萎❷。忘我大德，思我小怨。

右第三章，寫見棄之故，言以一己色衰，並夫之忘大德，思小怨也。

【註釋】

❶崔嵬：山高貌。❷以上四句，謂習習東風，吹彼高山。山之上草木爲之茂盛矣。然草必有死，木必有萎，東風能使其茂，不能使其不枯萎也。言此以喻己之色衰也。

【欣賞品評】

鄒泉曰：

一章二章怨其始合而終暌，末章言其不當以小怨而見暌也。

守亮案：

詩序云：「谷風，刺幽王也。天下俗薄，朋友道絕焉。」朱傳云：「此朋友相怨之詩。」此詩但見恐懼傷痛之情，全無俗薄譏刺之語，詩序云爲刺，且落實爲幽王，不可信。又就其「寘予于懷」，「棄予如遺」句揆度之，亦不似朋友道絕相怨之辭，當爲婦人爲夫所棄，以敍其悲怨之情也。故屈萬里先生曰：「此與邶風之谷風相似，蓋亦棄婦之辭也。」詩則以可共患難，不可共安樂貫穿全篇。故「將恐將懼」之際，而「維予與女」，而「寘予于懷」。於「將安將樂」之時，而「女轉棄予」，而「棄予如遺」也。又夫所以惟大德是忘，而遺善棄美。小怨是思，而索垢求疵者，亦全在此。情何其不堅，愛何其易移，此棄婦之所以悲怨傷痛者也。

二、蓼　莪

此係孝子哀父母早逝，自傷不得奉養以報之之詩。

蓼蓼者莪❶，匪莪伊蒿❷。哀哀父母❸，生我劬勞❹！

右第一章，父母所期者重，而己所成者薄，故愧恨悽愴而哀之也。

【註釋】

❶蓼：音陸ㄌㄨˋ，蓼蓼：長大貌。莪：音鵝ㄜˊ，多年生草，嫩時莖葉可食，美菜也。❷匪：非也。伊：維也，是也。蒿：音嚆ㄏㄠ，賤草也。二句言父母生我，望我爲莪，爲美菜，而爲高尚有用之人。及其長也，竟不能及之，而爲賤草之蒿，實有負父母之所期也。❸哀哀：哀之又哀，哀之甚也。❹劬：音渠ㄑㄩˊ，劬勞：勞苦也。二句言父母生我之劬勞，未及報之，故而重自哀傷也。

蓼蓼者莪，匪莪伊蔚❶。哀哀父母，生我勞瘁❷。

右第二章，義同首章，換韻而重言之。

【註釋】

❶蔚：音味ㄨㄟˋ，多年生草，蒿之尤賤而粗大者，又名馬新蒿。❷瘁：音翠ㄘㄨㄟˋ，病也。劬勞而至於瘁病，則勞苦已見於貌矣。

缾之罄矣❶，維罍之恥❷。鮮民之生❸，不如死之久矣❹！無父何怙❺？無母何恃❻？出則銜恤❼，入則靡至❽。

右第三章，父母俱喪，無怙無恃，生不如死，深哀之也。

【註釋】

❶缾：音義同瓶ㄆㄧㄥˊ，汲器。罄：音慶ㄑㄧㄥˋ，空也。❷罍：音雷ㄌㄟˊ，貯水器。二句言以缾汲水而貯於罍，缾空則罍不得盈，以喻人子之不能終養父母。有子不能養父母，斯亦父母之恥也。此乃深切自責語，養子而令父母恥，此不孝之最者也，馬遷「太上不辱先」，其此之謂乎！❸鮮：斯也。鮮民：斯民也，此民也，指不能奉養父母之人。或以爲鮮，寡也，寡民猶言孤子。❹久矣：言早已如此。二句言父母已逝，我鮮民之生，久矣慚愧憂傷，不如死也。❺怙：音戶ㄏㄨˋ，賴也。❻恃：仗恃也。❼銜：含也。恤：憂也。銜恤：懷憂也。❽入：返也。靡：無也。入則靡至：返家不見父母，遑遑不安，一若無所至也。以上四句，言若我者，無父何所依賴？無母何所仗恃？出則心中滿懷憂傷，歸則而忽忽若無所至也。

父兮生我，母兮鞠我❶。拊我畜我❷，長我育我❸；顧我復我❹，出入腹我❺。欲報之德❻，昊天罔極❼！

右第四章，述父母養我育我諸深恩，欲報之已不可能，是又可哀者也。

【註釋】

❶鞠：育也。❷拊：與撫通，摩也。畜：養也。❸長：長養之也，使之成長也。育：養也。又教育之也。❹顧：旋視也。又照顧也。復：反覆也。謂不厭其煩，反覆愛視之也。❺腹：懷抱也。❻之：是也。❼昊天：上天也。罔極：無極也。二句言欲報父母之恩德，其恩之大如天之無極，不知何以爲報也。或以爲昊天罔極，爲斥天之語，謂老天無良，奪其父母而去也。

南山烈烈❶，飄風發發❷。民莫不穀❸，我獨何害❹？

右第五章，就眼前景，興思親之情。父母於發發飄風下，正須子女奉養，他人能之，己則不能，是尤可哀也。

【註釋】

❶烈烈：高大嵯峨貌。❷飄風：旋風也。發發：疾貌。❸穀：善也。❹二句言民莫不善，而我何獨罹此患害邪？

南山律律❶，飄風弗弗❷。民莫不穀，我獨不卒❸？

右第六章，義同五章，換韻重言之。

【註釋】

❶律律：猶烈烈也。❷弗弗：猶發發也。❸卒：終也。不卒：不能卒報父母之恩德，故哀痛悲傷，抱恨獨深也。

【欣賞品評】

朱熹曰：

晉王裒以父死非罪，每讀詩至「哀哀父母，生我劬勞」未嘗不三復流涕，受業者為廢此篇，詩之感人如此。

鄒泉曰：

此詩首二章是喻其不得終養，而因傷父母之劬勞；三章是言不得終養，正以應「匪莪伊蒿」二句意；四章是言父母之恩，正以應「生我劬勞」二句意。末二章又重自哀痛，以申不得終養之意也。

牛運震曰：

最難寫是孤兒哭聲，如此拙重惻怛，直將孝子難言之痛攄出。故是悲哀盡頭文字。

方玉潤曰：

詩首尾各二章，前用比，後用興。前說父母劬勞，後說人子不幸，遙遙相對。中間二章，一寫無親之苦，一寫育子之艱，備極沉痛。幾於一字一淚，可抵一部孝經讀。

守亮案：

詩序云：「蓼莪，刺幽王也。民人勞苦，孝子不得終養爾。」朱傳云：「人民勞苦，孝子不得終養而作此詩。」詩序朱傳之說，清人姚際恒已駁斥其非是。此詩純是孝子哀父母早逝，自傷不得奉雙親以報養育之恩者，固與幽王無干。朱傳雖不言刺幽王，但襲詩序「人民勞苦」句，仍含有刺義。詩中有「民莫不穀，我獨何害？」「我獨不卒」語，何有「人民勞苦」意？是以己之所遭不幸，與他人無關也。嚴粲曰：「孝子行役而喪其親，故寫其中心之哀，千載之下，讀之者猶感動也。」去其行役則是矣。故王靜芝先生曰：「此孝子哀父母早逝，而自傷不得奉養以報之詩。」詩則以我字志哀，凡用十三次，句法奇特有力，描寫深切，尤爲感人。故姚際恒曰：「勾人眼淚，全在此無數我字。」嚴粲更詳申之曰：「鞠、畜、育皆養也，所從言之異耳！父生母鞠，此總言我身是父母所生養，下乃詳言父母之恩勤也。拊謂以手摩拊其首，而防其驚，是初生之時。初生而言畜養，謂乳之也。長謂養之，稍長則能就口食矣！稍長而言畜養，謂哺之也。已而行戲於地，父母或去之，則回首以顧視之。復謂顧之又顧，是反覆不能暫捨，愛之至也。在家容其行戲，或自內而出外，或自外而入內，未可令其自行。則抱之於懷，此曲盡父母愛子之情也。父母之恩如此，欲報之以德。而父母之恩，如天之無窮，不知所以爲報也。今我不及報之痛，當奈何也？嗚呼！讀此詩而不感動者，非人子也。」感動之言，深獲我心。讀孟郊詩「誰言寸草心，報得三春暉？」韓詩外傳「樹欲靜而風不止，子欲養而親不待」句，尤感此詩之哀，情切淚落，眞不知何以爲懷矣！

三、大東

此係東國人民傷役頻賦重，而怨西人驕奢之詩。

有饛簋飧❶，有捄棘匕❷。周道如砥❸，其直如矢❹；君子所履❺，小人所視❻。睠言顧之❼，潸焉出涕❽。

右第一章，寫賦稅繁重，而皆致送於西也。

【註釋】

❶饛：音蒙ㄇㄥˊ，滿貌，有饛，饛然也。簋：音軌ㄍㄨㄟˇ，扁圓形食器，竹製，或金屬或陶製，圈足，兩耳或四耳，方座，帶蓋。飧：音孫ㄙㄨㄣ，熟食也。❷捄：音求ㄑㄧㄡˊ，曲長貌。有捄，捄然也。棘：棗木也。匕：音比ㄅㄧˇ，匙也。棘匕：以棗木作成之匙，用以取食物者也。二句言熟食滿於簋，而以曲匙取之者，乃西人之生活享受也。西人何以能如此，以東方賦稅致送之故也。❸周道：周之國道，大道也。砥：音抵ㄉㄧˇ，礪石也。如砥：言其平也。❹如矢：言如矢之直也。❺君子：周之貴族也。履：行走也。❻小人：平民也。以上四句，言大道平坦，其直如矢，而此道則彼君子取賦之所履者，而平民但能望其財物西去耳。或以為此周道惟官吏得行於其上，而禁平民通行，故但視之而已。❼睠：音倦ㄐㄩㄢˋ，反顧貌。言：語詞。相當於而或乃字。❽潸：音山ㄕㄢ，涕出貌。二句言顧此賦稅西送情形，則不禁潸然涕下也。

小東大東❶，杼柚其空❷。糾糾葛屨❸，可以履霜❹。佻佻公子❺，行彼周行❻。既往既來❼，使我心疚❽。

右第二章，寫東國之困窘，西人之浮奢也。

【註釋】

❶小東大東：猶言近東遠東。或指東方小大之國，皆諸侯之國也。❷杼：音住ㄓㄨˋ，織布之持緯者，梭也。柚：音逐ㄓㄨˊ，同軸，織布機中用以卷經之軸也。空：盡也，言無布可織也。❸糾糾：編結之貌。又稀疏之貌。屨：音巨ㄐㄩˋ，葛屨：以葛織成之草鞋也。❹可：讀爲何。履：腳踏也，履霜應著冬日皮屨，何以葛屨爲之？以上四句，言其所以杼柚其空，葛屨履霜者，賦稅繁重，人民貧困有以致之也。❺佻：音條ㄊㄧㄠˊ，佻佻：華美輕浮不耐勞苦之貌。公子：指貴族子弟。❻行：音杭ㄏㄤˊ，周行：周之國道，大道也。❼既往既來：往來頻繁貌。❽疚：病也。以上四句，言然彼紈袴公子，行彼大道，往來遊樂，所用者皆我等所供之賦也，我心於是爲之痛疚焉。

有冽氿泉❶，無浸穫薪❷。契契寤歎❸，哀我憚人❹。薪是穫薪，尚可載也❺；哀我憚人，亦可息也❻？

右第三章，寫役頻勞苦，不得止息也。

【註釋】

❶冽：音列ㄌㄧㄝˋ，寒涼貌。有冽：冽然也。氿：音軌ㄍㄨㄟˇ，氿泉：泉水側出者也。❷穫：刈也。穫薪：已刈穫之柴薪也。二句言側出之寒泉，勿浸我已刈存之薪，因水一浸之則薪腐而無用，喻困苦東人不堪再

受摧殘也。❸契：音器ㄑㄧˋ，契契：憂苦貌。寤：語詞。❹憚：音旦ㄉㄢˋ，通癉，勞也。二句言可哀我勞瘁之人，憂苦不堪，惟長歎而已。❺載：裝車也。二句謂如薪受浸尚可以車載之而易以乾燥之地也。❻亦：語詞。息：止息也。二句言哀我服役勞瘁之人，似亦可稍事止息矣！

東人之子❶，職勞不來❷；西人之子❸，粲粲衣服❹；舟人之子❺，熊羆是裘❻；私人之子❼，百僚是試❽。

右第四章，寫東西人勞逸儉奢之不同也。

【註釋】

❶東人：東國之人也。之：是也。之子：是子也。句泛言東方諸侯國之人民也。❷職：專主也。來：音賴ㄌㄞˋ，勞慰也。句言東人所主職事，雖勞苦而不加勞慰也。❸西人：西方京都之人也。❹粲粲：鮮盛貌。❺舟：當作周。❻羆：獸名，似熊而大。熊羆是裘：言其富奢也。❼私人：家臣也，指顯貴私家早隸之屬也。❽百僚：百官也，謂各種職位也。試：用也，言各種職位皆用其私人也。

或以其酒，不以其漿❶。鞙鞙佩璲❷，不以其長❸。維天有漢❹，監亦有光❺。跂彼織女❻，終日七襄❼。

右第五章，寫西人侈奢，呼天而訴之也。

【註釋】

❶漿：薄酒也。二句言彼西人有酒矣，然彼飲之，視之尚不若漿也。仍言西人之奢。❷鞙：音泫ㄒㄩㄢˋ或

音捲ㄐㄩㄢˇ，鞙鞙：娟好貌。璲：音遂ㄙㄨㄟˋ，當讀為襚綬之襚，佩玉之綬帶也。或以為係革帶之佩玉。❸二句言瑞玉或綬以長為貴，今乃不以為長。仍言西人之奢也。❹漢：天河也。❺監：視也。亦：語詞。句言視之則有光也。❻跂：音氣ㄑㄧˋ，望也。或謂為歧，言織女三星，下二星似兩足之分歧也。❼襄：駕也。駕謂變更其位置，晝夜周天十二辰。終日則由卯至酉，共七辰，每辰移一次，故曰七襄。

雖則七襄，不成報章❶。睆彼牽牛❷，不以服箱❸。東有啓明❹，西有長庚❺；有捄天畢❻，載施之行❼。

右第六章，寫仰望河漢衆星而抒感也。

【註釋】

❶報：反也。織布時以梭行緯，一來一去也。章：成文謂之章。二句言雖則織女之星，日則七襄，然織不出帛錦，徒具虛名也。下牽牛、天畢、箕、斗云云皆同。❷睆：音晚ㄨㄢˇ，視也。又明貌。牽牛：星名。❸服：駕也。箱：車箱也。二句言視彼牽牛，雖名牽牛而不能駕車也。❹啓明：星名，先日而出。❺長庚：亦星名，後日而入。與啓明實為一星，於晨日啓明，開啓光明；於暮日長庚，繼日之長也。❻捄：彎狀。有捄，捄然也。畢：網也。天畢：星名，狀如捕兎之畢也。❼載：則也。施：位置也。行：音杭ㄏㄤˊ，行列也。二句言雖有天畢，但置於衆星之行列而已，不能作掩兎之用也。

維南有箕❶，不可以簸揚❷；維北有斗❸，不可以挹酒漿❹。維南有箕，載翕其舌❺；維北有斗，西柄之揭❻。

右第七章，寫河漢衆星，非惟不足恃，亦將害我也。

【註釋】

❶箕：星名，由四星構成，象箕形。❷簸：音跛ㄅㄛˇ，揚穀去其糠粃也。❸斗：星名，北斗也，形似勺，有柄。或以爲南斗星也。南斗在箕星之北，故云維北有斗。❹挹：音亦一ˋ，挹注也。取彼大器中之水，注之小器之中曰挹注。以上四句，言南有箕星，名箕而不可以簸揚。北而有斗星，名斗而不可以用之挹注酒漿。箕也斗也，皆徒具其名而已。❺翕：音系ㄒㄧˋ，伸也，引也。箕四星，二爲踵，二爲舌，言伸舌欲噬也。❻揭：舉也。西柄：言其柄向西也。南斗之柄，四時皆高舉而西向，言其欲向人間酌物也。以上四句，言不僅衆星有名無實，且箕引舌若有吞噬，斗柄西向似挹取於東，恐天亦助於周而禍東國也。

【欣賞品評】

方玉潤曰：

詩本咏政賦煩重，人民勞苦。入後忽歷數天星，豪縱無羈，幾不可解。不知此正詩人之情，所謂光燄萬丈長也。試思此詩若無後半文字，則東國困敝，縱極寫得十分沉痛，亦不過平常歌咏而已。安能如許驚心動魄文字！所以詩貴有聲有色，尤貴有興有致。此興會之極為歘舉者也。然其驅詞寓意，亦非漫無紀律者。四章以上，將東國愁怨與西人驕奢，兩兩相形，正喻夾寫已極難堪。天漢而下，忽仰頭見星，不禁有觸於懷。呼天自訴，因杼柚之空而怨及織女機絲亦不成章。因織女虛機而怨及牽牛河鼓難駕服箱。不寧唯是，卽啓明長庚之分見東西，亦若有所怨及焉。以其徒在天而爍然成行也。於是更南望箕張，北顧斗柄。箕非徒無用，不可以簸揚，反張其舌而若有所噬；斗非徒無益，不可以挹酒漿，反揭其柄而若取乎東。民之困於王者，既若彼其窮，而人之厄於天者又如此其極。天乎！何其困厄東國若是乎？民情至此，咨怨極矣。後世李白歌行杜甫長篇，悉脫胎於此。均足以卓立千古，三百所以為詩家鼻祖也。

守亮案：

詩序云：「大東，刺亂也。東國困於役而傷於財，譚大夫作是詩以告病焉。」鄭箋云：「譚國在東，故其大夫尤苦征役之事也。魯莊公十年，齊師滅譚。」朱傳全從詩序說。詩序之說，清人姚際恒已疑其非。大東之詩，但見傷怨之情，全無譏刺之意。譚大夫刺亂之說，恐不可信。季本曰：「周衰，國亂無政，京師之人絡繹使於諸侯道途，困於供輸，故東人怨而作此詩也。」其意近是。而方玉潤政賦煩重，人民勞苦，呼天自訴云云，又可補季氏之不足。故王靜芝先生曰：「此傷東國役煩賦重，人民勞苦，而怨西人驕奢之詩。」細審詩中「杼柚其空，葛屨履霜。」賦斂重而傷於財之寫照也。「哀我憚人，亦可息也。」，困於役而不得息之怨訴也。又有東人與西人，小人與君子作對比。由斯以觀，此係東國人民傷役頻賦重，而怨西人驕奢之詩也。詩則首章言賦重，次章言困窘，三章言役勞。其所以如此者，乃西人驕奢浮華以致之也。故第四章將東西人之勞逸不同，儉奢有異，極力形容，作一強烈對照描寫，以傷其不平。其下三章，乃取與星漢而訴之。但彼衆星也，皆虛列而無實用。蒼天如是，誰又能止西人之浮奢，而拯東人之困窘乎？是以衆星在天，煩愁之人見之生悲，失望之時到處歸咎耳。詩中充滿悲愁憤怒，故多無理怪罪。是以牛運震有「通篇痛心征斂之重，悲愁之思結成俶詭怨怒，睚眦橫加星辰」之言也。

四、四　月

此仕者遭亂，遠適江漢，思歸不得，有感而作之詩。

四月維夏❶，六月徂暑❷。先祖匪人❸？胡寧忍予❹？

右第一章，怨天降我禍亂也。

【註釋】

❶四月：夏曆之四月也，乃夏季之首月。❷徂：音殂ㄘㄨˊ，始也。句謂夏曆六月始進入暑天也。❸匪：非也。匪人：猶今語不是人也。❹胡寧：何乃也。二句謂我先祖豈不也是人？爲何天之待我，竟忍心置予於此禍亂苦難之中耶？

秋日淒淒❶，百卉具腓❷。亂離瘼矣❸，爰其適歸❹？

右第二章，念身無所適從也。

【註釋】

❶淒淒：寒涼貌。❷卉：音惠ㄏㄨㄟˋ，草也，花木也。具：俱也，皆也。腓：音肥ㄈㄟˊ，病也。句言百卉俱已凋萎矣。❸瘼：音莫ㄇㄛˋ，病也。句謂亂離之禍使我病苦也。❹爰：于焉之合音，猶言在何處。其：

語詞。適：往也。句言我將何所歸往乎？乃不知何處是可歸之所也！

冬日烈烈❶，飄風發發❷。民莫不穀❸，我獨何害❹？

右第三章，傷己獨遭不幸也。

【註釋】

❶烈烈：猶栗烈、凓冽，寒涼貌。❷飄風：旋風也。發發：疾貌。❸穀：善也。❹二句言民莫不善，而我何獨罹此患害邪？

山有嘉卉❶，侯栗侯梅❷。廢爲殘賊❸，莫知其尤❹。

右第四章，悲在位者殘民也。

【註釋】

❶嘉：善也。❷侯：維也。語詞。❸廢：變壞也。殘：傷也。賊：害也。句言在位者變爲殘賊害民之人也。❹尤：過也。二句言在位者殘賊害民，而不自知其罪過也。

相彼泉水❶，載淸載濁❷。我日構禍❸，曷云能穀❹？

右第五章，哀構禍莫能轉善也。

【註釋】

❶相：視也。❷載：則也。❸構：遘之假借，遇也。❹曷：何也。云：語詞。二句言若我者，日日與禍相

合，生活於禍亂之中，何能轉善邪？

滔滔江漢❶，南國之紀❷。盡瘁以仕❸，寧莫我有❹。

右第六章，述盡力致病不見親也。

【註釋】

❶滔滔：大水貌。江漢皆南方之大水名。❷之：是也。紀：綱紀，即總領之義。二句言江漢二大水總領南國諸水，以成巨流，謂凡物有綱有領，始成其體制而有秩序也。❸瘁：病也，勞也。盡瘁：盡我之力以至於病也。仕：事也。❹寧：乃也。有：通友，親也。二句言我雖盡力國事，以致瘁病，仍不見親也。

匪鶉匪鳶❶，翰飛戾天❷；匪鱣匪鮪❸，潛逃于淵❹。

右第七章，述一己無所逃禍也。

【註釋】

❶匪：非也。又彼也。下同。鶉：音團去ㄊㄨㄢˊ，鵰也，字或作鷻。鳶：音淵ㄩㄢ，鷙鳥也。❷翰：羽也。戾：至也，迫也。二句言我非鶉非鳶大鳥，可以振羽高飛至天也。❸鱣：音占ㄓㄢ，黃色大魚。鮪：音尾ㄨㄟˇ，魚名，似鱣而小。❹二句言我亦非鱣非鮪巨魚，可以深藏淵底也。

山有蕨薇❶，隰有杞桋❷。君子作歌，維以告哀❸。

右第八章，言所以作歌以告哀也。

【註釋】

❶蕨：音厥ㄐㄩㄝˊ，羊齒類植物，嫩葉可煮食。薇：似蕨而高，嫩葉亦可煮食，即野豌豆苗。❷隰：音席ㄒㄧˊ，下濕之地也。杞：音起ㄑㄧˇ，枸杞也。桋：音夷ㄧˊ，木名，木質堅韌可爲車轂。二句言草木尚生得其所，我流離他方，不得安處，曾草木之不如也。❸告哀：謂申訴哀苦也。

【欣賞品評】

朱善曰：

此詩或以為行役，或以為憂亂。以詩考之，由夏而秋，由秋而冬，則見其經歷之久。由西周而南國，由豐鎬而江漢，則見其跋涉之遠。此行役之證也。「父母先祖，胡寧忍予。」則無所歸咎之辭；「亂離瘼矣，爰其適歸。」則無所逃避之辭。此憂亂之證也。專以為行役，則先祖匪人之怨，其辭過於深；專以為憂亂，則滔滔江漢之詠，其辭過於遠。然則是詩也，蓋大夫行役而憂時之亂，懼其禍之辭也。

守亮案：

詩序云：「四月，大夫刺幽王也。在位貪殘，下國構禍，怨亂竝興焉。」詩序之說，清人方玉潤已駁斥其非。朱傳云：「此亦遭亂自傷之詩。」其意近是，但嫌空泛。季本曰：「此必仕者之子孫爲南國之州牧，而爲小人構禍，無所容身，故作此詩也。」後之說詩者多與季氏之說相近。是以王靜芝先生曰：「此當是詩人遭亂，流落南方，傷感而作。」細考詩篇，中有「亂離瘼矣，爰其適歸？」「滔滔江漢，南國之紀」之語。自是仕者遭亂，遠適江漢，思歸不得，有感而作之詩。仕者或謂爲大夫行役，亦是。詩則充滿哀思，前三章上半，由盛暑而肅秋而嚴冬，獨不及春。下半「先祖匪人，胡寧忍予？」「亂離瘼矣，爰其適歸？」「民莫不穀，我獨何害？」雖未明言哀，但詩人之遭遇自可哀也。四五章之登山則情滿於山，臨水則意溢於水者，亦在下半「廢爲殘賊，莫知其尤。」「我日構禍，曷云能穀」之可哀也。六章之盡瘁以至於病而不見親，七章之欲高飛深藏以遠禍而不可得，是亦可哀者也。故章章有哀思，是以末章明書「維以告哀」也。夫盡瘁國事莫我知，身罹憂患無可訴。流徙異域，徘徊江漢。因之，語多無可奈何之幽怨、悽愴、痛悲，其屈子騷賦之先聲歟？

五、北山

此行役者怨勞逸不均而作之詩。

陟彼北山❶，言采其杞❷。偕偕士子❸，朝夕從事❹。王事靡盬❺，憂我父母❻。

右第一章，述士子久役於外，苦於無止息之王事，而憂父母之不能奉養也。

【註釋】

❶陟：音至ㄓˋ，登也。❷言：語詞。相當於而或乃字。杞：音起ㄑㄧˇ，枸杞也。❸偕偕：強壯貌。士子：仕者，詩人自謂也。❹從事：謂行役於外也。❺王事：王室之事，猶今言國家之事。靡：無也。盬：音古

ㄍㄨˇ，止息也。王事靡盬：王事靡可止息也。❻二句言王事無可止息，終年行役在外，故心中憂父母之無能奉養也。或以爲父母以子之勤勞爲憂也。

溥天之下❶，莫非王土；率土之濱❷，莫非王臣。大夫不均❸，我從事獨賢❹。

右第二章，怨役使之不均也。

【註釋】

❶溥：音義同普ㄆㄨˇ，徧也。又大也。❷率：全部也。濱：賓之假借，謂賓服之子民也。或以爲率，循也。濱，涯也。句謂四海之內也。❸均：平也。句言執政之大夫，所分派行役者之工作，勞逸不均也。❹賢：勞也，多也。獨賢：以我或賢於他人，而勞役獨多也。

四牡彭彭❶，王事傍傍❷。嘉我未老❸，鮮我方將❹。旅力方剛❺，經營四方❻。

右第三章，仍怨役使之不均也，亦換韻。

【註釋】

❶牡：雄馬也。彭：音旁ㄆㄤˊ，彭彭：強壯有力貌。又馬之奔馳聲。又行不得息貌。❷傍傍：盛也，繁重也。又緊急貌，進行不止貌。❸嘉：善也，稱美也。❹鮮：善也。將：壯也。❺旅：通膂。旅力：體力也。剛：堅強也。❻經營：經晝營造也，謀作規度也。

或燕燕居息❶，或盡瘁事國❷；或息偃在牀❸，或不已于行❹。

右第四章，對舉勞逸不同之狀也。

【註釋】

❶或：有人也。燕燕：安息貌。居息：安居止息也。❷瘁：病也，勞也。盡瘁：盡我之力以至於病也。❸偃：音掩一ㄢˇ，仰臥也。❹不已：不止也。行：音杭ㄏㄤˊ，路也。句言奔走不停於道路也。

或不知叫號❶，或慘慘劬勞❷；或棲遲偃仰❸，或王事鞅掌❹。

右第五章，仍對舉勞逸不同之狀也。

【註釋】

❶不知：不聞也。叫號：呼叫號哭也。句言不聞人痛苦叫號之聲也。❷慘慘：猶戚戚也。劬勞：勞苦也。❸棲遲：遊息也。偃仰：俯仰也。❹鞅掌：事繁多勞苦也。

或湛樂飲酒❶，或慘慘畏咎❷；或出入風議❸，或靡事不爲❹。

右第六章，仍對舉勞逸不同之狀也，亦換韻。

【註釋】

❶湛：音躭ㄉㄢ，同耽，樂過其節也。湛樂：過度之享樂也。❷咎：罪過也，災殃也。❸風：猶放也。又通諷，諷刺也。風議：謂放言高論也。❹靡：無也。句謂凡事無不爲之，極言其勞也。

【欣賞品評】

李樗曰：

孔子曰：「公則說。」人主苟有均平之心，則雖征役之重，不以為怨。若有不均之心，則雖征役未甚勞苦，而人亦將怨矣。觀大東之詩，有粲粲衣服者，有葛屨履霜者。北山之詩，有息偃在牀者，有不已于行者，則無一得其平矣，天下安得而說服哉！

方玉潤曰：

前三章皆言一己獨勞之苦，尚屬臣子分所應為，故不敢怨。末乃勞逸對舉，兩兩相形，一直到底，不言怨而怨自深矣。此詩人善於立言處，固不徒以無數或字，見局陣之奇也。

守亮案：

詩序云：「北山，大夫刺幽王也。役使不均，己勞於從事，而不得養其父母焉。」朱傳云：「大夫行役而作此詩。」北山之詩，詩中明書「大夫不均，我從事獨賢。」此非大夫之作甚明，知詩序大夫刺幽王，朱傳大夫作此詩之言非是。姚際恒曰：「此為士者所作以怨大夫也，故曰：『偕偕士子』，曰『大夫不均』，有明文矣。」斯言近是。孟子曰：「勞於王事而不得養父母。」詩中雖有憂我父母之辭，不得終養之意，但非全篇主旨所在。以多不平之鳴，故知為行役者怨勞逸不均之作也。詩則以一怨字為主，首章自言年壯力強，朝夕從事王事。雖云王事不可不勤，但靡可止息，而遺父母憂也。憂則怨萌矣。二章「大夫不均，我從事獨賢。」不均二字乃怨之所由生也。三章實寫獨賢，雖作知遇感奮語，然正極悲怨也。末三章連用十二或字，兩兩對照，將安息與病苦，湛樂與憂懼之勞逸不均現象，盡情表露出。彼何以其逸，我何以其勞？彼何以若是之相親，我何以若是之相遠？連聲作不平之鳴，怨之極矣。詩雖未明書怨字，但怨情自深含其中也。孔子有云：「詩，可以怨。」其此之謂乎？

六、無將大車

此詩人感時憂傷，自作寬解之詩。

無將大車❶，祇自塵兮❷！無思百憂，祇自疧兮❸！

右第一章，詩人願不為無益之事，不思致病之憂以自寬也。

【註釋】

❶將：扶進也。大車：平地任載之車，駕牛者也。❷祇：音支ㄓ，適也。塵：作動詞用，謂塵土撲身也。❸疧：應作疷，音奇ㄑㄧˊ，病也。或以為此處應讀如疹ㄓㄣˇ，與塵韻。

無將大車，維塵冥冥❶！無思百憂，不出于熲❷！

右第二章，義同首章，換韻而重言之。

【註釋】

❶冥冥：昏暗貌，塵土飛揚貌。又蔽人目明也。❷熲：音耿ㄍㄥˇ，與耿同，小明也，耿耿然憂也。句言不

能離於憂也。

無將大車，維塵雝兮❶！無思百憂，祇自重兮❷！

右第三章，義同前二章，又換韻而疊唱之。

【註釋】

❶雝：音雍ㄩㄥ，蔽也。❷重：累也，病也。

【欣賞品評】

輔廣曰：

夫行役者，進而有王事之期程，惟恐其有不及之悔。退而有家事之多端，惟恐其有意外之虞。所可憂者，固不一而足也，故曰百憂。戒之以無思者，言姑置之，勿以為念可也。否則，適所以自病而已矣。

姚舜牧曰：

將大車者，有任重意。凡人一身，百責萃焉，百憂聚焉，行役者身勞王事，將百責委之於家，全在上之人體恤其情，使無內顧之憂耳。上不加恤，奈何使彼無怨心哉！無思云者，正言其思之不能置也。

守亮案：

詩序云：「無將大車，大夫悔將小人也。」此附會荀子大略篇之「詩曰：『無將大車，維塵冥冥！』言無與小人處也。」朱傳云：「亦行役勞苦而憂思者之作。」詩無行役之意，清人姚際恒則詩序朱傳並駁斥其非。方玉潤曰：「此詩人感時傷亂，搔首茫茫，百憂並集。既又知其徒憂無益，祇以自病，故作此曠達，聊以自遣之詞。」後之解詩者，多從其感時傷亂自遣憂之說。詩則特重一無字，蓋禁止、叮囑、自期之意，全由此無字出。夫大車者，駕牛而後可行，故期以勿自將扶之也。否之，徒自將之，則適取其塵污而已。百憂者，須遣之不使害身而後稱善，故期以勿自思慮之也。否之，徒自思之，則適取其疷病而已，此全詩之義也。王質有云：「賢者不顧居高位，居高位則任重事。事態如此，高位不可居，重事不可任，莫若自顧爲安。」王氏此言，似詩人如有隱憂在。如此，則所感又深矣。

七、小明

此行役者久不得歸，咏其憂思以寄僚友之詩。

明明上天，照臨下土❶，我征徂西❷，至于艽野❸。二月初吉❹，載離寒暑❺，心之憂矣，其毒大苦❻。念彼共人❼，涕零如雨。豈不懷歸❽？畏此罪罟❾。

右第一章，行役之人傷轉徙遠方，歷時既久，不得歸也。

【註釋】

❶照臨：居高以臨下也。下土：即下地，人所居也。東周初葉以前載籍，率稱地曰土。❷征：行也。徂：音殂ㄘㄨˊ，往也。❸艽：音求ㄑㄧㄡˊ，艽野：地名，荒遠之地也。或以爲艽、鬼二字古通用，艽野即鬼方之野也。❹二月：夏曆之二月也。初吉：朔日也。或以爲月之一至八日爲初吉，謂上旬之吉日也。❺載：則也。離：罹也，遭受也。句謂至今則已遭寒而逾暑矣，時歷一年也。❻大：音太ㄊㄞˋ，過甚也。句謂中心之苦，如有毒藥也。❼共人：同恭人，寬柔之人也。猶言君子，指僚友之未行役者。即所寄之人。或以爲共人即溫恭之人，蓋行役者謂其妻也。❽懷：思也。❾罟：音古ㄍㄨˇ，網也。罪罟：法網也。以逃歸則獲罪，故云。

昔我往矣，日月方除❶。曷云其還❷？歲聿云莫❸。念我獨兮，我事孔庶❹。心之憂矣，憚我不暇❺。念彼共人，睠睠懷顧❻。豈不懷歸？畏此譴怒❼。

右第二章，略同首章，惟以身獨事衆易上章之轉徙遠方。

【註釋】

❶方：甫也。除：除舊佈新也。方除：意謂剛過年也。❷曷：何時也。云：語詞。句言何時能還歸乎？❸聿：音玉ㄩˋ，語詞。莫：同暮。❹孔：甚也。庶：衆也。二句言念我在外，身孤獨而事多也。❺憚：音朵ㄉㄨㄛˇ，勞也。句謂勞役我，使不能得暇也。❻睠：音眷ㄐㄩㄢˋ，睠睠：反顧貌。❼譴怒：罪責也。

昔我往矣，日月方奧❶。曷云其還？政事愈蹙❷。歲聿云莫，采蕭穫菽❸。心之憂矣，自詒伊戚❹。念彼共人，興言出宿❺。豈不懷歸？畏此反覆❻。

右第三章，略同二章。

【註釋】

❶奧：音玉ㄩˋ，煖也。❷蹙：音促ㄘㄨˋ，促也，急也。句言我所司之政事益爲急促也。❸蕭：蒿屬，采之所以爲薪。穫：收割也。菽：豆也。采蕭及穫菽二事，皆秋季之事。夏之季秋，則周之冬也。故曰歲暮。❹詒：遺也。伊：是也，此也。戚：憂也。句言自遺此憂戚也。❺興：起也。言：語詞。出宿：出宿於外也。句言憂不能寐，起而宿於外也。❻反覆：謂戍期之屢變也。暗指在上者之反覆無常。

嗟爾君子❶，無恒安處❷。靖共爾位❸，正直是與❹。神之聽之❺，式穀以女❻。

右第四章，告所寄之人之勉戒語也。

【註釋】

❶君子：指所寄之人。蓋執政者。❷恆：常也。句謂勿常居逸樂，而不勤勞公務也。❸靖：治也。又敬也。共：恭也。位：猶職也。句謂勤於爾事，謹於爾職也。❹與：共也。交好也，親也。句言行事當與正直之人相共也。❺神：愼也。又如字，神明也。聽：從也。❻式：語詞。穀：善也。以：及也。女：同汝。句

言福祿及於汝也。

嗟爾君子，無恒安息。靖共爾位，好是正直❶。神之聽之，介爾景福❷。

右第五章，義同四章，換韻而重言之。

【註釋】

❶好：音號ㄏㄠˋ，愛也。句謂愛此正直之人也。❷介：音匄ㄍㄞˋ，匄之假借，予也。又求也。景：大也。句言賜爾大福也。

【欣賞品評】

牛運震曰：

前三章縷述征役憂思之苦，末二章遙誡同官，歸于忠愛。三念彼共人，兩嗟爾君子。章法鉤聯，意思貫串，乃有鎔鑄一片處。

守亮案：

詩序云：「小明，大夫悔仕於亂世也。」詩中明有「我征徂西，至於艽野。」「豈不懷歸，畏此罪罟」之語，此當是行役者轉徙遠方，久不得歸之詞。詩序以為大夫悔仕於亂世之作，恐不可信。朱傳云：「大夫以二月西征，至於歲暮而未得歸，故呼天而訴之。復念其僚友之處者，且自言其畏罪而不敢歸也。」此意近是，惟未必為大夫作，後之解詩者多從朱傳說。故姚際恒曰：「此詩自宜以行役為主。」王靜芝先生曰：「此行役者久不得歸，咏以寄其僚友者。」」詩則前三章上半寫轉徙之不定，「我征徂西，至於艽野」是也。歷時之旣久，「二月初吉，載歷寒暑。」「歲聿云暮」是也。還歸之無期，「曷云其還」是也。任事之衆多蹙急，「我事孔庶」，「政事愈蹙」是也。下半則寫憂心、思念、懷歸、畏懼。故三曰「心之憂矣」，三曰「念彼共人」，三曰「豈不懷歸」。而以「畏此罪罟」，「畏此譴怒」，「畏此反覆」三畏字句收之也。末二章忠告僚友勤其職事，期其無懈，此少卿書所謂「幸謝故人，勉事聖君」者也。詩雖淒苦悲痛之情難堪，但忠厚之意自不失也。

八、鼓　鐘

此作樂淮上，懷思古之淑人君子而悲傷之詩。

鼓鐘將將❶，淮水湯湯❷。憂心且傷。淑人君子❸，懷允不忘❹。

右第一章，寫作樂追念淑人君子而憂傷之狀也。

【註釋】

❶鼓：動詞，敲擊也。下同。鼓鐘：爲諸侯以上之樂。將：音鏘ㄑ一ㄤ，將將：同鏘鏘，鐘聲也。❷湯：音傷ㄕㄤ，湯湯：大水貌。❸淑：善也。淑人君子：指所懷思之人也。❹懷：思也。允：信也，誠也。不忘：猶不已也。句言懷思之而誠不可忘也。

鼓鐘喈喈❶，淮水湝湝❷。憂心且悲。淑人君子，其德不回❸。

右第二章，義同首章，換韻而重言之。

【註釋】

❶喈：音皆ㄐㄧㄝ，喈喈：和聲也。❷湝：音皆ㄐㄧㄝ，湝湝：水流聲。❸回：邪也。句言君子之德，正而不邪也。

鼓鐘伐鼛❶，淮有三洲❷。憂心且妯❸。淑人君子，其德不猶❹。

右第三章，義同前二章，又換韻而疊唱之。

【註釋】

❶伐：擊也。鼛：音高ㄍㄠ，大鼓也。❷三洲：水落而洲現者有三也。或以爲淮上之地也。❸妯：音抽ㄔㄡ，悼也，慟也。❹猶：已也。句言其德永存也。又猶，詐也。其德不猶，言君子之德誠實無欺也。

鼓鐘欽欽❶，鼓瑟鼓琴，笙磬同音。以雅以南❷，以籥不僭❸。

右第四章，極力摹寫樂盛作結。

【註釋】

❶欽欽：亦鐘聲。❷雅：中原之正聲也。南：南國之樂也。句言奏正聲及南國之樂也。詩中有大小雅、周南、召南。或以爲雅樂器名，狀如漆筒，兩端蒙以皮革，以手拍之作聲。南亦樂器名，形似鐘。❸籥：音越ㄩㄝˋ，樂器名，以竹爲之，似笛，六孔。以籥謂持籥吹奏之文舞也。僭：音欽ㄑㄧㄣ，亂也。句言吹籥以成樂，和之而作舞，衆樂器相互諧和而不亂也。

【欣賞品評】

方玉潤曰：

此詩循文案義，自是作樂淮上，然不知其為何時何代何王何事。玩其詞意，極為歎美周樂之盛，不禁有懷在昔，德不可忘而至於憂心且傷也，此非淮徐詩人重觀周樂以誌欣慕之作而誰作哉！

守亮案：

詩序云：「鼓鍾，刺幽王也。」毛傳謂幽王「會諸侯于淮上，鼓其淫樂，以示諸侯。」然考之詩書史記，幽王無東巡至淮之事，會諸侯於淮之事，故歐陽修已駁斥其非是。朱傳初云詩義未詳，繼又引王氏曰：「幽王鼓鍾淮水之上，為流連之樂，久而忘返，聞者憂傷，而思古之君子不能忘也。」當亦非是。屈萬里先生曰：「此疑悼南國某君之詩。」近之解詩者多從之，然似嫌太落實，亦不無可疑。詩則前三章，首句鼓鍾將將、喈喈、伐鼛者，言其樂之盛也。次句淮水湯湯水盛，湝湝水流，水落而三洲見者，言其時之久也。或以歎美樂之盛感人，或以樂久生悲，而憂心傷悲以懷念淑人君子也。彼淑人君子之所以永懷不忘者，以其德之不回邪，誠實無欺也。末章除言前三章鼓鍾外，益以琴瑟笙磬籥等，且奏雅及南，盛之至也。其所以不再提憂傷懷允者，蓋意有餘哀在也。

九、楚茨

此咏王者祭祀宗廟之詩。

楚楚者茨❶，言抽其棘❷。自昔何爲？我蓺黍稷❸。我黍與與❹，我稷翼翼❺。我倉既盈❻，我庾維億❼。以爲酒食，以享以祀❽。以妥以侑❾，以介景福❿。

右第一章，寫蓄黍稷，為酒食之事。

【註釋】

❶楚楚：盛密貌。茨：蒺藜也，三角刺人。❷言：語詞。相當於而或乃字。抽：除也。棘：刺也，指蒺藜，與小棗之棘不同。句謂蒺藜甚盛，除之以利農物之生長也。❸蓺：音藝一ˋ，種也。黍：稷之黏者，即小黃米。稷：與黍一類二種，黏者爲黍，不黏者爲稷。❹與與：繁盛貌。❺翼翼：亦繁盛貌。❻盈：滿也。❼庾：音雨ㄩˇ，積穀之囷也。糧穀在野露積爲庾。維：語詞。億：萬萬曰億。又盈也。維億：言其多也。❽享：獻也。❾妥：安坐也。侑：音右一ㄡˋ，勸也。句謂使尸安坐於神位而勸其飲食也。❿介：音匄ㄍㄞˋ，求也。景：大也。

濟濟蹌蹌❶，絜爾牛羊❷，以往烝嘗❸。或剝或亨❹，或肆或將❺。祝祭于祊❻，祀事孔明❼。先祖是皇❽，神保是饗❾。孝孫有慶❿，報以介福⓫，萬壽無疆⓬。

右第二章，寫潔牛羊，行烝嘗之事。

【註釋】

❶濟濟：眾多貌。又有容止之貌。蹌：音槍ㄑㄧㄤ，蹌蹌：趨進之貌。又威儀敬慎之貌。❷絜：同潔。牛羊：祭祀之牲也。❸往：行也。烝：冬祭也。嘗：秋祭也。烝嘗：泛言祭祀。二句言潔其牛羊，以行烝嘗之祀也。❹剝：謂解剝其皮。亨：古烹字。❺肆：陳之也。謂陳祭肉於案上。將：奉持以進之也。或以為裝肉於鼎也。❻祝：以言告神，司祭之人也。祊：音邦ㄅㄤ，宗廟門內設祭之處也。❼孔：甚也。明：音忙ㄇㄤˊ，完備也。❽皇：歸往也。句謂先祖歸來受享。❾神保：祖考之異名也。饗：食也。謂神受其祭也。❿孝孫：主祭之人也。慶：猶福也。⓫介：大也。⓬疆：界限也。句言萬年長壽，而無邊限極止也。

執爨踖踖❶，為俎孔碩❷。或燔或炙❸，君婦莫莫❹。為豆孔庶❺，為賓為客❻。獻醻交錯❼，禮儀卒度❽，笑語卒獲❾。神保是格❿，報以介福，萬壽攸酢⓫。

右第三章，寫為俎為豆，賓客獻酬之事。

【註釋】

❶爨：音篡ㄘㄨㄢˋ，竈也。執爨：謂任烹調之事也。踖：音鵲ㄑㄩㄝˋ。踖踖：敬慎敏捷之狀。❷俎：盛牲之禮器也。碩：大也。句謂俎中之牲體甚大也。❸燔：音煩ㄈㄢˊ，燒肉也。炙：以物貫肉舉於火上以烤之

也。❹君婦：主婦也。莫莫：敬愼之貌。❺豆：盛餚之器。庶：多也。句言豆中所盛餚饌甚多也。❻賓客：助祭之人也。句謂此豆乃爲助祭之賓客而設也，古於祭祀之後，招待助祭之賓客。❼醻：同酬，導飲也。始由主人酌賓爲獻，賓旣酢主人，主人又自飲酌賓爲醻。交錯：來往也。句謂賓主互相敬酒。❽卒：盡也。度：法度也。句謂禮儀盡合法度也，❾獲：得也。句謂笑語盡得其所宜也。❿格：神降臨曰格。⓫攸：以也。酢：音作ㄗㄨㄛˋ，報也。句謂神報以萬壽也。

我孔熯矣❶，式禮莫愆❷。工祝致告❸：「徂賚孝孫❹。苾芬孝祀❺，神嗜飲食❻。卜爾百福❼，如幾如式❽。旣齊旣稷❾，旣匡旣勑❿。永錫爾極⓫，時萬時億⓬。」

右第四章，寫飲福受胙，工祝嘏詞之事。

【註釋】

❶熯：音漢ㄏㄢˋ，敬謹也。❷式：法也。愆：音牽ㄑㄧㄢ，過錯也。二句謂我行祭祀之禮甚爲敬謹，法於禮而無過失也。❸工：官也。工祝：官祝也。致告：致告於神。如今之祈禱。❹徂：音殂ㄘㄨˊ，往也。賚：音賴ㄌㄞˋ，賜予也。句言望神能往賜孝孫以福也。❺苾：音必ㄅㄧˋ，香也。苾芬：芬芳也。孝祀：享祀也。句言以芬芳潔美之食，以孝敬祀神也。❻嗜：愛也。句言神喜愛此飲食也。❼卜：借爲付，賜也，給予也。句謂賜予汝以百福也。❽如：合也。幾：法也。式：制度也。句言祭祀之事皆合乎禮法也。❾齊：讀作齋ㄓㄞ，敬也。稷：疾也。❿匡：正也。勑：同勅ㄔˋ，整齊也。二句謂禮容旣齋敬而又敏疾，旣嚴正而又整齊也。⓫永：長也。錫：賜也。極：至也，言善之極至。⓬時：是也。萬億：言其多也。二句言神所長賜

眾善之極，是萬是億，多而無窮盡也。自徂賚孝孫自尾皆祝者祈禱之言也。

禮儀既備❶，鐘鼓既戒❷。孝孫徂位❸，工祝致告。神具醉止❹，皇尸載起❺。鼓鐘送尸❻，神保聿歸❼。諸宰君婦❽，廢徹不遲❾，諸父兄弟，備言燕私❿。

右第五章，寫禮儀完備，祭畢徹俎之事。

【註釋】

❶既備：指祭儀皆已完備舉行也。❷戒：告也。告祭者以祭事畢也。❸徂位：祭事既畢，主祭之孝孫往堂下西面之位也。❹具：通俱，皆也。止：語詞。句謂神乃盡醉也。❺皇：大也，尊稱之也。尸：祭祀時以生人象所祭之祖先也，以死者之孫輩爲之，後世易以畫像。載：則也。句謂祭祀已畢，尸則起而離其受祭之位也。❻句謂以鐘鼓之禮送尸也。❼聿：語詞。❽宰：家宰廚師也。❾廢：去也。徹：除也。廢徹：徹去祭品也。不遲：蓋以疾速爲敬也。❿備：俱也。燕私：私燕也。二句言祭禮已畢，諸父兄弟，家人同姓，乃皆參加私宴。

樂具入奏❶，以綏後祿❷。爾殽既將❸，莫怨具慶❹。既醉既飽，小大稽首❺。神嗜飲食，使君壽考❻。孔惠孔時❼，維其盡之❽。子子孫孫，勿替引之❾。

右第六章，寫燕私後，慶詞作結之事。

【註釋】

❶入奏：古者前廟以奉神，後寢以藏衣冠。祭於廟而燕於寢，故於此將燕，而祭時之樂，皆入奏於寢也。❷綏：安也。祿：福也。句謂以接受神所賜之福也。或以爲句謂以奠後福也。❸將：進也。❹莫怨：謂諸父兄弟皆無怨者。具慶：皆歡慶也。❺小大：長幼也。稽：音起ㄑㄧˇ，稽首：以首叩地而稽留多時，拜中最重之禮，臣拜君之禮也。❻考：老也。二句言神既嗜君之飲食，故使君壽考也。❼惠：順也。句言祭祀甚順而得其時也。❽盡之：祭祀無不盡禮也。❾替：廢也。引：長也。句謂子孫勿廢絕此祭禮，須代代引長以繼續之也。

【欣賞品評】

龍起濤曰：

折中：天子祭祀之禮也。記曰：「先王之所以治天下者五：貴有德、貴貴、貴老、敬長、慈幼。」楚茨之義備矣。黍稷倉庾，躬耕籍田而藏之御廩。絜爾牛羊，則在滌而芻之也。尸稱皇而鼓鐘送之，其為天子之禮無疑矣。先祖孝孫，所以序昭穆也。執爨為俎，序事以辨賢也。君婦為豆，助內以備物也。為賓為客，尚德而序爵也。獻酬交錯，以逮賤也。父兄燕私，以養老也。小大咸在，以慈幼也。正君臣，親父子，明夫婦，貴貴而賢賢，老老而幼幼，先王所以治天下之道，如指諸掌矣。君子是以知祭之為義大也。

守亮案：

詩序云：「楚茨，刺幽王也。政煩賦重，田萊多荒，饑饉降喪，民卒流亡。祭祀不饗，故君子思古焉。」朱傳云：「此詩述公卿有田祿者力於農事，以奉其宗廟之祭。」詩序朱傳之說，清人姚際恆，方玉潤已駁斥其非是。詩中詳敍祭祀，無甚刺意。自宋呂祖謙有極言祭祀，所以事神受福之說後，解詩者多從之，以爲詠祭祀之詩。又詩有「鼓鐘送尸」之語，尸出入奏肆夏，肆夏乃王者之禮，是當係咏王者祭祀宗廟之詩也。詩則首章以黍稷爲主，推尋原本，從楚茨說來「自昔何爲」以下，連用五我字，六以字，一氣貫注。二章以牛羊爲主，連用四或字，見得執事者各執其事，爲蹌蹌濟濟作注脚。三章前半言俎豆，後半言獻酬。二章之剝亨肆將，是初祭時事。此章之爲俎爲豆，是正祭時事。笑語是三獻以後事。四章全述嘏詞，祈神降善道。五章送神徹饌，末句帶燕私，爲下章作聯絡法。末章言燕私之事，借諸父兄慶詞爲全篇作結。此仿山所及言之者也。煌煌大篇，雖繁不亂。頌詞重疊，複而不厭。蓋意思篤厚，情致生動，有章法，有次第以致之也。朱子謂「精深宏博」，信然。

十、信南山

此咏王者祈大福祭祀之詩。

信彼南山❶，維禹甸之❷。畇畇原隰❸，曾孫田之❹。我疆我理❺，南東其畝❻。

右第一章，述錦繡河山地利之功也。

【註釋】

❶信：古與伸通用，長遠貌。彼：指示詞。❷甸：音店ㄉㄧㄢˋ，平治也。二句言彼長遠南山之野，乃禹之所平治也。❸畇：音勻ㄩㄣˊ，畇畇：墾闢貌。狀開墾之田地平坦整齊也。原：高平之地也。隰：音息ㄒㄧˊ，下濕之地也。❹曾孫：主祭者之稱。自曾孫以至無窮，皆得稱之。田：耕種也。❺疆：定其大界也。理：治其溝塗也。❻畝：壟也。南東其畝：或南其畝，或東其畝，順地勢及水之所趨也。不言西北者，凡有四方，言南東以該北西也。

上天同雲❶，雨雪雰雰❷。益之以霢霂❸，既優既渥❹，既霑既足❺，生我百穀。

右第二章，述風調雨順天時之和也。

【註釋】

❶同雲：天空全爲雲所遮，將雪之候如此。或以爲雲一色，謂陰霾也。❷雨：音玉ㄩˋ，落也。雰：音紛ㄈㄣ，雰雰：猶紛紛，雪貌。❸益：加也。霢：音脈ㄇㄛˋ，霂：音木ㄇㄨˋ，霢霂：小雨也。❹優：充足也。渥：潤濕也。優渥：饒洽之義。❺霑：音占ㄓㄢ，漬也，濡也。霑、足：亦饒洽之義。

疆埸翼翼❶，黍稷彧彧❷。曾孫之穡❸，以爲酒食。畀我尸賓❹，壽考萬年❺。

右第三章，述以黍稷致祭也。

【註釋】

❶埸：音易一丶，疆埸：田畔也。翼翼：整飭貌。❷黍稷：黍稷同類，黏者爲黍，不黏者爲稷。或：音域ㄩ丶，或或：茂盛貌。❸穡：收割也。此指所收之穀也。❹畀：予也。尸：祭祀時以生人象所祭之祖先也，以死者之孫輩爲之，後世易以畫像。賓：助祭之人也。❺考：老也。二句言乃以爲酒食，予我尸及賓，以爲祭祀，則得壽考萬年也。

中田有廬❶，疆埸有瓜❷。是剝是菹❸，獻之皇祖❹。曾孫壽考，受天之祜❺。

右第四章，述以瓜菹致祭也。

【註釋】

❶中田：田中也。廬：房舍也。農人作草舍於田間，秋冬去，春夏居，以便耕作也。或以爲廬爲蘆之譌，蘆菔也。即蘿蔔。❷疆埸有瓜：於田壟之上種瓜以盡地利也。❸菹：音居ㄐㄩ，醃漬也。❹皇祖：大祖也。高祖以上皆稱皇祖。二句言瓜剖剝之，醃漬以爲菹，獻之於皇祖，言祭祀也。❺祜：音戶ㄏㄨ丶，福也。二句言曾孫得壽考而受天之福也。

祭以清酒❶，從以騂牡❷，享于祖考❸。執其鸞刀❹，以啓其毛❺，取其血膋❻。

右第五章，述以酒牲致祭也。

【註釋】

❶清酒：清潔之酒也。❷從：跟從也。騂：音星ㄒㄧㄥ，赤色也。牡：雄牲也。❸享：獻祭也。以上三句，言祭以清潔之酒，從之以赤色雄牲，以享進於祖考也。❹鸞刀：刀之有鸞鈴者。❺啓：開也。開啓其毛，以告其色之純也。❻膋：音聊ㄌㄧㄠˊ，脂膏也。取其血脂，以告殺升臭獻祭也。

是烝是享❶，苾苾芬芬❷，祀事孔明❸。先祖是皇❹，報以介福❺，萬壽無疆❻。

右第六章，述祭祀之完備而得大福也。

【註釋】

❶烝：進也。享：獻也。❷苾：音必ㄅㄧˋ，香也。句謂祭物氣味芬芳也。❸孔：甚也。明：音忙ㄇㄤˊ，完備也。❹皇：歸往也。句謂先祖歸來受享。❺介：大也。❻疆：界限也。句言萬年長壽，而無邊限極止也。

【欣賞品評】

張耒曰：

受莫大之福，而其君有安寧壽考之樂。此天下之至美極治之際也。而其本出於倉廩之盈，原隰之治，田盧之修，雨雪之時，而後乃及於祭祀禮樂之事也。蓋衣食不足於下，則禮樂不備於上。惟田事修則衣食豐，衣食豐而禮樂備，禮樂備而和平興，和平興，而人君有福祿壽考之盛。此詩人深探其本，要其終而言之，序如此也。

守亮案：

詩序云：「信南山，刺幽王也。不能修成王之業，疆理天下，以奉禹功，故君子思古焉。」詩序之說，與詩義相去甚遠，自不可取。朱傳云：「此詩大指與楚茨略同。」惟朱傳以爲公卿之祭。淸方玉潤已駁斥其非。姚際恒曰：「此篇與楚茨略同，但彼篇言烝嘗，此獨言烝，蓋言王者烝祭歲也。」後之解詩者多從姚氏之說。詩自三章起，即言祭事，且中有「獻之皇祖」，「報以介福」等語，乃咏王者祈大福祭祀之詩也。詩則通篇以黍稷作主，瓜菹牲酒佐黍稷者耳。故詩中因祭祀而推原粢盛之所出，蓋在耕稼畜牧田功也。首章言耕治之盡地利，甸之、田之、疆之、理之，南東其畝是也。二章言生長，雰雰落雪，益以霢霂細雨，既優渥，又霑足，浸澤膏潤，於是百穀生矣。三章言黍稷收穫之豐，足可以爲祭祀也。四章言瓜菹，菹不止於瓜，舉之以爲例，亦可見收穫之豐也。五章言酒牲，酒係黍稷所釀，牲乃稿秣所養，亦不離乎耕稼畜牧田功也。末章則以收穫之衆庶豐碩，或爲豆爲菹，或啓毛取血，而以烝以享，備其祭儀，以求大福也。由田事而生長，而收穫，而祭祀，而得福，敍事又有先後次第也。

甫田之什

一、甫田

此詩人咏君王祈豐年祭祀之詩。

倬彼甫田❶，歲取十千❷。我取其陳❸，食我農人❹。自古有年❺。

今適南畝❻，或耘或耔❼，黍稷薿薿❽。攸介攸止❾，烝我髦士❿。

右第一章，述養民有道，耘耔勤農之事也。

【註釋】

❶倬：音卓ㄓㄨㄛˊ，大貌。彼：指示詞。甫田：大田也。❷歲取：每歲抽稅也。十千：十千爲萬，言其多也。❸我：主祭之君王自謂也。陳：舊也，指舊粟。❹食：音寺ㄙˋ，以食與人也。二句言新者堆積，用之不盡。故我取陳舊之粟，以予我之農人爲食，空其倉廩，以儲新粟，使有餘也。❺自古：自昔也。謂多年以來也。有年：豐年也。❻適：往也。南畝：泛指田畝。句謂至南畝巡視也。❼耘：音云ㄩㄣˊ，除草也。耔：音子ㄗˇ，壅本也，覆土培根也。❽黍稷：黍稷同類，黏者爲黍，不黏者爲稷。薿：音倚ㄧˇ，薿薿：茂盛貌。❾攸：乃也。介：舍也。止：息也。句言君王舍息之狀也。❿烝：進也。謂接見之也。髦：音毛ㄇㄠˊ，俊也。髦士：謂農夫中之優秀者。

以我齊明❶，與我犧羊❷，以社以方❸。我田既臧❹，農夫之慶❺。琴瑟擊鼓❻，以御田祖❼。以祈甘雨，以介我稷黍❽，以穀我士女❾。

右第二章，述禮成樂感，報功祈神之事也。

【註釋】

❶齊：音咨ㄗ，同粢，穀物也。明：成之假借，盛也。齊明：即粢盛，祭神時盛於祭器中之食物也。❷犧：純色之牲也。❸社：土神也。方：四方之神也。此皆用為動詞，謂祭此土神及四方之神也。❹臧：善也。❺慶：福也。❻擊：樂器名，與搖鼓相類。❼御：迎也。田祖：發明種田之人，此謂迎祭其神。❽介：通匄ㄍㄞˋ，求也。祈求稷黍之豐盛也。❾穀：養也。士女：男女也，黎庶百姓也。

曾孫來止❶，以其婦子，饁彼南畝❷。田畯至喜❸，攘其左右❹，嘗其旨否❺。禾易長畝❻，終善且有❼。曾孫不怒，農夫克敏❽。

右第三章，述視田省耕，愛民重農之事也。

【註釋】

❶曾孫：主祭者之稱。自曾孫以至無窮，皆得稱之。止：語詞。❷饁：音葉ㄧㄝˋ，送飯也。以上三句，言曾孫來至南畝，見農夫之婦子，送飯至南畝以供耕者食用也。❸畯：音俊ㄐㄩㄣˋ，田畯：田大夫，勸農之官也。❹攘：取也。句謂取左右之食也。或以為攘，古讓字。左右，指田畯之隨從。謂讓其左右進食也。❺旨否：甘美與否也。❻易：治也。長畝：竟畝也。句謂凡田畝中之農作物皆治之妥善也。❼終：既也。

有：多也。❽克敏：能敏於其事也。二句言曾孫之所以不怒，以農夫能敏於所事也。

曾孫之稼，如茨如梁❶；曾孫之庾❷，如坻如京❸。乃求千斯倉❹，乃求萬斯箱❺，黍稷稻粱。農夫之慶，報以介福❻，萬壽無疆❼。

右第四章，述豐年多積，祝君壽考之事也。

【註釋】

❶茨：音次ㄘˋ，屋蓋也。梁：屋梁也。二句言曾孫之稼，將高及屋蓋，高如屋梁也。❷庾：音雨ㄩˇ，積穀之囷也。又糧穀在野露積爲庾。❸坻：音池ㄔˊ，水中高地也。京：高丘也。❹斯：語詞。下同。句謂求千倉以藏之也。❺箱：車箱也。句謂求萬車以載之也。❻介：大也。❼疆：界限也。句言萬年長壽，而無邊限極止也。以上三句，謂農夫之有此福，實君王之德所致，望能報君王以大福，祝其萬壽無疆也。

【欣賞品評】

方玉潤曰：

稼穡之盛，由於農夫克敏；農夫之敏，由於君上能愛農以事神。全篇章法一線，妥貼周密，神不外散。

守亮案：

詩序云：「甫田，刺幽王也。君子傷今而思古焉。」甫田之詩，篇中但見祈年祝禱之詞，全無譏刺之意。詩序以此爲刺幽王之詩，牽強附會，湊泊歷史，斷不可信。何楷、方玉潤皆以爲祭神祈甘雨之詩，詩中固多祈求甘雨，以期稼穡豐碩之語，二氏之說自是。故王靜芝先生曰：「此詩所言，顯爲君王祈豐年祭祀之詞。蓋詩人所作，而祭祀時所歌耳。」詩則通篇所重，全在一農字。首章寫賦稅有常，斂散得宜，勸農勤於耕作也。二章上半寫祭祀於方社，而詳齊明犧羊之禮備而成。下半寫祭祀於田祖，而詳琴瑟擊鼓之樂具而盛。然處處皆歸重於農人，故祭之迎之，以祈收穫之豐也。三章寫愛民重農，故曾孫視田，婦子送食，田畯至喜也。四章寫農產積蓄之多，以頌君愛民之德，祈神能報以大福，壽至萬年也。

二、大田

此農夫樂豐年祭祀之詩。

大田多稼❶，既種既戒❷，既備乃事❸。以我覃耜❹，俶載南畝❺，播厥百穀❻。既庭且碩❼，曾孫是若❽。

右第一章，寫努力耕作，嘉穀生長之狀也。

【註釋】

❶大田：面積廣大之田也。多稼：收成多也。❷種：音腫ㄓㄨㄥˇ，選種也。戒：音記ㄐㄧˋ，備也，整飭其農具也。❸乃事：其事也。謂選種及整飭其農具之事也。❹覃：音眼ㄧㄢˇ，利也。耜：田器，耒下刺土之

畬也，如今之犂。❺俶：音觸ㄔㄨˋ，始也。載：事也。句謂始從事於南畝之事也。或以為俶，起土使鬆。載，翻草使腐也。❻厥：其也。❼庭：直也。碩：大也。句謂禾苗條直而茂大也。❽曾孫：指君王。自曾孫以至無窮，皆得稱之。若：順也，又猶諾：滿意也。句言順曾孫之意願也。

既方既皁❶，既堅既好，不稂不莠❷。去其螟螣❸，及其蟊賊❹，無害我田穉❺。田祖有神❻，秉畀炎火❼。

右第二章，寫除莠去蟲，穀粒堅好之狀也。

【註釋】

❶方：房也。謂穀殼始生而未合也。皁：音燥ㄗㄠˋ，謂殼已合而實未堅也。❷稂：音郎ㄌㄤˊ，似禾之草也。莠：音有ㄧㄡˇ，似苗之草也。二者皆害田者。❸螟：音明ㄇㄧㄥˊ，食苗心之蟲也。螣：音特ㄊㄜˋ，食葉之蟲也。❹蟊：音矛ㄇㄠˊ，食根之蟲也。賊：食節之蟲也。❺穉：謂幼苗也。❻田祖：田之神也。謂農神。❼秉：持也。畀：音必ㄅㄧˋ，與也。炎火：大火也。火可以焚蟲。句謂持此四蟲，投之於火以焚滅之也。

有渰萋萋❶，興雨祁祁❷；雨我公田❸，遂及我私❹。彼有不穫穉❺，此有不斂穧❻；彼有遺秉❼，此有滯穗❽；伊寡婦之利❾。

右第三章，寫雨水澤潤，收穫豐盛之狀也。

【註釋】

❶渰：音淹ㄧㄢ，雲興貌。萋萋：盛貌。❷祁祁：眾盛貌。又徐徐也。❸公田：井田之中為公田，乃同井

八家所共耕者也。❹私：其餘八家爲私田，乃一己之所有也。❺不穫穉：未收穫之穉禾也。❻斂：收也。穧：音濟ㄐㄧˋ，已穫之禾也。不斂穧：謂割而未收束之也。❼秉：把也。已割之禾皆成把置於田也。遺秉：遺棄之禾把也。❽滯穗：滯留於野，遺棄之禾穗也。❾伊：是也。句言寡婦收取田中遺棄之禾穗以爲己之利益也。

曾孫來止❶，以其婦子，饁彼南畝❷；田畯至喜❸。來方禋祀❹，以其騂黑❺，與其黍稷❻，以享以祀❼，以介景福❽。

右第四章，寫勞慰農民，祭神求福之狀也。

【註釋】

❶止：語詞。❷饁：音葉ㄧㄝˋ，送飯也。以上三句，言曾孫來至南畝，見農夫之婦子，送飯至南畝以供耕者食用也。❸畯：音俊ㄐㄩㄣˋ，田畯：田大夫，勸農之官也。❹方：四方也。禋：音因ㄧㄣ，禋祀：祭祀也。句謂祭祀四方之神也。❺騂：音星ㄒㄧㄥ，赤色牲，當指牛。黑：黑色牲，當指豬。❻黍稷：黍稷同類，黏者爲黍，不黏者爲稷。❼享：獻祭也。❽介：通匄ㄍㄞˋ，求也。景：大也。

【欣賞品評】

劉瑾曰：

一章言田事修飭，而苗生盛美也；二章言苗既秀實，而願其無損也；三章復願其雨澤溥及，而收成有餘也；卒章言其收穫之後，而報祀獲福也。

守亮案：

詩序云：「大田，刺幽王也。言矜寡不能自存焉。」朱傳云：「此詩爲農夫之辭，以頌美其上，若以答前篇之義也。」詩序以此爲刺幽王之詩，自不足信。朱傳之「爲農夫之辭」，稍近之，但意有未足。方玉潤曰：「祈神報賽，用以答神者也。」近是。故裴普賢先生有「咏稼穡祭祀」之說也。詩中有「來方禋祀」，「以享以祀」句，此農夫樂豐年祭祀之詩也。詩則以「大田多稼」一句，總冒全篇。下則分寫方春始耕，夏耘除害，秋成收穫，祭祀祈福，層次極爲分明。雨無公私，而曰：「雨我公田，遂及我私。」立意幻而造語奇。有渰萋萋二句，狀雲興雨下之景亦工。穉有不穫，穧有不斂，秉有遺，穗有滯，利及寡婦諸句，寫樂歲粒米狼戾。事極瑣碎，情極閒淡，無非爲首句多稼一語設色生光，所謂愈淡愈奇，愈閒愈妙，此等筆墨，皆不可等閒視之也。

三、瞻彼洛矣

此祝頌周王之詩。

瞻彼洛矣❶，維水泱泱❷。君子至止❸，福祿如茨❹。韎韐有奭❺，以作六師❻。

右第一章，敘周王至洛講武，先祝其福祿之多有，後頌其軍容之駿發也。

【註釋】

❶洛：水名。又名北洛水，在今陝西北部，流入渭水，非河南之洛水。❷泱泱：猶洋洋，深廣貌。❸君子：指周王。止：語詞。❹茨：音詞ㄘˊ，蓋屋之茅茨也。如茨：言多層堆積如茅茨，狀其多也。❺韎：音妹ㄇㄟˋ，茅蒐所染之皮也。韐：音閣ㄍㄜˊ，韠也。合韋爲之，以蔽前者也。韎韐：茅蒐草所染絳色之皮以爲蔽膝，兵事之服也。奭：音式ㄕˋ，赤貌。有奭：奭然也。❻作：興也。六師：六軍也。天子六軍。

瞻彼洛矣，維水泱泱。君子至止，鞞琫有珌❶。君子萬年，保其家室。

右第二章，略同首章，惟易其祝頌先後次序。

【註釋】

❶鞞：音比ㄅㄧˇ，刀鞘下端之裝飾也。琫：音菶ㄅㄥˇ，刀鞘近口之裝飾也。珌：音必ㄅㄧˋ，文飾貌，有珌：珌然也。

瞻彼洛矣，維水泱泱。君子至止，福祿既同❶。君子萬年，保其家邦❷。

右第三章，義同二章，換韻而疊唱之。

【註釋】

❶同：聚也。❷家邦：家國也。

【欣賞品評】

朱善曰：

「瞻彼洛矣，維水泱泱。」言其形勢之壯盛也。「君子至止，福祿如茨。」言其福祥之厚集也。「靺韐有奭，以作六師。」言其人心之翕聚也。形勢壯盛得乎地也，福祥厚集得乎天也，人心翕聚得乎人也。周人尚文，其弊也必起於弱。故周公戒成王曰：「詰爾戎兵」。畢公戒康王曰：「張皇六師」。皆欲其振厲奮發，以聳萬民之觀瞻，一四方之趨向也。此詩云天子至洛水之上，親御戎服，以起六師。則必於此乎朝會，於此乎田獵。修戎備於閒暇之時，講武事於燕安之日。據地利以合人心，遵國典以承天意。使斯民知國勢之尊安，王靈之赫奕。是固福祿之所由聚，邦家之所由安也。

守亮案：

詩序云：「瞻彼洛矣，刺幽王也。思古明王，能爵命諸侯，賞善罰惡焉。」瞻彼洛矣一詩，篇中但見祝頌之詞，全無譏刺之意，詩序以此爲刺幽王之詩，牽強附會，斷不可信。朱傳云：「此天子會諸侯於東都，以講武事，而諸侯美天子之詩。」其意近是。但以爲會諸侯於東都，則不可從。細玩「福祿如茨」，「福祿旣同」，萬年保家保邦祝辭。又有「韎韐有奭」，「鞞琫有珌」，六師興作頌語，此係祝頌周王之詩也。詩則堂皇冠冕，猛厲矜張，當爲盛王時詩。詩三章上半全同，蓋周王所至，講武所在，地不得有異辭也。下半則祝福祿，頌軍容。首章先祝後頌。二章先頌後祝。三章則去其頌語，全爲祝辭，此其變化也。軍容以服色燦然狀之。至其祝辭，言福祿已先後不同。而保家室，保家邦，亦含意有別也。此皆命筆之所在，須用心讀，方能品出味外味也。

四、裳裳者華

此天子美某在位賢良之詩。

裳裳者華❶，其葉湑兮❷。我覯之子❸，我心寫兮❹。我心寫兮，是以有譽處兮❺。

右第一章，美其使人傾心也。

【註釋】

❶裳裳：猶堂堂，鮮明貌。或以爲即棠棣。華：古花字。❷湑：音許ㄒㄩˇ，盛貌。❸覯：音構ㄍㄡˋ，見也。之子：是子也。指被頌美之人也。❹寫：舒暢也，愉悅也。❺譽：通豫，樂也。處：安也。譽處：猶言安樂也。又安處也。

裳裳者華，芸其黃矣❶。我覯之子，維其有章矣❷。維其有章矣，是以有慶矣❸。

右第二章，美其威儀中禮也。

【註釋】

❶芸：猶紛紜，多也，盛也。句謂花開黃色而盛多也。❷章：法則也，禮文也。句謂動容周旋中禮也。❸慶：福也。

裳裳者華，或黃或白。我覯之子，乘其四駱❶。乘其四駱，六轡沃若❷。

右第三章，美其射御精善也。

【註釋】

❶駱：音洛ㄌㄨㄛˋ，白馬黑鬣者。❷轡：音佩ㄆㄟˋ，御馬之索也，今云繮繩。每馬二轡，四馬有八轡，但以驂馬內轡納於觼，故在手者惟六轡耳。沃若：沃然也，潤澤貌，此狀其鮮豔也。

左之左之❶，君子宜之❷。右之右之❸，君子有之❹。維其有之，是以似之❺。

右第四章，美其才德全備也。

【註釋】

❶左：同佐，輔佐也。或以爲指文事，吉事。如政治，祭祀等。❷君子：指所美之人也。宜：謂其才能相宜也。❸右：同佑，輔助也。或以爲指武事，凶事。如兵戎，死喪等。❹有：謂有此才能也。以上四句，言

君子輔助天子無所不能也。❺似：借爲嗣，續也。二句謂因其有如此才能，故使繼續其祖考之官爵也。

【欣賞品評】

龍仿山曰：

首因花及葉，次說花之黃，三說花之或黃或白，便覺有無數人物在。末更洗盡鉛華，獨標本色，有大才槃槃，隨意指揮之妙。

守亮案：

詩序云：「裳裳者華，刺幽王也。古之仕者世祿，小人在位，則讒諂並進，棄賢者之類，絕功臣之世焉。」此詩但見祝美之辭，詩序謂爲刺幽王之詩，宋蘇子由已譏其曲說不可通。朱傳云：「此天子美諸侯之辭，蓋以答瞻彼洛矣也。」王靜芝先生以首章類蓼蕭而用其說。惟前瞻彼洛矣一詩，並非如朱傳所說天子會諸侯於東都，此何得云答？細審詩中之子可美者多，且末以「維其有之，是以似之」語作結，此天子美其在位賢良之詩也。詩則前三章首兩句寫花之葉及色，此其燦然者也。第三句全爲見其所美之人。下則分別美其才之全，藝之精，德之備，動容周旋之無不中禮，輔弼天子之無不得宜。此一賢良君子也，儼然有大臣劍佩氣象。故末章有以天子口氣，結以嗣其祖先官爵世祿也。

五、桑扈

此天子燕諸侯之詩。

交交桑扈❶，有鶯其羽❷。君子樂胥❸，受天之祜❹。

右第一章，言其德足以得天也。

【註釋】

❶交交：古詩歌通作咬咬，鳥之鳴聲也。又飛而往來之貌。或曰小貌。桑扈：鳥名，竊脂也。俗稱之青觜，瓦灰色。三、四月間採桑之時常見之，肉食而不食粟。❷鶯：文彩貌。有鶯：鶯然也。❸君子：指諸侯。胥：語詞。或以爲皆也。樂胥：言皆樂也。❹祜：福也。

交交桑扈，有鶯其領❶。君子樂胥，萬邦之屏❷。

右第二章，言其才足以衛人也。

【註釋】

❶領：頸也。❷屏：蔽也。

之屏之翰❶，百辟爲憲❷。不戢不難❸？受福不那❹？

右第三章，言其在國功大而能敬，足以獲福也。

【註釋】

❶之：是也。翰：幹也，亦屏蔽之意。❷辟：君也。憲：法也。句謂天下各國之君，皆以在座之諸侯爲法也。❸不：讀爲丕ㄆㄧ，非常也。下同。又讀如本字。戢：音吉ㄐㄧˊ，和也。又斂也。難：音挪ㄋㄨㄛˊ，敬也。又愼也。句謂豈不收斂檢束乎？豈不自難戒愼乎？❹那：音挪ㄋㄨㄛˊ，多也。句謂豈能不多受福乎？

兕觥其觩❶，旨酒思柔❷。彼交匪敖❸，萬福來求❹。

右第四章，言其在燕情通而能敬，足以獲福也。

【註釋】

❶兕：音四ㄙˋ，野牛也。觥：音工ㄍㄨㄥ。兕觥：以兕牛角製成之酒器，後以銅爲之。觩：音求ㄑㄧㄡˊ，角上曲貌。❷旨：美也。思：語詞。柔：嘉也，善也。❸彼：指諸侯。又通匪，非也。交：交往於人也。又交，亦敖也。侮慢之意。敖：傲慢也。句言不侮慢，不驕傲也。❹求：同逑，聚也。

【欣賞品評】

龍仿山曰：

前兩章第二句用鶯字，工妙無匹。第三章下二句反接警悚，大似關雎第二章求之不得，一反，遂使通篇文勢不平。末章正襟而談，揭出本旨，思柔二字簡鍊。

守亮案：

詩序云：「桑扈，刺幽王也。君臣上下，動無禮文焉。」詩中但見戒頌之詞，而無譏刺之意。「君臣上下，動無禮文。」似與原詩抵牾，自不足取。朱傳云：「此亦天子燕諸侯之詩。」後之說詩者多從之。詩則前兩章首句以桑扈之應候而至，喻諸侯時見不違禮也。次句以其羽其領之鶯然有文彩，聯想諸侯之英姿。故三四句能樂而受天之福，屏蘅國家也。三章首句承二章末句「萬邦之屏」而來，仍落在屏蘅國家上。故次句謂天下各國之君，皆應以之爲法則也。三四句有戒有頌，言豈不收斂檢束乎？豈不自難戒愼乎？任事如此，豈能不多受福乎？四章於美酒燕飲祝頌中，寓有戒儆箴規意。言能不侮慢，能不倨驕。則萬福自來，聚於一身矣。方玉潤曰：「頌禱中寓箴意，非上世君臣交儆，未易有此和平莊雅之音。」許白雲曰：「謙虛逮下之意，洋溢詞表，太平盛世之詩也。」方許二氏之言，信然。

六、鴛　鴦

此頌禱天子之詩。

鴛鴦于飛❶，畢之羅之❷。君子萬年❸，福祿宜之。

右第一章，以鴛鴦有福祿之象起興，以頌禱君子萬年，福祿宜有之也。

【註釋】

❶于：助詞。于飛：正在飛。❷畢：長柄小網也，執以掩物。羅：網也，張以待鳥。二字皆作動詞用。❸君子：指天子也。

鴛鴦在梁❶，戢其左翼❷。君子萬年，宜其遐福❸。

右第二章，義同首章，換韻而重唱之。

【註釋】

❶梁：堰石障水而空其中，以通魚之往來者也。今謂魚梁、堵魚壩。❷戢：音吉ㄐㄧˊ，收斂也。句言二鳥相竝相偕，福祿之象也。或以爲戢，插也。句言鳥休息時多插其喙於左翼中也。❸遐：大也，遠也。

乘馬在廐❶，摧之秣之❷。君子萬年，福祿艾之❸。

右第三章，以乘馬備天子所用起興，以頌禱君子萬年，福祿艾養之也。

【註釋】

❶乘：音剩ㄕㄥˋ，乘馬：四馬也。廐：音救ㄐㄧㄡˋ，養馬之處也。❷摧：音錯ㄘㄨㄛˋ，同莝，芻也。此謂以草飼馬也。秣：音末ㄇㄛˋ，以穀飼馬也。句謂無事則委之以莝，有事則飼之以穀也。❸艾：養也。

乘馬在廄，秣之摧之。君子萬年，福祿綏之❶。

右第四章，義同三章，換韻而重唱之。

【註釋】

❶綏：安也。

【欣賞品評】

輔廣曰：

鴛鴦之詩，乃下禱上之辭。上之禱下，猶且述其德，桑扈是也；下之禱上，則但極其頌禱之情而已，鴛鴦是也。若不敢有擬議其德者，敬之至也。

守亮案：

詩序云：「鴛鴦，刺幽王也。思古明王交於萬物有道，自奉養有節焉。」詩序之說，迂曲牽合，斷不可從。朱傳云：「此諸侯所以答桑扈也。」答桑扈之說，太落實肯定，自不如屈萬里先生「此蓋頌禱天子之詩」之說爲善也。詩則前兩章以鴛鴦起興。夫鴛鴦，匹鳥也。止則相偶，飛則成雙，雌雄未嘗相離，而無乖違背戾。故取之以頌禱天子萬年，福祿宜而久遠也。後兩章改以乘馬起興。蓋乘馬，神駿也。天子之馬，十有二閑，以四爲乘，每出則齊色齊力，望若雲錦。亦取之以頌禱天子萬年，福祿安養之也。

七、頍弁

此燕飲兄弟親戚之詩。

有頍者弁❶，實維伊何❷？爾酒既旨❸，爾殽既嘉❹。豈伊異人❺？兄弟匪他❻。蔦與女蘿❼，施于松柏❽。未見君子❾，憂心弈弈❿；既見君子，庶幾說懌⓫。

右第一章，敘燕飲兄弟之樂也。

【註釋】

❶頍：音傀ㄎㄨㄟˇ，弁圓貌。又舉首貌。有頍：頍然也。弁：音便ㄅㄧㄢˋ，皮弁：冠名。此用爲動詞，言舉首而戴皮弁也。❷實：是也。維：爲也。伊：語詞。二語謂戴此皮弁，是爲何故乎？意謂將燕也。❸爾：指設宴之主人。旨：美也。❹嘉：善也。❺伊：彼也。句言彼豈是他人耶？❻匪：非也。句言是兄弟而非他人也。言非他人者，承上句豈伊異人而言。❼蔦：音鳥ㄋㄧㄠˇ，植物名，一名寄生，一名寓木。蘿：女蘿也，又名菟絲。二者皆緣樹攀援之蔓生植物。❽施：音易ㄧˋ，蔓延也，依附也。二句以蔦與女蘿之攀援蔓延松柏，喻同姓兄弟之相互依附也。❾君子：指設宴之主人。❿奕：音亦ㄧˋ，奕奕：心神不定貌。⓫庶幾：今言差不多，希冀之詞。說：同悅。懌：音亦ㄧˋ，亦悅也。說懌：喜悅也。

有頍者弁，實維何期❶？爾酒既旨，爾殽既時❷。豈伊異人？兄弟具來❸。蔦與女蘿，施于松上。未見君子，憂心怲怲❹；既見君子，庶幾有臧❺。

右第二章，義同首章，換韻而重言之。

【註釋】

❶期：音基ㄐㄧ，語詞。何期：猶伊何也。❷時：善也，美也。謂應時新鮮之善美也。❸具：同俱，皆也。❹怲：音丙ㄅㄧㄥˇ，怲怲：憂甚貌。❺臧：善也。

有頍者弁，實維在首❶。爾酒既旨，爾殽既阜❷。豈伊異人？兄弟甥舅❸。如彼雨雪❹，先集維霰❺。死喪無日❻，無幾相見。樂酒今夕，君子維宴❼。

右第三章，起法仍如前二章，惟由兄弟擴及甥舅，且興悲戚之感也。

【註釋】

❶在首：今言戴在頭上。❷阜：音付ㄈㄨˋ，盛多也。❸甥舅：姊妹之子為甥，母之兄弟為舅。古時亦稱女婿為甥，岳父為舅。此泛指母姑姊妹妻族血緣姻親。❹雨：音玉ㄩˋ，雨雪：落雪也。❺霰：音線ㄒㄧㄢˋ，雪之初凝若細粒者。言霰集則將雪之候，以比老至，則將死之徵也。❻無日：無多日也。句言人壽有限，計無多日而死喪將至也。❼宴：宴饗以樂也。以上四句，謂死喪無日，不能久相見矣。但當樂飲以盡今日之歡也。

【欣賞品評】

朱善曰：

推親親之恩，由兄弟以及甥舅，亦其親疏之殺也。言蔦蘿施于木上，以比纏綿依附之意；以雪之先集維霰，比老至之驗。方其纏綿，固欲相依以永久也。既而自知老之將至，惟當樂酒以盡今夕之歡耳。蓋君子之於兄弟親戚，其相與之情無窮，而相見之日有限。以無窮之情，乘有限之日，則其飲食聚會，亦真情之所不能已也。

守亮案：

詩序云：「頍弁，諸公刺幽王也。暴戾無親，不能宴樂同姓，親睦九族，孤危將亡，故作是詩也。」後之解詩者，多從詩序說。然細審此詩，燕飲之語明著，憂樂之情昭然，何有譏刺之意？詩序之說，自不足信。朱傳云：「此亦燕兄弟親戚之詩。」斯言是矣。詩則首兩章詳敘觴酒高會，燕飲歡樂。蓋興盡悲來，故末章忽於歡樂中出「死喪無日，無幾相見」危語。使人聞之，當食不下咽也。憂危之旨，溢於言表，其亂世悲愁之作乎？朱子曰：「古人燕樂多爲此言，漢魏以來樂府猶多如此。」不知漢魏樂府，亦多季世憂亂之音，故時有「少壯幾時」？「人生幾何」類語也。詩以「樂酒今夕，君子維宴」結，乃老杜「今夕復何夕，共此燈燭光」意，頗有盛筵難再，滿目蒼涼之感也。

八、車舝

此自敘結婚親迎之詩。

間關車之舝兮❶，思孌季女逝兮❷。匪飢匪渴，德音來括❸。雖無好友，式燕且喜❹。

右第一章，言間關遠道，往迎彼女也。

【註釋】

❶間關：展轉也。或以爲設轄聲，車轄磨擦聲。舝：音轄ㄒㄧㄚˊ，同轄，車軸頭鍵，以鞏固車轂，行則設之，無事則脫之。句言車行展轉也。❷孌：音攣三聲ㄌㄩㄢˇ，美好貌。季女：少女也。逝：往也。句謂思彼美女，故而往迎之也。❸德音：他人之語言也。括：會也。二句謂並非飢渴，而所以如飢如渴者，乃盼望得會，親聆其聲音也。❹式：語詞。燕：宴飲也。二句言雖無好友來賀，亦當燕飲以相喜樂也。

依彼平林❶，有集維鷮❷。辰彼碩女❸，令德來教❹。式燕且譽❺，好爾無射❻。

右第二章，敘彼女美善，愛之無厭也。

【註釋】

❶依：茂盛貌。平林：林木之在平地者也。❷鷮：音嬌ㄐㄧㄠ，雉也。即野雞。❸辰：時也。時，善也。碩：高大也。❹令：美也。二句言望彼碩善美女來教，親炙其令德也。❺譽：通豫，歡樂也。❻好：音號ㄏㄠˋ，喜好也。射：音亦ㄧˋ，通斁，厭也。句謂愛爾無厭也。

雖無旨酒，式飲庶幾❶。雖無嘉殽，式食庶幾。雖無德與女❷，式歌且舞❸。

右第三章，自謙禮簡無德，期能相樂也。

【註釋】

❶庶幾：今言差不多，希冀之詞。下同。句謂庶幾亦足燕飲歡樂也。❷與：助也。女：同汝。❸二句言我雖無德以助汝，亦當飲食歌舞以相樂也。

陟彼高岡❶，析其柞薪❷。析其柞薪，其葉湑兮❸。鮮我覯爾❹，我心寫兮❺。

右第四章，寫新婦非凡，己情舒快也。

【註釋】

❶陟：音至ㄓˋ，升也，登也。❷柞：音昨ㄗㄨㄛˊ，櫟也。❸湑：音許ㄒㄩˇ，茂盛貌。❹鮮：音險ㄒㄧㄢˇ，少也。覯：見也。句言難得見爾也。蓋惟其令善，世不恆有，故云然。❺寫：除也。言舒快也。

高山仰止❶，景行行止❷，四牡騑騑❸，六轡如琴❹。覯爾新婚❺，以慰我心。

右第五章，述迎娶禮畢，歸途心安也。

【註釋】

❶仰：企慕也，仰望也。止：語詞。又同之。仰止：仰之也。❷景：大也。行：音杭厂尤ˊ，景行：大道也。行止：行之也。❸牡：雄馬也。騑：音非ㄈㄟ，騑騑：馬行不停貌。❹轡：音佩ㄆㄟˋ，御馬之索也，今云繮繩。每馬二轡，四馬有八轡，但以驂馬內轡納於觖，故在手者惟六轡耳。如琴：言調協如琴也。❺爾：指新婦。

【欣賞品評】

劉瑾曰：

此詩皆言慕悅賢女之意。故其未得之也，望其德音來括，而心如飢渴；旣得之也，喜其令德來教，而心如輸寫。至於宴樂之也，又歎為歡之無美具，而且恐無德以相與。證之關雎，亦可謂得性情之正者也。

守亮案：

詩序云：「車舝，大夫刺幽王也。褒姒嫉妒，無道並進，讒巧敗國，德澤不加於民。周人思得賢女以配君子，故作是詩也。」惟詩詞和雅，無嗟怨之意。詩序以爲刺幽王褒姒之說，牽合附會過遠，令人難信。朱傳云：「此燕樂其新婚之詩。」其意近是。篇中所敘，始云間關車舝。末云「四牡騑騑，六轡如琴。」是首尾兩章分別敍述乘車迎娶與攬轡來歸之事。且中多思慕渴想之懷，歡欣喜悅之情，自是王靜芝先生所謂「此自敍結婚親迎之詩」之作也。詩則以一德字貫全篇。首章言德音，此可聞聽之也。次章言令德，此可體念之也，三章言無德，此自謙一己所無，益見新婚之德可美也。此三章皆明言之。四章「鮮我覯爾」，猶言難得見爾，蓋以其德之世不恆有，故云然。五章以高山景行與其德。仰止行止，應上「德音來括」，「令德來教」後之可仰可行也。此二章皆暗示筆法。至每章結語之「雖無好友，式燕且喜。」「式燕且譽，好爾無射。」「雖無令德與女，式歌且舞。」「鮮我覯爾，我心寫兮。」「覯爾新婚，以慰我心。」又將新郎喜獲新娘欣幸之情，表露無遺。雖樂而不失其正，好德而不淫其色，斯亦一賢士也歟？

九、青蠅

此遣讒者戒人勿信讒言之詩。

營營青蠅❶，止于樊❷。豈弟君子❸，無信讒言❹。

右第一章，以青蠅比之讒人，望人勿近信之也。

【註釋】

❶營營：往來飛聲。又往來貌。青蠅：汚穢之飛蟲，今云蒼蠅，此喻讒人。❷止：集也，息也。樊：籬也。二句言營營往來飛動之青蠅，應令止息於藩籬之外，勿使近人也。❸豈弟：愷悌之假借，音慨ㄎㄞˇ替ㄊㄧˋ，和樂平易也。君子：多指王或國君，實泛指正人君子。❹無：同勿，禁止之詞，叮囑之詞，今云別或不要。二句言和樂平易之正人君子，期其無信讒人也。

營營青蠅，止于棘❶。讒人罔極❷，交亂四國❸。

右第二章，述讒人進讒之不已，並其害之無極也。

【註釋】

❶棘：小棗叢生，所以爲藩籬者也。❷罔極：無良也。又無所止已也。❸交：構結釀成之意。交亂：使人交相猜疑爲嫌，挑撥之使爲亂也。四國：四方之國也，猶言天下。

營營青蠅，止于榛❶。讒人罔極，構我二人❷。

右第三章，詩人自敘受害之狀，作詩以戒世人也。

【註釋】

❶榛：音眞ㄓㄣ，木叢生曰榛，亦所以爲藩籬者也。❷構：交也。又合也。言構合雙方使彼此相嫌，今語所謂挑撥也。

【欣賞品評】

程頤曰：

青蠅詩言樊、棘、榛，言二人四國。自樊而觀之，則樊為近而棘榛為遠；自二人而觀之，則二人為小而四國為大。讒人之情，常欲污白以為黑也。而其言不可以直達，故曰營營往來，或自近以至於遠，或自小以至於大，然後其說得行矣。

守亮案：

詩序云：「青蠅，大夫刺幽王也。」詩序以為刺頗接近，但落實為幽王，則不能不致其疑。朱傳云：「詩人以王好聽讒言，故以青蠅飛聲比之，而戒王以勿聽也。」雖去幽王，但仍言王，實與詩序無異。細審詩中「構我二人」語，明言己被其害，且不似臣與君爾吾並稱口氣。故凡確指某某王公遭讒之說者，皆不足取。王靜芝先生曰：「此傷于讒者之詩也。」如此泛言之而不坐實其人是也。詩則言蠅之為物也，穢而不潔。跡可汚目，聲可亂耳。驅之使去而復還，惡之難遠者也。故一旦積聚既多，漸漬既久，則必變白黑，惑善惡，失邪正。無是非。讒言之可畏，有似於此，故比之焉。是以三章上半幾全同。下半則首章言讒言之不可聽信。次章言讒言之能亂人國。三章言讒言已離間我二人，使之交相猜疑攻擊，而同歸於敗矣，亦一章近似一章。且首章特下豈弟二字，足見讒言一入，便足傾人身家，絕人性命。語云：「君子不畏虎，獨畏讒人之口。」故詩連用三止字，屏逐斥絕，戒人遠離而勿聽信之也。

十、賓之初筵

此戒於典禮燕飲中勿多飲酒之詩。

賓之初筵❶，左右秩秩❷。籩豆有楚❸，殽核維旅❹。酒既和旨❺，飲酒孔偕❻。鐘鼓既設，擧醻逸逸❼。大侯既抗❽，弓矢斯張。射夫既同❾，獻爾發功❿。發彼有的⓫，以祈爾爵⓬。

右第一章，言惟射乃飲酒也。

【註釋】

❶筵：席也。初筵：初入席也，初就席也。❷左右：指坐於席左右之人也。秩秩：有序貌。二句言賓之初即席，或坐於左，或坐於右，秩秩然有序也。❸籩：音邊ㄅㄧㄢ，古代祭祀或宴會時盛果脯之竹器，形似木製之豆。豆：古代盛肉之器，以木爲之。楚：盛貌。或以爲行列整齊貌。有楚：楚然。句謂籩豆陳列楚然有其秩序也。❹殽：肉也。盛於豆中。核：梅桃類有核之果也。盛於籩中。或以爲核，肉之有骨者。旅：陳列也。❺和：調也。旨：美也。❻孔：甚也。偕：和諧也，齊一也。句言眾人同飲之甚爲和諧也。❼醻：同酬，主人復酌賓爲醻。擧醻：擧醻爵以進客也。逸逸：往來有序也。❽侯：張皮或布以爲射者之鵠的也。大侯：君侯也。抗：擧也。句言君之備射之鵠既已擧而待射矣。❾射夫：眾射者也。同：會聚也。❿獻：猶奏也。發：發矢也。發功：發矢之功也。以上四句，言大侯既已擧矣，弓矢既已張矣，射夫同聚，乃發矢而奏功也。⓫彼：謂矢也。有：語詞。的：鵠的也。句謂發矢中的也。⓬祈：求也。射之禮，勝者飲不勝者以酒。祈爾爵：祈求己能中的而使不勝者飲酒也。

籥舞笙鼓❶，樂既和奏。烝衎烈祖❷，以洽百禮❸。百禮既至❹，有壬有林❺。錫爾純嘏❻，子孫其湛❼。其湛曰樂，各奏爾能❽。賓載手仇❾，室人入又❿。酌彼康爵⓫，以奏爾時⓬。

右第二章，言惟祭乃飲酒也。

【註釋】

❶籥：音越ㄩㄝ丶，樂器，以竹爲之，似笛，六孔。籥舞：爲持籥而舞之文舞。笙鼓：謂以笙鼓伴奏也。❷烝：語詞。衎：音看ㄎㄢ丶，樂也。烈：功業也。烈祖：有功業之先祖也。或以爲烈讀爲列，列祖猶云眾祖。❸洽：合也。句謂以百禮行事也。❹至：備也。❺壬：大也。有壬：壬然，狀其禮之大也。林：多也。有林：林然，狀其禮之多也。❻錫：賜也。爾：主祭者也。純：大也。嘏：音古ㄍㄨˇ，福也。❼湛：音擔ㄉㄢ，樂也。❽奏：獻也。能：才也。爾能：爾善射之能力也。❾載：則也。手：取也。仇：匹也。謂與己同射之人也。句言賓則擇射伴而共射之也。❿室人：主人也。入又：又入於席也。或以爲又入射以伴賓也。⓫酌：猶斟也。康：安也。酒所以安體也。又大也。⓬奏：獻也。時：中者也。句謂以康爵進於善射者，以致不勝者飲也。

賓之初筵，溫溫其恭❶。其未醉止❷，威儀反反❸。曰既醉止，威儀幡幡❹。舍其坐遷❺，屢舞僊僊❻。其未醉止，威儀抑抑❼。曰既醉止，威儀怭怭❽。是曰既醉，不知其秩❾。

右第三章，言飲酒者常始乎治而卒乎亂也。

【註釋】

❶温温：柔和貌。❷止：語詞。❸反反：愼重貌。❹幡：音番ㄈㄢ，幡幡：反覆貌，往來貌。此狀其不安於坐也。❺舍：離也。遷：徙也。句謂舍其座而遷徙他處也。❻屢：多次也。僊：音仙ㄒㄧㄢ，僊僊：輕舉貌。❼威儀：容止也，今言合乎禮節之態度與舉動。抑抑：謙遜愼密貌。❽怭：音必ㄅㄧˋ，怭怭：輕薄貌。❾秩：常也。或讀為失，過失也。

賓既醉止，載號載呶❶。亂我籩豆，屢舞僛僛❷。是曰既醉，不知其郵❸。側弁之俄❹，屢舞傞傞❺。既醉而出，並受其福❻。醉而不出，是謂伐德❼。飲酒孔嘉❽，維其令儀❾。

右第四章，言飲酒失儀之過也。

【註釋】

❶號：呼也。呶：音撓ㄋㄠˊ，喧嘩也。❷僛：音欺ㄑㄧ，僛僛：傾側之狀。❸郵：過也。❹弁：冠也。側弁：今語歪戴帽子。俄：傾貌。❺傞：音娑ㄙㄨㄛ，傞傞：舞不止也。❻句言既醉即離席，則可不失儀而得福也。❼伐：敗也，害也。❽孔嘉：甚善也。❾維：通惟。令：善也。儀：威儀也。二句言飲酒固甚善，惟貴於能保持其美儀，若失儀則善不存矣。

凡此飲酒，或醉或否。既立之監❶，或佐之史❷。彼醉不臧❸，不醉反恥❹。式勿從謂❺，無俾大怠❻。匪言勿言❼，匪由勿語❽。由醉之言❾，俾出童羖❿。三爵不識⓫，矧敢多又⓬！

右第五章，言飲酒醉後醜態也。

【註釋】

❶監：監視飲酒者也。古宴會中有監，以監察酒醉失禮者也。❷史：記事者也。古宴會中有史，以記酒醉滋事者也。二句言古者飲酒，立監與史，皆以防酒醉失禮者也。❸臧：善也。❹二句言彼醉者醜態百出，固不善，然不醉者反自以爲羞恥也。❺式：語詞。謂：勸勉也。句言勿從而勸勉多飲，使失態也。❻俾：使也。大：同太。句言勿使多飲致醉，而太過怠慢無禮也。❼匪：非也。句謂不當言者則不可言也。❽由：法也，合理也。句謂不合理者則勿語也。❾由醉之言：出於醉中之言也。❿童：禿也。羖：音古ㄍㄨˇ，牡羊也。牡羊必有角。而醉中之言，竟謂牡羊無角之可笑語也。⓫識：猶省也。不識：昏然不省事物也。⓬矧：音審ㄕㄣˇ，況也。又：侑之假借，勸飲也。二句言飲三爵即昏然無知矣，況敢勸其多飲乎！

【欣賞品評】

姚際恆曰：

始曰「舍其坐遷，屢舞僊僊。」猶是僅遷徙其坐處耳。再曰「亂我籩豆，屢舞僛僛。」則且亂其有楚之籩豆矣。終曰「側弁之俄，屢舞傞傞。」甚至冠弁亦不正矣。由淺入深，備極形容醉態之妙。昔人謂唐人詩中有畫，豈知亦原本于三百篇乎！三百篇中有畫處甚多，此醉客圖也。

方玉潤曰：

詩本刺今，先陳古義以見飲酒原未嘗廢，但須射祭大禮而後飲，而飲又當有節，不至失儀，乃所以為貴。古之飲也如是，今之飲酒則不然，飲必至醉，醉必失儀，不至伐德不止，其無禮也又如是。兩義對舉，曲繪無遺。其寫酒客醉態，縱令其醒後自思，亦當發笑，忸怩難安。此所以善為譎諫也。

守亮案：

詩序云：「賓之初筵，衞武公刺時也。幽王荒廢，媟近小人，飲酒無度，天下化之。君臣上下，沈湎淫液，武公既入，而作是詩也。」朱傳曰：「衞武公飲酒悔過而作此詩。」詩序以此爲衞武公刺幽王之詩，朱傳以此爲武公飲酒悔過之作。皆太落實，亦與詩義未合，恐不足信。屈萬里先生曰：「此當是咏大射之詩。」惟詩首章上八句言射初燕飲，下六句言大射事。次章上八句言祭，下六句言飲酒之事。三四五章則皆言飲酒之失。屈先生僅言大射，且未及酒，意有未足。王靜芝先生曰：「此戒於典禮燕飲中多飲之詩也。」斯言是也。詩則以一醉字貫全篇。首兩章一言射，一言祭，各以爵字作結，是射祭乃飲酒也。惟有「飲酒孔偕」，「酌彼康爵」，尚不及醉也。後三章則言飲酒過多酒醉之失。或失之語不合理之妄言，或失之輕擧妄動之亂行，或失之呼號狂舞之害德。酒本成禮，今竟醉而妄言、亂行、害德。小人之蠢形現，醉客之醜態出，大有史記所謂「拔劍擊柱，高祖患之」之勢。禹惡旨酒而絕之，恐其及於酒禍也，如此則不可不戒多飲矣。

魚藻之什（本什小雅之末，多收所餘四篇共十四篇。）

一、魚藻

此頌美天子之詩。

魚在？在藻❶，有頒其首❷。王在？在鎬❸，豈樂飲酒❹。

右第一章，以魚在藻之得其性，美王居鎬之得其樂也。

【註釋】

❶藻：水草也。句言魚何所在？在於藻也。魚依水藻乃得其性也。❷頒：音墳ㄈㄣˊ，大頭貌。有頒：頒然也。❸鎬：音皓ㄏㄠˋ，即鎬京，西周之都城。在今陝西長安西。句言王何所在？在於鎬也。❹豈：音愷ㄎㄞˇ，同愷，樂也。下同。

魚在？在藻，有莘其尾❶。王在？在鎬，飲酒樂豈。

右第二章，義同首章，換韻而重唱之。

【註釋】

❶莘：長貌。有莘：莘然也。

魚在？在藻，依于其蒲❶。王在？在鎬，有那其居❷。

右第三章，義同前二章，又換韻而疊唱之。

【註釋】

❶蒲：蒲草也。❷那：音挪ㄋㄨㄛˊ，安貌。有那：那然也。

【欣賞品評】

輔廣曰：

此詩與鴛鴦相類。辭雖簡而意則切矣。不頌其德者，德盛而非言之所能盡。亦尊敬之至而不敢加以形容也。但美其樂飲安居而已，則非盛德其孰能之！

守亮案：

詩序云：「魚藻，刺幽王也。言萬物失其性。王居鎬京，將不能以自樂，故君子思古之武王焉。」詩序之說，牽強附會，自不可信。朱傳云：「此天子燕諸侯，而諸侯美天子之詩。」美天子是也，惟不必定爲天子燕諸侯，諸侯美之，泛言之可也。故屈萬里先生曰：「此頌美天子之詩。」斯言是也。詩則三章全以「魚在？在藻，」起句，蓋魚之在藻，樂得其性而無異辭也。以得其性，故一章接言首頒然而大，二章接言尾莘然而長也。王在鎬之所以能「豈樂飲酒」，「飲酒樂豈」者。四方無事，天下太平致之也，此於三章結語「有那其居」可知。故呂枏曰：「魚依于蒲，則釣餌不能施，綸竿不能加，可謂益安矣。王而那居，則仰得天命之眷，俯得人心之從，此所以豈樂飲酒也。」此頌美之所在。一片太平氣象，盛世之作也。

二、采菽

此美諸侯朝見天子之詩。

采菽采菽❶，筐之筥之❷。君子來朝❸，何錫予之❹？雖無予之，路車乘馬❺；又何予之？玄袞及黼❻。

右第一章，言諸侯獲賜之厚，天子猶心感未足也。

【註釋】

❶菽：音叔ㄕㄨˊ，大豆也。此指豆葉。❷筐：方形竹器。筥：音舉ㄐㄩˇ，圓形竹器。此皆作動詞用。二句言采盛之以備王饗賓客也。❸君子：指來朝之諸侯。❹錫：賜也。❺路車：諸侯所乘之車也。乘：音剩ㄕㄥˋ，乘馬：四馬曰乘。❻玄：黑色也。袞：音滾ㄍㄨㄣˇ，玄袞，玄衣而畫以卷龍者也。黼：音甫ㄈㄨˇ，初文作黹，其狀為回回，後為繡有黑白相間斧形花紋之禮服。二者皆古代貴族所著。

觱沸檻泉❶，言采其芹❷。君子來朝，言觀其旂❸。其旂淠淠❹，鸞聲嘒嘒❺。載驂載駟❻，君子所屆❼。

右第二章，言諸侯始來之時，天子見其車旂而喜其至也。

【註釋】

❶觱：音必ㄅㄧˋ，觱沸：泉水湧出貌。檻：借爲濫，泛濫也。或以爲檻泉，正出之泉也。❷言：語詞。相當於而或乃字。芹：水菜名，一名水英，潔白而有節，其味芬芳，可食。芹亦備以待君子也。❸旂：音其ㄑㄧˊ，旗之畫有交龍者，此泛指旌旗。❹淠：音闢ㄆㄧˋ，淠淠：飄動貌。❺鸞：車鈴也。嘒：音慧ㄏㄨㄟˋ，嘒嘒：車鈴和諧而合節拍聲。❻載：則也。驂：驂馬也。一車四馬，兩外側之馬曰驂。駟：四馬也。兩驂並中間服馬二言之也。❼所：乃也。屆：至也。

赤芾在股❶，邪幅在下❷。彼交匪紓❸，天子所予❹。樂只君子❺，天子命之❻；樂只君子，福祿申之❼。

右第三章，言諸侯服飾之盛，皆天子之所賜也。

【註釋】

❶芾：音費ㄈㄟˋ，所以蔽膝，大夫以上者服赤芾。其下至股，故云在股。❷邪幅：以布斜纏，自足至膝，即今之裹腿也。在芾下故云在下。❸彼：指邪幅。交：借爲絞，纏繞也。匪：非也。紓：緩也。句蓋狀邪幅纏繞之緊飭，以示敬也。或以爲魯詩彼作匪。交，敖也。紓，怠緩也。二句謂赤芾、邪幅等物，雖皆天子所賜予，而此諸侯亦不因受此殊榮而驕傲怠緩也。❹句謂赤芾、邪幅皆天子所賜也。❺只：語詞。樂只：猶言樂哉。❻命之：命予之，即賜之也。❼申：重也。句言又重複賜之以福祿也。

維柞之枝❶，其葉蓬蓬❷。樂只君子，殿天子之邦❸；樂只君子，萬福攸同❹。平平左右❺，亦是率從❻。

右第四章，言諸侯德足以鎮撫天子之邦，及其左右之隨從而至也。

【註釋】

❶柞：音昨ㄗㄨㄛˊ，櫟樹也。❷蓬蓬：茂盛貌。❸殿：鎮撫也。❹攸：所也。同：聚也。❺平平：猶便便，閒雅之貌。或以爲辯治也，明慧也。左右：諸侯之臣也。❻亦是：於是也。率從：言隨從而至也。

汎汎楊舟❶，紼纚維之❷。樂只君子，天子葵之❸。樂只君子，福祿膍之❹。優哉游哉❺，亦是戾矣❻。

右第五章，言諸侯之至也優游自適，而無勉強朝見天子意也。

【註釋】

❶汎汎：浮動貌。❷紼：音弗ㄈㄨˊ，繫舟之繩也。纚：音離ㄌㄧˊ，竹繩也。維：繫也。❸葵：揆也。揆，忖度也。言忖度其心意而能制之也。或以爲葵，闋之借，留止也。❹膍：音皮ㄆㄧˊ，厚也。❺句言優游安適也。❻戾：至也。又善也。

【欣賞品評】

龍仿山曰：

首章於來朝後，接用一波三折之筆，傳出有如加無已神情。次章說來朝由遠而近，初見旂，次聞聲，次見馬，次第如畫。三章赤芾邪幅，親見其人，逕由上章接下，一路敘來，以匪紓二字作斷語，此二字是用意語。第四章說出殿天子之邦，更帶到左右率從，自是連帥威望，方能當得。末章纚維，則是將去作挽留之詞。篇中頻頻提出天子，分明他人口氣，以為天子答魚藻者非也。通篇神氣在匪紓一句，結末反掉一筆，見得優游便是獲戾，不必其在大也。

守亮案：

詩序云：「采菽，刺幽王也。侮慢諸侯，諸侯來朝，不能錫命以禮。數徵會之而無信義，君子見微而思古焉。」朱傳云：「此天子所以答魚藻也。」詩序牽美辭以為刺，朱傳昧詩意以立說，皆不可從。姚際恆曰：「大抵西周盛王，諸侯來朝，加以錫命之詩。」方玉潤從之，而曰：「美諸侯來朝也。」方氏加一美字，意尤明朗。又曰：「非出自朝廷制作，乃草野歌咏其事而已。」篇中屢稱天子，乃他人口氣，方氏所言是也。詩則四言天子，九言君子。言天子者，多重在錫予命賜。言君子者，則重在樂只優游，來朝屆至，殿天子邦。以有天子之寵命優渥，以懷諸侯。故諸侯自當敬謹朝見，鎮撫邦國也。此等氣象，固西周盛王盛禮。事極典重，但起極輕微。起句除第三章為天子所賜者外，前後四章，則筐筥盛菽，檻泉采芹，柞葉芘枝，紼纚繫楊舟，所述不亦瑣屑也乎！然物之取興也，各有所處，竹添光鴻曾逐一詳之。於此，則又知詩言草木蟲魚，亦有其所取興之必然，而非盡為餘事矣。

三、角弓

此勸王勿疏遠應親近之兄弟，以免遺不善之教，使下民效之，多危亡可憂之詩。

騂騂角弓❶，翩其反矣❷。兄弟昏姻❸，無胥遠矣❹。

右第一章，言兄弟昏姻關係密切，宜親近和好，不應疏遠之也。

【註釋】

❶騂：音星ㄒㄧㄥ，騂騂：弓調利貌。弓不用則弛，用則調以張之，乃利於用也。角弓：以角飾弓也。❷翩：反貌。弓不用時，則卸其弦，而向外反張。❸昏姻：指姻親。❹無：同勿，禁止之詞，叮囑之詞，今云別或不要。胥：相也。

爾之遠矣，民胥然矣❶。爾之教矣，民胥傚矣。

右第二章，言今爾竟疏遠不應疏遠者，其教不善，民皆起而效之矣。

【註釋】

❶胥：皆也。下同。

此令兄弟❶，綽綽有裕❷。不令兄弟，交相爲瘉❸。

右第三章，言民雖起而效之，但兄弟之善良者，仍能和洽相處，其不善者，則交相詬病矣。

【註釋】

❶令：善也。❷綽綽：寬裕貌。裕：饒足也。句謂情感之融洽也。❸瘉：音愈ㄩˋ，病也。句言兄弟相互詬病，交相惡也。

民之無良，相怨一方❶。受爵不讓❷，至于己斯亡❸。

右第四章，言交相詬病，責人不責己，受爵不讓，求利無已，終必至己身危亡也。

【註釋】

❶一方：彼一方也。句謂只責別人而不責己也。❷受爵：接受爵祿也。❸亡：危亡也。句謂行爲如此，必至己身危亡也。或以爲亡通忘，句言事至己身，則忘其責己之不讓也。

老馬反爲駒❶，不顧其後❷。如食宜饇❸，如酌孔取❹。

右第五章，言雖己身危亡，而一如老馬之不顧其後，以自量其力，仍貪婪過甚，終必致害也。

【註釋】

❶駒：兒馬方壯之稱。句謂老馬已不足任事，今反自以爲駒，而爭前爲事也。❷後：指將來。句謂不自顧其後將不能勝任也。❸饇：音玉ㄩˋ，飽也。句言如食以飽爲宜也。❹酌：酌酒也。孔：甚也。孔取：謂取之過多也。句言飲酒如取之過多，則醉而致害也。

毋教猱升木❶，如塗塗附❷。君子有徽猷❸，小人與屬❹。

右第六章，言雖致害，為惡之性使之然，如猱善升木，泥土易附壁，不可不以善道教之，以避免助其惡也。

【註釋】

❶猱：音撓ㄋㄠˊ，獼猴也。性善升木，不待教而能也。❷塗：上塗字名詞，泥土也。下塗字動詞，漫也。塗附：謂塗泥於泥壁之上，易附著也。❸君子：指在上者。徽：美也。猷：道也。❹屬：音囑ㄓㄨˇ，連屬也，依附也。二句謂對小人宜教以美道，勿教以其本性之長，若猱之升木，泥土之附壁，以助其惡也。如在上者有美善之道以教之，則小人自必相與歸附矣。

雨雪瀌瀌❶，見晛曰消❷。莫肯下遺❸，式居婁驕❹。

右第七章，言小人之惡行，其所以不似雪之見日而消者，乃莫謙下稍隨他人意，而屢為驕慢使然也。

【註釋】

❶雨：音玉ㄩˋ，落也。下同。瀌：音標ㄅㄧㄠ，瀌瀌：盛貌。❷晛：音現ㄒㄧㄢˋ，日氣也。曰：語詞。消：融化也。❸遺：讀爲隨，順從也。句謂不肯謙虛而隨他人之意也。❹式：語詞。婁：同屢ㄌㄩˇ，頻數也。句謂自居於屢爲驕慢而不改也。

雨雪浮浮❶，見晛曰流❷。如蠻如髦❸，我是用憂❹。

右第八章，言屢為驕慢而不改，終必如蠻似夷之不知禮義，故而憂之也。

【註釋】

❶浮浮：猶瀌瀌也。❷流：亦消也。又如字，謂消爲水，而流去也。❸蠻：南蠻也。髦：音毛ㄇㄠˊ，西夷之別名。蠻髦皆不知禮義者。❹是用：是以也。

【欣賞品評】

歐陽修曰：

一章言雖骨肉之親，若遇之失其道，則亦怨叛而乖離，如角弓翩然而外反矣。二章言王與骨肉如此，則下民亦將效上之所為也。三章四章遂言效上之事。五章六章則刺王所以不親九族者，由好讒佞也。七章八章又述骨肉相怨之言。

守亮案：

詩序云：「角弓，父兄刺幽王也，不親九族而好讒佞，骨肉相怨，故作是詩也。」朱傳略同之。然詩中毫無刺讒佞之意，詩序之說不可從。季本曰：「周王不能以身教兄弟，而惟驕傲，以致其疏遠，君子憂之，故作是詩。」其意近是，然未盡也。細審詩篇，乃勸王勿疏遠兄弟婚姻，以免下民起而效之，而澆薄乖戾，交相怨尤，多危亡可憂之作也。詩則通篇以兄弟爲主。首章正論，親親爲先，勿相遠也。二章因兄弟而及萬民，兄弟苟遠之，則萬民效之無不然矣。三章由兄弟中分出令與不令來，並各言其異同。四五六諸章皆從不令一邊說，「民之無良」一語，綰合上下。惟無良，故兄弟相瘉。惟無良，故小人不讓。末二章教以太陽當空，則衆邪潛消。惟既「無胥遠」，而終遠兄弟，失其交輔王室之功，卒至危亡罹害，故不得不以憂字作結也。昏姻乃帶言，故終篇不復見。章末鸞髦字，似與前遠字暗應。又上有所好，下必有甚焉。一有疏失，則爲患無窮，何可忽乎哉！此勸之之所在也。

四、菀柳

此逐臣所作以自傷悼之詩。

有菀者柳❶，不尚息焉❷？上帝甚蹈❸，無自暱焉❹。俾予靖之❺，後予極焉❻。

右第一章，言王變動無常，奈何使我治其事，而後反窮極之也。

【註釋】

❶菀：音玉ㄩˋ，茂盛貌。或以爲枯病也。有菀：菀然也。❷尚：庶幾也。息：息於柳下也。二句言鬱然者柳，豈不庶幾可以息於其下乎？❸上帝：暗斥王也。或以爲天神，乃呼天以訴之也。蹈：動也。甚蹈：多動也。句言王乃變動無常，反覆不定也。❹無：同勿，禁止之詞，叮囑之詞，今言別或不要。暱：音匿ㄋㄧˋ，近也，句言勿自近彼而致於罪愆也。或以爲暱，病也。句言勿使自招災難也。❺俾：音必ㄅㄧˋ，使也。靖：治也。句言今彼使予治其事也。❻極：窮也。又誅也，懲誅之也。

有菀者柳，不尚愒焉❶？上帝甚蹈，無自瘵焉❷。俾予靖之，後予邁焉❸。

右第二章，義同首章，換韻而重唱之。

【註釋】

❶愒：音憩ㄑㄧˋ，息也。❷瘵：音債ㄓㄞˋ，病也。❸邁：行也。行，謂放逐也。

有鳥高飛，亦傅于天❶。彼人之心❷，于何其臻❸？曷予靖之❹，居以凶矜❺？

右第三章，言王居心叵測，為何使我治其事，而後反居我凶危之地也。

【註釋】

❶傅：至也。❷彼人：指在位之王。❸臻：至也。句言其心將何所至乎？猶言其心叵測也。❹曷：何也，爲何也。❺矜：危也。二句言爲何使我治事，而又居我凶危之地耶？

【欣賞品評】

唐汝諤曰：

凶矜卽上予極、予邁之意，蓋貪縱無極，則難弭；責望無已，則難塞。加禍所不免矣。

守亮案：

詩序云：「菀柳，刺幽王也。暴虐無親，而刑罰不中，諸侯皆不欲朝，言王者之不可朝事也。」朱傳略同。詩序謂不欲朝似不合理，清人姚際恆已駁斥其非是。吳闓生曰：「此乃有功獲罪之臣，作此以自傷悼。」觀詩中「俾予靖之，後予邁焉」之語，明言放逐，吳氏之言是也。詩則明言王自變動無常，居心叵測，勿暱近之而獲罪愆，招災患。奈詩中三言靖之，前兩章「俾予靖之。」尚無異辭。末章「曷予靖之？」則有自悔意矣。每章結句，點明主旨。首言極。極，窮也。乃孟子「又極之於其所往」之極，窮治之也。次言邁。邁，放也，行也。乃左傳「鄭放游楚於吳，將行子南」之放之行，放逐之也。終言，居以凶矜。使之居於凶危之區，不善之地也。則楚辭「屈原既放，遊於江潭，行吟澤畔」之江潭澤畔矣。所敘次第井然，惟命筆用字稍曲折深婉。故牛運震有「筆勢突兀聳拔」，「用字極刻奧」語也。

五、都人士

此懷念鎬京人物儀容之詩。

彼都人士❶，狐裘黃黃❷。其容不改❸，出言有章❹。行歸于周❺，萬民所望❻。

右第一章，言彼舊都人士之服飾、儀容、言語，皆足為萬民所仰望也。

【註釋】

❶都：城也，蓋指鎬京而言。都人士：謂舊鎬京城內有文化氣質之人也。❷黃黃：猶煌煌，明亮貌。又如字，色黃也。❸容：儀容也，態度也。不改：有常態也。❹章：文章也。❺行：去也。行歸：歸去也。周：

指鎬京。或以爲周，忠信也。句謂所行皆歸于忠信也。❻望：瞻望也，仰望也。

彼都人士，臺笠緇撮❶。彼君子女❷，綢直如髮❸。我不見兮，我心不說❹。

右第二章，言不見彼舊都人士及彼君子女之服飾美髮，而心不說也。

【註釋】

❶臺：通薹，莎草也。臺笠：莎草所製之笠帽也。緇：音滋ㄗ，黑色也。撮：音措ㄘㄨㄛˋ，以布條束髮成結爲撮。緇撮：緇布冠，其制小，僅可撮其髮，故曰緇撮。❷君子女：都人貴家之子女也。❸綢：絲也。此言髮之柔潤也。又稠之假借，髮多也。如：猶其也。直：伸直也，長也。此倒裝句。句言其髮密柔而長也。❹說：通悅。二句言今我皆不能見之，故心不悅也。

彼都人士，充耳琇實❶。彼君子女，謂之尹吉❷。我不見兮，我心苑結❸。

右第三章，義同上章，換韻而重言之。

【註釋】

❶充耳：瑱也，以玉塞耳之飾。琇：音秀ㄒㄧㄡˋ，美石也。實：塞也。又充美也。❷吉：讀爲姞ㄐㄧˊ，尹吉：尹氏吉氏，周室昏姻之舊姓也。或以爲尹姞謂女之夫家姓尹，娘家姓姞，故稱爲尹姞。❸苑：音玉ㄩˋ，苑結：鬱結也。

彼都人士，垂帶而厲❶。彼君子女，卷髮如蠆❷。我不見兮，言從之邁❸。

右第四章，義同上章，又換韻而疊唱之。

【註釋】

❶而：如也。厲：綸之假借，絲織之帶也，有穗。或以爲當作裂，古者裂帛以續帶爲飾也。❷卷：同捲，蠆：音柴彳ㄞˋ，蠍也，其尾上挺捲如鈎，髮末上曲捲似之，故云卷髮如蠆。❸言：語詞。相當於而或乃字。邁：行也。句言將從之行，蓋思之甚也。

匪伊垂之❶，帶則有餘❷。匪伊卷之，髮則有旟❸。我不見兮，云何盱矣❹！

右第五章，義仍如前章，惟以帶髮作結，總束二四兩章之語也。

【註釋】

❶匪：非也。伊：是也。❷二句謂非故意垂之，因帶長有餘，故垂之也。❸旟：音于ㄩˊ，揚起也。二句謂其髮自揚起，故卷起耳，非故意卷之也。❹云何：即今語還能說甚麽呢！盱：音吁ㄒㄩ，張目遠望也。二句言因我不能見，唯有張目遠望而已。

【欣賞品評】

方玉潤曰：

集傳云：「亂離之後，人不復見昔日都邑之盛，人物儀容之美，而作此詩以歎惜之。」然則此又東遷以後詩也。況曰彼都，曰歸周，明是東都人指西都而言矣。詩全篇只咏服飾之美，而其人之風度端凝、儀容秀美自見。卽其人之品望優隆，與世族之華貴，亦因之而見。故曰萬民所望也。

守亮案：

詩序云：「都人士，周人刺衣服無常也。古者長民，衣服不貳，從容有常，以齊其民，則民德歸壹。傷今不復見古人也。」詩序之說，迂曲附會，近人吳闓生已駁斥其非是，自不足信。朱傳云：「亂離之後，人不復見昔日都邑之盛，人物儀容之美，而作此詩，以歎惜之也。」其說近之，後之解詩者多從之。細審詩篇，每章前四句詠服飾之美，後二句言思念之深，此當是東遷亂離之後，懷念鎬京人物儀容之詩也。詩則篇中有四「彼都人士」，三「彼君子女」七彼字。四「我不見兮」，一「我心不說」，一「我心苑結」六我字。彼我比類連呼，點逗有情。首章言「彼都人士」，二三四諸章更添出「彼君子女」，益情思可掬。其狀「彼都人士」也，除容有常態，言有文章外，則僅及其服飾。而狀「彼君子女」也，除明其姓氏外，則僅及其髮型。其所以如此者，蓋形於外者已令人仰望懷想如此，況誠於中者乎？且容者德之符，言者德之發。詩言「其容不改，出言有章。」容言旣如此，則其德可知矣，此描摹人物之又一手法也歟？

六、采綠

此思婦念夫約期不歸，而咏歎之詩。

終朝采綠❶，不盈一匊❷；予髮曲局❸，薄言歸沐❹。

右第一章，寫思婦念夫約期不歸之深切也。

【註釋】

❶終朝：自旦至食時爲終朝。綠：草名，又名王芻，可以染黃。❷盈：滿也。匊：同掬，雙手合捧爲掬。二句言終朝采之，竟不滿一匊，蓋思之深，而不專事於采，故得少也。❸局：拳曲也。曲局：髮亂而拳曲也。❹薄言：語詞。或單曰言，或單曰薄，或合曰薄言，其義無甚區別。沐：洗髮也。歸沐：歸家洗髮也。

終朝采藍❶，不盈一襜❷；五日爲期，六日不詹❸。

右第二章，義同首章，惟明著約至未歸也。

【註釋】

❶藍：草名，可以染藍。❷襜：音占ㄓㄢ，衣前襟也。以手提之，或以帶繫腰間以盛物。❸詹：音占ㄓㄢ，至也。又同瞻，見也。

之子于狩❶，言韔其弓❷；之子于釣，言綸之繩❸。

右第三章，設想其夫歸後或狩或漁，相互襄助，以自慰也。

【註釋】

❶之子：是子也，指所思念之夫。于：助詞。狩：冬獵曰狩。于狩：正在狩獵也。于有正在進行之意。❷言：語詞。相當於而或乃字。下同。韔：音暢ㄔㄤˋ，盛弓之囊也。此作動詞用，謂盛弓於囊也。❸綸：理絲也。之：猶其也。以上四句，謂君子若歸而欲往狩耶，我則為之韔其弓；欲往釣耶，我則為之綸其繩。

其釣維何？維魴及鱮❶；維魴及鱮，薄言觀者❷。

右第四章，義同前章，獨言釣之獲者，舉釣以該狩也。

【註釋】

❶魴：音房ㄈㄤˊ，鯿魚也。又名赤尾魚。鱮：音敘ㄒㄩˋ，即大頭鰱魚。❷觀者：觀之也。句謂將從而觀之也。

【欣賞品評】

郝敬曰：

人情者，聖王之田。男女居室，人之大欲。古者用民之力，歲不過三日。新昏，三月不從政，恤其私也。今使其室家睽離，匹婦銜怨，故聖人錄是詩，以明王道本乎人情爾。

守亮案：

詩序云：「采綠，刺怨曠也。幽王之時，多怨曠者也。」詩序怨曠之說，已近詩義。然又謂刺，又謂幽王。則又迂曲牽合，恐不足信。朱傳云：「婦人思其君子，而言終朝采綠而不盈一匊者，思念之深，不專於事也。又念其髮之曲局，於是舍之而歸沐，以待其君子之還也。」斯言近是，後之說詩者多從之。細審詩「五日爲期，六日不詹」語，當是婦人思夫約期不歸，而咏歎之詩也。詩則前兩章所言采綠采藍，綠藍易得之物也。其所以終朝采之，不盈一匊一襜者，心憂不專事於此，意不在采也。「予髮曲局」，蓋與「首如飛蓬」相類。如是出門，人將謂我何？故且歸而沐之也。二語寫得黯然無聊，不可認作歸沐以待君子看。本「五日爲期」，竟至「六日不詹」。過期不返，則憂怨深矣。後兩章思婦設想君子歸後或狩、或漁，相伴襄助觀臨，將無往而不俱之宴昵歡樂。然此皆空想虛擬，以聊慰相思之苦，益見其懷想之意濃情切也。古王師未有踰時在外者，期男女無所怨曠耳。如久而不代，期至不歸，則多少婦閨中感陌頭之楊柳，征人塞外怨玉關之鐵衣矣。

七、黍苗

此美召穆公虎經營謝邑功成之詩。

芃芃黍苗❶，陰雨膏之❷。悠悠南行❸，召伯勞之❹。

右第一章，寫召公能勞慰營謝行役之人也。

【註釋】

❶芃：音朋ㄆㄥˊ，芃芃：長大茂盛貌。❷膏：潤澤也。❸悠悠：遙遠也。涵有憂義。南行：宣王封申伯於謝，命召伯往營城邑。謝在今河南南陽境內，周之鎬京在今陝西，謝在鎬京之南，故曰南行。❹召伯：召穆公虎也。勞：音澇ㄌㄠˋ，犒勞也，慰勞也。二句言南行往營謝邑，行役辛苦，故召伯勞慰之也。

我任我輦❶，我車我牛❷。我行既集❸，蓋云歸哉❹！

右第二章，寫行役之人感奮勸勉，營謝功成將歸也。

【註釋】

❶任：裝載也。輦：音捻ㄋㄧㄢˇ，挽車也。❷我車：我駕駛我之車。我牛：我驅策我駕車之牛。❸集：成也。❹蓋：猶今語之那麽。云：語詞。二句謂我此行任務業已完成，則庶幾可以歸矣。

我徒我御❶，我師我旅❷。我行既集，蓋云歸處❸！

右第三章，義同二章，換韻而重言之。

【註釋】

❶徒：徒步行也。御：駕車也。❷旅：五百人爲旅。師：五旅爲師。二句皆作動詞用，謂編列成師旅。句言彼等行役時人衆之編制也。❸處：居也。句言庶幾可回家安居也。

肅肅謝功❶，召伯營之❷；烈烈征師❸，召伯成之❹。

右第四章，寫營謝之功全歸之召公也。

【註釋】

❶肅肅：疾貌。或以爲嚴正之貌。功：工役之事，指營謝邑也。❷營之：治之也。❸烈烈：威武貌。征：行也。師：眾也。征師：營謝邑行役之眾也。❹成之：使其有成也。句謂召伯營謝邑之功有成也。或以爲成乃組成，謂營謝邑行役之眾組成也。

原隰既平❶，泉流既清❷。召伯有成❸，王心則寧❹。

右第五章，美召公營謝事功成就之大也。

【註釋】

❶原：高地也。隰音習ㄒㄧˊ，下溼之地也。平：土地已治曰平。❷清：水已治曰清。❸有成：謂營謝邑已事功有成也。❹王：指宣王。寧：安也。

【欣賞品評】

許謙曰：

上公則下悅，蓋申伯誠有功於天下而封之，故民雖勞無怨，而且樂道其事也。其末章既喜謝邑之平治，頌召伯之成功，而歸重於王心之寧，忘己之勞，以奉其上，惟欲得王心之安耳。此見忠實之情，太平之氣象也。

守亮案：

詩序云：「黍苗，刺幽王也。不能膏潤天下，卿士不能行召伯之職焉。」此詩明言召伯營謝，詩序何以云刺幽王？其說斷不可信。朱傳云：「宣王封申伯於謝，命召穆公往營城邑，故將徒役南行，而行者作此。」朱傳謂召穆公營謝邑是，但云南行之作則非。詩明言「召伯有成，王心則寧。」「我行既集，蓋云歸哉！」乃竣功後美成之作也。故季本有「宣王時以謝為荆徐要衝之地，封申伯於此，以鎭撫南國。因平淮之後，召穆公在江漢，先使營謝而南行之士將歸，故作此詩以美其成功也」之言也。詩則四言召伯，十用我字，其親之之情，不言可喩。其言召伯者，初曰勞之，勞慰我行役謝邑之人也。次曰營之，營治謝邑也。終曰成之，有成，經營謝邑之功告成也。故以「王心則寧」以美其大成作結。然所以能成此大功者，又全在十我字之任也、輦也、車也、牛也、徒也、御也、師也、旅也、集也之踴躍參與，感奮勸勉也。而所以踴躍參與，感奮勸勉者，又當著眼首章末一勞字之慰其辛苦，恤其飢渴，如天澤沃潤之深得民心，而民樂為之役也。全詩格局嚴整，頗具形式之美。

八、隰　桑

此男女相悅期會之詩。

隰桑有阿❶，其葉有難❷。既見君子❸，其樂如何？

右第一章，寫男女相悅，會晤於期約之地而樂之也。

【註釋】

❶隰：音習ㄒㄧˊ，低濕之地也。阿：美盛貌。有阿：即阿然。❷難：音儺ㄋㄨㄛˊ，同儺，亦美盛貌。有難：即難然。❸君子：指所悅之人也。

隰桑有阿，其葉有沃❶。既見君子，云何不樂❷！

右第二章，義同首章，換韻而重言之。

【註釋】

❶沃：光澤柔嫩貌。有沃：即沃然。❷云：如也。云何：如何也。

隰桑有阿，其葉有幽❶。既見君子，德音孔膠❷。

右第三章，義同前章，又換韻而疊唱之。

【註釋】

❶幽：同黝，青黑色，葉之盛貌。有幽：即幽然。❷德音：指君子之言語也。或以為指聲譽言，愛情言。孔：甚也。膠：固也。謂其心之不變，愛情永固也。

心乎愛矣，遐不謂矣❶？中心藏之❷，何日忘之？

右第四章，寫愛而不告，深藏不忘也。

【註釋】

❶遐：胡也，何也。遐不：胡不也，何不也。謂：告也。或以為勤也，猶勞慰也。句言何能不慰勞之乎？

❷藏：深藏於心中也。又藏臧古通用，謂善也。

【欣賞品評】

黃佐曰：

此詩首三章是屢與其見之之喜，末一章是極道其愛之之誠。

守亮案：

詩序云：「隰桑，刺幽王也。小人在位，君子在野。思見君子，盡心以事之。」隰桑之詩，詩中明言「既見君子」，而詩序竟以此為思見君子盡心以事之之詩，迂曲牽合，斷不可信。朱傳謂喜見君子之詩，但不知何所指？詩有「其樂如何」，「云何不樂」，「心乎愛矣」等語，男女相悅之意，昭昭明著，何以竟謂不知所指？蓋詩在小雅，故不便以相奔淫詩目之也。詩極類鄘風桑中，是以屈萬里先生有「疑亦男女相悅之辭。」王靜芝先生有「此男女期會之詩」之說也。詩則前三章幾全同，首章結語「其樂如何？」欲自言而非言語所能形容也。二章結語「云何不樂！」欲自止而非在我所能遏抑也。三章結語「德音孔膠。」此卽君子可樂之所在也。末章雖情深意濃，但命筆至為含蓄。「心乎愛矣，遐不謂矣。」蓋愛本不可言告也，楚辭之「思公子兮未敢言。」崔鶯鶯傳之「待張之意甚厚，然未嘗以詞繼之。」意蓋如此。末二句「中心藏之，何日忘之。」蓋今語所謂「愛在心頭，永藏心底」也。牛運震曰：「分明是言不能盡，卻說遐不謂矣；分明是思不能忘，卻說何日忘之。搖曳含蓄，雋永纏繇。」誠哉是言。

九、白華

此棄婦自傷之詩。

白華菅兮❶，白茅束兮❷。之子之遠❸，俾我獨兮❹。

右第一章，以白茅束菅，相倚而成，言夫何竟棄我遠去，使我獨處也。

【註釋】

❶白華：野菅也。菅：音奸ㄐㄧㄢ，草名，似茅而滑澤，可作繩索，織席編筐。此菅作漚解，以水久漬之也。野菅漚之使爲菅也。❷束：今言捆。以白茅束白華漚成之菅也。二句言白華漚以爲菅，則以白茅束之，二者相倚而成。若爾我爲夫婦者，固宜長相倚也。❸之子：指其夫也。之遠：謂棄己遠往他方也。❹俾：使也。

英英白雲❶，露彼菅茅❷。天步艱難❸，之子不猶❹。

右第二章，以白雲之於菅茅也，皆覆露之無所擇，言於天道艱難之際，夫乃不能如白雲之覆物而棄之也。

【註釋】

❶英英：盛貌，白貌，輕明之貌。❷露：動詞，謂白雲散而下降，如露之潤彼菅茅也。❸天步：時運也。

天步艱難：天降災難之意。❹猶：如也。二句言於今時運不濟之時，汝乃不能如白雲之潤物，而遠棄我也。

滮池北流❶，浸彼稻田。嘯歌傷懷❷，念彼碩人❸。

右第三章，以滮池浸稻田，使之滋長，言夫竟棄我失此浸潤，故嘯歌傷懷，念彼碩人也。

【註釋】

❶滮：音標ㄅㄧㄠ，池名，在豐鎬之間，水北流。❷嘯歌：旣嘯而後歌，所謂長歌之哀，過於痛哭也。❸碩：大也。碩人：身個高大之人，此指其夫。

樵彼桑薪❶，卬烘于煁❷。維彼碩人，實勞我心❸。

右第四章，以桑薪用非其當，言夫亦不以我為有用而遠棄之，思之實勞我心也。

【註釋】

❶樵：採樵也。桑薪：薪之善者。❷卬：音昂ㄤˊ，我也。烘：燎也。煁：音忱ㄔㄣˊ，無釜之竈也，若今之火爐。二句言桑薪爲薪之善者，當爲烹飪之用，然今以桑薪用於烘燎，用非其當也。❸勞：憂勞也。

鼓鐘于宮❶，聲聞于外❷。念子懆懆❸，視我邁邁❹。

右第五章，以鼓鐘聲聞於外，言夫棄我之事人皆知之，我仍念夫而心不安，但夫則以我為仇而恨怒之也。

【註釋】

❶鼓：敲擊也。❷聞：音問ㄨㄣˋ，傳而使人聞知也。❸懆：音草ㄘㄠˇ，懆懆：愁不安也。❹邁邁：恨怒也。二句言今我惟思念汝，而心中憂愁不安。汝則反以我爲仇，視我而恨怒之也。

有鶖在梁❶，有鶴在林。維彼碩人，實勞我心。

右第六章，以鶖鶴非其所處，清濁不分，言己被棄，思之實勞我心也。

【註釋】

❶鶖：音秋ㄑㄧㄡ，禿鶖，狀如鶴而大，長頸赤目，好啗蛇。梁：堰石障水而空其中，以通魚之往來者也。今謂魚梁、堵魚壩。

鴛鴦在梁，戢其左翼❶。之子無良❷，二三其德❸。

右第七章，以鴛鴦雌雄相從，不失其性，言夫之於己，不能始終如一而棄之也。

【註釋】

❶戢：音吉ㄐㄧˊ，收斂也。句言二鳥相竝相偕，和樂之象也。或以爲戢，插也。句言鳥休息時多插其喙於左翼中也。❷之子：是子也，指其夫。良：善也。❸二三其德：言不能守其專一不變之德。猶今言三心二意。謂愛情不專也。

有扁斯石❶，履之卑兮。之子之遠，俾我疷兮❷。

右第八章，以扁石履之而卑，言夫之遠棄我亦如是，使我為之憂而病也。

【註釋】

❶扁：卑貌。有扁：扁然也。斯：之也。❷疷：音底ㄉㄧˇ，病也。

【欣賞品評】

牛運震曰：

比物連類，旁引曲喻，哀而不傷，怨而不怒。幽怨苦思，卻出之以閒細，而歸之於和厚。短調八摺，自有遠神。

守亮案：

詩序云：「白華，周人刺幽后也。幽王取申女以爲后，又得褒姒而黜申后，故下國化之，以妾爲妻，以孽代宗。而王弗能治。周人爲之作是詩也。」朱傳云：「幽王娶申女以爲后，又得褒姒而黜申后，故申后作此詩。」白華之詩，自來說解此詩者，多從朱傳之說。然詩中白茅、白雲、稻田、桑薪等語，皆田野間所習見景物，不似幽王申后之語。詩序以爲周人刺幽后之作，朱傳以爲申后被黜自傷之辭，皆恐非是。林義光曰：「此詩以興夫婦之不宜相遠。」詩中明言「之子之遠，俾我獨兮。」其說近是。是以屈萬里先生有「此蓋男子棄家遠遊，而婦人念之之詞。」王靜芝先生有「細味此詩，毫無申后之語。祇爲棄婦之言耳」之說也。詩則每章起首兩句托物爲比，非草木，即禽鳥，亦有雲露、泉石、鐘鼓，何取喻之繁多也。蓋怨之深，恨之極，憂傷之切，不如此曲喻之，則不足以盡其懷思之情也。後二句點明本意，三言碩人，四言之子，五用我字。其言碩人者，思而念之也。其言之子者，遠棄、無良、不若昔時之相好也。其言我者，視我恨怒，使我孤獨、病痛，心爲之憂勞悲傷也。方玉潤曰：「情詞悽慘，託恨幽深。」鄒肇敏曰：「其詞怨而不怒。」不意於風之雙璧谷風、氓詩後，又得一白華於雅也。

十、緜蠻

此微臣苦於行役，感主其事者厚遇己，作此以美之之詩。

緜蠻黃鳥❶，止于丘阿❷。道之云遠❸，我勞如何❹？飲之食之❺，教之誨之。命彼後車❻，謂之載之❼。

右第一章，寫行役者勞苦，主其事者厚遇之之情狀。

【註釋】

❶緜蠻：小鳥貌。或以爲鳥鳴聲。或又以爲文彩貌。黃鳥：黃雀也。❷阿：丘之曲處也。❸云：語詞。❹我：行役之人自稱。❺飲：音印ㄧㄣˋ，食：音嗣ㄙˋ，均作動詞用。❻後車：副車也。❼謂：告也，使也。上之字：後車主駕者。下之字：行役之人也。上兩句四之字同。

緜蠻黃鳥，止于丘隅❶。豈敢憚行❷？畏不能趨❸。飲之食之，教之誨之。命彼後車，謂之載之。

右第二章，義同首章，換韻而重言之。

【註釋】

❶隅：角也。❷憚：畏也。句言豈敢怕行耶？❸趨：疾行也。句言恐不能疾趨耳。

緜蠻黃鳥，止于丘側。豈敢憚行？畏不能極❶。飲之食之，教之誨之。命彼後車，謂之載之。

右第三章，義同前章，又換韻疊唱之。

【註釋】

❶極：至也。言至所行之目的地也。

【欣賞品評】

王靜芝曰：

言彼緜蠻之黃鳥，止息於丘之曲處矣。因以聯想如我微臣，行役甚苦，止息於路矣。我之行役，道途甚遠，是何等勞苦！但此時帥者，飲我以水，食我以物，教誨我如何行彼艱難之路，渡彼深濶之水。我已無力前進矣，彼帥我者，命彼副車，告之載我而行。遇我之厚，至足感也。

守亮案：

詩序云：「緜蠻，微臣刺亂也。大臣不用仁心，遺忘微賤，不肯飲食教載之，故作是詩也。」朱傳云：「此微賤勞苦而思有所託者，爲鳥言以自比也。」詩序之說，似與詩意相反，附會迂曲，固不待辯。而朱子託之鳥言，尤乖詩意，皆不足採信。屈萬里先生曰：「此微臣苦於行役之詩。」其意近是，後之說詩者，多就此意發揮之。詩則每章首二句，皆以黃鳥起興。所謂「止於丘阿」，丘隅，丘側者，興轉徙之不定也。三四句首章言道路甚遠，勞苦何似。二三章以「豈敢憚行，畏不能趨。」「畏不能極」，則有力不勝任之感矣。下半章三章全同，乃主其事者之如何慰勉，如何體恤，如何照顧，厚遇己之詳細陳述，是則可美者也。古之善治其國者，無不知此得人心之道也。又讀呂覽桓公遇寧越，「命後車載之」。晏子春秋晏嬰遇越石父，「載與俱歸」，以致野無遺賢，國多俊士。雖事異於此，但厚遇人之可貴則一也，其此詩「命彼後車，謂之載之」之導引歟？

十一、瓠葉

此燕飲之詩。

幡幡瓠葉❶，采之亨之❷。君子有酒，酌言嘗之❸。

右第一章，言采烹幡幡瓠葉，以佐酒獻賓也。

【註釋】

❶幡：音番ㄈㄢ，幡幡：反覆翻動貌。或以爲瓠葉貌。❷亨：同烹。煮也。之：指瓠葉。❸言：語詞。相當於而或乃字。嘗：以口試物也，此謂飲。

有兎斯首❶，炮之燔之❷。君子有酒，酌言獻之❸。

右第二章，言炮燔白首之兎，以佐酒獻賓也。

【註釋】

❶斯：白也。或以爲語詞。句言有白首之兎也。❷炮：音袍ㄆㄠˊ，帶毛裹泥以燒之也。燔：音煩ㄈㄢˊ，將帶毛之物加於火上燒之也。❸獻：飲酒之禮，主人始酌酒敬賓曰獻。

有兎斯首，燔之炙之❶。君子有酒，酌言酢之❷。

右第三章，義同二章，換韻而唱之。

【註釋】

❶炙：音至ㄓˋ，以物貫肉，而舉於火上謂之炙，今所謂烤肉也。❷酢：音作ㄗㄨㄛˋ，賓受主人獻酒既飲，乃酌以還敬主人也。

有兎斯首，燔之炮之。君子有酒，酌言醻之❶。

右第四章，義同上章，又換韻唱之。

【註釋】

❶醻：音酬ㄔㄡˊ，同酬。主人復酌自飲，然後又酌以飲賓也。

【欣賞品評】

姚舜牧曰：

瓠葉之采亨，兎首之燔炙，可謂薄矣。而情由此達，禮由此行，君子不以為簡。傳曰：苟有明信，澗溪沼沚之毛，可羞於王公。此之謂也。

守亮案：

詩序云：「瓠葉，大夫刺幽王也。上棄禮而不能行，雖有牲牢饔餼不肯用也。故思古之人不以微薄廢禮焉。」詩序之說，牽强附會過甚，詩中毫無刺意，自不足信。朱傳云：「此亦燕飲之詩。」詩中言獻、言酢、言醻，皆是飲酒之事，朱傳說是，後之解詩者多從之。詩則以采烹瓠葉佐酒，其菜甚薄也。炮燔白兎佐酒，其肴甚薄也。極言簡儉之可貴。蓋奢侈足以召災，簡儉可以惜費。知「高堂一席酒，農夫半年糧」之訓，則不得不如此矣。詩言瓠葉，白兎，無牲牢饔餼之鉅。而猶曰「君子有酒，酌言嘗之。」獻之，酢之，醻之。何周旋雍雍，備乎禮也。讀此則知燕飲之樂，全在情眞意摯，固不待羅列鼎俎，百饈雜陳也。全詩簡淡清疏，於脂膏葷血中誦此，不啻如一帖清涼散也。

十二、漸漸之石

此東征將士，怨行役勞苦之詩。

漸漸之石❶，維其高矣。山川悠遠❷，維其勞矣。武人東征，不皇朝矣❸。

右第一章，言兵起在道，而無休息之期也。

【註釋】

❶漸漸：同嶃嶃，山石高峻貌。❷悠遠：遙遠也。❸皇：通遑，暇也。下同。朝：音昭ㄓㄠ，早晨也。句謂無朝旦之暇，狀其勞苦也。

漸漸之石，維其卒矣❶。山川悠遠，曷其沒矣❷？武人東征，不皇出矣❸。

右第二章，言懸軍入險，而無出險之計也。

【註釋】

❶卒：音啐ㄗㄨˋ，崒之假借，高危之貌。❷曷：何也。沒：盡也。句謂何能行盡耶？或以爲曷爲何時。❸出：謂出此山而脫險也。句言但能愈行愈遠，深入險阻山中，而不能脫之也。

有豕白蹢❶，烝涉波矣❷。月離于畢❸，俾滂沱矣❹。武人東征，不皇他矣❺。

右第三章，言行役艱辛，而無他顧之慮也。

【註釋】

❶蹢：音滴ㄉㄧ，蹄也。句言豕之負塗曳泥，其常性也，今其足皆白，蹄因水冲洗而然，水患之大可知。❷烝：語詞。或以爲眾也。涉波：渡水也。❸離：遭也。畢：星名，其狀如捕兎之畢也。❹俾：使也。滂沱：大雨貌。古謂月行遭遇畢星，將有滂沱大雨，言此以明行役之苦也。❺他：他事也。句言僅能應付水患，而無暇慮及他事也。

【欣賞品評】

徐退山曰：

首章「不皇朝矣」，與「不能晨夜」，同一文法。次章卒字沒字，寫山川深險可畏氣象，後人善記無此筆。末章「不皇他矣」，語隱而深。

守亮案：

詩序云：「漸漸之石，下國刺幽王也。戎狄叛之，荆舒不至，乃命將率東征，役久病於外，故作是詩也。」詩序以爲刺幽王，戎狄叛之，荆舒不至，皆缺乏實據，恐不可信。朱傳云：「將帥出征，經歷險遠，不堪勞苦，而作此詩也。」細考詩中「山川悠遠，維其勞矣。武人東征，不皇朝矣」等語，朱傳說是，後之解詩者多從之。詩則首章以「漸漸之石」，高峻峭拔，非攀援不可登。山重水複，跋涉至爲辛勞，以寫東征武人行役之勞苦。二章易字不多，惟「曷其沒矣」，「不皇出矣」，則不惟勞苦，且生煩悶厭苦。不皇謀出，則甚於無朝旦之暇也。三章謂人在險阻中，本已煩悶厭苦；今又遇雨，霑體塗足，智慮亦一無所展，而無暇顧及他事矣。蓋險阻不毛之地，非不得已，世少征之，以其役多艱辛耳。諸葛武侯「五月渡瀘，深入不毛」之嘆卽在此。今惟險阻是征，則行役者烏得不怨其勞苦乎！

十三、苕之華

此傷周衰世亂，人民饑饉之詩。

苕之華❶，芸其黃矣❷；心之憂矣，維其傷矣❸！

右第一章，以苕華附物而生，雖榮不久，引起衰落之思，憂傷之感也。

【註釋】

❶苕：音條ㄊ一ㄠˊ，陵苕也，又名淩霄，即今之紫葳，蔓生，附於喬木，其華黃赤色。華：花古字。❷芸：猶紛紜，多也，盛也。句謂花開黃色而盛多也。或以爲芸花敗之色，芸然而黃，將凋謝也。❸維：猶何也。

苕之華，其葉青青❶。知我如此，不如無生。

右第二章，義同首章，惟憂傷轉深也。

【註釋】

❶青：音義同菁，菁：音精ㄐ一ㄥ。青青：茂盛貌。

牂羊墳首❶，三星在罶❷；人可以食，鮮可以飽❸。

右第三章，言饑饉情況至為嚴重也。

【註釋】

❶牂：音臧ㄗㄤ，牂羊：牝羊也。墳：大也。羊瘠瘦則見其首大而身細也。❷三星：參宿也。罶：音柳ㄌㄧㄡˇ，笱也。捕魚之具。句言罶置水中捕魚，今而能映見三星，則是無魚可捕也。言饑饉之日，水中亦平靜無魚矣。❸鮮：音顯ㄒㄧㄢˇ，少也。二句言人固尚有可食，然少有能飽者矣。

【欣賞品評】

鄒泉曰：

首二章言衰世難久存，而深致其慼；末章言百物皆彫耗，而不聊其生。見其所以不能久存也。

守亮案：

詩序云：「苕之華，大夫閔時也。幽王之時，西戎東夷，交侵中國，師旅並起，因之以饑饉，君子閔周室之將亡，傷己逢之，故作是詩。」詩序之說，大旨近之。但以為大夫閔時之作，恐又非是。朱傳云：「詩人自以身逢周室之衰，如苕附物而生，雖榮不久，故以為比，而自言其心之憂傷也。」朱子不言「幽王之時」，但言「周室之衰」；不言「大夫閔時」，而言「詩人憂傷」，較詩序穩妥多矣，故後之說詩者多從之。詩則首章但言憂傷，蓋花無百日好，且苕附物而生，恐雖榮盛而不能長久也。次章則由憂傷轉爲悲痛，而有「知我如此，不如無生」遭逢不幸語也。三章直書人民饑饉，百物凋殘慘狀；至此，則知首章憂傷，次章悲痛之所在矣。語極沈痛，意極危慘，幾不忍卒讀。是以季本有「喪亂之餘，百物凋耗，君子不忍見之。」方玉潤有「周室衰微，既亂且饑，所謂大兵之後，必有凶年也。人民生當此際，不如無生，蓋深悲其不幸而生此凶荒之世耳」之言也。

十四、何草不黃

此征夫怨恨行役勞苦之詩。

何草不黃❶？何日不行❷？何人不將❸？經營四方❹。

右第一章，言行役四方，無暇休息之勞苦也。

【註釋】

❶黃：草之枯黃色也。句言草皆枯黃而衰矣，蓋秋冬之際也。❷行：音杭ㄏㄤˊ，奔走也。句言日日行而不息也。❸將：亦行也。句言非獨我也，何人不行役乎？❹經營：勞碌奔波，謀作創建也。

何草不玄❶？何人不矜❷？哀我征夫，獨爲匪民❸？

右第二章，言夫婦離隔，不得團聚之可哀也。

【註釋】

❶玄：赤黑色也。句言時間又晚，草至枯而變爲玄矣，蓋入冬已久也。❷矜：音官ㄍㄨㄢ，同鰥，無妻爲鰥。從役者皆時已過不得歸，故謂之矜。又仍讀爲本字，病也。❸獨：豈也。匪：通非。下同。匪民：非人也。二句言我征夫眞可哀也，我豈非人類乎？今何不以民視之，而不復顧惜之也。

匪兕匪虎❶，率彼曠野❷；哀我征夫，朝夕不暇❸！

右第三章，言身非野獸，何竟奔馳於曠野之怨懟也。

【註釋】

❶兕：音四ㄙˋ，野牛也。❷率：循也。二句歎己既非野牛，亦非老虎，爲何竟如野牛老虎之循彼曠野奔馳邪！或以爲上句匪，彼也。二句言彼兕也，虎也獸類，尚可優游曠野，意甚閒適，而吾人行役不休，反不能如彼也。❸二句言哀哉！若我征夫，朝夕無暇以獲休息也。

有芃者狐❶，率彼幽草❷；有棧之車❸，行彼周道❹。

右第四章，就眼前景物，以訴一己無可奈何之傷感也。

【註釋】

❶芃：音朋ㄆㄥˊ，草盛貌。此借以喻狐尾之豐長也。或以爲芃，小獸貌。有芃：芃然也。者：猶之也。❷幽：深也。❸棧：車高之貌。有棧：棧然也。❹周道：大路也。

【欣賞品評】

方玉潤曰：

純是一種陰幽荒涼景象，寫來可畏。所謂亡國之音哀以思也。詩境至此，窮仄極矣。

裴普賢略謂：

征夫遠離鄉井，奔走四方，朝夕不暇，眼見野獸之閒適自在，而有人不如獸之感。

守亮案：

詩序云：「何草不黃，下國刺幽王也。四夷交侵，中國背叛，用兵不息，視民如禽獸，君子憂之，故作是詩也。」詩序之說，似近其旨，惟又牽入刺幽王，復言君子憂之，或恐非是矣。朱傳云：「周室將亡，征役不息，行者苦之，故作是詩。」詩中有「哀我征夫，朝夕不暇」語，朱子說是，故後之說詩者多從之。詩則擅於以動植物爲喻。一二章首句以植物草色爲喻，言時光之流轉，而嘆行役之久也。三章首句以動物兕虎爲喻，言身非野獸，何竟日不暇息，奔波於曠野中也。四章首句以動物狐爲喻，言彼狐也，尙循於幽草而得其宜，今我何車行周道而不如彼也！五何字句，責難至極；三匪字句，嗟歎獨深；而哀字、獨字，則尤見怨懟之情切也。且讀「何人不矜」句，則知征役久而廢男女居室矣。於此，益感孟子「內無怨女，外無曠夫」之說，自非無爲而虛發也。

大雅

文王之什

一、文王

此周公述文王之德與天命之不易，以戒成王之詩。

文王在上❶，於昭于天❷！周雖舊邦❸，其命維新❹。有周不顯❺，帝命不時❻！文王陟降❼，在帝左右❽。

右第一章，言文王有顯德，上帝有成命也。

【註釋】

❶上：指天也。句謂文王之神在天上也。❷於：音烏ㄨ，歎辭。下同。昭：明也。天：謂上帝。句言文王視上帝尤爲明察也。❸舊邦：周自后稷始封，公劉而興。太王遷於岐下，有國甚久，故曰舊邦。❹命：天命也。受天命爲天子以代殷，則自今始，是新近之事，故曰其命維新。❺有：語詞。不：通丕，大也，甚也。下同。句言周國今乃大爲顯赫也。❻帝命：上帝命周代殷之命也。時：是也，善也。句言上帝之命甚是也。❼陟：升也。降：下也。句言文王之神或升或降，往來於天人之間也。❽帝：上帝也。古以天爲上

帝。句言在上帝之左右，以輔佐之也。

亹亹文王❶，令聞不已❷。陳錫哉周❸，侯文王孫子❹。文王孫子，本支百世❺。凡周之士❻，不顯亦世❼。

右第二章，言文王勉力修德，子孫所由盛也。

【註釋】

❶亹：音偉ㄨㄟˇ，亹亹：勤勉貌。❷令聞：美譽也。不已：不止也。二句言文王勉力修德行善，故美譽遠揚不已也。❸陳：敷陳也。又申之假借，重也，多也。錫：賜也。哉：語詞。又在也。❹侯：語詞。相當於維字。二句言上帝多賜其福於周者，乃加於文王之子孫也。❺本：根也，謂宗子。支：枝也，謂旁系或庶子。句言其大宗及支庶繁昌，百世不絕也。❻士：指周王朝異姓之臣而言。❼亦世：同奕世，猶言累世永世也。句言凡周之士，皆大顯赫而永世不墜也。

世之不顯，厥猶翼翼❶。思皇多士❷，生此王國。王國克生❸，維周之楨❹。濟濟多士❺，文王以寧❻。

右第三章，言周之人才盛多，文王賴以安寧也。

【註釋】

❶厥：其也。猶：謀也。翼翼：敬慎之貌。或以為思慮深遠也。❷思：語詞。皇：美盛貌。❸克生：能生也。❹楨：築牆所用木也，在牆兩端者曰楨，兩邊者曰榦。此猶言棟梁。二句言王國能生此多士，皆周之

棟梁材也。❺濟濟：眾多貌。❻寧：安也。二句言有此眾多美士，故文王賴以安寧也。

穆穆文王❶，於緝熙敬止❷！假哉天命❸，有商孫子❹。商之孫子，其麗不億❺。上帝既命，侯于周服❻。

右第四章，言文王之德在敬，商之子孫臣服於周也。

【註釋】

❶穆穆：美也。❷緝：續也。熙：明也。止：語詞。二句言美哉文王，能持續其光明而不已，敬謹不怠也。❸假：大也。或以爲嘉美也。❹有：保有也。句謂商之子孫，皆臣屬於周也。❺麗：數也。不億：言其數不止一億也。❻侯：維也。以上四句，言商之子孫眾多，上帝有命，乃臣服於周也。

侯服于周，天命靡常❶。殷士膚敏❷，祼將于京❸。厥作祼將❹，常服黼冔❺。王之藎臣❻，無念爾祖❼！

右第五章，言殷士之臣服於周，天命無常也。

【註釋】

❶靡常：無常也。句言天命無定，不私於一姓一家也。❷殷士：指殷商後人。膚：美也。敏：捷也。❸祼：音灌ㄍㄨㄢˋ，以鬯酒獻尸，尸受酒灌於地，以降神也。將：進也，酌而進酒也。京：謂周京。二句言殷人臣服於周，助周祭祀，行祼禮也。❹厥：其也。❺黼：音甫ㄈㄨˇ，初文作黹，其狀爲回回，後爲黼有黑白相間斧形花紋之禮服，古代貴族所著。冔：音許ㄒㄩˇ，殷朝貴族所戴之禮帽。句謂周人寬大，不令殷人改

其冠服也。❻藎：音進ㄐㄧㄣˋ，藎臣：忠臣也。❼爾：指所戒之對象成王及其臣下而言。祖：指文王。二句言我王之藎臣，能不念爾祖文王承天命之難，而戒愼其事乎！

無念爾祖，聿脩厥德❶。永言配命❷，自求多福❸。殷之未喪師❹，克配上帝❺。宜鑒于殷❻，駿命不易❼！

右第六章，言成王當念祖鑒殷，而修文王之德也。

【註釋】

❶聿：語詞。❷言：語詞。相當於而或乃字。配命：配合天命也。❸句言盛多之福，乃在自求而得之也。❹師：眾也。❺克：能也。二句言昔殷之未喪其眾心之時，能配上帝天命也。❻鑒：鏡也。❼駿：大也。易：容易也。二句言現殷以失道而亡，我實宜以殷爲鑒，知天命之難持守，應儆愼之，所以戒成王也。

命之不易，無遏爾躬❶。宣昭義問❷，有虞殷自天❸。上天之載❹，無聲無臭❺。儀刑文王❻，萬邦作孚❼。

右第七章，言天命不易操執，故必戒慎勿自絕於己身也。

【註釋】

❶遏：絕也。躬：身也。句言勿當爾身而遏絕此天命也。❷宣昭：明著也。義：善也。問：聞通也。義問：猶言美譽。句言爾應明著美譽於天下也。❸有：又也。虞：度也。自：猶於也。句言又宜思度殷之所以興廢皆來之天，能不自儆乎！❹載：事也。❺臭：音秀ㄒㄧㄡˋ，氣味也。二句言上天之事，雖聽之不聞，臭

之無味；惟變易無常，難以預測，不可不敬謹也。❻儀：式也。刑：法也。❼作：則也。孚：信也。二句言汝但以文王爲法式而效則之，則萬邦信服，天命可永矣。

【欣賞品評】

賀子翼曰：

通篇以「儀刑文王」作主，咏文王以敬字作骨。敬與命相通，敬則受命，不敬則墜命；受命則新，墜命則遏。「天命靡常」句，極森悚。中間監殷一段，是詩中波瀾。

守亮案：

詩序云：「文王，文王受命作周也。」受命作周之說，穿鑿附會，恐不可信。朱傳云：周公追述文王之德，明周家所以受命而代商者，皆由於此，以戒成王。」朱傳據呂氏春秋古樂篇之說，以爲周公戒成王之作，後之說詩者多從之。惟此詩是否果爲周公所作，固甚難言。但細審詩篇，中多深戒叮嚀之意，似非周公不能作。詩則通篇既以「儀刑文王」爲主；而文王之所以足爲法式者，在其能與天合德也。何能與天合德？曰敬之一字而已，故朱熹曰：「此詩之首章，言文王之昭于天，而不言其所以昭；次章言其令聞不已，而不言其所以聞；至於四章然後所以昭明不已者，乃可得而見焉。然亦多詠歎之言。而語其所以爲德之實，則不越乎敬之一字而已。然則所謂脩厥德而儀刑之者，豈可以他求哉？亦勉於此而已矣！」又「天命靡常」句，「駿命不易」句，「無遏爾躬」句，自非等閒筆墨。是殷鑒不遠，不可不敬事上帝，永配天命，「自求多福」也。故篇中上帝、天命、多福字眼屢出，是反覆叮嚀，戒其勿懈勿怠，期能萬邦歸服也。

二、大明

此追述周德之盛，配偶之宜，乃生武王而伐商有天下之詩。

明明在下❶，赫赫在上❷。天難忱斯❸，不易維王❹。天位殷適❺，使不挾四方❻。

右第一章，述天命無常，惟德是與也。

【註釋】

❶明明：謂明德昭顯也。在下：在人間也。❷赫赫：顯赫威嚴貌。在上：在天上也。二句謂文王之明德，昭顯在人間，故上天降下赫赫顯命，使周有天下也。❸忱：音沈ㄔㄣˊ，信賴也。斯：語詞。❹易：更易也。維：爲也。二句言天命無常，不可信賴仗恃而不更易；其難爲者，乃天子也。❺位：同立。適：音敵ㄉㄧˊ，嫡也。殷適：殷之嫡嗣，謂紂也。❻挾：挾有也。又達也，浹也。二句言天立殷紂爲君，以不行天道，故難保有四方，足見天命之無常也。

摯仲氏任❶，自彼殷商，來嫁于周❷。曰嬪于京❸，乃及王季❹，維德之行❺。大任有身❻，生此文王。

右第二章，述王季之能得嘉耦，生此文王也。

【註釋】

❶摯：音至ㄓˋ，國名，在殷畿內。仲氏：次女也。任：姓也。摯國任姓之次女，即本詩中所稱之太任，爲王季之妻，文王之母。❷嫁：女適人曰嫁。摯爲諸侯之國，在殷畿內，故其女嫁于周，曰自彼殷商，來嫁于周。❸曰：語詞。嬪：婦也，此作動詞用，謂嫁而爲婦也。京：周京也。❹王季：太王之子，文王之父，名季歷。❺之：是也。行：音杭ㄏㄤˊ，行列也，猶齊等。句謂太任之德與王季齊等也。❻大：音太ㄊㄞˋ，大任：摯仲氏任也。有身：謂懷孕。

維此文王，小心翼翼❶。昭事上帝❷，聿懷多福❸。厥德不回❹，以受方國❺。

右第三章，述文王之德，天人所與也。

【註釋】

❶翼翼：敬慎之貌。❷昭：明也。或以爲劭之借，勉力也。句謂勉力敬事上帝也。❸聿：語詞。相當於以字。懷：懷來也，保有也。❹厥：其也。回：邪也。❺受：承受也，保有也。方國：四方來附之國也。

天監在下❶，有命既集❷。文王初載❸，天作之合❹。在洽之陽❺，在渭之涘❻。文王嘉止❼，大邦有子❽。

右第四章，述天生太姒，以配文王也。

【註釋】

❶監：視也。句言天視下民之事也。❷集：至也。今言落在身上。句謂天命既已落在文王身上。❸載：年也。又始也。❹合：匹配也。句謂婚姻爲天所配合也。❺洽：水名。水北曰陽。❻渭：水名。涘：音四ㄙˋ，水涯也。二句寫文王親迎之地。❼嘉：美也。止：語詞。❽大邦：謂莘國也。子：女子也，指太姒。二句爲倒裝語法，謂大邦有女，文王嘉美之也。

大邦有子，俔天之妹❶。文定厥祥❷，親迎于渭。造舟爲梁❸，不顯其光❹。

右第五章，述文王親迎，以成婚配也。

【註釋】

❶俔：音欠ㄑㄧㄢˋ，譬喻也。妹：少女也。句言莘女之美，譬若天之妹，意謂似天仙也。❷文：禮也。祥：吉也。句言以禮定其吉祥，即今之所謂訂婚也。❸梁：橋也。造舟相接以爲橋梁，若今之浮橋也。❹不：通丕，大也。句謂大顯其光彩也。

有命自天，命此文王。于周于京❶，纘女維莘❷，長子維行❸。篤生武王❹。保右命爾❺，燮伐大商❻。

右第六章，述天命太姒生武王，長而以伐商也。

【註釋】

❶于周：在周國。于京：在周京。以上三句，言天即命文王于周之京矣。❷纘：音贊ㄗㄢˋ，繼也。或以爲

纘之假借，美好也。莘：音身ㄕㄣ，國名。太姒之國。句謂乃有纘繼大任之婦德者，即莘國之女是也。❸長子：謂文王也，爲王季之長子。行：齊等也。或以爲長子、長女也。行，嫁也。句謂莘國之君之長女出嫁于文王也。❹篤：厚也。句言天以是厚之，乃生武王也。❺右：助也。言天保之，天助之，而又天命之。爾：語詞。或以爲爾指武王。❻燮：音謝ㄒㄧㄝˋ，和也。句謂和應天命以伐大商也。

殷商之旅❶，其會如林❷。矢于牧野❸：「維予侯興❹，上帝臨女❺，
無貳爾心❻。」

右第七章，述武王伐商，誓師牧野也。

【註釋】

❶旅：眾也，指軍隊。❷會：聚集也。句言殷之軍旅眾多，會聚如林也。❸矢：誓也，謂誓師。牧野：地名，在今河南省淇縣境。句謂武王誓師於牧野也。❹侯：乃也。句謂予今當興起也。❺女：汝也。臨女：監視汝也，照臨汝也。❻貳：懷疑不定也。以上三句爲誓詞，謂「今予當興起，上帝監臨汝等，當同心齊力，勿懷猜貳也。」

牧野洋洋❶，檀車煌煌❷。駟騵彭彭❸，維師尚父❹，時維鷹揚❺。涼
彼武王❻，肆伐大商❼。會朝清明❽。

右第八章，述武王伐紂，得天人之助功成也。

【註釋】

❶洋洋：廣大貌。❷檀：堅木，宜爲車。煌煌：鮮明貌。❸騵：音原ㄩㄢˊ，赤身黑尾而腹白之馬曰騵。駟騵：騵馬有四也。彭：音旁ㄆㄤˊ，彭彭：盛壯貌。又行聲。❹師：太師也。尚父：太公望爲太師而號尚父。❺時：是也。鷹揚：如鷹之飛揚，狀師尚父之勇武也。❻涼：輔佐也。❼肆：恣縱也。句言縱其兵以伐大商也。❽會：合也，言會戰。朝：朝夕之朝，晨也。清明：天氣清朗也。

【欣賞品評】

輔廣曰：

君有明德，則天有明命。有王季文王，則有大任大姒；有王季大任，則有文王；有文王大姒，則有武王；有武王之君，則有太公之臣。讀大明之詩，則當知天人、夫婦、父子、君臣之際；安危、治亂、廢興、存亡之機。如影響形聲之相似，皆非偶然也。

吳師道曰：

此詩言王季大任之德，以及文王；言文王大姒之德，以及武王；又言武王伐商，以及尚父。明一家祖孫父子，夫婦婦姑，皆有盛德。而又有將帥之賢，師衆之盛。至於天命之保佑，昭事之聿懷，天之與聖人，又相與為一。蓋無一而不盡其道。詩人形容之備，莫過於此。

守亮案：

詩序云：「大明，文王有明德，故天復命武王也。」詩序之說，語意不明，似是未讀詩之前半者，固不足信。朱傳云：「此亦周公戒成王之詩。」詩中全無勸戒之意，去詩義尤遠。方玉潤曰：「追述周德之盛，由於配偶天成也。蓋周家奕世積功累仁，人悉知之，所奇者，歷代夫婦皆有盛德，以相輔助，並生聖嗣，所以爲異。」觀詩二章述王季之能得嘉耦，六章述天命太姒生武王以伐商，方氏之說是，故後之解詩者多從之。詩則欲言文武受命，先揭出先人感通之故，以爲全篇綱領。憑虛慨歎，借殷事作指點；說得赫然可畏，蓋危言以惕之也。次章至六章，歷敍文武生有聖德，並非偶然。蓋天作之合，故父子夫婦之間，皆有盛德以相配偶，而生聖嗣焉。七八兩章，始言伐商而有天下，以終首章之意。且清明作收，與篇首明明赫赫相應，用字亦極不苟，此方玉潤所及言之者也。又「俔天之妹」句，造語最奇。後世之天孫、日兄、月姊，想俱從此脫出。至女曰纘，生曰篤，伐曰燮，亦皆用字不苟。

三、緜

此美太王創業之勤及文王得人之盛之詩。

緜緜瓜瓞❶。民之初生❷，自土沮漆❸。古公亶父❹，陶復陶穴❺，未有家室❻。

右第一章，述周代遠祖至太王之居處情況也。

【註釋】

❶緜緜：連續不絕貌。瓞：音迭ㄉㄧㄝˊ，瓜之小者也。句以瓜之蔓生，緜延不絕與多實，喻周子孫之衆盛。❷民：指周人。初生：謂其遠世始祖也。或落實指公劉言之。❸自：從也。土：讀爲杜ㄉㄨˋ，古水名，在豳地。沮：借爲徂，往也。漆：古水名，亦在豳地。二句言周之遠世始祖，自土往漆，逐漸發展也。❹古

公：號也。亶：音膽ㄉㄢˇ，亶父：字也。古公亶父：即王季之父，文王之祖太王也。❺陶：借爲掏，挖掘也。復：通覆，洞穴之簡易者曰穴，複出而多歧者曰覆。穴：謂窰洞也。❻室家：謂房屋居室也。以上三句，言及至古公亶父，鑿穴而居，未有房屋居室也。

古公亶父，來朝走馬❶，率西水滸❷，至于岐下❸。爰及姜女❹，聿來胥宇❺。

右第二章，述太王之遷於岐下也。

【註釋】

❶朝：音昭ㄓㄠ，早晨也。來朝：猶言早來。言早者謂不敢緩也。走馬：言馳馬疾去，指避戎狄而去岐山之事也。❷率：循也。西水：豳城西之水也。滸：音虎ㄏㄨˇ，水涯也。❸岐下：岐山之下也。岐山，在今陝西岐山縣。二句言太王避狄人之難，循彼豳城西水涯岸，南行踰梁山，又西行至於岐山之下也。❹爰：乃也。姜女：姜姓之女，謂太王之妃太姜也。❺聿：語詞。胥：相也。宇：居也。二句言乃與姜女同來，相與共居於岐下也。或以爲胥，觀察也。謂來岐山之下觀察建築宮室之地址也。

周原膴膴❶，堇荼如飴❷。爰始爰謀❸，爰契我龜❹。曰止曰時❺，築室于茲。

右第三章，述岐下之可留止定居也。

【註釋】

❶原：高平之地曰原。周原：周地之原，謂岐下之地也。膴：音五ㄨˇ，膴膴：肥美貌。❷堇：音僅ㄐㄧㄣˇ，菜名。荼：苦菜也。飴：音移ㄧˊ，糖漿也。二句言周原土地肥美，雖堇荼苦菜，其味亦甘甜如飴也。❸句言於是開始謀畫也。❹契：音氣ㄑㄧˋ，刻也。刻龜甲爲橢圓形小孔，然後以火灼而卜之也。❺曰：語詞。時：亦止也。言龜卜之兆，以爲可止居於此也。

迺慰迺止❶，迺左迺右❷；迺疆迺理❸，迺宣迺畝❹。自西徂東❺，周爰執事❻。

右第四章，述在岐下墾業也。

【註釋】

❶迺：同乃。慰：安也。止：居止也。句言衆至岐下，乃心安，乃止居也。❷左、右：劃定左右居止之所也。句言乃有居左者，有居右者。❸疆：定其大界也。理：治其溝塗也。❹宣：開墾也。又疏導溝洫也。畝：開溝築壟，使成田畝也。❺徂：音殂ㄘㄨˊ，往也。❻周：周民也。又徧也。二句周人自西循水滸而東，至岐下乃各執其所創業之事也。

乃召司空❶，乃召司徒❷，俾立室家❸。其繩則直❹，縮版以載❺，作廟翼翼❻。

右第五章，述建宮室宗廟也。

【註釋】

❶司空：官名，掌營建之事。❷司徒：官名，掌徒役之事。❸俾：使也。以上三句，言乃召職掌營建司空之官，調配人力司徒之官，使建立室家。❹繩：營建宮室，必以繩度其地基之直否。句言以繩度之而直也。❺縮：束也。縮版：以繩捆縮築牆之版也。載：讀爲栽ㄗㄞ，築牆長版也。以載：謂樹立築牆長版也。句言緊束築牆長版，實土其中，舂之使堅，然後去其版以成墻也，類今建築之釘空心版，灌水泥。❻廟：宗廟也。翼翼：嚴正貌。

捄之陾陾❶，度之薨薨❷，築之登登❸，削屢馮馮❹。百堵皆興❺，鼛鼓弗勝❻。

右第六章，述築墻垣也。

【註釋】

❶捄：音具ㄐㄩˋ，盛土於運土之車名爲梩者也。陾：音仍ㄖㄥˊ，陾陾：傾倒泥土所成之聲也。❷度：投也，築墻投土於版中也。薨：音烘ㄏㄨㄥ，薨薨：投土所成之聲也。❸築：以杵搗土使堅也。登登：搗土所成之聲也。❹削：削去也。屢即婁，婁與僂同，謂牆面之高出處。削屢：削牆之高出處使平也。馮：音平ㄆㄧㄥˊ，馮馮：今言砰砰，削牆所成之聲也。❺堵：牆也。一丈爲版，言長度也。版高二尺，五版爲堵，言高度也。五版相接，其高亦一丈也。百堵：言多也，似指爲一小城邑。❻鼛：音高ㄍㄠ，大鼓也。於眾人服力役時，擊鼓以勸事樂功也。弗勝：不勝其擊，謂赴工者多，鼓不勝擊也。或以爲勝，凌駕也，超過也。謂鼓聲爲陾陾、薨薨、登登、馮馮諸聲所掩也。

迺立皐門❶，皐門有伉❷；迺立應門❸，應門將將❹。迺立冢土❺，戎醜攸行❻。

右第七章，述建門社也。

【註釋】

❶皐：音高ㄍㄠ，皐門：外門也。周之宮庭、宗廟、城郭等外門皆曰皐門。❷伉：高大貌。有伉：伉然也。❸應門：王之正門也。❹將：音槍ㄑㄧㄤ，將將：嚴正貌，高大貌。❺冢：音腫ㄓㄨㄥˇ，大也。冢土：大社也。社，土神也。王爲羣姓所立之社爲大社。❻戎：西戎也。醜：惡類也。攸：語詞。行：音杭ㄏㄤˊ，離去也。句言戎狄混夷醜類，見此情況，乃行而他去也。

肆不殄厥慍❶，亦不隕厥問❷。柞棫拔矣❸，行道兌矣❹。混夷駾矣❺，維其喙矣❻。

右第八章，述大王立國，而文王事混夷也。

【註釋】

❶肆：發語詞。殄：音忝ㄊㄧㄢˇ，絕也。厥：其，指混夷言。慍：怒也。❷隕：音允ㄩㄣˇ，墜也。問：恤問也。二語言太王雖已於岐下建國，然岐下本混夷所居，玆不得已而他去，心必懷恨。雖不能息絕混夷之怒，但亦不失墜對混夷之恤問，以爲緩衝。此似已進入文王時矣，故孟子有文王事混夷之言。❸棫：音域ㄩˋ，叢生有刺之小木。拔：拔去也。❹兌：通也。❺混：音昆ㄎㄨㄣ，混夷即鬼方，西北之戎狄國也。駾：

音兌ㄉㄨㄟˋ，奔突驚走貌。❻喙：音會ㄏㄨㄟˋ，疲勞困病也。二句言西北之戎混夷，奔突驚走，疲勞困病，不能復振，乃自臣服於周也。

虞芮質厥成❶，文王蹶厥生❷。予曰有疏附❸，予曰有先後❹，予曰有奔奏❺，予曰有禦侮❻。

右第九章，述文王之德也。

【註釋】

❶芮：音瑞ㄖㄨㄟˋ，虞，芮：二國名。虞在今山西解縣。芮在今山西芮城縣。質：正也。成：平也。句言文王之時，虞芮二國爭田，不能決。求正於周，入周境，見耕者皆讓畔，行者讓路，乃自慚而還，俱讓而爭息。❷蹶：音貴ㄍㄨㄟˋ，動也。生：同性。句謂文王有以感動其性也。❸予：我也，此詩人自稱。曰：語詞。下同。疏附：疏遠者來親附也。❹先後：先親附者率導後者來親附也。或以爲有先後者，有禮序也。言能以禮儀相導，知所先後，不失次序。全治之狀也。❺奏：一作走。奔奏：奔走侍奉之臣也。❻禦侮：抵禦外侮之臣也。

【欣賞品評】

陳櫟曰：

王迹肇基於大王，而王業漸大於文王；此追王所以自大王始，而此詩推本文王之受命，亦自大王之遷岐始也。然言文王受命，惟至於虞芮質成者，蓋人心所歸，卽天命所在也。

守亮案：

詩序云：「緜，文王之興，本由大王也。」大王讀爲太王，太王卽古公亶父。此詩先陳太王創業，末二章以文王之事終之，詩序之說近是。惟朱傳以爲周公戒成王之詩，姚際恆已駁斥其非，朱傳恐不可信。詩則以自首句「緜緜瓜瓞」發端，故一二章由周之初生遠世始祖述至太王遷岐。三章起首周原二字，爲通篇主腦，乃周所以興之所在。築室二字爲四五六七四章作提頭。疆理興作，皆由此二字出，故多用迺或乃字。八章暗補王季在內，草蛇灰線，妙在不露；然卻驀渡文王，蛛絲馬跡，妙在無痕。末章點出文王，與前古公相配，意似不相蒙；但氣脈貫通，而實相接，此其章法也。全詩結構完整，爲大雅中成熟作品。

四、棫樸

此美周王能得人，能作人，乃能綜理四方之詩。

芃芃棫樸❶，薪之槱之❷。濟濟辟王❸，左右趣之❹。

右第一章，述周王主祭，左右趣赴助祭之也。

【註釋】

❶芃：音朋ㄆㄥˊ，芃芃：茂盛貌。棫：音域ㄩˋ，棫、樸：皆叢木名。❷薪：采以爲薪也。槱：音酉ㄧㄡˇ，聚木燃之以祭天神也。二句言叢生茂盛之棫及樸，斫以爲薪，積而燎之以祭天也。❸濟濟：莊嚴恭敬貌。辟：音必ㄅㄧˋ，君也。辟王：指周王。❹左右：指周王左右之大臣。趣：通趨，疾行以赴之也。二句言君

王儀容至美，左右之臣，皆疾行趨赴以成其祭也。

濟濟辟王，左右奉璋❶。奉璋峨峨❷，髦士攸宜❸。

右第二章，述周王主祭，左右奉璋助祭之也。

【註釋】

❶奉：捧也。璋：半圭也。此謂璋瓚，祭祀時灌酒之器也。❷峨：音俄ㄜˊ，峨峨：盛壯貌。❸髦：音毛ㄇㄠˊ，俊也。髦士：英俊之士，指周王之大臣也。攸：所也。二句言此儀節，乃俊士所宜也。

淠彼涇舟❶，烝徒楫之❷。周王于邁❸，六師及之❹。

右第三章，述周王行邁，六師隨行護衛之也。

【註釋】

❶淠：音譬ㄆㄧˋ，舟行貌。涇：水名。❷烝：眾也。烝徒：猶眾人。楫：櫂也，此作動詞用，謂划動也。❸于：助詞。有正在進行之意。邁：行也。句言周王正出征。❹六師：六軍也，天子六軍。及：與也。句謂六軍隨行護衛之也。

倬彼雲漢❶，爲章于天❷。周王壽考❸，遐不作人❹？

右第四章，述周王美大壽考，成就作育人才也。

【註釋】

❶倬：音卓ㄓㄨㄛˊ，明貌，大貌。雲漢：天河也。❷章：文彩也。❸考：老也。壽考：長壽也。❹遐：何也。句謂何能不造就人才邪？

追琢其章❶，金玉其相❷。勉勉我王❸，綱紀四方❹。

右第五章，述周王德如金玉，勉力綜理四方也。

【註釋】

❶追：雕也。鏤金曰雕。琢：鏤玉曰琢。其：謂周王也。章：文彩也，今所謂花紋。❷相：質也。二句美周王質如雕琢之金玉也。❸勉勉：黽勉也，勉之不已也。❹綱：網之主繩，拉以收之者曰綱。紀：總理之也。綱紀：今言治理。二句言周王勉力不已，治理四方之國也。

【欣賞品評】

朱公遷曰：

此亦以昭先王之德，使人知周所以得天下之故也。五章之序：首以左右言，次以六師言。至作人綱紀，則盡乎人矣。人心所以歸之之故，於此見矣。

守亮案：

詩序云：「棫樸，文王能官人也。」後之說解此詩者，多與詩序說相近，如朱子詩集傳云：「此亦以詠歌文王之德。」細考詩篇，中有「周王于邁，六師及之」之語。而六師，六軍也。天子六軍，文王未嘗爲天子，焉得有六軍？由是以觀，詩序之說不可信。此詩有「周王于邁」，「周王壽考」語，美周王之意甚明著；惟所美者，究爲何王，不得而知，故屈萬里先生泛謂：「此頌美周王之詩。」後之解詩者多從之。詩則首二章言周王能祭祀，不忘天神先祖，左右俊秀之士，乃奉璋趣赴以成其祭也。惟古之大事，在祀與戎，故於首二章言祭祀後，第三章卽言出征。而言出征，則舟行衆楫，「六師及之」，同舟共濟，王行師及氣象，昭然在目。四五章以雲漢明著在天，喻王之美大且壽，其語高華；追琢金玉，喻王之行修德至，其詞典麗。又樹人之計，動關百年；故雖有聖人在上，亦必久於其道，而後天下化成。若非壽考，何克有此。才難之嘆，不益信歟？思漢之興也，其時人材，皆屠狗販繒之輩，卽蕭曹元勳，太史公僅許與閎夭，散宜生爭烈，而不敢望周公、召公者，以無追之琢之，金之玉之之如周王者也。於此，則知詩中作人之匪易，綱紀之誠難矣。

五、旱麓

此祝周王祭祀得福之詩。

瞻彼旱麓❶，榛楛濟濟❷。豈弟君子❸，干祿豈弟❹。

右第一章，言君子受先祖厚德，威大其福也。

【註釋】

❶旱：山名。在陝西南鄭縣，沱水所出。麓：山足也。❷榛：音珍ㄓㄣ，似栗而小。楛：音戶ㄏㄨˋ，似荊而赤，可以爲箭。濟濟：衆多也。二句以山喻先祖，麓喻子孫，榛楛喻福祿；言君子承先祖積累之厚，故

其福祿盛大也。❸豈：音愷ㄎㄞˇ，弟：音惕ㄊ一ˋ，豈弟：同愷悌，和樂平易也。君子：指所頌美之周王。❹干：求也。或以爲千之譌。祿：福也。二句謂君子以愷悌之德求福也。

瑟彼玉瓚❶，黃流在中❷。豈弟君子，福祿攸降❸。

右第二章，言君子祭之以禮，神降以福也。

【註釋】

❶瑟：潔鮮貌。瓚：音贊ㄗㄢˋ。玉瓚：瓚以玉爲柄，以黃金爲勺，祭祀時灌酒之器也。❷流：流水之口也。瓚有流，以黃金爲之，色黃，故曰黃流。在中：流在器之中央也。或以爲黃流酒也。二句寫君子祭祀之器皿。❸攸：所也。

鳶飛戾天❶，魚躍于淵❷。豈弟君子，遐不作人❸？

右第三章，言君子作育人才，天必賜福也。

【註釋】

❶鳶：音淵ㄩㄢ，狀似鷹而嘴較短，尾較長。戾：至也。❷二句以鳶飛魚躍之得其宜，興人豈能無奮起之機運乎。❸遐：何也。句謂何能不造就人才邪？

清酒既載❶，騂牡既備❷。以享以祀❸，以介景福❹。

右第四章，言君子置酒備牲，獻祭求福也。

【註釋】

❶清酒：清潔之酒也。載：設也。❷騂：音星ㄒㄧㄥ，赤色牲也。牡：雄牲也。備：全具也。❸享：獻也。❹介：音丐ㄍㄞˋ，求也。又助也。景福：大福也。

瑟彼柞棫❶，民所燎矣❷。豈弟君子，神所勞矣❸。

右第五章，言君子有惠於民，神勞慰以福也。

【註釋】

❶瑟：茂密貌。柞、棫：皆木名。❷燎：爨也。二句言柞棫爲民炊爨之作用，故民不患無柴木也。❸勞：音潦ㄌㄠˋ，慰勞也。

莫莫葛藟❶，施于條枚❷。豈弟君子，求福不回❸。

右第六章，言君子如葛藟之庇其本根，宗族多福也。

【註釋】

❶莫莫：廣而密茂貌。葛藟：葛屬，蔓生。❷施：音易ㄧˋ，蔓也。又古讀當與拖字同，拖蔓也。今北方俗語，謂之拖秧。條：小枝也。枚：樹幹也。二句言葛藟纏繞，乃依附之意，以興君子能有爲，眾民宗族歸依之也。❸回：邪也。不回：言守正不邪也。

【欣賞品評】

方玉潤曰：

前後均泛言福祿，中間乃插入作人、享祀二端。蓋享祀是此篇之主，而作人則推原致福之由。得人者昌，天必相之矣。

守亮案：

詩序云：「旱麓，受祖也。周之先祖，世修后稷公劉之業，大王王季申以百福千祿焉。」朱傳云：「此亦以詠歌文王之德。」詩序朱傳之說，迂曲牽附，不足信。細審詩篇，二四章直寫祭祀，其餘各章述求福，自是王靜芝先生據姚際恆之「咏祭祀而獲福。」定為「此祝周王祭祀得福之詩。」詩則通篇以「豈弟君子」為主，而緯以「福祿攸降」，故詩六章而五言「豈弟君子」。首章濟濟是總冒；二章之玉瓚，是君子比德於玉；三章之鳶魚，是君子悟道於物，此德之存乎內者也。五六兩章，一則是君子之加惠於民，一則是君子之庇蔭本宗，此功之發乎外者也。四章以享祀之祭隔斷，是明禴祀以祭，始可求「豈弟君子」之所以「福祿攸降」也。故篇中祿福字亦屢出，或言干，或言介，或言求，是盡己之誠也。能如此，則天神必降賜其福，而「豈弟君子」多受而獲致之也。朱公遷曰：「首末兩章，見其自然受福；二章至五章，見其必然受福。」亦就此意言之。

六、思　齊

此頌美文王之德之詩。

思齊大任❶，文王之母。思媚周姜❷，京室之婦❸。大姒嗣徽音❹，則百斯男❺。

右第一章，述周母德純備，乃文王所以為聖張本也。

【註釋】

❶思：語詞。下同。齊：讀爲齋ㄓㄞ，莊敬也。大：音太ㄊㄞˋ，大任：王季之妃，文王之母也。摯國之女。❷媚：美好也。又愛也。周姜：太王之妃，王季之母太姜也。姜姓之女。❸京室：王室也。二句言大任能孝事太姜，其德實足爲王室之婦也。❹大：音太ㄊㄞˋ，大姒：文王之妃也。莘國之女。嗣：繼承也。徽：美也。音：聲譽也。❺斯：猶其也。百男：涵眾妾所生在內，言其多也。二句言大姒能承繼大任之美德，有其美譽，乃能子孫眾多也。

惠于宗公❶，神罔時怨❷。神罔時恫❸。刑于寡妻❹，至于兄弟，以御于家邦❺。

右第二章，述文王昭事神明，推而至於齊家治國也。

【註釋】

❶惠：孝順也。宗公：先公也。句謂文王能事祖考之神也。❷神：指先公之神。罔：無也。時：所也。又是也。句謂神乃無所怨恨也。❸恫：音通ㄊㄨㄥ，痛也。句謂神乃無所傷痛也。❹刑：儀法也，垂範也。寡妻：嫡妻也。古國君自稱寡人，故其妻稱寡妻也。此文王嫡妻之謙稱。❺御：音迓ㄧㄚˋ，又讀如本字，

治也。或以為普及也，徧及也。以上三句，言文王又能施其儀法於嫡妻，亦至於兄弟。於是家乃能齊，因以能治其家邦也。

雝雝在宮❶，肅肅在廟❷。不顯亦臨❸，無射亦保❹。

右第三章，述文王雖肅和敬，外內顯隱如一也。

【註釋】

❶雝：音雍ㄩㄥ，雝雝：和也。宮：閨門之內也。句謂文王在閨門之內甚和易。❷肅肅：敬也。廟：宗廟也。句謂文王在宗廟之中甚肅敬。❸不：通丕，大也。顯：光明也。亦：語詞。相當於以字。下同。臨：臨民也。❹射：音亦一ˋ，同斁，厭也。無射：無厭也。保：保民也。二句言文王大顯光明之道以臨民，並保愛之永無厭倦也。

肆戎疾不殄❶，烈假不瑕❷。不聞亦式❸，不諫亦入❹。

右第四章，述文王從容中道，性與天合也。

【註釋】

❶肆：語詞。相當於故，所以。下同。戎：大也。疾：患也，災難也。殄：音忝ㄊㄧㄢˇ，絕也。句言文王能當大難而不殄絕也。❷烈：業也。假：大也。瑕：過也。句言文王能建大業而無瑕過也。❸不聞：未曾先聞之也。式：法式也。句言文王雖未曾前聞之於人，而能合於法式也。❹不諫：未曾有人諫諍之也。入：入於善也。句言文王雖未曾有人諫諍之，然仍能入於善也。

肆成人有德❶，小子有造❷。古之人無斁❸，譽髦斯士❹。

右第五章，述文王至誠作人，化成天下也。

【註釋】

❶成人：冠以上爲成人，成年之人也。❷小子：童子，未成年之人也。造：成就之也。二句謂文王作育人才之功，故能使冠以上之成人有其德行；冠以下之童子有其成長造就也。❸古之人：指文王。斁：音亦一、，厭也。無斁：無厭也。句謂文王作育人才無厭也。❹譽：稱譽也。髦：選擇也。言文王於士人則稱譽之選擇之也。或以爲譽髦斯士，當作譽斯髦士。譽，借爲舉，推舉也，選拔也。髦士，英俊之士也。謂文王提拔英俊之士也。

【欣賞品評】

龍起濤曰：

夫文王之所以聖者，修身齊家治國平天下而已矣。雝雝肅肅，亦臨亦保，此由誠正以修其身者也。刑寡妻，至兄弟，此由修身以齊其家者也。不殄不瑕，而善政備；有德有造，而善教章，此國與天下平且治者也。而推其本，則上有聖母貽之休焉，中有賢妃嗣其徽焉。大任之上，又有大姜；大姒之後，又有邑姜，而肇基者則姜嫄也。周家母儀之盛，冠乎古今，此詩豈遂足以盡之哉。

守亮案：

詩序云：「思齊，文王所以聖也。」意已近之。朱傳云：「此詩亦歌文王之德，而推本言之。」語尤明白，後之解詩者多無異辭。詩則言文王之所以爲聖，首在生之者有聖母，助之者有賢妃。故首章歷陳大任，大姜，大姒以明之。次在惠神明，治家國。故二章爲全詩之主。再次在雝肅和敬。故三章首言和敬謁於閨門，次言和敬孚於神人。終在動應規矩，化成天下。故四五章言大難而不殄絕，大業而無過錯。不聞人道說，自合於法；不待臣諫諍，自入於道，所謂天授，非人力也。又聖人流澤萬世者，莫大於作人，故以大有作育人才之功，而無厭斁也終焉。深以爲思齊一詩，不僅在頌美文王之德，且頗似文王身之所自，而至修齊治平小傳也。

七、皇矣

此敘太王、太伯、王季之德，以及文王伐密伐崇之事之詩。

皇矣上帝❶，臨下有赫❷。監觀四方❸，求民之莫❹。維此二國❺，其政不獲❻；維彼四國❼，爰究爰度❽。上帝耆之❾，憎其式廓❿。乃眷西顧⓫，此維與宅⓬。

右第一章，述天惡商之侈淫過甚，眷顧周與以宅居之地也。

【註釋】

❶皇：大也，光明偉大也。❷臨：視也。有赫：赫然也。威嚴之貌。❸監：視也。❹莫：定也。句謂求人

民之安定也。或以爲通瘼，疾苦也。句謂探求人民之疾苦也。❺二國：指夏、商也。又指密及崇也。或以爲二與古文上相似，上國指殷商。殷末亡時，殷君爲王，別國爲諸侯，故稱殷爲上國。❻獲：善也。不獲：謂不能得其政道也。❼四國：四方之國也。❽爰：乃也。下同。究：尋也。度：謀也。二句謂尋覓謀求四方之國，俾得一可承受天命者也。❾耆：惡也。又與諸聲義相近，訶怒也。❿憎：惡也。式：語詞。廓：大也。此謂侈淫過甚。又空虛也。謂其無政。句謂上帝惡商之侈淫過甚也。⓫眷：回顧貌。西顧：顧視西方也。周在西，故云。⓬宅：居也。二句言乃眷顧西方之周，而以岐周之地，與大王爲居宅共處，蓋謂天意在周也。

作之屏之❶，其菑其翳❷；脩之平之❸，其灌其栵❹；啓之辟之❺，其檉其椐❻；攘之剔之❼，其檿其柘❽。帝遷明德❾，串夷載路❿。天立厥配⓫，受命既固⓬。

右第二章，述大王遷岐，開闢草萊也。

【註釋】

❶作：柞之假借，除木曰柞。屏：音摒ㄅㄧㄥˇ，除也。❷菑：音資ㄗ，直立未倒之枯木也。翳：音亦ㄧˋ，倒於地上之枯木也。二句言若木已死枯，或立或倒爲阻蔽者，則拔除之。❸修：剪修也。平：整治之也。❹灌：叢生者也。栵：音列ㄌㄧㄝˋ，斬而復生者也。二句言於灌木、或斬而復生萌蘗，則修剪整治之也。❺啓：開也。辟：同闢。開闢也。❻檉：音稱ㄔㄥ，木名，又名河柳。椐：音居ㄐㄩ，靈壽木，多腫節，可以爲杖。二句言若河柳靈壽，則開闢之。❼攘：除去也。剔：甄別挑剔之，去其不合者也。❽檿：音掩

一ㄢˇ，山桑也。柘：音蔗ㄓㄜˋ，木名，亦名黃桑，美材也。二句言若山桑柘木美材，則剔除朽敗而酌留之。以上八句，每二句均爲倒裝句法。❾遷：徙也。明德：明德之人也，指太王。句謂天帝乃遷其命，就於明德之君也。❿串夷：即混夷，亦即犬戎。載：則也。路：奔逃於道路，無所休息也。或以爲路與露通，瘦瘠暴露，謂勢衰困弱也。⓫厥：其也。配：配偶也，指太王之妃太姜。⓬二句言天又爲之立賢妃以助之，受天之命，極其堅固也。

帝省其山❶，柞棫斯拔❷，松柏斯兌❸。帝作邦作對❹，自大伯王季❺。維此王季，因心則友❻。則友其兄，則篤其慶❼，載錫之光❽。受祿無喪❾，奄有四方❿。

右第三章，述大伯讓王季，為文王張本也。

【註釋】

❶省：音醒ㄒㄧㄥˇ，視也。山：岐山也。句言上帝視察周之岐山。❷柞、棫：皆木名。拔：讀爲佩ㄆㄟˋ，拔而去之也。❸兌：暢茂也。又通也。二句謂將柞棫雜木拔去，使松柏暢茂，道路通也。❹作：創造也。邦：國也。帝作邦：謂上帝爲周立國也。對：顯揚也。作對：謂使周顯揚於天下也。❺大：讀爲太ㄊㄞˋ，大伯，太王之長子，王季之長兄，適吳不返，避位讓于王季也。句謂自大伯王季起，周即顯揚於天下也。❻因心：因其心之自然，非勉強而爲之也。謂出於本心。友：友愛兄弟也。謂王季因心之自然而善其兄大伯，非出之勉強也。❼篤：厚也。慶：福也。❽載：則也。錫：賜也。光：光耀顯大也。以上三句，言以王季能眞友其兄，而其兄亦以求周道之興而讓之，乃能益厚其福慶也。❾喪：失也。句言永遠受福而不失

墜也。⑩奄：覆也。奄有：盡有也。

維此王季❶，帝度其心❷，貊其德音❸，其德克明❹，克明克類❺，克長克君❻。王此大邦❼，克順克比❽，比于文王❾。其德靡悔❿，既受帝祉⓫，施于孫子⓬。

右第四章，述王季之德，至于文王也。

【註釋】

❶王季：或謂應作文王。❷度：音墮ㄉㄨㄛˋ，心能度物制義曰度，度其心：謂使其心智能審度事物判斷義理也。❸貊：音莫ㄇㄛˋ，大也。又布也。德音：聲譽也。上帝大其聲譽，言使其聲譽之隆著也。❹克：能也。下同。明：昭顯也。❺類：善也。❻克長：堪爲長上也。克君：堪爲君王也。❼王：音妄ㄨㄤˋ，動詞。句言堪爲大邦之王也。❽順：順應民心也。比：上下親附也。❾比于：至於也。❿靡：無也。悔：遺恨也。句言文王之德無復遺恨也。⓫祉：福也。⓬施：音亦一ˋ，延也。二句言既受天帝所賜之福，乃能延及于子孫也。

帝謂文王：「無然畔援❶，無然歆羨❷，誕先登于岸❸。」密人不恭❹，敢距大邦❺，侵阮徂共❻。王赫斯怒❼，爰整其旅❽，以按徂旅❾，以篤周祜❿，以對于天下⓫。

右第五章，述文王平密須氏之侵阮共，救亂安民以厚周福也。

【註釋】

❶無然：不可如此也。畔：離畔也。援：攀援也。畔援：言舍此而取彼，見異思遷也。或以爲畔援猶跋扈也。❷歆羡：貪而羡之也。❸誕：語詞。登：成也。岸：訟也。以上三句，言帝謂文王勿跋扈以自傲，勿貪求以侵人，但先平理國内獄訟之事可也。❹密：密須氏之國也，姞姓，在今甘肅。不恭：不恭順也。❺距：抵拒也。大邦：指周。❻阮、共：二國名，皆在今甘肅涇川縣。徂：往也。下同。以上三句，言密須氏國不恭，抵抗大邦，往侵阮共二國也。❼赫：赫然，盛怒貌。斯：其也，而也。❽旅：軍旅也。❾按：阻止也，遏抑也。旅：孟子引作莒，地名，在今甘肅。句言文王乃遏止密須氏侵旅之師也。❿篤：厚也。祜：福也。⓫對：顯揚也。又安也。

依其在京❶，侵自阮疆❷，陟我高岡❸：「無矢我陵❹，我陵我阿❺；無飲我泉，我泉我池。」度其鮮原❻，居岐之陽❼，在渭之將❽。萬邦之方❾，下民之王❿。

右第六章，述文王征伐密須，而作下都程邑也。

【註釋】

❶依：據也，憑也。京：高丘也。句言密須氏據其高丘之地也。❷句言自阮疆而侵及周之地也。❸陟：音至ㄓˋ，登也。句言密侵自阮疆出而升我之高岡也。或以爲我登高岡向密須氏宣話也。❹矢：陳也，謂陳兵。❺阿：大陵曰阿。以上四句，言無陳兵於我之陵，此乃我文王之陵，我文王之阿；勿飲我之泉，此乃我文王之泉，文王之池也。❻度：越過也。鮮原：地名，近岐周。❼陽：山南曰陽。岐之陽：岐山之南也。❽

將：側也。以上三句，言文王度鮮原，爲作下都於程邑。而國仍在岐周，故曰：「居岐之陽，在渭之將」也。❾之：是也。方：向也。❿二句言爲萬邦所傾向，而爲下民之王也。

帝謂文王：「予懷明德❶，不大聲以色❷，不長夏以革❸。不識不知❹，順帝之則❺。」帝謂文王：「詢爾仇方❻，同爾兄弟❼。以爾鉤援❽，與爾臨衝❾，以伐崇墉❿。」

右第七章，述文王伐崇，是順天命也。

【註釋】

❶予：帝自稱也。懷：眷念也。明德：文王之美德也。句謂予眷顧有明德之人也。❷聲：喜怒之聲也。色：喜怒之色也。以：與也。下同。句言不以大聲與厲色臨人，謂能誠信溫善也。❸長：常也。夏：夏楚也。革：鞭朴也。句言不以兵甲以侵凌他國也。或以爲長夏，爲諸夏之長也。革，變也。言文王不以其周之興而爲諸夏之長乃改其德也。❹不識：不自作聰明也。不知：不自以爲知慮過人也。❺則：法則也。帝之法則即天道。二句言不自作聰明，不自以爲知慮過人，但順天帝之法則而已。❻詢：謀也。仇：匹也。仇方：猶與國也。❼同：和協也。兄弟：同姓之國也。❽鉤：鉤梯也。援：援引而上也。鉤援：若今日之繩梯，援而攻城之具也。❾臨：臨車也。衝：衝車也。臨車以窺敵情，衝車以衝鋒陷陣也。❿崇：國名，今在陝西。墉：城也。以上五句，言詢爾與國意見，和協爾同姓兄弟之國，以鉤援登城，臨衝陷陣，以伐崇城而滅此凶暴也。

臨衝閑閑❶，崇墉言言❷。執訊連連❸，攸馘安安❹。是類是禡❺，是致是附❻，四方以無侮❼。臨衝茀茀❽，崇墉仡仡❾，是伐是肆❿，是絕是忽⓫，四方以無拂⓬。

右第八章，述伐崇絕滅之，使四方無敢拂逆也。

【註釋】

❶閑閑：車強盛貌。❷言言：高大貌。❸訊：生得之俘虜，可以詢問口供者。連連：繼續不斷，言其多也。❹攸：語詞。相當於所字。馘：音國ㄍㄨㄛˊ，殺敵而取其左耳也。取左耳者，每耳一首，計之以報首功也。安安：言多也。或以爲舒徐不輕暴也。❺是：於是也。下同。類：出征祭上帝也。禡：音罵ㄇㄚˋ，於行軍所止之處祭神也。❻致：招致之使來也。附：使之親附也。❼侮：輕慢也。❽茀：音弗ㄈㄨˊ，茀茀：車強盛貌。❾仡：音屹一ˋ，仡仡：高大貌。❿肆：突擊也，攻襲也。⓫忽：滅也，盡也。⓬拂：違逆也。

【欣賞品評】

徐常吉曰：

各章俱以帝言，見周之所以受命興王者，一本於天，非人力也。

守亮案：

詩序云：「皇矣，美周也。天監伐殷，莫若周。周世世脩德，莫若文王。」詩序之說，義近而語稍泛混。朱傳云：「此詩敘大王、大伯、王季之德，以及文王伐密伐崇之事也。」

細審詩篇，前四章在歷敍周之先祖；五六兩章敍文王伐密須，厚周福、作程邑；七八兩章敍文王滅絕崇國，四方乃無侮侵之事。朱子說是也，後之解詩者多從之。詩則開首便說上帝，為通篇提頭，故詩中帝字屢出。其言上帝也，曰求曰究，曰耆曰憎，曰度曰懷，上帝似有心也；曰監觀，曰西顧，曰省山，上帝似有眼也；一則曰帝謂，再則曰帝謂，三則曰帝謂，上帝似有口也；曰與宅，曰遷德，曰作邦，曰作對，上帝似有手也。一上帝也，作不同活動於篇中，指顧飛動，何等寫生妙技。又二章八之字，八其字，交互連用；四章六克字，以一字為一德；五章三以字，一氣流走；六章七我字，筆意嶙峋；末章連用閑閑言言等疊字，其後又連用八是字，句法多變。皆字鍊句警，排比瑰麗，其氣勢之奔放，當為駢體初祖，漢賦先驅也。文勢振拔，大有「黃河之水天上來」，一瀉千里之概。牛運震曰：「奧闢警動，長篇結構，不蔓不複，此為大手筆。」吳闓生曰：「文氣浩穰駿邁」，方玉潤曰：「後代文唯韓愈往往有此」，斯言皆是。

八、靈臺

此美文王之德，庶民能樂其建臺遊樂之詩。

經始靈臺❶，經之營之❷。庶民攻之❸，不日成之❹。經始勿亟❺，庶民子來❻。

右第一章，述文王建臺，庶民樂成之也。

【註釋】

❶經：度也。經始：始經之倒文，開始量度之，規劃之也。或以爲始借爲治。靈：古通令，善也。靈臺：善美之臺也。或以爲靈者神靈之義，文王築臺，民自來攻之，不日而成，若有神靈之助，謂非凡也。靈臺後爲文王臺名，故址在今陝西西安西北。❷營：作也。❸庶：眾也。攻：作也。❹不日：不終日也，不多日也。或以爲不限定完工之日期也。❺亟：急也。句言始度量之時，文王不急於成也。❻子來：如子趨治父事，不召自來，樂於營作也。

王在靈囿❶，麀鹿攸伏❷。麀鹿濯濯❸，白鳥翯翯❹。王在靈沼❺，於牣魚躍❻。

右第二章，述飛走鱗介，各能樂適其性也。

【註釋】

❶囿：音又ㄧㄡˋ，養禽獸之處也。❷麀：音攸ㄧㄡ，雌鹿也。攸：所也。攸伏：言安其處，見人不驚懼也。❸濯：音卓ㄓㄨㄛˊ，濯濯：肥澤貌。❹翯：音鶴ㄏㄜˋ，翯翯：潔白光澤貌。❺沼：囿中池沼也。❻於：音烏ㄨ，歎詞。下同。牣：音刃ㄖㄣˋ，滿也。句謂池中魚滿，而躍出水面，歡樂景象也。

虡業維樅❶，賁鼓維鏞❷。於論鼓鐘❸，於樂辟廱❹。

右第三章，述文王於辟廱聞鐘鼓之樂而樂之也。

【註釋】

❶虡：音據ㄐㄩˋ，懸鐘、磬架之立木也。其橫者曰栒。業：栒上之大板也。維：與也。下同。樅：音聰ㄘㄨㄥ，業上懸鐘磬處，即崇牙。❷賁：音焚ㄈㄣˊ，大鼓也。鏞：音庸ㄩㄥ，大鐘也。❸論：即倫，謂有序不紊也。又節奏秩然也。❹辟：即璧。廱：音雍ㄩㄥ，亦作雝，水澤也。辟廱：天子之學也。大射行禮之處，學圓如璧，外環以水，故曰辟廱。或以爲文王離宮，遊樂之處也。

於論鼓鐘，於樂辟廱。鼉鼓逢逢❶，矇瞍奏公❷。

右第四章，續述前章之義而稍易其詞也。

【註釋】

❶鼉：音駝ㄊㄨㄛˊ，鱷魚之屬，皮可蒙鼓。鼉鼓：以鼉皮所冒之鼓也。逢：音蓬ㄆㄥˊ，逢逢：鼓聲也。❷矇：音蒙ㄇㄥˊ，有眸子而不能見物曰矇。瞍：音叟ㄙㄡˇ，無眸子之盲者曰瞍。矇瞍：古樂師皆以盲瞽充任，指樂師言。奏：作也。公：公事也。公事指樂師之公事，即奏樂也。

【欣賞品評】

王志長曰：

庶民子來，民之太和；麀鹿攸伏，於牣魚躍，物之太和也；於論鼓鐘，於樂辟廱，君臣之太和也。所謂太和在成周宇宙間也。

方玉潤曰：

細察之，詩首章見落成之速，使非民情踴躍，胡以至是。次章見蕃育之盛，不啻人物相忘，藉非賢者，又烏樂此。末二章則辟廱鐘鼓，以助讌遊樂興，此何如太平氣象乎；故同此鐘鼓管樂之音也，同此臺池鳥獸之觀也；而民之見之者，有樂有不樂，非可強而同之。此則不惟民心樂赴，且亟欲同樂。雖欲緩之而不能者，果操何術以致之哉?!詩人覩此，能不一再咏之，以紀聖王游樂之美？

守亮案：

詩序云：「靈臺，民始附也。文王受命，而民樂其有靈德，以及鳥獸昆蟲焉。」詩序之說，朱子、姚際恆、方玉潤已駁其非是。「民始附也」語，混謬醉夢極甚。蓋文王作靈臺時，民之歸周也已久。不然，太王遷岐，何以從之者如歸市？非至此始附之也。朱傳云：「孟子曰：文王以民力爲臺爲沼，而民歡樂之，謂其臺曰靈臺，謂其沼曰靈沼。」「民歡樂之」，文王亦自歡樂之，朱子說近其旨，故後之解詩者，多以文王遊觀歡樂爲說。詩則以一樂字爲主，首章寫民情踴躍於興作之樂，是文王仁民致之也。次章寫飛走鱗介，各適其性之樂，是文王愛物致之也。三四兩章乃落實文王言之，寫鳴鏞擊鼓，文王之樂其樂也。呂東萊曰：「前二章樂文王有臺池鳥獸之樂也，後二章樂文王有鐘鼓之樂也。皆述民樂之辭也。」云及民樂，深得孟子「而民歡樂之」，民樂而後君樂之旨。否則，「時日害喪，予及汝偕亡。」雖有臺池鳥獸，貫鏞鐘鼓，民不同樂，則文王亦弗能樂矣。臺也、囿也、沼也，而名之曰靈，則知文王臺池鳥獸之樂，與百姓共之。故能有聞王鼓樂於此，欣欣然有喜色。是以民樂從，願爲之服役也。不深愛其民，能如是乎？故孟子屢屢稱其德也。

九、下武

此美武王能承先人之德，而啓萬世之福之詩。

下武維周❶，世有哲王❷。三后在天❸，王配于京❹。

右第一章，美武王之能纘大王、王季、文王之德也。

【註釋】

❶下：後也。武：繼也。句言後人能繼先祖德業者，惟有周耳。又武，足跡也。下武，猶言接踵也。❷哲：聖也。句言以其後能繼先，故世代有聖哲之王也。❸三后：三君也，指太王、王季、文王。在天：在天上也，三后既歿，故曰在天。❹王：武王也。京：鎬京也。句言武王乃能配行三后之道于鎬京也。

王配于京，世德作求❶。永言配命❷，成王之孚❸。

右第二章，承首章，美武王於先世之德，能美而求之、善繼述也。

【註釋】

❶世德：累世所成之德也。又世世有德也。作：爲也，作求：求作也。句謂武王求爲其先祖累世所成之德也。或以爲作，則也。求，當讀爲逑，配也。言王所以配于京者，由其與世德相配合也。❷永：長也。言：語詞。下同。相當於而或乃字。配命：配合天命也。❸孚：信也。二句謂既能長配天命，故可成其王者之信也。

成王之孚，下土之式❶。永言孝思❷，孝思維則❸。

右第三章，承上章，美武王之能法先祖，永存孝思也。

【註釋】

❶下土：對上天言，謂人間也。之：是也。式：法也。句言天下乃以爲法也。❷思：意念也。句謂長存孝敬先人之思也。❸則：法也。句言其孝思乃思三后之德，而三后之德，即武王之所法也。

媚茲一人❶，應侯順德❷。永言孝思，昭哉嗣服❸！

右第四章，續美武王能承先祖之德，昭然嗣其先人之事也。

【註釋】

❶媚：愛也。一人：天子也，指武王。句謂萬民愛戴武王一人也。❷應：當也。侯：語詞。相當於維或乃字。順：愼也。順德：愼修其德也。二句言萬民愛戴武王，武王自當愼修其德也。❸昭：明也。嗣：繼也。服：事也。句言武王能明哉嗣續其祖考之事也！

昭茲來許❶，繩其祖武❷。於萬斯年❸，受天之祜❹。

右第五章，謂後世宜步武王之迹，以受天福也。

【註釋】

❶昭茲：猶昭哉。許：進也。來許：後之來者也。句謂昭明武王之德於後之來者也。❷繩：繼也。武：足

跡也。句謂繼承先祖之步武也。❸於：音烏ㄨ，歎詞。斯：語詞。❹祜：福也。

受天之祜，四方來賀。於萬斯年，不遐有佐❶！

右第五章，承上章，言周既受天福，則四方來賀，萬年永祚，而不疏外之也。

【註釋】

❶遐：遠也。又語詞。猶今語之啊。佐：古作左，疎外之也。句承「四方來賀」言，意謂四方之民，雖千秋萬世，亦不致疎外周室也。又遐，何也。不遐猶言何能無有。佐，助也。句言何能無有佐助邪！

【欣賞品評】

輔廣曰：

首章言武王能纘太王、王季、文王之緒而有天下。中三章言武王善繼善述之孝，又有常永不已之誠，故能成王者之信，為天下之法，以致天下之愛戴如此。末兩章又言武王之成效大驗如此。則其後世子孫，亦將善繼其先人之緒，而久受上天之福，多得天下之助也。

陳櫟曰：

此詩美武王繼三后於已往，開後嗣於方來。惟以求世德，永孝思；而上合天理，下孚人心者，為之本耳。

守亮案：

詩序云：「下武，繼文也。武王有聖德，復受天命，能昭先人之功焉。」詩序之說可從，惟首章明言「三后在天」，非專指繼文王也。或謂繼文乃繼文德，雖亦成理，終不如朱傳「此美武王能纘大王、王季、文王之緒而有天下也」之說爲明確。詩則以一德字爲主，故明言「世德作求」，「應侯順德」。首章之王配三后，二章之「永言配命」，三四章之「永言孝思」，五章之「繩其祖武」，皆求順二字之所在也。其所以特舉孝言之者，以孝爲諸德之本也。能求順繩繼祖德，故萬年受福，四方來賀，悉爲臣也。又此詩須與中庸合觀。中庸言「武王纘大王、王季、文王之緒」，「身不失天下之顯名」。而此詩言武王得天下，亦言其配三后之德。中庸言達孝，此詩言孝思。中庸言孝者善繼志述事，此詩言孝曰求德嗣服，其旨一也。蓋周之德爲世德，周之孝爲達孝。世德達孝，此周室歷命鞏固之本，足爲法於天下後世者矣。

十、文王有聲

此美文王遷豐，武王遷鎬之事之詩。

文王有聲❶，遹駿有聲❷。遹求厥寧❸，遹觀厥成❹。文王烝哉❺！

右第一章，述文王心求安民也。

【註釋】

❶有聲：有其聲譽也。❷遹：語詞。相當於聿字。下同。駿：大也。❸寧：安也。句謂文王求其天下之安寧也。❹句謂觀其事之成功也。❺烝：美也，隆盛也。

文王受命❶，有此武功❷；既伐于崇❸，作邑于豐❹。文王烝哉！

右第二章，述文王伐崇遷豐也。

【註釋】

❶受命：受天命也。❷武功：指伐崇事。❸于：猶乎也。崇：國名，在今陜西。❹作邑：建都也。豐：地名，在今陜西。豐本崇國之地，文王伐滅之後，遷其地而都之也。

築城伊淢❶，作豐伊匹❷。匪棘其欲❸，遹追來孝❹。王后烝哉❺！

右第三章，述文王作豐心志也。

【註釋】

❶伊：語詞。相當於及字。又爲也。下同。淢：音洫ㄒㄩˋ，城外之溝也。溝以護城，即護城河。❷匹：配也，相稱也。句言作豐城與城池相配稱也。或以爲匹，當作皃，形近而誤。皃古貌字，貌借爲廟。句言文王作豐城作宗廟也。❸匪：非也。棘：急也。句言非急於完成以遂一己之欲也。❹追：愼終追遠之追。來：是也。又來致也。句言文王作豐之規模，稱其位而不侈大，乃追承先人之志，而來致其孝思也。❺后：君也。王后：亦指文王。下同。

王公伊濯❶，維豐之垣❷。四方攸同❸，王后維翰❹。王后烝哉！

右第四章，述四方諸侯來朝於豐也。

【註釋】

❶公：古通功。伊：語詞，相當於維或乃字。濯：音卓ㄓㄨㄛˊ，大也。❷維：語詞。相當於乃字。下同。垣：牆也。藩籬垣墻也。❸四方：四方之國也。攸：所也。同：會也。句言四方之君來朝會也。❹翰：幹也。又屏也。句謂四方來歸以爲屏藩楨幹也。

豐水東注❶，維禹之績❷。四方攸同，皇王維辟❸。皇王烝哉！

右第五章，述武王嗣文王也。

【註釋】

❶豐水：在豐邑之東，鎬京之西，東北流，入渭而注入於黃河。❷績：功也。因禹治水，故曰是禹之功。❸皇王：指武王。辟：君也。句言武王嗣文王爲君也。

鎬京辟廱❶，自西自東，自南自北，無思不服❷。皇王烝哉！

右第六章，述武王遷鎬得其民也。

【註釋】

❶鎬：音皓ㄏㄠˋ，鎬京：西周之都城。在今陝西長安西。辟：即璧，廱：音庸ㄩㄥ，亦作雝，水澤也。辟廱：天子之學也。大射行禮之處，學圓如璧，外環以水，故曰辟廱。或以爲文王離宮，遊樂之處也。此言武王在鎬營宮室，謂遷鎬以爲都也。❷思：語詞。以上三句，謂四方無不臣服於周也。

考卜維王❶，宅是鎬京❷。維龜正之❸，武王成之❹。武王烝哉！

右第七章，述武王遷鎬成其居邑也。

【註釋】

❶考：稽也。考卜：謂稽之於龜卜也。考卜維王：倒文為義，言維王稽卜以龜也。所卜者，即下文宅居鎬京之事。❷宅：居也。以上二句，謂問卜周王遷居於鎬之吉否。❸正之：謂得吉兆也。❹成之：成其功也。

豐水有芑❶，武王豈不仕❷？詒厥孫謀❸，以燕翼子❹。武王烝哉！

右第八章，述武王所以遷鎬之故也。

【註釋】

❶芑：音起ㄑㄧˇ，草名。❷仕：事也。句言武王豈無所事乎？❸詒：遺也。句言遺謀略與其孫也。❹燕：安也。翼：護也。句言用以安護其子孫也。

【欣賞品評】

郝敬曰：

詩首尾四章稱文武者，文始之，武終之也。中四章稱王后皇王者，繼諸侯而為天子也。文王伐崇作豐而王業始，武王伐商作鎬而王業成。文王求寧觀成，以始武也；武王燕子詒孫，以終文也。

守亮案：

詩序云：「文王有聲，繼伐也。武王能廣文王之聲，卒其伐功也。」詩序之說，前人已駁其非是。且繼伐云云，幾不成辭，斷不可從。朱傳云：「此詩言文王遷豐，武王遷鎬之事。」細審詩中，明有作豐邑，宅鎬京之言，朱傳說是，後之解詩者多從之。詩則首章著一求字，寫出聖人孳孳安民念頭。所求者何？厥寧是也。而寧之之道，除伐崇必有之武功外，則在築城作邑。至築城作邑，則通篇特重豐、鎬二字。然文王作豐，武王宅鎬。故詩前後四章，明點文王武王。中間四章，變文言王后，言皇王。分明不便說文王，亦不便說武王。只好空空洞洞，極言贊嘆。二三四五章不脫豐字，總是文王餘烈。六章點出鎬京，七章始言武王宅之成之，乃倒敘法。八章但言豐水而不及鎬，以豐水鎬與豐共之。且用燕翼字與首章求字相應，以作總結，使前後一串，父子亦一串。文初創之，武繼述之；父始作之、子終成之，又可見之於此矣。又篇中文王言武功，武王稱文德。武中寓文，文中有武。牛運震曰：「稱文王以武功，以見文王之文非不足於武也；稱武王以文德，以見武王之武非不足於文也。詳人所略，此自立言得大體處。」是又非平凡文筆所能及也。

生民之什

一、生　民

此述周始祖后稷誕生之神奇，並美其稼穡之功之詩。

厥初生民❶，時維姜嫄❷。生民如何❸？克禋克祀❹，以弗無子❺。履帝武敏❻，歆❼；攸介攸止❽，載震載夙❾；載生載育，時維后稷❿。

右第一章，述姜嫄禱而生后稷之神奇也。

【註釋】

❶厥：其也。下同。初：始也。民：人也。❷時：是也。下同。維：爲也。下同。姜：姓也。嫄：音原ㄩㄢˊ，名也。姜嫄：炎帝之後，有邰氏之女也。二句言周之始祖，其生之者，爲姜嫄也。❸句言姜嫄之生周之始祖如何以生？❹克：能也。禋音因ㄧㄣ，潔祀也。野祭之一種，以火燒牲，使煙氣上升於天也。祀：祭也。指一般祭祀。❺弗：借作祓，祭祀以祓除不祥也。二句言姜嫄能潔祀上帝，以祓除無子之不祥。即祭祀以求生子也。❻履：踐也。帝：上帝也。武：足跡也。敏：拇也，足大指也。❼歆：欣喜也。二句言姜嫄足踐天帝足跡之拇指處，乃歆然心爲之動，如有人道之感也。❽攸：乃也。介、止：皆止息也。❾載：則也。下同。震：動也。或以爲通娠，懷孕也。夙：肅敬也，謂謹守胎教。或以爲當作孕。二句言姜嫄乃止息於天帝之足跡處，乃感動而懷孕也。❿后稷：名棄，相傳爲堯時稷官，爲周之始祖，故周人尊之

曰后稷。二句言至期乃生乃育，是爲后稷也。

誕彌厥月❶，先生如達❷；不坼不副❸，無菑無害❹。以赫厥靈❺，上帝不寧❻。不康禋祀❼，居然生子❽！

【註釋】

右第二章，述姜嫄生后稷之異於常人也。

❶誕：發語詞。下同。彌：滿也。句謂乃滿其妊娠之月也。❷先生：最先生育者，今語所謂頭生也。達：羍之借字，小羊也。小羊易生，而人則頭胎難生。句言后稷雖爲第一胎，然如小羊出生之易，極言其有神異也。❸坼：音撤ㄔㄜˋ。副：音皮ㄆㄧˊ，坼、副：皆破裂也。句言姜嫄雖頭胎生子，然母體無破裂傷害也。❹菑：同災。句言母體平安也。❺赫：顯也。句言上帝顯其靈也。❻不：讀爲丕ㄆㄧ，大也。寧：安也。不寧：即大寧。或讀如本字，謂徒以禋祀無人道而生子，恐人不信，故不安也。❼康：安也。句言上帝安於姜嫄之祀，故姜嫄居然不夫而生子也。❽居：讀爲胡ㄏㄨˊ，何也。句言姜嫄不夫，何以生子也。又居然，安然也，自然也。

誕寘之隘巷❶，牛羊腓字之❷。誕寘之平林❸，會伐平林❹。誕寘之寒冰，鳥覆翼之❺。鳥乃去矣，后稷呱矣❻。實覃實訏❼，厥聲載路❽。

【註釋】

右第三章，述后稷初生後被棄獲救之非平常也。

❶寘：同置。隘：音愛ㄞˋ，狹也。句言置初生之后稷於狹隘之巷中，以其無父而生，故乃棄之也。❷腓：音肥ㄈㄟˊ，庇護也。字：乳也。此作動詞用。句謂牛羊庇護之，乳養之也。❸平林：林木之在平地者也。❹會：値也。句言適遇斬伐林木者而收起之也。或以爲適逢有人伐木，不便棄置也。❺覆：以翼蓋之也。翼：以翼藉之也。❻呱：音孤ㄍㄨ，小兒啼聲也。❼實：是也。下同。覃：音譚ㄊㄢˊ，長也。訏：音虛ㄒㄩ，大也。❽載：滿也。二句言其啼聲實長而大，故滿路之人無不聞之也。

誕實匍匐❶，克岐克嶷❷，以就口食❸。蓺之荏菽❹，荏菽旆旆❺。禾役穟穟❻，麻麥幪幪❼，瓜瓞唪唪❽。

右第四章，述后稷幼年好種植之事也。

【註釋】

❶匍：音樸ㄆㄨˊ。匐：音伏ㄈㄨˊ。匍匐：手足並用爬行也。❷克：能也。嶷：音匿ㄋㄧˋ，岐嶷：有知識也。或以爲由爬行漸站起，直立前行貌。❸就：向也。口食：自能食也。❹蓺：音易ㄧˋ，種植之也。荏：音忍ㄖㄣˇ，荏菽：大豆也。❺旆：音沛ㄆㄟˋ，旆旆：猶勃勃，枝葉揚起茂盛之貌。❻役：列也。又穎之借字，穀穗也。穟：音遂ㄙㄨㄟˋ，穟穟：苗美好之貌。❼幪：音猛ㄇㄥˇ，幪幪：茂盛貌。❽瓞：音迭ㄉㄧㄝˊ，瓜之小者。唪：音蹦ㄅㄥˋ，唪唪：結實盛多貌。以上五句，言后稷漸長，能樹藝五穀也。

誕后稷之穡❶，有相之道❷。茀厥豐草❸，種之黃茂❹。實方實苞❺，實種實褎❻，實發實秀❼，實堅實好❽，實穎實栗❾。即有邰家室❿。

右第五章，述后稷以農功受封於邰也。

【註釋】

❶穡：指從事農業生產。❷相：視也。句言有視其土地之宜之道也。❸茀：音弗ㄈㄨˊ，治也，拔除也。句謂拔除豐草而治其田也。❹黃茂：嘉穀也。或以爲茂盛也。❺方：始也，謂苗始吐芽也。苞：包也，謂苗始生包而未舒也。❻種：音腫ㄓㄨㄥˇ，苗出地尚短，甲拆而可以他移爲種苗也。褎：音又ㄧㄡˋ，苗漸長也。或以爲種言其肥，褎言其長。❼發：莖發高也。秀：禾吐花而成穗也。❽堅：其結實堅也。好：穀實齊熟，生成好也。❾穎：禾末之芒也，此指穗。栗：穀粒飽滿堅實眾多也。❿即：就也。有：語詞。邰：音台ㄊㄞˊ，后稷所封國，在今陝西武功縣。句言以后稷善種植，有其農功，舜乃封之於邰，有其家室也。

誕降嘉種❶，維秬維秠❷，維穈維芑❸。恒之秬秠❹，是穫是畝❺；恒之穈芑，是任是負❻。以歸肇祀❼。

右第六章，述后稷種植功成以始祭也。

【註釋】

❶降：天降賜之也。嘉：善也。❷秬：音巨ㄐㄩˋ，黑黍也。秠：音丕ㄆㄧ，一稃二米也。❸穈：音門ㄇㄣˊ，穀之一種，苗赤色。芑：音起ㄑㄧˇ，穀之一種，苗白色。❹恆：徧也。之：是也。句謂徧種秬秠百穀也。❺是：於是也。穫：收穫也。畝：以畝計之也。句謂收穫之後堆積田畝中也。❻任：以肩任之，今言抗。負：以背負之，今言揹。句言收穫之多也。❼歸：自田歸家也。肇：音照ㄓㄠˋ，始也。肇祀：開始祭祀也。后稷始受國爲祀，故曰肇祀。

誕我祀如何？或舂或揄❶，或簸或蹂❷；釋之叟叟❸，烝之浮浮❹；載謀載惟❺，取蕭祭脂❻，取羝以軷❼；載燔載烈❽，以興嗣歲❾。

右第七章，述后稷祭祀之經過也。

【註釋】

❶舂：音充ㄔㄨㄥ，舂穀也。揄：音由ㄧㄡˊ，取出臼中已舂之穀物也。❷簸：音跛ㄅㄛˇ，以箕簸揚之去其糠秕也。蹂：音柔ㄖㄡˊ，以手搓揉之以去其細糠也。❸釋：淘米也。叟叟：淘米聲。❹烝：同蒸。浮浮：氣上浮貌。句言蒸米而氣上升也。❺惟：思也。謀惟：謂卜吉日也。❻蕭：蒿也。脂：牛羊牲之祭脂也。句謂取蒿合脂燒之，使其氣味上達於神以祭之也。❼羝：音低ㄉㄧ，牡羊也。軷：音拔ㄅㄚˊ，祭行道路神也。❽燔：音煩ㄈㄢˊ，加於火上燒之也。烈：貫肉加之於火上而烤之也。❾興：興旺也。嗣歲：來年也。句係祝福語，謂祈求來歲爲豐年也。

卬盛于豆❶，于豆于登❷。其香始升，上帝居歆❸。胡臭亶時❹！后稷肇祀，庶無罪悔❺，以迄于今❻！

右第八章，述后稷始祀之成功也。

【註釋】

❶卬：音昂ㄤˊ，我也。盛：音成ㄔㄥˊ，盛物於器也。豆：祭器，木製。❷登：音登ㄉㄥ，亦祭器，陶質。與豆形似，用以盛肉汁羹類者也。❸居：安也。又語詞。歆：欣也。又饗之也。句謂上帝乃安享其祭也。

❹胡：大也。又何也。臭：音秀ㄒㄧㄡˋ，香味也。亶：音膽ㄉㄢˇ，誠也。時：善也，得其時也。句謂何以此氣味如此之香，何以上升之誠得其時邪！❺庶：幸也。悔：過失也。罪悔：猶罪過也。❻迄：至也。以上三句，言后稷之始祭，庶幾能完美無過，毫無可追悔之處，以迄于今也。

【欣賞品評】

牛運震曰：

一篇后稷本紀。此詩本為尊祖配天而作，卻不侈陳郊祀之盛，但詳敘后稷肇祀之典，故是高一層寫照法。極神怪事卻以樸拙傳之，莊雅典奧，絕大手筆。

方玉潤曰：

尊祖無怠，通篇層次井然，不待深求，而自了了。唯八章中皆以八句十句相間。又二章以後，七章以前，每章起句，均用誕字作首，另是一格。

守亮案：

詩序云：「生民，尊祖也。后稷生於姜嫄，文武之功起於后稷，故推以配天焉。」朱傳從之，謂「尊后稷以配天。」詩序之說近是，然未足也。細審詩篇，前三章言后稷誕生之所由顯異，後五章言后稷稼穡農功及肇祀之忱，自是王靜芝先生「此述后稷誕生之異，並其稼穡之功，以見周先祖之德，當受天命也」之說。詩則所敘后稷誕生，近於神話，是乃神化其祖，以見周之當受天命也。此先民常有之，夏禹也，曰其母脩己見流星貫昴，夢接意感；又呑神珠薏苡，胷坼而生是也。殷契也，其母簡狄，行浴見玄鳥墮其卵，呑而孕生是也。即漢高帝之生也，亦謂母媪夢與神遇，蛟龍覆體而有身，亦無不是。雖皆非事實，然異其事而奇其文，誇張之而取民之信服則一也。古今中外開國之君，多有此類神話，蓋不可盡以科學說之也。又此詩八章，架構精當。首章推原后稷生於姜嫄，是一篇綱領；末二句「載生載育，時維后稷。」則已爲下七章立案。次章「不坼不副，無菑無害。」此載生之事也。三四章言棄置，言匍匐，言岐嶷，言種植，此載育之事也。五六七八章言其封邰，肇祀，謀惟以祭，「上帝居歆」，爲周室開基之太祖，所謂「時維后稷」也。七章文義，首尾相銜，連環而下，章法極工。起句言厥初，由今而溯之初也；結句言迄今，由初而推之今也。一起一結，遙相呼應，最有格律之作。陳長發此分析，亦詳且盡矣。

二、行 葦

此燕兄弟耆老，躊酢射禮並行之詩。

敦彼行葦❶，牛羊勿踐履。方苞方體❷，維葉泥泥❸。

右第一章，此以葦之叢生，如兄弟之相聚起興，發兄弟之愛也。

【註釋】

❶敦：音團ㄊㄨㄢˊ，叢聚貌。行：音杭ㄏㄤˊ，道也。或以爲行列也。行葦：叢生道旁之葦也。❷方：始也。

苞：茂也。又發苞也。體：成其形體也。❸泥：音你ㄋㄧˇ，同苨，泥泥：葉茂盛貌。

戚戚兄弟❶，莫遠具爾❷。或肆之筵❸，或授之几❹。

右第二章，述兄弟之宜相親，陳席授几將燕之也。

【註釋】

❶戚戚：親愛也。❷莫：勿也。具：俱也。爾：邇也，近也。句言兄弟勿相遠，俱應親近也。❸肆：陳也。筵：席也。❹几：設以供憑依者也。二句言或陳之席，或授之几，坐而憑之將燕也。

肆筵設席，授几有緝御❶。或獻或酢❷，洗爵奠斝❸。

右第三章，述陳席授几後，獻酢之燕禮也。

【註釋】

❶緝：續也。御：侍也。二句謂肆筵、設席、授几，均有相繼侍奉之人也。❷獻：進酒於客曰獻。酢：客答之曰酢。❸奠：置也。爵、斝均酒器，斝：音甲ㄐㄧㄚˇ。周人之禮，主人洗爵斟酒敬賓，賓飲畢即置爵几上，不再舉。客敬主人亦然。

醓醢以薦❶，或燔或炙❷。嘉殽脾臄❸，或歌或咢❹。

右第四章，述燕之進饌及醢，或歌或鼓之為樂也。

【註釋】

❶醓：音坦ㄊㄢˇ，醢之多汁者。醢：音海ㄏㄞˇ，肉醬也。薦：進也。❷燔：燒肉也。炙：烤肉也。或以爲火炙肝也。❸嘉：美也。殽：同餚，肉饌也。今日葷菜。脾：音皮ㄆㄧˊ，切碎之胃也。臄：音決ㄐㄩㄝˊ，口上肉也。或以爲牛舌也。❹咢：音鄂ㄜˋ，但擊鼓而不歌也。或以爲咢今云幫腔，幫腔者但發咢咢之聲，故以名咢。歌有音有字，咢有音無字。

敦弓既堅❶，四鍭既鈞❷；舍矢既均❸，序賓以賢❹。

右第五章，述射也。

【註釋】

❶敦：音雕ㄉㄧㄠ，敦弓：雕弓也，畫弓也。❷鍭：音侯ㄏㄡˊ，以金爲鏃而去羽之矢也。鈞：勻也。句言輕重均停，四矢皆然也。或以爲射時四人一組，用相同之箭也。❸舍矢：射箭也。均：皆也。句謂每射皆中也。或以爲均，遍也，謂每人均射一箭也。❹序：排列次第也。賢：射之多中者爲賢。句言序賓客之次第，依其射中之多少而次之也。

敦弓既句❶，既挾四鍭❷；四鍭如樹❸，序賓以不侮❹。

右第六章，義同上章，仍述射。

【註釋】

❶句：通彀ㄍㄡˋ，張弓引滿也。❷挾：持也。射禮搢三挾一，謂插其三，一鍭在手也。既挾四鍭，則皆發之也。或以爲四人均已持箭手中也。❸樹：立也。如樹：狀射中之箭，皆貫革而如樹之直立也。❹侮：輕侮

也。不侮：言敬也。句言序其次第，雖以中之多少爲準，但不以其射之不中而輕侮之失敬也。

曾孫維主❶，酒醴維醹❷。酌以大斗❸，以祈黃耇❹。

右第七章，述尊老也。

【註釋】

❶曾孫：主席者之稱。維：爲也。維主：今言作主人。❷醴：音里ㄌㄧˇ，甜酒也。醹：音乳ㄖㄨˇ，酒味醇厚也。❸大斗：柄長三尺之斗。❹黃：黃髮也，老人髮白而復黃也。耇音苟ㄍㄡˇ，老也。或以爲耇，凍梨也。謂老人面色如凍梨也。

黃耇台背❶，以引以翼❷。壽考維祺❸，以介景福❹。

右第八章，義同上章，仍述尊老。

【註釋】

❶台：同鮐。台背：背如鮐魚之文，老年皮膚乾燥之狀似之，老壽之相也。或以爲台背即駝背。年老者多有之。❷引：在前導之也。翼：在旁輔之也。❸祺：吉也。❹介：音丐ㄍㄞˋ，求也。景：大也。

【欣賞品評】

朱善曰：

侍御之盛，言其人之不乏也；獻酬之盛，言其禮之無闕也；飲食之盛，言其物之豐也；

歌樂之盛，言其聲之和也。前兩章未射而飲、燕之始也，故備言其禮樂之盛；後二章既射而飲，燕之終也，故惟致其頌禱之誠。言之固有序也。

守亮案：

詩序云：「行葦，忠厚也。周家忠厚，仁及草木，故能內睦九族，外尊事黃耇，養老乞言以成其福祿焉。」詩序之說，隨文生義。周家忠厚，仁及草木語，附會之言。且詩中有射，而序遺之；詩無乞言，序反增之。荒謬過多，自不足信。朱傳云：「疑此祭畢而燕父兄耆老之詩。」祭畢字眼，詩未及之，故多人駁其非是。細審詩篇，先言兄弟，次言醻酢，次言射禮，終言尊優耆老。當是燕兄弟耆老，醻酢射禮並行之詩。詩則毛分爲七章，朱分爲四章，而鄭則爲八章，各有其長，亦有所短，玆從鄭氏所分。首章興兄弟之愛者，以牛羊未有不踐生草者，詩言勿踐，知非泛然起興故也。二三四章言陳席授几，獻酢燕飲，歌鼓之樂；然必有首章相愛之心爲本，而後燕樂始不爲虛文。五六章言燕飲之後，校射助興。七八章言既射之後，酌醴尊老。章句分明，氣厚詞淳。故牛運震有「篤厚典雅。」龍仿山有「蔚然開國手筆，當爲成王時作無疑」之說也。

三、既醉

此周王祭畢燕群臣，群臣祝嘏之詩。

既醉以酒，既飽以德❶。君子萬年❷，介爾景福❸。

右第一章，述群臣燕後，祝君福壽多有也。

【註釋】

❶德：恩惠也。句言已承恩惠甚多於燕也。❷君子：指主人，亦即君王也。❸介：音丐ㄍㄞˋ，求也。景：大也。

既醉以酒，爾殽既將❶。君子萬年，介爾昭明❷。

右第二章，略同首章，祝君長壽光明也。

【註釋】

❶殽：同餚，肉饌也。今日葷菜。將：進也，行也。句言持殽進之於賓也。❷昭明：昭顯光明也。

昭明有融❶，高朗令終❷。令終有俶❸，公尸嘉告❹。

右第三章，承上章，續祝君之昭明也。

【註釋】

❶融：明之盛也。又長也。有融：融然也。❷高朗：高明也，謂聲譽。令：善也。令終：當兼福祿名譽言之，謂嘉善結果，圓滿而終也。❸俶：音觸ㄔㄨˋ，始也。句言前輩以善終，後人又以善始也。❹公尸：君尸也。古者祭，設生人爲尸，以代神位受祭，後世易以畫像。嘉告：尸代神告以善言，謂嘏辭也。

其告維何？籩豆靜嘉❶。朋友攸攝❷，攝以威儀❸。

右第四章，承上章，述祭品潔美，助祭者有威儀也。

【註釋】

❶籩，音邊ㄅㄧㄢ，古盛果脯等竹製祭器，形如豆。豆：祭器，木製。靜：善也。嘉：美也。靜嘉：謂籩豆中之祭物潔淨而美也。❷朋友：謂助祭之羣臣也。攸：則也，以也。攝：輔佐也。句謂賓客在祭祀中輔佐主祭者。❸威儀：容止也，今言合乎禮節之態度與舉動。

威儀孔時❶，君子有孝子❷。孝子不匱❸，永錫爾類❹。

右第五章，承上章，述祭之得宜，天賜之以善也。

【註釋】

❶孔：甚也。時：是也，宜也。❷孝子：孝順之子也，謂主人之嗣子。❸匱：音愧ㄎㄨㄟˋ，竭也。句謂孝子之孝心無虧缺時也。❹錫：賜也。類：善也。又族類也。句言天永賜爾以善也。

其類維何？室家之壼❶。君子萬年，永錫祚胤❷。

右第六章，承上章，述君子能萬年長壽，天永賜福祿及子孫也。

【註釋】

❶壼：音捆ㄎㄨㄣˇ，捆致也，與悃至同，或以爲宮中巷也，引申爲擴充之義。室家擴充，故能成其善也。

❷祚：福祿也。胤：音印ㄧㄣˋ，子孫也。

其胤維何？天被爾祿❶。君子萬年，景命有僕❷。

右第七章，承上章，述子孫被天祿，大命有所附也。

【註釋】

❶被：覆被也。祿：福也。❷景命：大命也，即天命。僕：附屬也。句謂天命使汝有附屬之人也。

其僕維何？釐爾女士❶。釐爾女士，從以孫子❷。

右第八章，承上章，述所附者何？女士有偶，子孫不絕也。

【註釋】

❶釐：賜予也。女士：即女子，謂妃也。句謂賜汝以女士爲偶也。或以爲女士，猶言士女，謂男女並賢，及於子孫耳。❷從：隨也。孫子：猶子孫。句謂乃隨之而有子孫不絕焉。

【欣賞品評】

朱善曰：

「籩豆靜嘉」，孝誠之著於物也；「朋友攸攝」，孝誠之寓於人也；「孝子不匱」，孝誠之傳於後嗣也。「室家之壺」，孝誠之形於內助也。「錫爾以祚」，所以厚其身也；「錫爾以胤」，所以昌厥後也；「釐爾女士」，則室家之深遠而嚴肅者，非止於一世；「從以孫子」，則嗣子之孝誠而不竭者，非止於一人也。此皆述所告之辭也。

方玉潤曰：

首二章福德雙題，三章單承德字，四章以下皆言福。蓋借嘏辭以傳神意耳。然非有是德，何以膺是福？詩意甚明。何元明以來儒者乃有專主福而不言德者！

守亮案：

詩序云：「既醉，大平也。醉酒飽德，人有士君子之行焉。」詩序之說，無中心義旨，失之泛混，不可從。朱傳云：「此父兄所以答行葦之詩。」行葦之詩，未必爲祭詩，已如前篇所言，又何答也？且後數章皆從「公尸嘉告」而衍之，非謝答之辭也。朱傳亦不可信。細審詩篇，「其告維何？籩豆靜嘉。」明言祭祀之狀；「君子萬年，永錫祚胤。」明述祝嘏之辭。此當是周王祭畢燕群臣，群臣祝嘏之詩。詩則以有孝子作主，惟人主之孝，莫大於能守宗廟，保社稷，垂福祿，以遺子孫而使萬世不絕。故篇中言「君子萬年」，言「介爾景福」，言「天賜爾祿」，言「永錫爾類」，言「永錫祚胤」，言「從以孫子」，而以「孝子不匱」爲中心。是不匱、蓋直欲君子之後，常有孝子，自一世以至萬世無窮也。漢世廟號曰孝，李令伯陳情亦有「以孝治天下」語，似皆深知此意也矣。

四、鳧　鷖

此祭畢之次日，設禮以燕公尸，慰其辛勞之詩。

鳧鷖在涇❶，公尸來燕來寧❷。爾酒既清❸，爾殽既馨❹，公尸燕飲，福祿來成❺。

右第一章，以鳧鷖在涇和樂安適景象起興，以引起公尸來燕來寧，主人酒清殽馨，公尸燕飲，有福祿以來成就之也。

【註釋】

❶鳧：音扶ㄈㄨˊ，野鴨也。鷖：音衣一，鷗鳥也。涇：水名。❷公尸：君尸也。古者祭，設生人爲尸，以代神位受祭，後世易以畫像。燕：宴饗之也。寧：安之也。來燕來寧：言來受燕而寧也。❸爾：指主人。❹殽：同餚，肉饌也。今日葷菜。馨：香也。❺來：是也。成：就也。句言福祿成就之也。

鳧鷖在沙，公尸來燕來宜❶。爾酒既多，爾殽既嘉，公尸燕飲，福祿來爲❷。

右第二章，義同首章，換韻而重唱之。

【註釋】

❶宜：合宜也，舒適也。❷爲：施也，加也。句謂福祿加於其身也。

鳧鷖在渚，公尸來燕來處❶。爾酒既湑❷，爾殽伊脯❸，公尸燕飲，福祿來下❹。

右第三章，義同前章，又換韻而疊唱之。

【註釋】

❶處：居止之也。又安處也。❷湑：音許ㄒㄩˇ，濾酒使清也。❸伊：是也。脯：音甫ㄈㄨˇ，肉乾也。❹來下：降下也。句謂福祿降及其身也。

鳧鷖在潨❶，公尸來燕來宗❷，既燕于宗❸，福祿攸降❹。公尸燕飲，福祿來崇❺。

右第四章，義仍同前章，四疊唱之。

【註釋】

❶潨：音中ㄓㄨㄥ，兩水相會之處也。❷宗：借爲悰，樂也。❸宗：宗廟也。❹攸：乃也。❺崇：高也。用爲動詞。句謂福祿使之增高也。

鳧鷖在亹❶，公尸來止熏熏❷。旨酒欣欣❸，燔炙芬芬❹。公尸燕飲，無有後艱❺。

右第五章，義仍同前章，五疊唱之。

【註釋】

❶亹：音門ㄇㄣˊ，湄之假借，水涯也。或以爲水流峽中如門也。❷止：息止也。熏熏：和悅貌。❸旨：美也。欣欣：香氣盛貌。❹燔：燒肉也。炙：烤肉也。或以爲火炙肝也。芬芬：香也。❺艱：難也。句言後

無艱難，大有吉祥也。

【欣賞品評】

朱公遷曰：

來成、來為、來下、攸降、來崇，皆卽今日言之，凡得安樂尊榮如此者，是卽所謂福也。「無有後艱」，則自今而往，永永無墮，而福常若此矣。

守亮案：

詩序云：「鳧鷖，守成也。太平之君子能持盈守成，神祇祖考安樂之也。」詩序之說，泛而不知其旨，不可從。朱傳云：「此祭之明日，繹而賓尸之樂。」繹者，天子諸侯，於祭祀之明日，設禮以燕其尸，此禮曰繹。孔氏疏云：「燕尸之禮，大夫謂之賓尸，卽用其祭之日。今有司徹是其事也。天子諸侯則謂之繹，以祭之明日。春秋宣八年言：『辛巳有事於太廟，壬午猶繹。』是謂在明日也。此公尸來燕，是繹祭之事。」朱傳未察，以繹與賓尸合爲一辭，顯有失誤，亦不可從。細審詩篇，詩中有「公尸來燕來寧」，「公尸來燕來宗」語，此當是方玉潤所謂「此繹祭燕尸之樂也。」詩則自首章起，連續五疊重唱，變化不多，章法亦奇。旣燕公尸，慰其辛勞。故酒也潔清馨香，殽也嘉美芬芳；而公尸之來燕也，則安寧舒適，歡樂和悅。除此之外，五言福祿，且結以「無有後艱」。不僅見慇慇懃懃，尊尸卽所以敬神心志；且可知若非天下太平無事，朝廷晏安雝穆，則不能致此也。惟鳧鷖之起興也，本無深義；而鄭箋以在涇喩祭宗廟之尸，在沙喩祭四方萬物之尸，在渚喩祭天地之尸，在潨喩祭社稷山川之尸，在亹喩祭七祀之尸，曲爲分配，則失之固，此不可不正之也。

五、假樂

此祝頌周王，規戒百辟卿士之詩。

假樂君子❶，顯顯令德❷。宜民宜人❸，受祿于天❹。保右命之❺，自天申之❻。

右第一章，言君子光顯其德，宜其民人，受祿于天之可嘉樂也。

【註釋】

❶假：借爲嘉，美也。君子：指王也。❷顯顯：光顯貌，盛明貌。令：美也，善也。❸民：指人民。人：指羣臣百官。句言其民其人，皆以君之令德而得其宜也。❹祿：福也。下同。❺右：古佑字，助也。命：天命之也。句言上天保佑周王，使之有福祿也。❻申：重也。句謂天命自天重複而降也。

干祿百福❶，子孫千億❷。穆穆皇皇❸，宜君宜王❹。不愆不忘❺，率由舊章❻。

右第二章，言君子求福得福，子孫衆多，遵舊章之無過失也。

【註釋】

❶干：求也。或以爲干當作千，千祿百福相對爲文。❷千億：言其多也。❸穆穆：肅敬也。皇皇：光明也。❹句言宜於爲君，宜於爲王也。❺愆：過誤也。忘：通亡，失也。或以爲同妄。句謂無過誤，無遺失也。❻率：循也。由：從也。舊章：舊有之典章法度也。

威儀抑抑❶，德音秩秩❷。無怨無惡❸，率由羣匹❹。受福無疆❺，四方之綱❻。

右第三章，言君子有威儀德音，無人怨惡，任群賢之福祿無疆也。

【註釋】

❶威儀：容止也，今言合乎禮節之態度與舉動。抑抑：謙遜慎密貌。❷德音：語言也。或以爲美譽也。秩秩：有序也。有序言相繼而來，無差失也。❸惡：音務ㄨˋ，憎惡也，厭惡也。❹匹：佐也，指輔佐之大臣。群匹：群臣也。二句謂君子無私心之怨惡，而皆循羣臣之公意也。❺疆：界限也。無疆：無邊限極止也。❻綱：綱紀也，表率也。

之綱之紀❶，燕及朋友❷。百辟卿士❸，媚于天子❹。不解于位❺，民之攸塈❻。

右第四章，言君子總其綱紀，安及群臣，並期百辟卿士之媚愛天子，不懈於位也。

【註釋】

❶之：是也。紀：理也，總要也。❷燕：安也。朋友：謂羣臣也。❸辟：君也。百辟：指衆諸侯。卿士：

各級官員之泛稱。❹媚：愛也。❺解：同懈，懈怠也，怠惰也。❻攸：所也。塈：音系ㄒㄧˋ，息也。句言民之所安息也。

【欣賞品評】

朱公遷曰：

此詩祝其君以顯德致福祿。然所謂福祿者，不惟得天命於一時，尤欲其子孫之賢，而保治於無窮也。

守亮案：

詩序云：「假樂，嘉成王也。」詩序之說，雖後人多從之；然落實成王，詩文無法證成之，不可信。朱傳云：「疑此即公尸之所以答鳧鷖者也。」清人姚際恒已駁其非是。細審詩中「穆穆皇皇，宜君宜王。不愆不忘，率由舊章。」「百辟卿士，媚于天子。不解于位，民之攸塈」語，此當是祝頌周王，規戒百辟卿士之詩。詩則特下四宜字，自應另眼觀之。蓋君臨天下，先求「宜民宜人」，而後始能「宜君宜王」。能「宜民宜人」，「宜君宜王」，自「無怨無惡」，「不愆不忘」。能「無怨無惡」，「不愆不忘」，則自可「千祿百福」，而受之自天，保之右之，命之申之，以享無疆之休也。然「宜民宜人」，「宜君宜王」，由何作起？曰：「率由舊章」，「率由群匹」而已。舊章者，文武之政，布在方策是也；群匹者，文之四友，武之十亂是也。所謂率由，即在法此文武舊章，任此文武群匹也。此義牛運震、龍起濤發之，特暢其說如上。

六、公劉

此咏公劉遷豳之詩。

篤公劉❶，匪居匪康❷，迺埸迺疆❸，迺積迺倉❹。迺裹餱糧❺，于橐于囊❻，思輯用光❼。弓矢斯張❽，干戈戚揚❾，爰方啓行❿。

右第一章，述公劉遷豳之準備，以至啓行也。

【註釋】

❶篤：厚也，篤實忠厚也。或以爲發語詞。公劉：公號名劉，后稷之裔孫也。堯時封后稷於邰，十餘世，至公劉，當夏之衰，避桀居於豳。❷上匪字：彼也。下匪字：同非，不也。康：寧也。句謂公劉因其人民居於戎狄之間不安康也。❸迺：同乃。下同。埸：音易ㄧˋ，田畔也。疆：田間疆界也。二字皆用爲動詞，謂劃分田界，修治土地，以期增加生產也。❹積：積存糧穀也。句謂積存糧穀，置入穀倉儲存之也。❺裹：包裹之也。餱：音侯ㄏㄡˊ，乾食曰餱。糧：出行所攜之食物也。❻于：置入也。橐：音沱ㄊㄨㄛˊ，裹糧之袋也。小曰橐，大曰囊。或以爲無底者曰橐，有底者曰囊。❼思：語詞。輯：集也。用：以也。光：廣也，猶言多。謂集聚之餱糧甚多也。以上三句，言以將遠行，乃集聚甚多易攜帶之乾糧於橐囊包裹中，以備途中食用也。❽斯：則也、乃也。下同。張：施弓於弦也。此謂將弓弦準備妥當。❾干戈戚揚：四種武器。干：盾也。戚：斧也。揚：鉞也。亦斧類，鉞大斧小。或以爲揚舉也。❿爰：語詞。相當於乃、於是。方：

始也。行：音杭ㄏㄤˊ，啓行：啓程也。以上三句，以遠行途中備警防患，故整備武器而啓程遷於豳也。

篤公劉，于胥斯原❶，既庶既繁❷，既順迺宣❸，而無永歎❹。陟則在巘❺，復降在原❻。何以舟之❼？維玉及瑤❽，鞞琫容刀❾。

右第二章，述公劉至豳，視土而墾之經過也。

【註釋】

❶于：助詞。胥：相也，觀察也。斯：此也。斯原：指豳地原野。❷庶：物產富庶也。繁：人口衆多也。❸順：順公劉之意也。宣：宣告人民也。或以爲宣，通暢也。謂民心既順其情而宣暢也。❹永：長歎也。以上五句，言公劉乃考察豳地原野，見其物產豐富，人口衆多，順其心意，乃宣告人民遷於此；而人民亦感滿意，故無長歎怨望也。❺陟：音至ㄓˋ，登也。巘：音演ㄧㄢˇ，孤立之小山也。❻二句言公劉上山降原，觀察地勢也。❼舟：帶也。或以爲服之譌字。服，佩帶也。❽瑤：似玉之美石。❾鞞：音比ㄅㄧˇ，刀鞘下端之裝飾也。琫：音菶ㄅㄥˇ，刀鞘近口之裝飾也。容刀：佩刀也。以上三句，以佩服寫公劉之意態風采，非同常人。

篤公劉，逝彼百泉❶，瞻彼溥原❷。迺陟南岡，乃覯于京❸。京師之野❹，于時處處❺，于時廬旅❻。于時言言❼，于時語語❽。

右第三章，述公劉至豳，營居邑之事也。

【註釋】

❶逝：往也。百泉：多泉水之處也。或以爲係豳地名。❷溥：音普ㄆㄨˇ，大也。溥原：廣大之原野也。或以爲亦係豳地名。❸覯：音構ㄍㄡˋ，見也。京：高丘也。或以爲亦係豳地名。❹師：眾也。京師：高丘而眾所居也。以其長爲周之國都，故後世以天子之所都曰京師。❺于：於也。時：是也。處處：居處也。❻廬：寄也。旅：亦寄也。廬旅：寄居也。❼言言：言其所當言也。❽語語：語其所當語也。二句言民安其所，歡然相親，故言言語語，談論說笑，以通情愫也。

篤公劉，于京斯依❶。蹌蹌濟濟❷，俾筵俾几❸。既登乃依❹，乃造其曹❺，執豕于牢❻。酌之用匏❼，食之飲之❽，君之宗之❾。

右第四章，述公劉於草創初就，以飲食勞群臣也。

【註釋】

❶依：依之以居也。❷濟濟：眾多貌。又有容止之貌。蹌：音槍ㄑㄧㄤ，蹌蹌：趨進貌。又威儀敬慎之貌。❸俾：使也。筵：席也。几：設以供憑依者也，句言使人爲之設筵設几也。❹登：謂登筵也。依：謂依几也。❺造：往也。曹：羣也，謂豬羣。❻牢：豬圈也。句謂於牢中執其豕，殺之爲餚以饗賓客也。❼酌：飲酒也。匏：音庖ㄆㄠˊ，瓢也。句謂以匏瓜所製之瓢盛酒以飲客也。❽食：音四ㄙˋ，使之食也。飲：音印ㄧㄣˋ，使之飲也。句謂使賓客食餚飲酒也。❾君：異姓之臣尊之爲君上也。宗：同姓之臣尊之爲宗長也。二句謂眾賓客於食之飲之歡娛後，乃尊公劉爲之君上，爲之宗長也。

篤公劉，既溥既長❶。既景迺岡❷，相其陰陽❸，觀其流泉❹。其軍三單❺。度其隰原❻，徹田爲糧❼。度其夕陽❽，豳居允荒❾。

右第五章，述公劉辨土宜，制軍賦也。

【註釋】

❶溥：廣也。句謂所墾之地，所居之所廣而長也。❷景：同影，用爲動詞，測也。迺：猶其也。句謂以日影定山岡之方向也。❸相：音向ㄒㄧㄤˋ，視也。陰：山之北也。陽：山之南也。句謂觀陰陽相背，寒暖所宜，以爲築室方位也。❹句謂觀流泉水源浸潤之所利於民者也。❺單：獨立單位也。三單：三軍也。句言三支軍隊分爲三處，輪流操作以更相休息，蓋寓兵於農也。❻度：量也。隰：音息ㄒㄧˊ，低濕之地也。原：廣平之地也。句謂度其爲隰爲原，以爲取稅之標準也。❼徹：取稅之稱。徹田：視田之良惡，以爲取稅之標準也。爲糧：取其糧以爲稅也。❽夕陽：山之西曰夕陽。❾豳居：猶言豳地。豳：亦作邠，在今陝西省栒邑縣境。允：信也。荒：大也。句言豳人居地誠然廣大也。

篤公劉，于豳斯館❶。涉渭爲亂❷，取厲取鍛❸，止基迺理❹，爰衆爰有❺。夾其皇澗❻，溯其過澗❼，止旅迺密❽，芮鞫之即❾。

右第六章，述公劉建宮室，作館舍，以安其民也。

【註釋】

❶館：舍也。句謂築舍於豳而居之也。❷渭：水名。亂：橫渡絕其流曰亂。句謂以石絕流，蓋建橋梁以渡渭也。❸厲：即礪，用以磨擦之石。鍛：碫之假借，用以搥打之石。二者皆築室所需之物或生產工具也。

❹止基：即址基，定其建築之基也。理：治也。句謂始建居室也。❺衆：多也。有：亦多也。又有財富也。句謂人民衆多且有財富也。❻皇澗：澗名。句謂館舍夾皇澗之兩旁而築也。❼溯：向也。過澗：亦澗名。句謂面向過澗而居也。❽止旅：寄居也。密：多也。句謂寄居之人繁多也。或以爲止，居也。旅，衆也。密，安也。謂衆人乃安然定居也。❾芮：音瑞ㄖㄨㄟˋ，汭之假借，水灣之內也。鞫：音鞠ㄐㄩˊ，水灣之外也。即：就也。句言就水灣內外而居也。

【欣賞品評】

方玉潤曰：

首章將言遷都，先寫兵食具足，是為民信之本。古人舉事，不苟如此。次相度地勢。三寫民情歡洽。于時處、于時廬、于時言、于時語，莫非鼓舞操作氣象，毫無咨嗟怨歎之言。此國之所以日大也。四既落成而燕飲之。君乃為之立長分宗，以整屬其民，乃開國大計，非泛然者。迨至五章，區畫略定，乃定兵制，軍分為三；並立稅法，糧什取一。民卽兵，兵卽民，故並言焉。此寓兵于農之法，千秋軍制，無過乎是。周家世守成規，有由來矣。至此遷都之事已畢，而更度其夕陽以為之地者何哉？蓋舊民雖安，新附日衆，不可不設館以處之。于是更卽芮水之外廣為安置，或夾皇澗，或溯過澗，莫非民居，悉成都邑。豳居之境乃益擴耳。首尾六章，開國宏規，遷居瑣務，無不備具。

守亮案：

詩序云：「公劉，召康公戒成王也。成王將涖政，戒以民事，美公劉之厚於民，而獻是詩也。」朱傳從之，謂「舊說召康公以成王將涖政，當戒以民事，故詠公劉之事以告之。」詩中無告誡成王語，詩序牽附之說，自不可從。後之解詩者，以詩首章寫始行，餘則寫遷豳之初，辛苦經營，詩義極明，故多本方玉潤「公劉，始遷豳也」而說之。詩則首言遷都之始，次言相地之宜，次言民情之洽，次言燕饗之樂，次言制度之備，而終以擴土築館，居其民，柔遠人收筆；以見國勢之大，日進無疆也。其始遷如何準備，至豳後又如何觀察，如何經營，如何定居，無不備具，爲周室先祖一詳盡遷徙圖，大雅中有名史詩之一也。吳闓生曰：「篇中表岡陵，度隰衍，相土宅民；地形水利，軍制田賦，至於礪碫之末，纖悉不遺。眞體國經野之大文，而其精神時洋溢於文外，尤爲聖於立言，後世所莫由企及者也。」若非大手筆，莫之能爲也。牛運震曰：「一篤字括通篇之旨。」不僅詩旨如此，文之質樸淳厚亦似之。

七、泂酌

此勸戒君王慈祥愛民，民親附來歸之詩。

泂酌彼行潦❶，挹彼注茲❷，可以餴饎❸。豈弟君子❹，民之父母。

右第一章，以潦水挹注可為酒食，與君子樂易為民父母也。

【註釋】

❶泂：音迥ㄐㄩㄥˇ，迥之假借，遠也。酌：用勺酌取也。行潦：流動之水也。句謂至遠處酌水於彼流水之中也。❷挹：音邑ㄧˋ，以器酌水也。注：灌入也。句言酌彼流水注之於此器中也。❸餴：音分ㄈㄣ，餾也，

今云蒸飯。饎：音斥ㄔˋ，酒食也。❹豈：音愷ㄎㄞˇ，弟音替ㄊㄧˋ，豈弟：同愷悌，和樂平易也。君子：指君上。

洞酌彼行潦，挹彼注茲，可以濯罍❶。豈弟君子，民之攸歸❷。

右第二章，義同上章，換韻重唱之。

【註釋】

❶濯：洗滌也。罍：音雷ㄌㄟˊ，酒器，刻爲雲雷之象。❷攸：所也。歸：親附也。

洞酌彼行潦，挹彼注茲，可以濯溉❶。豈弟君子，民之攸塈❷。

右第三章，義同上章，又換韻而疊唱之。

【註釋】

❶溉：當讀爲概ㄍㄞˋ，盛酒之漆樽也。❷塈：音系ㄒㄧˋ，息也。句言民之所安息也。

【欣賞品評】

鄭泉曰：

此詩見民之休戚在下，而其機則係於上。詞雖褒美，而意則實以勸戒之。

守亮案：

詩序云：「泂酌，召康公戒成王也。言皇天親有德，饗有道也。」朱傳從之。詩序之說，清人姚際恒已駁其非。詩無告誡意，詩序之說不可從。細考詩篇，詩有「民之父母」，如父母之懷愛其民也；有攸歸，爲民所歸往也；有攸塈，爲民所安息也。當係方玉潤所謂「必在上者有慈祥豈弟之念，而後在下者有親附來歸之誠」之說也。詩則三章幾全同，首句以「泂酌彼行潦」起興。行潦與餴饎，汚潔不同也；然能「挹彼注玆」，則汚者亦可潔用之，而以之爲酒食，君子與民，上下殊分也；然能豈弟以近之，則無上下之分，而爲「民之父母」矣。此呂枏所及言之者也。所謂「民之父母」者，如父母之懷愛其民也。能如父母之懷愛其民，則民自親其德，饗其道，而歸往，而安息矣。此勸戒之所在也。

八、卷阿

此臣從王遊，作歌獻於王，以為頌美之詩。

有卷者阿❶，飄風自南❷。豈弟君子❸，來游來歌，以矢其音❹。

右第一章，發端總敘其所遊之地、之時、之事也。

【註釋】

❶卷：曲貌。有卷：卷然也。阿：大陵也。❷飄風：迴風也、旋風也。❸豈：音愷ㄎㄞˇ，弟音替ㄊㄧˋ，豈弟：同愷悌，和樂平易也。君子：指君王。❹矢：陳也。以上三句，言豈弟君子來此，我等從之游而爲之歌，以陳其聲音也。

伴奐爾游矣❶，優游爾休矣❷。豈弟君子，俾爾彌爾性❸，似先公酋矣❹。

右第二章，頌王優遊自得，壽考嗣先君也。

【註釋】

❶伴：音畔ㄆㄢˋ，伴奐：優游閑暇之意。或以爲當讀爲盤桓，回還往來也。爾：指王，指君子。❷優游：閑暇自得之貌。休：息也。❸俾：使也。彌：久也。性：命也。句謂使爾長壽也。❹似：嗣也，承繼也。先公：君子之祖先也。酋：猷之省借，謀也。句謂君子承繼先公之事業也。

爾土宇昄章❶，亦孔之厚矣❷。豈弟君子，俾爾彌爾性，百神爾主矣❸。

右第三章，頌王國土咸寧，壽考嗣先君也。

【註釋】

❶土宇：可居之土，國土也，邦家也。昄：音板ㄅㄢˇ，大也。章：著也。句謂疆域大而國顯也。或以爲昄同版，昄章猶版圖也。❷厚：謂福祿厚也。❸句謂常爲百神山川之主，以主祭百神山川也。

爾受命長矣，茀祿爾康矣❶。豈弟君子，俾爾彌爾性，純嘏爾常矣❷。

右第四章，頌王受天命，壽考享純福也。

【註釋】

❶茀：音弗ㄈㄨˊ，福也。康：安也。句謂福祿王皆安享之也。❷純：大也。嘏：音古ㄍㄨˇ，福也。常：常享之也。

有馮有翼❶，有孝有德❷，以引以翼❸。豈弟君子，四方爲則❹。

右第五章，頌王得人，四方為法也。

【註釋】

❶馮：同憑，依也。翼：助也，輔也。句謂君子有可輔佐依靠之人也。❷有孝：謂有孝行者。有德：謂有德望者。❸引：在前導之也。翼：在旁輔之也。❹四方：四方之國也。則：法也。

顒顒卬卬❶，如圭如璋❷，令聞令望❸。豈弟君子，四方爲綱❹。

右第六章，略同前章，惟上半稍異，並換韻。

【註釋】

❶顒：音庸ㄩㄥˊ，顒顒：溫和貌。卬：音昂ㄤˊ，卬卬：志氣高朗貌。❷圭：珪也，瑞玉也。璋：亦玉名。句言如玉之潔也。❸令：善也。聞：名譽也。望：聲望也。❹綱：綱紀也。引伸之以為事之要領，以總全局之義。

鳳凰于飛❶，翽翽其羽❷，亦集爰止❸。藹藹王多吉士❹，維君子使❺，媚於天子❻。

右第七章，以鳳凰仁瑞，興群臣吉士，皆集於王之左右，愛而為王所使，以頌王也。

【註釋】

❶于：助詞。于飛：即正在飛。❷翽：音會ㄏㄨㄟˋ，翽翽：鳥羽聲。❸亦：語詞。爰：于也。句言集于所止之處也。❹藹：音矮ㄞˇ，藹藹：盛多貌。吉士：善士也，指王之羣臣。❺使：使令也。句謂吉士惟周王所使令也。❻媚：愛也。句謂吉士愛其周王也。

鳳凰于飛，翽翽其羽，亦傅于天❶。藹藹王多吉人，維君子命，媚于庶人❷。

右第八章，作法同上章，惟末言愛庶人以易上章愛天子。

【註釋】

❶傅：附也，至也。❷庶：衆也。庶人：平民也。以上三句，言彼群臣則上能愛天子，下能愛庶民，誠吉士也。

鳳凰鳴矣，于彼高岡。梧桐生矣❶，于彼朝陽❷。菶菶萋萋❸，雝雝喈喈❹。

右第九章，以鳳凰梧桐之和鳴昌茂，以頌王仁臣和也。

【註釋】

❶梧桐：樹名。傳說鳳凰非梧桐不棲，故言鳳凰遂及梧桐之生也。❷朝：音昭ㄓㄠ，朝陽：山之東爲朝陽。

❸莘：音繃ㄅㄥˇ，莘莘萋萋本草木茂盛貌。此指梧桐枝葉茂盛，以喻朝臣之盛也。❹雝，音雍ㄩㄥ，喈音基ㄐㄧ，雝雝喈喈：皆指鳳凰鳴聲之和諧，以喻羣臣之和洽也。

君子之車，既庶且多；君子之馬，既閑且馳❶。矢詩不多，維以遂歌❷。

右第十章，極贊從遊車馬之盛，而以矢詩遂歌，頌揚王德總結也。

【註釋】

❶閑：熟習也。馳：疾馳也。❷遂：成也。

【欣賞品評】

牛運震曰：

優柔和平，風流逸宕，想見大臣納誨亹亹之神。先頌後規，首尾相應，結構最工。

守亮案：

詩序云：「卷阿，召康公戒成王也。言求賢用吉士也。」詩序之說，清人姚際恒已駁其非，詩無戒意，且落實召康公成王言之，不可信。朱傳云：「此詩舊說亦召康公作。疑公從成王游歌於卷阿之上，因王之歌，而作此以爲戒。」從游頗合詩旨，餘仍傍依詩序，亦非是。細考詩篇，首至六章，皆祝勸頌美之詞，五章兼見用賢意。七至九章言求賢，言用吉士。十章言車言馬，又言歌，以與首章末「來游來歌，以矢其音」相應，自是從游歌以獻王之詩。

又多以竹書紀年「成王三十三年遊於卷阿，召康公從」之言，而定召康公從遊，或召康公作。汲書僞出，是否可據，不無可疑，實不如泛言臣從王遊，作歌以獻之爲安也。詩則首章發端，卷阿是其地，南風是其時，來遊來歌是其事。次章以伴奐優游接，下連用三俾爾字，數矣字，神情躍躍，雖頌揚語，而皆自彌性說來，卻是性分中事，頌揚得體。五六兩章，爲則爲綱，從德望來，乃德之著於外者也。七八兩章，就實景以喻賢臣；而臣之所謂賢，無過於忠君愛民，詩特各用一媚字，遂覺異樣生機。九章添出梧桐，取鳳非梧桐不棲咏歎之。且鳳凰和鳴，自是盛世氣象。末章之車馬衆多閑習，車馬即來遊之車馬也。結語二句矢字歌字，乃回應首章末二句，篇法至爲完密。又篇中除六用「豈弟君子」，三用「俾爾彌爾性」，「爾受命長」，「茀祿爾康」，「純嘏爾常」頌王外。至其用字也，前半連用十三爾字，後半連用十顒顒卬卬等疊字。又懼其緊促呆滯，失其活潑輕妙，而用十矣字以舒緩之。練字之工，眞劉舍人文心所謂「善爲文」，「善酌字」，而「參伍單複，磊落如珠」者矣。

九、民勞

此同列相戒，毋縱詭隨，宜敬慎為善，以安邦國之詩。

民亦勞止❶，汔可小康❷。惠此中國❸，以綏四方❹。無縱詭隨❺，以謹無良❻。式遏寇虐❼，憯不畏明❽。柔遠能邇❾，以定我王❿。

右第一章，以民勞可安引起，謂當惠愛京師之人，毋放縱詭隨之輩，敬謹相戒，以安定王室也。末二句主天下大勢言。

【註釋】

❶亦、止：均語詞。❷汔：音氣くー、，殆也，庶幾也。希冀之詞。小：稍也。康：安也。二句言民亦疲困極矣，庶幾可使之稍作安息也。❸惠：愛也。中國：西周王朝直接統轄之區域，即王畿，京師。❹綏：安也。四方：四方諸侯之國也。❺縱：放縱也。詭隨：詭人之善，隨人之惡，譎詐謾欺之人也。❻謹：愼也。良：善也。二句謂勿縱任譎詐謾欺之輩，並當愼防不善之人也。❼式：語詞。遏：止也。寇虐：寇侵暴虐之人也。❽憯：音慘ちㄢˇ，曾也。明：光明也，正道也。二句言遏止寇侵暴虐，而不畏正理，肆無忌憚之人也。❾柔：安撫也。能：親善也。❿定：安也。二句言遠近皆安撫親善之，以安定我王之天下也。

民亦勞止，汔可小休。惠此中國，以爲民逑❶。無縱詭隨，以謹惛怓❷。式遏寇虐，無俾民憂❸。無棄爾勞❹，以爲王休❺。

右第二章，義同首章，換韻而重唱之，末二章主內修政治言。

【註釋】

❶逑：匹也，此爲友伴之義。❷惛：音昏ㄏㄨㄣ，怓：音撓ㄋㄠˊ，惛怓：喧擾爭吵，多言致亂之人也。❸俾：使也。❹勞：功也。❺休：美也。二句言勿棄爾立功時機，以成就我王之休美也。

民亦勞止，汔可小息。惠此京師❶，以綏四國。無縱詭隨，以謹罔極

❷。式遏寇虐，無俾作慝❸。敬愼威儀，以近有德❹。

右第三章，義仍近似上章，又換韻三唱之，末二句主敬愼親賢言。

【註釋】

❶京師：天子之所都也，此指鎬京。❷罔極：無良，爲惡無極止之人也。❸慝：音特去ㄜˋ，惡也。❹有德：有德望之人也。

民亦勞止，汔可小愒❶。惠此中國，俾民憂泄❷。無縱詭隨，以謹醜厲❸。式遏寇虐，無俾正敗❹。戎雖小子❺，而式弘大❻。

右第四章，義仍略同前章，又換韻疊唱之，末二句主擔當大任言。

【註釋】

❶愒：音氣ㄑ一ˋ，息也。❷泄：音曳一ˋ，散也，去也。句言使民之憂去而不復存也。❸醜：眾也。厲：惡也。醜厲：眾醜惡可恥之人也。❹正敗：正道敗壞也。或以爲正借爲政。❺戎：汝也。❻式：用也。弘：廣也。二句言爾雖小子，而用於事甚關弘大，不可不愼也。

民亦勞止，汔可小安。惠此中國，國無有殘❶。無縱詭隨，以謹繾綣❷。式遏寇虐，無俾正反❸。王欲玉女❹，是用大諫❺。

右第五章，義仍略同前章，又換韻疊唱之，末二句主承主恩眷言。

【註釋】

❶殘：害也，此謂被害之人也。❷繾：音遣ㄑㄧㄢˇ，綣：音犬ㄑㄩㄢˇ，繾綣：反覆也，謂反覆無常之人。❸反：覆也。正反：反於正也。❹玉：作動詞用，謂寶愛之如玉也。女：通汝。❺用：以也。大諫：深切勸戒也。二句言以王之寶愛汝，故我作此詩以大諫之也。

【欣賞品評】

牛運震曰：

似是風戒同官之詞，而憂時感事，忠愛惓惓。總為規君而發，是謂善於立言。

方玉潤曰：

詩起四句說安民，中四句說防姦，非君上不足以當此。惟末二句輔成君德，似戒同列辭耳。每章皆然，特各變其義，以見深淺之不同。而中間四句反覆提唱，則其主意專注防姦也可知。蓋姦不去則君德不成，民亦何能安乎？故全詩當以中四句為主，雖曰戒同列，實則望君以去邪為急務也。

守亮案：

詩序云：「民勞，召穆公刺厲王也。」詩序之說，王靜芝先生已疑其非。詩所言者，乃戒愼去惡，以爲王休等語，絕非刺詩，且落實召穆公刺厲王，牽强過甚，斷不可從。朱傳云：「序說以此爲召穆公刺厲王之詩。以今考之，乃同列相戒之辭耳，未必專爲刺王而發。然其憂時感事之意，亦可見矣。」細考詩篇，辭委婉，意懇切，規勸戒愼，諄諄惓惓，盈乎簡牘間，朱傳說是也。故後之解詩者多從之。詩則以「無縱詭隨」一句作主，言勿放縱詭人之善，隨人之惡，譎詐謾欺小人也。小人之狀如何？曰無良，曰惛怓，曰罔極，曰醜厲，曰繾綣。是詭隨者，乃寇侵暴虐之蠹國病根，韓子所謂「邦之五蠹」也。能不愼防之，遏止之，無使逞其不畏天命而作惡，而敗正，而反正，以爲民憂乎？故各特下一謹字，一遏字。能謹防之，遏止之，即所謂無縱，則可達於「惠此中國，以綏四方」之境矣。又每章首句一亦字，見得民勞已久，將不堪矣！故次句接以汔可字，二字何等感人。然又不敢太過侈望，而下接以小字。曰小康、小休、小息、小愒、小安，其意亦可哀矣。且「敬愼威儀，以近有德」句，卓然名言，非書生所能道。漢武不冠，不敢見汲黯在此也。字句琢練之工，令人心驚魄動。

十、板

此假戒同僚而歸諫於王之詩。

上帝板板❶，下民卒癉❷。出話不然❸，爲猶不遠❹。靡聖管管❺，不實於亶❻。猶之未遠，是用大諫❼。

右第一章，言汝出言不能實行，為謀不能遠大，違聖失誠，是以深切勸戒之也。

【註釋】

❶上帝：天帝也。板板：乖戾反常也。❷卒：同瘁ㄘㄨㄟˋ，病也。又讀如本字，盡也。癉：音旦ㄉㄢˋ，勞病也。卒癉：勞累病苦也。❸不然：不信也。句言不能依其所言而行也。或以爲不然，不合於道，不合於

理，今云錯誤不對也。❹猶：與猷同，謀也。句言所作計謀短淺而無遠見也。❺靡聖：無聖哲之言也。管管：無所依也。或以爲管管乃悹悹之假借，憂也。言無聖哲之人，使人憂心悹悹然也。❻實：充也，作動詞用。亶：音膽ㄉㄢˇ，誠也。句謂不能實之以誠信，不守誠信之道，言多虛詐也。❼用：以也。大諫：深切勸戒也。二句言計謀短淺未有遠見，是以大諫汝也。

天之方難❶，無然憲憲❷；天之方蹶❸，無然泄泄❹。辭之輯矣❺，民之洽矣❻；辭之懌矣❼，民之莫矣❽。

右第二章，言天方使民艱難，變動改常，不可慢天妄議，當思言辭輯和悅懌，使民融洽安定也。

【註釋】

❶方難：正予人以災難也。❷無然：勿如此也。憲憲：猶欣欣，喜樂也。二句言天方大降災難，極不可悻悻而喜，自我陶醉也。❸蹶：音貴ㄍㄨㄟˋ，動也，變動改常也。❹泄：音亦ㄧˋ，泄泄：喋喋多言貌。二句言天方變動改常，極不宜多言妄議，以助成之也。❺辭：言辭也。輯：和也。❻洽：融洽也。❼懌：音亦ㄧˋ，悅也。❽莫：定也。以上四句，謂凡言辭之和輯者，則民融洽矣；辭之懌悅者，則民能得安定矣。

我雖異事❶，及爾同僚❷。我即爾謀❸，聽我囂囂❹。我言維服❺，勿以爲笑❻。先民有言：「詢于芻蕘❼。」

右第三章，言我與爾同僚，言雖微而切於事，不可不聽之也。

【註釋】

❶異事：謂職位不同也。❷及：與也。寮：官也。同寮：同爲王臣，今云同事也。❸即：就也。句言我就汝而謀也。❹囂囂：警警之假借，不聽人言也。❺服：用也。❻二句言我之言爲有用，切勿以爲不經笑談也。❼詢：諮詢也，訪問也。芻：音除ㄔㄨˊ，刈草者。蕘：音饒ㄖㄠˊ，採薪者。皆謂微賤之人也。二句謂古之先賢有言，施政當普遍徵詢意見，雖刈草采薪之微賤，亦不應忽視也。

天之方虐❶，無然謔謔❷。老夫灌灌❸，小子蹻蹻❹。匪我言耄❺，爾用憂謔❻。多將熇熇❼，不可救藥❽。

右第四章，言爾病甚深，將不可救，我所言非昏繆腐論也。

【註釋】

❶方虐：方爲暴虐災害也。❷謔：音虐ㄋㄩㄝˋ，謔謔：戲樂也。❸老夫：詩人自謂。灌灌：猶款款，情意懇切貌。❹小子：指年少之掌權者。蹻：音矯ㄐㄧㄠˇ。蹻蹻：驕傲貌。❺匪：非也。耄：音冒ㄇㄠˋ，八十曰耄。句謂非我之言因老而昏亂也。❻用：以也。句謂汝以可憂之事反以爲戲謔也。❼多：謂進言之多也。熇：音賀ㄏㄜˋ，熇熇：嚴厲貌。又熾盛貌。句謂進言多則將使之發怒也。❽句以病爲喻，言病患已深，不可以藥救之也。

天之方懠❶，無爲夸毗❷。威儀卒迷❸，善人載尸❹。民之方殿屎❺，則莫我敢葵❻。喪亂蔑資❼，曾莫惠我師❽。

右第五章，言天方暴虐憤怒，不可夸大諛辭附和之，使賢者伏，民愁苦，莫惠愛於衆也。

【註釋】

❶懠：音濟ㄐㄧˋ，怒也。❷夸：借爲誇，誇大也。毗：音皮ㄆㄧˊ，附和也。夸毗：言夸大其諛辭而附和之也。或以爲屈己卑身以柔順之也。❸卒：盡也。迷：亂也。句言威儀盡成迷亂而失其正也。❹載：則也。尸：謂徒有其形，如行尸而已，不能有所作爲也。❺屎：音希ㄒㄧ，殿屎：苦痛呻吟也。❻葵：借爲揆，度也。句言莫敢揆度其原因也。❼蔑：無也。資：財也。句言喪亂使人民無資財以生也。❽惠：愛也。師：衆也。句謂在位者曾不惠愛我衆民也。

天之牖民❶，如壎如篪❷，如璋如圭❸，如取如攜❹。攜無曰益❺，牖民孔易❻。民之多辟❼，無自立辟❽。

右第六章，言導民甚易，勿謂攜之無益，自立邪僻以誘之也。

【註釋】

❶牖：音有ㄧㄡˇ，啓誘開導之使向善也。❷壎：音熏ㄒㄩㄣ，篪：音池ㄔˊ，二合奏樂器，壎唱而篪和。句謂導民和諧，如壎篪之合奏也。❸圭：珪也，瑞玉也。璋，半圭爲璋，可與圭合。句謂如圭璋之配合得宜也。❹取：猶提也。句謂如提如携，相親而和合也。❺曰：語詞。句言勿以爲携之無益也。或以爲益，當讀爲搤，扼也。言提携之而勿扼制之也。❻孔：甚也。句謂導民甚易也。❼辟：音譬ㄆㄧˋ，邪也。❽二句言民既多邪僻矣，執政者固不可再自立邪僻以導之也。

价人維藩❶，大師維垣❷。大邦維屏❸，大宗維翰❹。懷德維寧❺，宗子維城❻。無俾城壞❼，無獨斯畏❽。

右第七章，言歸本於德，欲其得人心，以輔治安寧國家也。

【註釋】

❶价：音介ㄐㄧㄝˋ，价人：即介人，披甲執銳之人，即軍人。或以爲价人，善人也。藩：籬也。❷大師：大眾也，指人民。垣：墻也。❸大邦：大國諸侯也，強國也。屏：屏障也。❹大宗：王之同姓世嫡子也。翰：借爲幹，棟梁之意。❺懷德：有德可懷也。以上五句，言在上者如有德可懷，則可獲軍人、大眾、諸侯、宗族之擁戴，如此，則邦國得以安寧矣。❻宗子：太子也。或以爲同姓也。城：所以防敵也。❼俾：使也。❽無獨：勿孤立也。二句言勿使城壞，城壞則孤獨，孤獨則可畏矣。

敬天之怒❶，無敢戲豫❷。敬天之渝❸，無敢馳驅❹。昊天曰明❺，及爾出王❻；昊天曰旦❼，及爾游衍❽。

右第八章，言天所敬，不再放恣游樂馳驅，庶可反亂為治也。

【註釋】

❶敬：敬畏也。或以爲同儆。❷豫：借爲娛，樂也。戲豫：游樂逸豫也。❸渝：變也，反常也。❹馳驅：駕車馳馬出遊也。以上四句，言天已怒矣，不可不敬也。玆已觸天之怒，見天之變，故不能再不敬其怒變，故不敢再事游樂馳驅也。❺昊天：猶蒼天，皇天。❻王：通往，謂出遊也。❼旦：明也。❽游衍：游樂也。

以上四句，言天之昭明無所不及，當爾出而往游樂之時，天已明見之矣。及爾放縱恣樂之時，天固已在上監視之矣。

【欣賞品評】

牛運震曰：

拗峭激切，卻純是篤厚。前後屢言敬天安民，都為規王而發，中間二章特借同列以警其見聽耳。當時謗禁甚嚴，道路以目，詩人不敢正言極諫，故詭有所託，以抒其憂國之志。所謂言之者無罪也。

守亮案：

詩序云：「板，凡伯刺厲王也。」詩序之說，王靜芝先生已疑其無據，且落實凡伯，落實厲王，詩無明文可考。詩序之說，殆不可從。朱傳云：「今考其意，亦與前篇相類，但責之益深切耳。」細考詩篇，詩有「及爾同僚」，「是用大諫」，「老夫灌灌」，「聽我囂囂」等語。其爲戒同僚，意甚顯然，朱子說是。故後之解詩者，雖有稍異其詞，但多依傍其義。詩則全篇大意，括於首章，其餘則就首章之意痛快言之耳。「上帝板板，下民卒癉。」其綱也。中以出話貫下，通篇大旨於首章揭出。二章承出話來，故曰辭輯辭懌，是教他出話。三章承爲猶來，故曰：「我卽爾謀」，是教他爲猷。四五章「無然謔謔」、「無爲夸毗」，仍就出話一邊說。六七章壎篪圭璋，藩垣屏翰，仍就爲猷一邊說。末以敬天總結，以終大諫之意。通篇屢提天字作棒喝，末則連點四天字作收，不獨人君之大寶箴，抑亦士人之座右銘也。危詞苦語，何啻賈生痛哭？此龍仿山所及言之者也。又篇中九用無字，叮囑、戒止、希冀之意，爛然紙上。七用我字，以老夫狀之；五用爾字，以小子狀之，其尊倨老臣，垂戒狂傲後進之作歟?!

蕩之什（本什大雅之末，多收所餘一篇共十一篇）

一、蕩

此詩人託言文王而引殷商之覆亡，以警當世之詩。

蕩蕩上帝❶，下民之辟❷。疾威上帝❸，其命多辟❹。天生烝民❺，其命匪諶❻。靡不有初❼，鮮克有終❽。

右第一章，述王命多僻，而曉以天命靡常，以為全詩總冒。下乃設為文王語，分別數責殷商罪過。

【註釋】

❶蕩蕩：偉大之貌，廣大之貌。上帝：天帝也。❷辟：音必ㄅㄧˋ，君也。❸疾威：暴虐也。❹其命：謂天命也。辟：音僻ㄆㄧˋ，通僻，邪僻也。以上四句，言大哉天帝，為下民而立君王，但天帝暴虐，其命亦多邪僻也。❺烝：眾也。❻匪：同非。諶：音忱ㄔㄣˊ，信賴也。二句言天生眾民，何以天命竟不可信賴也？❼靡：無也。❽鮮：音顯ㄒㄧㄢˇ，少也。克：能也。二句言國運初始，無不隆盛，而甚少能善其終也。

文王曰：「咨❶！咨女殷商❷。曾是彊禦❸，曾是掊克❹；曾是在位❺，曾是在服❻。天降滔德❼，女興是力❽。」

右第二章，述強橫狂惑之罪也。

【註釋】

❶咨：嗟歎聲。❷女：同汝。殷商：指紂王。❸曾：乃也。彊：彊梁也。彊梁者，強橫剛暴也。禦：禦善也。禦善者，見善而抗拒之也。彊禦：剛暴禦善之強橫惡人也。❹掊：音抔ㄆㄡˊ，掊克：聚斂剝削也。❺在位：處於強有力之地位也。❻服：事也。在服：執其職事也。以上四語，言汝乃是剛暴爲惡者，聚斂剝削者，處強有力之地位而執其職事者。❼滔：同慆，慢也。滔德：謂慆慢不恭之德行也。❽興：作也。力：用力也。句言汝又起而力行其惡也。

文王曰：「咨！咨女殷商。而秉義類❶，彊禦多懟❷！流言以對❸，寇攘式內❹。侯作侯祝❺，靡屆靡究❻。」

右第三章，述用人不當之罪也。

【註釋】

❶而：乃也。或以爲汝也。秉：用也。義類：善類也。句言汝殷商初乃用善類矣。❷懟：音對ㄉㄨㄟˋ，怨也。句言用善人則強橫之臣怨懟也。❸流言：游談無根之浮辭也，今謂謠言。對：答也。句言以謠言答其君也。❹寇：盜也。攘：竊也。式：用也。又語詞。句言盜竊之流，竟用之於內也。❺侯：語詞。相當於維字。作：讀如詛ㄗㄨˇ，詛祝：怨謗也。❻屆：極也。究：窮也。二句言此等盜竊之人，維以詛謗爲事，而無極無窮，永不休止也。或以爲句謂殷紂罪行無窮無盡也。

文王曰：「咨！咨女殷商。女炰烋于中國❶，斂怨以爲德❷。不明爾德❸，時無背無側❹；爾德不明，以無陪無卿❺。」

右第四章，述善惡不明之罪也。

【註釋】

❶炰：音咆ㄆㄠˊ，烋：音哮ㄒㄧㄠ，炰烋：同咆哮，驕縱怒吼也，兇暴專橫也。或又以爲氣健之貌，怒氣陵人之貌。中國：國中也。句謂兇暴專橫，盈乎四海之內，天地之間也。❷斂：聚也。句言聚斂人之怨恨以爲己之美德也。❸明：修明也。❹時：是也。無背無側：言前後左右無輔佐之臣，皆不稱其官，如無人也。❺陪：副也，貳也，今言助手。卿：卿士。二句言爾德之不能明，是以無陪副之臣，無有用之卿士也。

文王曰：「咨！咨女殷商。天不湎爾以酒❶，不義從式❷。咨愆爾止❸，靡明靡晦❹。式號式呼❺，俾晝作夜❻。」

右第五章，述沈湎於酒之罪也。

【註釋】

❶湎：音免ㄇㄧㄢˇ，沉酗於酒也。❷義：宜也。式：用也。二句言天既不欲爾沈酗於酒，汝則不宜又從而用酒也。❸愆：過也。止：容止也。句謂行爲乖戾錯誤也。❹明：晝也。晦：夜也。❺式：語詞。相當於乃字。句謂醉後乃狂呼亂叫也。❻俾：使也。句謂夜間痛飲，白晝昏睡，正所謂靡明靡晦也。

文王曰：「咨！咨女殷商。如蜩如螗❶，如沸如羹❷。小大近喪❸，人尚乎由行❹。內奰于中國❺，覃及鬼方❻。」

右第六章，述怙惡不悛之罪也。

【註釋】

❶蜩：音條ㄊㄧㄠˊ，蟬也。螗：音唐ㄊㄤˊ，蟬之大而色黑者。❷二句謂時人悲歎之聲，如蜩螗之鳴；憂亂之心，如沸羹之熟也。❸小大：猶言老少。近：幾也。喪：亡也。❹二句言民之老少皆近於喪亡矣；而汝之人仍皆由此道而行之，不知改其非也。❺奰：音必ㄅㄧˋ，怒也。❻覃：音談ㄊㄢˊ，延也。方：邦也，國也。殷周時稱北方之玁狁爲鬼方，秦漢稱匈奴。二句謂殷紂作威毒於內，人民憤怒怨恨，由國內延及鬼方，盈乎四海之內，天地之間也。

文王曰：「咨！咨女殷商。匪上帝不時❶，殷不用舊❷。雖無老成人❸，尚有典刑❹。曾是莫聽❺，大命以傾❻。」

右第七章，述廢棄典刑之罪也。

【註釋】

❶時：是也，善也。❷舊：舊章也。❸老成人：謂舊臣也。❹典刑：法則也。❺聽：從也。❻大命：國運也，天命也。傾：傾危覆亡也。以上四句，言當汝之時，雖已無老成舊臣，然舊時度法則尚在也。汝乃莫肯聽信，一意孤行，大命乃傾，致國家顛覆也。

文王曰：「咨！咨女殷商。人亦有言：『顚沛之揭❶，枝葉未有害，本實先撥❷。』殷鑒不遠❸，在夏后之世❹！」

右第八章，述剝喪本根之罪也。

【註釋】

❶顚：仆也。沛：拔也。揭：樹根蹶起之貌。❷本：根也。撥：絕也。以上三句，言樹之偃仆，樹根蹶起，枝葉初未有害也；然以其根本實已先絕，故樹必死也。❸鑒：鏡也。❹夏后：周人稱夏朝爲夏后氏。二句謂殷人之借鏡不遠，即在夏后之世。夏桀暴虐無道，而致亡國，足以爲殷之鑒戒也。

【欣賞品評】

潘時舉曰：

首章前四句，有怨天之辭；後四句，乃解前四句。謂天之降命，本無不善；惟人不以善道自終，故天命亦不克終，如疾威而多邪辟也。此章意旣如此，故自次章以下，託文王告紂之辭，皆就人君身上說，使知其非天之過。如「女興是力」，「女德不明」，與「天不湎爾以酒」、「匪上帝不時」之類，皆是發首章之意。

守亮案：

詩序云：「蕩，召穆公傷周室大壞也。厲王無道，天下蕩蕩無綱紀文章，故作是詩也。」詩序以此傷厲王無道，而謂召穆公作，無據，不可信。朱傳云：「詩人知厲王之將亡，故爲此詩，託於文王所以嗟嘆殷紂者。」朱傳雖亦言厲王，但以此詩在託於文王所以嗟嘆殷紂，已稍近之。細考詩「靡不有初，鮮克有終」語，似是周之衰世之作。又末有「殷鑒不遠，在夏后氏」之言，當係詩人託言文王而引殷商之覆亡，以警當世之詩。詩則以首章總冒全篇，餘則全託文王口氣歷數殷商罪過，以警當世之主。此唐人詩喜用漢武當明皇，飛燕當太眞之所由出也。詩之寫作也，除七用「文王曰咨！咨女殷商」外，又用「曾是彊禦，曾是掊克，曾是在位，曾是在服」四曾是排句；而「侯作侯祝」侯字句，「式號式呼」式字句，「靡屆靡究」、「靡明靡晦」靡字句，「無背無側」、「無陪無卿」無字句，「如蜩如螗」、「如沸如羹」如字句。他詩或偶一二見，未若此詩之排比整齊，有氣勢橫溢，欲罷不能之慨也。語不造而自妙，字不練而自工，劉勰所謂「篇之彪炳，章無疵也；章之明靡，句無玷也；句之清英，字不妄也。」又有「雕琢其章，彬彬君子矣」之語，似在美此詩作者之結撰奇絕，詞意超妙，蔚爲千古絕唱也。又五章「天不湎爾以酒」至「俾晝作夜」云云，其太史公殷本紀「以酒爲池，縣（懸）肉爲林，使男女倮（裸），相逐其間，爲長日之飲」所本歟?!

二、抑

此衛武公自儆之詩。

抑抑威儀❶，維德之隅❷。人亦有言：「靡哲不愚❸。」庶人之愚❹，亦職維疾❺。哲人之愚，亦維斯戾❻。

右第一章，述威儀當謹，哲人守愚也。

【註釋】

❶抑抑：謙遜愼密貌。❷隅：偶之假借，匹配也。二句言君子當愼密於威儀，勿使有失，外在儀表當與內在品德相配合也。❸哲：聰明也。靡哲不愚：言哲人通達，處於亂世，則其行若愚。所謂國有道則知，國無道則愚，大智若愚是也。❹庶：眾也。庶人：今謂一般人。❺亦：語辭。職：主也。疾：今云毛病。二句言眾人之行爲愚，是眾人本愚，其愚是其主要之病，正爲常態也。❻戾：罪也。二句言哲人而愚者，非眞愚也，是畏懼於罪之加於身也。

無競維人❶，四方其訓之❷；有覺德行❸，四國順之。訏謨定命❹，遠猶辰告❺。敬愼威儀，維民之則❻。

右第二章，述正德勤政，四方皆以為教而服之也。

【註釋】

❶無競：謂無人能與之競也。句言其人之善，無人能與之競，勝過一般眾人也。❷訓：教也。又順也。句言四方皆以爲教而服之也。❸覺：直大也。有覺：覺然也。❹訏：音吁ㄒㄩ，大也。謨：謀也。定命：謂安定國運也。或以爲定而不改之號令也。❺猶：同猷，謀也。辰：時也。句言遠大之圖謀，當依時提出而告於眾也。❻則：法也。下同。

其在于今，興迷亂于政❶。顛覆厥德❷，荒湛于酒❸，女雖湛樂從❹。弗念厥紹❺，罔敷求先王❻，克共明刑❼。

右第三章，述亂政失德，荒酒縱樂也。

【註釋】

❶興：舉也，皆也。二句言時至今日，皆昏迷混亂於政也。❷顛覆：傾敗也。厥：其也。❸荒：荒亂也。湛：音耽ㄉㄢ，樂過其節也。句言荒亂於政，湛樂於酒也。❹女：汝也。雖：與惟通，獨也。句言汝惟湛樂之事是從也。❺紹：繼也。句謂不念其所繼先人之業也。❻敷：普也，廣也。❼克：能也。共：讀爲恭ㄍㄨㄥ，恭謹也。或讀爲拱ㄍㄨㄥˇ，執行也。刑：法也。二句言不廣求先王之道，則不能恭謹從事於賢明之法度也。

肆皇天弗尚❶，如彼泉流，無淪胥以亡❷。夙興夜寐❸，洒埽廷內❹，維民之章❺。脩爾車馬，弓矢戎兵❻，用戒戎作❼，用逷蠻方❽。

右第四章，述勤勉其事，以為民則也。

【註釋】

❶肆：語詞。相當於故字。尚：佑助也。❷無：同勿。淪：率也。又陷入也。胥：相也。二句謂無如彼泉流，相率以敗。泉流夾泥沙俱下，以喻善惡同歸於盡也。❸夙：早也。句謂早起晚睡也。❹廷：同庭，中庭也。內：堂與室也。❺章：今語表率也。❻戎兵：兵器也。❼戒：備也。戎：兵也。作：起也。❽逷：

音惕ㄊ一ˋ，治也。蠻方：夷狄之國也。以上四句，言修整爾之車馬弓矢兵器，以戒備戎兵之變起，以治遠方夷狄之國也。

質爾人民❶，謹爾侯度❷，用戒不虞❸。愼爾出話，敬爾威儀，無不柔嘉❹。白圭之玷❺，尙可磨也；斯言之玷，不可爲也❻。

右第五章，述謹言愼行，勿遺缺失也。

【註釋】

❶質：定也。❷侯度：侯君之法度也。❸虞：慮也。不虞：即今語意外事故也。❹柔：安也。嘉：善也。❺圭：瑞玉也，上圓下方。玷：音店ㄉ一ㄢˋ，玉之斑點缺失也。❻不可爲：無能爲力挽救之也。以上四句，言白圭美玉，如有汚點，尙可磨以飾之；若斯言一出，其缺點旣見，則不能挽回矣。

無易由言❶，無曰苟矣❷。莫捫朕舌❸，言不可逝矣❹。無言不讎❺，無德不報❻。惠于朋友，庶民小子。子孫繩繩❼，萬民靡不承❽。

右第六章，述無言不答，施德必報也。

【註釋】

❶由：于也。句謂勿輕易出言也。❷苟：苟且也。句謂勿曰可苟且如此也。❸捫：音門ㄇㄣˊ，執持也。朕：音陣ㄓㄣˋ，我也。句言無人執持我之舌，我固可隨意出言也。❹逝：去也。句謂言語不可隨意吐出也。❺讎：對也，答也。❻報：答也。二句謂無有出言而無反應對答者，無有施惠而不獲報者，此事之常理也。

❼繩繩：不絕貌。❽承：奉也，順也。以上四句，言如能惠愛朋友，以及衆民小子，則必家國昌盛，子孫繁盛，萬民奉承擁戴也。

視爾友君子，輯柔爾顏❶，不遐有愆❷。相在爾室❸，尚不愧于屋漏❹。無曰：「不顯，莫予云覯❺。」神之格思❻，不可度思❼，矧可射思❽？

右第七章，述慎獨暗室，不愧屋漏也。

【註釋】

❶輯、柔：皆和也。❷遐：語詞。相當於啊字。愆：過也。句言不致有何過失也。❸相：視也。句言視爾獨處爾一己之室內，亦不可輕忽有失檢點也。❹尚：庶幾也。屋漏：屋之西北隅，隱暗之處也。句言雖無人處，亦必恭謹，庶幾不愧於暗室也。❺顯：明也。云：語詞。覯：見也。二句言勿謂一己獨處暗室中，言行不現於外，無人見之，即可爲惡也。蓋必求無愧於心，方可對天地神明也。❻格：神降臨曰格。思：語詞。下同。❼度：音墮ㄉㄨㄛˋ，揣測也。❽矧：音審ㄕㄣˇ，況也。射：音亦ㄧˋ，同斁，厭也。以上三句，言神之降至，不可測知也，況可厭倦於敬慎，不爲修德之事乎！

辟爾爲德❶，俾臧俾嘉❷。淑愼爾止❸，不愆于儀。不僭不賊❹，鮮不爲則❺。投我以桃，報之以李❻。彼童而角❼，實虹小子❽。

右第八章，述明德淑慎，使民法之也。

【註釋】

❶辟：音必ㄅㄧˋ，法也。句言民眾法爾以爲德也。又辟：明也。爲，語詞。言明爾之德也。❷俾：使也。臧、嘉：皆美善意。❸淑：美也，善也。止：容止也，舉止也。❹僭：音賤ㄐㄧㄢˋ，差也。賊：害也。❺鮮：音顯ㄒㄧㄢˇ，少也。以上數句，言明爾之德，使爾嘉善；淑慎爾之容止，使儀度無失；不差不賊，則人鮮有不以爲法則者矣。❻二句言人於我有惠者，我則善報答之。❼童：羊之無角者也。句謂若言童而有角，是不可求之事也。❽虹：訌之假借，潰亂也。句言以童而求其有角，實亂汝小子也。

荏染柔木❶，言緡之絲❷。溫溫恭人❸，維德之基❹。其維哲人，告之話言❺，順德之行❻；其維愚人，覆謂我僭❼，民各有心❽。

右第九章，述君子順德，小人拒諫也。

【註釋】

❶荏：音忍ㄖㄣˇ，荏染：柔貌。❷言：語詞。相當於乃或而字。下同。緡：音民ㄇㄧㄣˊ，被也，施於物上也。句謂以絲作弦施於柔木之上而爲琴瑟也。❸溫溫：寬柔也。❹維：語詞。相當於乃字。基：根本也。二句言溫溫然寬柔之人，乃爲德之根本也。❺話言：古之善言也。❻之：猶而也。句謂順乎美德而行也。❼覆：反也。僭：不誠信也。❽民：人也。句言哲人愚人，其心各別，想法不同也。

於乎小子❶！未知臧否❷。匪手攜之❸，言示之事❹；匪面命之，言提其耳❺。借曰未知❻，亦既抱子❼。民之靡盈❽，誰夙知而莫成❾？

右第十章，述訓告切至，以自儆戒也。

【註釋】

❶於：音烏ㄨ，於乎：即嗚呼，歎詞。❷臧：善也。否：音丕ㄆㄧ，惡也。❸匪：同非，不僅也，不但也。下同。❹示：以事告人也。二句言不僅須攜之以手，且須指示其事之是非也。❺二句言不僅面命之，且須手提其耳而詳告之也。❻借：假也。句言假如謂汝尚未有知識也。❼既：已也。句言汝既抱子而爲人父，非無知幼童也。❽盈：滿也。❾夙：早也。莫：古暮字。二句謂人能受教不自滿，即有成功之日，豈有早知而反晚成者乎？

昊天孔昭❶，我生靡樂❷。視爾夢夢❸，我心慘慘❹。誨爾諄諄❺，聽我藐藐❻。匪用爲教❼，覆用爲虐❽。借曰未知，亦聿既耄❾。

右第十一章，述不聽戒言，託老耄以逃避之也。

【註釋】

❶昊天：皇天也。孔：甚也。昭：明也。❷靡樂：不敢逸樂也。二句言天道甚爲明顯，當必察我之不敢逸樂也。❸夢夢：昏憒也。❹慘慘：憂不樂也。二句言我視爾昏昏然不明之狀，我心實爲之憂傷也。❺諄：音肫ㄓㄨㄣ，諄諄：懇切勸告之貌。❻藐藐：輕視之貌，忽略之貌。二句言我教誨於汝，諄諄然詳熟之至矣；而汝之聽我者，藐藐然未曾用心也。❼用：以也。❽覆：反也。虐：同謔，戲謔也。二句言爾於我之言，不以爲教誨，竟反以爲戲謔之言也。❾聿：語詞。相當於乃、於是。耄：音冒ㄇㄠˋ，老也。八十九十曰耄。二句言汝不能受我之善言，假稱於此未能知也；或託辭於已年老矣，實則皆逃避之辭耳。

於乎小子！告爾舊止❶。聽用我謀，庶無大悔。天方艱難，曰喪厥國❷？取譬不遠，昊天不忒❸。回遹其德❹，俾民大棘❺。

右第十二章，述危言自儆，以天威終之也。

【註釋】

❶舊：舊章也。止：語詞。或謂止，禮也。舊止，先王之禮法也。❷曰：語詞。厥：其也。二句言今天方降艱難，將喪其國矣。❸忒：音特去ㄊㄜˋ，差也。句謂天之報施無甚差忒也。❹回：邪也。遹：音玉ㄩˋ，回遹：邪僻也。❺棘：急也。大棘：大困急也。二句言今汝邪僻汝之德，則必使民大困急也。

【欣賞品評】

汪應蛟曰：

抑戒聖學也。近而威儀言語，遠而謨令政刑；細而寢興洒埽，大而車馬戎兵；顯而賓友臣庶，微而暗室屋漏。凜凜乎若師保在前，天威在上，既耄如此，敬義之功，於是為至矣。

龍仿山曰：

通篇以威儀作主，威儀即德也。首章二句是總籠下八章，後六章是預籠末三章；蓋前八章告以威儀，末三章則繪出愚人不聽忠言之狀。次章「訏謨遠猶」，是絕大威儀，時文家反題正做也，特用「敬慎威儀」二句束住。三章「其在於今」，接入本位。四章用肆字接下，折到自己，從「夙興夜寐」鋪排一遍，皆德也，皆威儀也。五章從行說到言，用威儀橫擔在中以言，亦威儀也。至六章終之。七章將威儀分微顯看，友君子顯也；在爾室微也。「輯柔爾顏」，固為威儀；不愧屋漏，鐃有火滅修容之意，尤威儀之精者也。八章從威儀說到感應。九章溫溫二句，回應首章首二句。後六句回應首章哲人愚人。卽開下三章，下三章卽發揮此六句之意，以「回遹其德」終之。回遹卽威儀反對。「俾民大棘」，卽所云「四海困窮」也。通篇危言至論，經國大業，不朽盛事，具在其中。朱子以為聖賢之徒，信哉！

守亮案：

詩序云：「抑，衞武公刺厲王，亦以自警也。」詩序不應一詩旣刺人，又自警。兩歧之說，朱子駁其非是也。且武公卽位不與厲王同時，詩中所言亦無刺意。細審詩詞倨慢，雖仁厚之君有所不能容者，厲王之暴，何以堪之？詩又言女、言爾、言小子，似不宜用此以指君上。此乃武公假詩人之言以警己，當是朱傳據國語楚語左史倚相「昔衞武公年數九十五矣，猶箴儆于國。」而謂「衞武公作此詩，使人日誦於其側以自警」之說爲是也。以詩但有自儆之語，全無譏刺之意。故後之解此詩者，多從朱傳爲說。詩則以敬愼二字爲一篇眼目，敬愼者何？威儀是也。威儀卽德耳，故篇中三言威儀字，七言德字。如何敬愼？正面言之者，除直接用敬愼外，曰淑愼、曰抑抑、曰謹、曰愼、曰敬、曰戒；反面言之者，多用無字、不字、莫字、靡字，皆誠敬謹愼於己，勿怠勿荒，危言相警，自爲攻疾防患箴戒也。「敬愼威儀」，「夙興夜寐」，未敢稍懈也。「相在爾室」，「尙不愧於屋漏」，爲大學誠正、中庸愼獨之所由出。故方玉潤有「聖學存養工夫數語括盡」之說也。宋儒一生用心處在此，似可知自儆省，躬責己之重要矣！「詩爲千古箴銘之祖」，語不虛也。

三、桑柔

此哀君之不順，國亂民困，而責佞臣之惡之詩。

菀彼桑柔❶，其下侯旬❷。捋采其劉❸，瘼此下民❹。不殄心憂❺，倉兄填兮❻。倬彼昊天❼，寧不我矜❽。

右第一章，述無以庇民，乃不我矜也。

【註釋】

❶菀：音玉ㄩˋ，茂盛貌。桑柔：桑之柔者，謂嫩桑也。❷侯：維也。旬：言樹蔭均也。❸捋：音勒ㄌㄜˋ，取也。一手持其條，一手以指歷取其葉也。劉：殘也。句言桑樹被捋採，其葉殘而蔭不均，人民不能得其蔭蔽矣。❹瘼：音莫ㄇㄛˋ，病也。下民：息於桑下之民也。句以桑葉被捋采淨盡，不能蔭民，喩人民財富被搜刮一空，無以爲生也。❺殄：音忝ㄊㄧㄢˇ，絕也。句謂心憂不已也。❻倉：音愴ㄔㄨㄤˋ，兄：音況ㄎㄨㄤˋ，倉兄：同愴怳，悵恨不適也。填，讀爲瘨ㄉㄧㄢ，病也。❼倬：音卓ㄓㄨㄛˊ，明貌。昊天：皇天也，蒼天也。❽寧：乃也。矜：哀憐也。二句言彼蒼者天，至爲明而大，今竟不矜憐我邪？此下民怨懟之言也。

四牡騤騤❶，旟旐有翩❷。亂生不夷❸，靡國不泯❹。民靡有黎❺，具禍以燼❻。於乎有哀❼！國步斯頻❽。

右第二章，述征役不息，民不聊生也。

【註釋】

❶騤：音揆ㄎㄨㄟˊ，騤騤：馬強壯貌。❷旟：音于ㄩˊ，旗之畫有鷹鳥者。旐：音兆ㄓㄠˋ，旗之畫有龜蛇者。有翩：翩然也。飄動貌。二句形容征役不息之狀。❸夷：平也。❹泯：滅也。二句言亂禍生於不平，無國不趨於滅亡也。❺黎：眾也。句言喪亂之餘，民已不多也。❻具：俱也。燼：灰燼也。句言民俱遭禍，所存者如焚餘之燼也。❼於：音烏ㄨ，於乎：即嗚呼，歎詞。有哀：可哀也。❽國步：猶國運。斯：是也。頻：急蹙也，危急也。二句言嗚呼可哀也哉！國步如斯其急蹙也！

國步蔑資❶，天不我將❷。靡所止疑❸，云徂何往❹？君子實維❺，秉心無競❻。誰生厲階❼？至今爲梗❽。

右第三章，述國困民流，皆執政者為之階也。

【註釋】

❶蔑：無也。資：財也。句言國運困窮也。❷將：助也，養也。❸疑：定也。止疑：安居也。❹云：語詞。下同。徂：往也。二句言民無安身之所，不知將何所往邪？❺君子：指當政者。維：惟之假借。思惟也。❻秉心：持心也，存心也。下同。無競：謂無人能與之競也。二句謂當政者如能多加思惟，其所計謀者則可勝過他人而無能與之競者，奈其不思惟何？❼厲：惡也。階：階梯也。厲階：進於惡之階梯，即禍端也。❽梗：病苦也，災患也。二句言乃誰生此進於致惡之階邪？使至今以爲國之病患也。

憂心慇慇❶，念我土宇❷。我生不辰❸，逢天僤怒❹。自西徂東，靡所定處。多我覯痻❺，孔棘我圉❻。

右第四章，述我生不辰，多遭憂患也。

【註釋】

❶慇慇：深憂貌。句言極其憂，憂之甚也。❷土宇：可居之土，國土也，邦家也。二句言我之憂心，慇慇然甚痛，以念我之家鄉居室也。❸辰：時也。❹僤：音旦ㄉㄢˋ，僤怒：盛怒也。二句言我生不逢時，遇天之厚怒，而遭喪亂也。❺覯：音構ㄍㄡˋ，遇也。痻：音昏ㄏㄨㄣ，病苦也，災難也。❻孔：甚也。棘：急也。圉：音雨ㄩˇ，邊疆也。二句言我所遭遇之困病誠多矣；我在邊疆所任之事，亦甚急矣。

爲謀爲毖❶，亂況斯削❷。告爾憂恤❸，誨爾序爵❹。誰能執熱❺，逝不以濯❻。其何能淑❼？載胥及溺❽。

右第五章，述在位者不用訓告，民陷水深火熱中也。

【註釋】

❶毖：音必ㄅㄧˋ，慎也。❷亂況：亂狀也。削：減也。二句謂在上者如能謹慎謀劃，亂狀即可減削也。❸恤：亦憂也。憂恤：謂可憂之事也。❹序爵：謂辨別賢否，以序次爵祿之事也。❺執熱：手中執持熱物也。❻逝：語詞。濯：以水沖洗，謂救熱也。或以爲執熱，執勞煩熱也。二句謂執勞煩熱之人，誰能不往而洗濯其體乎？❼淑：善也。❽載：則也。胥：相也。溺於水，以喻喪亡也。二句謂其何能善乎？則惟有相與

溺於水而已。

如彼遡風❶，亦孔之僾❷。民有肅心❸，荓云不逮❹。好是稼穡❺，力民代食❻；稼穡維寶❼，代食維好❽。

右第六章，述賦斂重，民力苦也。

【註釋】

❶遡：音素ㄙㄨˋ，遡風：迎面吹來之風也。❷僾：音愛ㄞˋ，唈也，氣不舒也，今云悶氣，呼吸短促。二句言如今之政，民處之如向風而立，亦甚感氣之短促，難於呼吸矣。❸肅心：上進求善之心也。❹荓：音俜ㄆㄧㄥ，使也。不逮：不及也。二句謂民有上進求善之心，惟使之不能達其目的也。❺好：音號ㄏㄠˋ，句謂王惟喜好稼穡之所穫。謂聚斂賦稅也。❻力民：使民出力也。代食：民之食不得自食，在上者代之而食也。二句言王好聚斂，使其民力作，而民反不得食，在上者無功代食也。❼維：爲也。句言唯以聚斂爲寶也。❽句言此代食情形，王不以爲非，而以爲甚好也。

天降喪亂，滅我立王❶。降此蟊賊❷，稼穡卒痒❸。哀恫中國❹，具贅卒荒❺。靡有旅力❻，以念穹蒼❼。

右第七章，述天降災禍，大命將傾也。

【註釋】

❶立王：所立之王也。二句言天降此喪禍，滅我所立之王也。❷蟊：音毛ㄇㄠˊ，蟲之食苗根者曰蟊。賊：

蟲之食苗節者曰賊。❸卒：盡也。痒：音羊一尢ˊ，病也。二句言上天降下蟲害，百穀盡病也。❹恫：音通ㄊㄨㄥ，痛也。中國：國中也。❺具：俱也。贅：屬也，連也。卒：盡也。荒：荒年也。二句言哀痛哉中國，俱已連年災荒，盡成饑饉矣。❻旅：同膂。旅力：體力也。❼穹蒼：天也。二句言已無力挽救，唯念上天，冀其止亂耳。

維此惠君❶，民人所瞻❷。秉心宣猶❸，考慎其相❹。維彼不順，自獨俾臧❺。自有肺腸❻，俾民卒狂❼。

右第八章，述擧錯失宜，民無定志也。

【註釋】

❶惠：順也。惠君：順於義理之君也。❷瞻：仰望也。二句言順於義理之君，乃眾民之所瞻望者也。❸宣：明也。猶：通猷，順也。❹考：明辨也。愼：謹也。相：輔佐之人也。二句言存心明順，且考辨愼用輔佐之人也。❺自獨：自我獨斷獨行也。俾臧：謂使其事善也。二句言彼不順於義理之君，多獨斷獨行，自以爲可使其善也。❻句言自有異於常人之肺腸，即別具肺腸也。❼狂：惑也。句謂使民盡入於迷惑狂亂也。

瞻彼中林❶，甡甡其鹿❷。朋友已譖❸，不胥以穀❹。人亦有言：「進退維谷❺。」

右第九章，述讒譖爲害，無所容身也。

【註釋】

❶中林：林中也。❷甡：音申ㄕㄣ，甡甡，眾多貌。❸已：同以，用也。譖：通僭ㄐㄧㄢˋ，欺詐也。又不信也。❹胥：相也。穀：善也。二句言朋友已欺詐不信，互相不以善相待矣。❺谷：山谷也，山谷不易行進。句謂進退兩難也。

維此聖人，瞻言百里❶；維彼愚人，覆狂以喜❷。匪言不能❸，胡斯畏忌❹？

右第十章，述聖愚有別，能言者有所畏而不言也。

【註釋】

❶瞻：視也。言：語詞。相當於乃或而字。二句言若彼聖人，則瞻百里而眼光遠大也。❷覆：反也。二句言而愚者所見者近，反狂惑自喜也。❸匪：同非。言：道說也。❹胡：何也。斯：是也。二句謂賢人非不能言者，何如斯之畏忌而不敢言邪？

維此良人，弗求弗迪❶；維彼忍心❷，是顧是復❸。民之貪亂❹，寧爲荼毒❺！

右第十一章，述棄賢任殘，民欲與之偕亡也。

【註釋】

❶迪：音笛ㄉㄧˊ，進也。二句言彼善良之人，而王不求之，不進用之也。❷忍心：殘忍之人也。❸顧：回

顧也。復：反覆也。二句言彼殘忍之人，則王眷顧留戀之，不使其去，以爲可用之材也。❹貪：猶欲也。❺寧：乃也。又寧願也。荼毒：痛苦也。二句言民竟欲其大亂，與之偕亡，寧受荼毒，以解除痛苦也。

大風有隧❶，有空大谷❷。維此良人，作爲式穀❸。維彼不順❹，征以中垢❺。

右第十二章，述君子小人光明隱暗不同，其行高潔汚穢亦有異也。

【註釋】

❶隧：古謂衝風曰隧。有隧：隧然也，奔衝而至之貌。❷有空：空然也。二句謂大風突然衝至，來自空然之大谷中也。❸式：語詞。穀：善也。二句言若善良人之作爲，其道皆善也。❹不順：不順義理之人也。❺征：行也。垢：汚穢也。中垢：垢中也。二句言若彼不順義理之人，則其道惟行於汚穢中耳。

大風有隧，貪人敗類❶。聽言則對❷，誦言如醉❸。匪用其良，覆俾我悖❹。

右第十三章，述不用善，以著亂之所由生也。

【註釋】

❶敗：毀敗也。類：善也。句言貪婪之惡人居勢，則必敗毀善人也。或以爲敗類，惡行殘害同類之人也。❷聽言：順從之言也。對：答也。句言有人說順從之言，則喜而答之。❸誦：諷也。誦言：諷諫之言也。句言聞諷諫之言，則如醉者之昏昏不省其意也。❹覆：反也。俾：使也。悖：逆也。二句言彼自不用其善

以行事，而反使我爲悖逆之事也。

嗟爾朋友，予豈不知而作❶？如彼飛蟲❷，時亦弋獲❸。既之陰女❹，反予來赫❺。

右第十四章，述盡拒善意，加我威怒也。

【註釋】

❶作：爲也。二句言嗟乎！爾朋友！我豈不深知今日之事而作此言者乎？❷飛蟲：飛鳥也。❸弋：音亦一丶，繳射也，以繩繫矢而射也。獲：得也。二句言我之所言，亦或有中也。如飛鳥在空，誠難射中矣，然時或亦弋獲之。意謂千慮一得也。❹之：往也。陰：覆蔭也，庇護也。女：汝也。❺赫：盛怒之貌。二句謂我既往汝處，告以好言，是爲庇護汝，而汝反盛怒加我也。

民之罔極❶，職涼善背❷。爲民不利❸，如云不克❹。民之回遹❺，職競用力❻。

右第十五章，述民趨邪惡之所在，由於執政者導致之也。

【註釋】

❶罔極：無所止也。❷職：主也。涼：薄也。下同。善背：善於反覆也。二句言民之趨於邪惡而無所極止，主要由於在上者之涼薄而善於反覆也。❸句言在上者爲不利於民之事也。❹不克，不勝也。句謂如恐不得其勝，故必盡力爲之，言至酷也。❺遹：音玉凵丶，回遹：邪僻也。❻職競：專主於競取也。二句謂民之所

以歸於邪僻者，由此輩惡人專主用力競取私利，而導致之也。

民之未戾❶，職盜為寇❷。涼曰不可❸，覆背善詈❹。雖曰匪予，既作爾歌❺！

右第十六章，述執政者惡有多端，故作詩以責之也。

【註釋】

❶戾：定也。❷二句言民之未能安定，主要在於在上者有如盜賊而為寇以致之也。❸曰：語詞。❹覆背：反覆背道而行也。詈：音力ㄌ一ˋ，罵也。二句應上章職涼善背句來，謂涼薄待人，固不可矣，又覆背行事且善罵人，則事之敗毀必矣。❺二句言汝雖推諉謂此禍非予所為，而我已為爾作此歌矣。言得其情，事已著明，不可掩飾也。

【欣賞品評】

朱公遷曰：

小雅正月，大雅桑柔，皆詩人深悲甚痛之詞，故言之長也如此。然彼多憂懼，此多哀怨，則有不容不辨也。

牛運震曰：

「告爾憂恤，誨爾序爵」二語一篇綱領。前段言國步民生，俱為禍燼；土宇稼穡，瘠痒相仍。所謂「告爾憂恤」也。後段言君不考相，小人回遹，朋友交譖，貪人敗類。所謂「誨爾序爵」也。篇幅雖長而脈線聯密，自無懈散之病。

守亮案：

詩序云：「桑柔，芮伯刺厲王也。」朱傳從之。詩序據左傳文公元年：「秦伯曰：是孤之罪也。周芮良夫之詩曰：『大風有隧，貪人敗類。聽言則對，誦言如醉。匪用其良，覆俾我悖。』是貪故也，孤之謂也」爲說。細審詩有「天降喪亂，滅我立王」之語，故王靜芝先生曰：「類幽王之後，或厲王被逐，共和之際所作。非刺厲王之作也。」詩序之說不可從。詩中所言，大致爲指責國亂民困，征役頻仍，賦斂繁重；君不順義理，不能用善。而無非追究同朝不能匡救君惡，以至危亡，並恨己無大力拯民水火，可以換回天意等。當是哀君之不順，國亂民困，責佞臣之惡之詩。詩則詞怨音哀，首章以「寧不我矜」作冒。二三四章敍述當日喪亂情狀。五章告爾誨爾，是追咎其不聽忠言之失；一諫一解，皆告誨之詞也。六章怨王聚斂，民出力而不得食，故有「好是稼穡，力民代食」等語。七章提起筆端，從天降說下，明點「滅我立王」，而以哀恫之詞出之。讀至「靡有旅力」八字，十分沉痛。以下六章，多用兩兩比較語，曰「自獨俾臧」，「自有肺腸」。曰「維彼忍心，是顧是復。」皆巧構形似，抉擿病根，非身歷者不能說出。末三章，規諷僚友，曰來赫，曰善詈，寫盡小人情狀。淒管哀絃，如泣如訴。其沈摯處、哀痛處、刻酷處，後來惟杜工部，韓昌黎時能造其一二耳！此龍仿山所及言之者也。又詩多愚人、貪人、敗類、忍心、蟊賊者，以疾惡過甚，悲深痛絕，語無擇言致之也，屈子騷中亦時有之。

四、雲　漢

此周王為民禳除旱災，祈禱求雨之詩。

倬彼雲漢❶，昭回于天❷。王曰：「於乎❸！何辜今之人❹！天降喪亂，饑饉薦臻❺。靡神不舉❻，靡愛斯牲❼。圭璧既卒❽，寧莫我聽❾！

右第一章，總提天降旱災，饑饉薦至也。

【註釋】

❶倬：音卓ㄓㄨㄛˊ，焯之假借，明也。雲漢：天河也。❷昭：明也。回：轉也。二句言明然天河，光轉于天，是夜晴無雨之象也。❸王：周宣王。於：音烏ㄨ，於乎：即嗚呼，歎詞。❹辜：罪也。❺饑：穀不熟也。饉：菜不熟也。薦：重也。臻：音珍ㄓㄣ，至也。以上三句，言今之人何罪？天竟降此喪亂，饑饉重覆而至也。❻靡：無也。下同。舉：舉辦也，指祭祀。❼愛：吝惜也。牲：祭祀所用之犧牲如牛羊豕等。二句言無神不祭，而祭所用之犧牲，亦無所吝愛也。❽圭、璧：均祭祀所用之瑞玉也。周祭天神焚玉，祭山神埋玉，祭水神沉玉，祭人鬼藏玉。卒：盡也。❾寧：乃也。聽：從也。二句言祀神而用圭璧，圭璧既已用盡矣，而神乃莫聽我，仍不降雨也。

「旱既大甚❶，蘊隆蟲蟲❷。不殄禋祀❸，自郊徂宮❹。上下奠瘞❺，靡神不宗❻。后稷不克❼，上帝不臨❽。耗斁下土❾，寧丁我躬❿！

右第二章，述旱之甚，已靡神不宗，呼之以祈雨也。

【註釋】

❶大：讀爲太去ㄞˋ，下同。❷蘊隆：暑氣鬱積而隆盛也。蟲：音中ㄓㄨㄥ，蟲蟲：燻熱也。❸殄：音忝去一ㄢˇ，絕也。禋：音因一ㄣ，祭祀也。❹郊：祭天地也。徂：往也。宮：宗廟也，謂祭祖先。❺上：謂祭天。下：謂祭地。奠：置祭品於地上也。瘞：音亦一ˋ，埋祭品於地下也。❻宗：尊也。以上四句，言不斷祭祀，自郊祭天地，而至宗廟祭祖先；上祭天，下祭地；或奠或瘞，無神不尊而祭之也。❼后稷，周之始祖。克：肩也，任也。不克：猶今語不管也。或以爲克，當作享，形似而誤。❽臨：降臨以享祭品也。❾耗：損耗也。斁：音杜ㄉㄨˋ，敗也。❿寧：何也。丁：當也。我躬：我身也。句言此旱災之降，何以竟臨當我之身也。

「旱既大甚，則不可推❶。兢兢業業❷，如霆如雷❸。周餘黎民❹，靡有孑遺❺。昊天上帝❻，則不我遺❼。胡不相畏❽，先祖于摧❾？

右第三章，述旱之甚，憫民靡孑遺，呼昊天上帝以祈雨也

【註釋】

❶推：去也，排除也。❷兢兢：恐也。業業：危也。❸霆：霹雷也。二句言危懼旱災之甚，如雷霆之發於上也。❹黎：眾也。❺孑：音結ㄐㄧㄝˊ，無右臂形。孑遺：猶言殘餘也。二句謂周室所餘眾民，無有遺餘矣，極言旱災之嚴重也。❻昊天：皇天也，蒼天也。❼遺：留也。或借爲饋，給予飲食也。二句言上帝則不肯遺我以黎民也。❽畏：懼也。❾于：猶以也。摧：斷絕也，毀滅也。二句言先祖何不畏此大災，來

救我邪？此災將毀滅先祖之祀也。

「旱既大甚，則不可沮❶。赫赫炎炎❷，云我無所❸。大命近止❹，靡瞻靡顧❺。羣公先正❻，則不我助。父母先祖❼，胡寧忍予❽！

右第四章，述旱之甚，恐大命將終，呼群公先正，父母先祖以祈雨也。

【註釋】

❶沮：音居ㄐㄩ，止也。❷赫赫：陽光顯耀貌。炎炎：暑氣熾熱也。❸云：語詞。二句謂赫赫炎炎，旱熱無處可居也。❹大命：國運也。止：終也。句言大命近於絕止矣。❺瞻：視也。顧：望也。又眷顧也。句謂神鬼皆無視望我民，而不來眷顧拯救之也。❻羣公：周之諸先公也。正：百辟卿士也。先正：言先公之百辟卿士也。❼父母：指死去父母之神。❽忍予：忍心於我也。二句言父母先祖，何乃忍心於我，而不救之也。

「旱既大甚，滌滌山川❶。旱魃爲虐❷，如惔如焚❸。我心憚暑❹，憂心如熏❺。羣公先正，則不我聞❻。昊天上帝，寧俾我遯❼？

右第五章，述旱之甚，以山枯川涸，呼諸神不可不聞知以祈雨也。

【註釋】

❶滌：音笛ㄉㄧˊ，滌滌，猶濯濯，光禿無草木之狀。句謂山枯川涸也。❷魃：音拔ㄅㄚˊ，旱魃：旱神也。

❸惔：音談ㄊㄢˊ，燎也。❹憚：音旦ㄉㄢˋ，畏也。❺熏：灼也。二句言我心畏於旱暑，乃憂之如焚灼也。

❻聞：聽聞也。或借爲問，恤問也，慰問也。❼寧：豈也。俾：使也。遯音盾ㄉㄨㄣˋ，同遁，逃也。二句謂謂昊天上帝，豈能使我遯逃此責任乎？言我無可遯逃也。

「旱既大甚，黽勉畏去❶。胡寧瘨我以旱❷？憯不知其故❸。祈年孔夙❹，方社不莫❺。昊天上帝，則不我虞❻。敬恭明神❼，宜無悔怒❽。

右第六章，述旱之甚，陳祭祀之敬，呼四方之神以祈雨也。

【註釋】

❶黽：音敏ㄇㄧㄣˇ，黽勉：勉力也，努力也。畏去：謂畏旱而逃去也。❷瘨：音顚ㄉㄧㄢ，病也。句言何乃病我以旱災邪？❸憯：音慘ㄘㄢˇ，乃也。句言乃不知其故也。❹祈年：春日祭上帝以求豐年之祭也。孔：甚也。夙：早也。句言我於祈年之祭，甚早即已行之矣。❺方：祭四方之神也。社：祭土地之神也。莫：古暮字，晚也。句言方祭社祭，亦皆不晚也。❻虞：助也。❼明神：神明也。❽悔：恨也。二句言若我之敬事明神，神不宜有恨怒也。

「旱既大甚，散無友紀❶：鞫哉庶正❷，疚哉冢宰❸。趣馬師氏❹，膳夫左右❺；靡人不周❻，無不能止❼。瞻卬昊天❽，云如何里❾？

右第七章，述旱之甚，訴諸臣救災之勞，呼天察之以祈雨也。

【註釋】

❶友：有也。或以爲友，指羣臣。散無友紀：即友散無紀。謂散漫而無紀律，蓋以心灰意冷故也。❷鞫：

音局ㄐㄩˊ，窮也。庶：衆也。正：官之長也。❸疚：病也。冢宰：官名，職如後代之宰相。❹趣馬：官名，掌王之馬政。師氏：官名，掌朝廷得失之事。❺膳夫：官名，掌王之飲食膳饈。左右：左右小臣，統大夫士而言也。❻周：當作賙，救濟也。句言上述諸官，無人不努力以救災也。❼句謂無有自言不能而遂止者。❽卬：音仰一ㄤˇ，仰也。❾云：語詞。里：同痗，憂也。二句言情況至於如此，瞻仰昊天，憂心如何！

「瞻卬昊天，有嘒其星❶。大夫君子，昭假無贏❷。大命近止，無棄爾成❸。何求爲我❹？以戾庶正❺。瞻卬昊天，曷惠其寧❻？」

右第八章，勉衆官致力祈雨，以拯斯民作結也。

【註釋】

❶嘒：音慧ㄏㄨㄟˋ，明貌。有嘒：嘒然也。❷昭：明也。假：音格ㄍㄜˊ，至也。昭假：祈禱神靈降臨也，此指祭祀。贏：餘也。二句謂大夫君子之於祭祀，皆竭其誠，不遺餘力也。❸成：成功也。句謂勿放棄爾成功之希望也。❹句言今我何所求者？求天能降雨也，然所求者非爲我一己也。❺戾：定也。句言我求其降雨，以安百姓；百姓安，則衆官定也。❻曷：何時也。惠：嘉惠也，惠賜也。二句言瞻仰昊天，何時能惠我以安寧邪？

【欣賞品評】

許謙曰：

宣王遇災憂懼，始祈於外神，次祈於宗廟，既而無驗；則自揆事神之誠或未至。誠既盡，則又盡人事以聽天命也。其恐懼修省之意，仁愛惻怛之誠，反覆淫溢於言辭之間，宣王之所以賢可見矣。

朱善曰：

讀是詩，見宣王有事天之敬，有事神之誠，有恤民之仁。敬畏以事天，而天監之；虔恭以事神，而神享之；惻怛以恤民，而民懷之。蘊隆之氣消，豐穰之效著。內治既修，外攘斯舉。南征北伐，無不如意，中興之業，視文武成康而無愧，皆自雲漢一念之烈而基之也。

守亮案：

詩序云：「雲漢，仍叔美宣王也。宣王承厲王之烈，內有撥亂之志，遇烖而懼，側身脩行，欲銷去之。天下喜於王化復行，百姓見憂，故作是詩也。」朱傳從之。詩序之說，清人姚際恆、方玉潤已駁斥其非。篇中所言，皆王自禱詞，無美王意，詩序迂曲過甚，斷不可從。細審詩篇，中有「旱既大甚」，「靡神不舉」語，自是爲民禳旱祈雨之詩。至其著作年代，雖衆說紛紜，但以憂國憂民之眞誠，與宣王初年作風相同，以作於宣王初年之說爲宜。詩則以起首「倬彼雲漢」二語，開口爲民號寃，哀矜惻怛，其情如見。王曰以下，太息而入，一氣到底。五呼「旱既大甚」，眞「旱魃爲虐」矣！於此「赫赫炎炎」，「如惔如焚」下，自必山川滌滌，「蘊隆蟲蟲」；而赤地千里，餓莩載道也。君斯世也，爲斯主也，乃潔犧牲，卒圭璧，惴惴栗栗，而禋祀之，奠瘞之。故「靡神不舉」，「靡神不宗」也。雖如此，無奈鬼神「靡瞻靡顧」民之懼災「如霆如雷」，而不克不臨，不助不虞何?!能不「憂心如熏」，

「胡不相畏」邪！是以一再呼「群公先正」，「父母先祖」。且三言「昊天上帝」，「瞻卬昊天」，其籲號、痛哭、欷歔之聲，如聞在耳；而恐懼、憂怖之情，斯眞大可哀者也。牛運震曰：「憫旱憂民絕大題目，非呼天籲祖，不足以寫其鬱。篇中極悲憤處，正是極怨慕處。總由一片眞誠團結流露。」不如此，不見盛王憂民愛民之眞切也。

五、崧高

此吉甫送申伯就封于謝之詩也。

崧高維嶽❶，駿極于天❷。維嶽降神，生甫及申❸。維申及甫，維周之翰❹。四國于蕃❺，四方于宣❻。

右第一章，述申甫生之鍾靈山嶽也。

【註釋】

❶崧：音松ㄙㄨㄥ，山大而高曰崧。嶽：太岳也。即霍山。❷駿：借爲峻，大也。極：至也。二句言太岳之大，高至於天也。❸甫：仲山甫。申：申伯。皆宣王時賢諸侯。❹翰：榦也，今言棟梁。❺四國：四方之國也。于：猶爲也。下同。蕃：屏藩也。❻宣：垣之假借，牆也。或以爲仍讀如本字，宣達也。以上四句，言申及甫，爲周之楨榦，四方之國，賴之而爲屏藩垣墻以護衛之也。

亹亹申伯❶，王纘之事❷。于邑于謝❸，南國是式❹。王命召伯❺，定申伯之宅❻。登是南邦❼，世執其功❽。

右第二章，述王封申伯城謝也。

【註釋】

❶亹：音偉ㄨㄟˇ，亹亹：勤勉貌。申伯：即申侯，宣王之元舅，宣王以爲南國諸侯之伯，故稱申伯。❷纘：音纂ㄗㄨㄢˇ，繼也。之：猶其也。句言王使繼其先人之職事也。❸于：語詞。邑：城邑也。于邑：築城邑也。謝：地名，在今河南南陽縣。句言築城邑於謝地也。❹南國：謝在周之南，故云。式：法也。下同。句言南國乃皆以謝爲法也。❺召伯：召穆公虎也。❻定：選定也。❼登：進也，往也。邦：國也。❽執：執行也。功：任務也。二句言使申伯進駐南國，世世執守其功，以傳之子孫也。

王命申伯：「式是南邦❶，因是謝人，以作爾庸❷。」王命召伯，徹申伯土田❸。王命傅御❹，遷其私人❺。

右第三章，述王命申伯式南邦也。

【註釋】

❶句言爲南國之法式也。❷庸：功也。二句謂因憑謝地之民力，以成就申伯之事功也。❸徹：取稅之稱。句謂視申伯田地之良惡，以爲取稅之標準也。❹傅御：申伯家臣之長也。❺私人：申伯之家人也。又家臣也。二句言王又命傅御，遷申伯之家人亦至謝也。

申伯之功，召伯是營❶。有俶其城❷，寢廟既成❸，既成藐藐❹。王錫申伯❺，四牡蹻蹻❻，鉤膺濯濯❼。

右第四章，述王錫申伯也。

【註釋】

❶二句言以申伯有功，故封之於謝，而召伯營申伯之城邑也。❷俶：音觸ㄔㄨˋ，善也，謂繕修。有俶：俶然也。❸寢：在後，人所處也。廟：在前，神所居也。❹藐：音秒ㄇㄧㄠˇ，藐藐：美貌。❺錫：賜也。❻牡：雄馬也。蹻：音蟜ㄐㄧㄠˇ，蹻蹻：壯健貌。❼鉤：帶鉤也。膺：音英ㄧㄥ，當馬胸之大帶也。濯：音濁ㄓㄨㄛˊ，濯濯：光潔貌。

王遣申伯，路車乘馬❶：「我圖爾居❷，莫如南土❸。錫爾介圭❹，以作爾寶。往近王舅❺，南土是保❻。」

右第五章，述王遣申伯也。

【註釋】

❶路車：諸侯所乘之車也。乘：音剩ㄕㄥˋ，四馬曰乘。❷圖：圖謀也，謀畫也。爾：指申伯。❸句言南土各國，無有如汝居之善美者。❹介：大也。圭：上圓下方之瑞玉。介圭：諸侯之封圭也。❺近：音記ㄐㄧˋ，迈字之誤。語詞。王舅：申伯為宣王之舅，故呼之。❻二句言往矣王舅，保我南土也。

申伯信邁❶，王餞于郿❷。申伯還南，謝于誠歸❸。王命召伯：徹申伯土疆，以峙其粻❹，式遄其行❺。

右第六章，述王餞申伯也。

【註釋】

❶信：誠也。邁：行也。句言申伯誠然啓行也。❷餞：以酒食送行也。郿：音眉ㄇㄟˊ，地名，即今陝西郿縣，在鎬京之西。或以爲郿非適謝所經。郿當讀爲湄，水涯也。❸謝于誠歸：即誠歸于謝也。❹峙：音至ㄓˋ，積也。粻：音張ㄓㄤ，糧也。❺式：語詞。遄：音傳ㄔㄨㄢˊ，速也。以上四句，言王命召伯，取稅於申伯之土，以積其糧。並速申伯之行也。

申伯番番❶，既入于謝，徒御嘽嘽❷。周邦咸喜❸，戎有良翰❹。不顯申伯❺，王之元舅❻，文武是憲❼。

右第七章，述申伯入謝後將有情事也。

【註釋】

❶番：音波ㄅㄛ，番番：勇武貌。❷徒：徒行者。御：御車者。嘽：音貪ㄊㄢ，嘽嘽：衆盛貌。❸周邦：京師之人也。或以爲周，徧也。句言徧邦之內皆喜也。❹戎：汝也。翰：榦也。句乃邦內人相互之語，言汝今有良翰之君矣。❺不：讀爲丕ㄆ一，大也。❻元：長也。❼憲：法也。句言以文王武王爲法也。或以爲文武才德可爲謝人模範也。

申伯之德，柔惠且直❶。揉此萬邦❷，聞于四國❸。吉甫作誦❹，其詩孔碩❺。其風肆好❻，以贈申伯。

右第八章，述作詩表德相贈以終之也。

【註釋】

❶柔：和也。惠：順也。❷揉：安也，治也。❸聞：聲聞也。句謂聲聞遠播四方之國也。❹吉甫：尹吉甫也。誦：可誦之詩也。❺孔：甚也。碩：大也。句謂詩甚爲美大也。❻風：詩聲足以感人爲風。肆：甚也，極也。以上四句，言吉甫作爲此詩，其詩甚爲美大，其聲深可感人，以贈申伯也。

【欣賞品評】

方玉潤曰：

夫古之封建錫以車馬，畀以寶玉者有之，未有代營其城邑寢廟者；古之寵賚予以弓矢，賜以甲第者有之，未有代遷其室家，且並慮及餱糧者。有之，自宣王待申伯始。然則為之臣者，宜何如感泣忘身以報之耶？諸臣之旁觀者，又不知如何感泣，亦將忘身以報之矣。嗚乎！令德聖主，忠藎賢臣，其推誠相與，夫固有非形迹所能喻者，此尹吉甫之所為長言而歌咏之也歟！

守亮案：

詩序云：「崧高，尹吉甫美宣王也。天下復平，能建國親諸侯，褒賞申伯焉。」詩序之說，距題太遠，斷不可從。詩中「亹亹申伯，王纘之事。于邑于謝，南國是式。」「吉甫作誦，其詩孔碩。其風肆好，以贈申伯」諸語，明言申伯就封於謝，吉甫作詩以送之，何言美宣王？故後之說解此詩者，多從朱傳「宣王元舅申伯出封于謝，而尹吉甫作詩以送之」之說。詩則以「維嶽降神」起筆，蓋隱含薦禰衡表所謂「異人並出」，故下文緊接「生甫及申」。甫，仲山甫也，下烝民詩專言之。申卽申侯，宣王以爲南方諸侯之伯，故稱申伯。以身係宣王元舅，故篇中申伯凡十四見，皆親之之詞也。除此外，又屢言王纘、王命、王錫、王遣、王餞，以見慇懃懇切之意也。其所以如此者，蓋申伯亹亹勤勉，番番武勇，將式南國，保南土，德揉萬邦，聲聞四國，故而如此也。無奈後世之寵外戚者，率以宣王褒申伯爲藉口，秉政專權，終多召禍，此又始料所不及也。至詩之作法，首章申甫並稱，不分賓主。次章單提申伯，以下層層提綴，恰好又有一召伯作陪。結末又點出吉甫，凡三賓一主，吉甫又賓中之主。以作詩言，則又主中主也。七章說出元舅，此點睛法也。末章「吉甫作誦」，與「寺人孟子」作詩同。惟吉甫易爲，寺人孟子難作耳！此思之卽得。

六、烝民

此宣王命仲山甫築城于齊，尹吉甫作詩以送之之詩。

天生烝民❶，有物有則❷；民之秉彝❸，好是懿德❹。天監有周❺，昭假于下❻；保茲天子，生仲山甫❼。

右第一章，述仲山甫天生之不凡也。

【註釋】

❶烝：衆也。烝民：謂人類也。❷物：事也。則：法也。二句言天生衆民，則有其事物，亦有其法則也。❸秉：持也。彝：音夷一ˊ，常也。❹好：音號ㄏㄠˋ，喜愛也。懿：美也。二句言民所秉持之常道，乃愛好美德也。❺監：視也。有：語詞。有周：即周朝。❻昭：明也。假：音格ㄍㄜˊ，至也。下：下土也，人間也。❼仲山甫：人名，周宣王大臣。以上四句，言天視有周之能承天命，故以昭明之德降于下土，乃保茲天子宣王，而生仲山甫以輔之也。

仲山甫之德，柔嘉維則❶。令儀令色❷，小心翼翼❸。古訓是式❹，威儀是力❺。天子是若❻，明命使賦❼。

右第二章，述仲山甫之德也。

【註釋】

❶柔：和也。嘉：美也。則：法也。二句言仲山甫之德，維以和善爲法則也。❷令：善也。儀：威儀也。色：顏色也。句言待人善其威儀，善其顏色也。❸翼翼：恭敬貌。❹式：法也。句言以古訓爲法也。❺力：勉力也。❻若：擇也。又順也。❼賦：布也。二句言天子擇之，明命使其敷布天子之令於東土也。

王命仲山甫：「式是百辟❶，纘戎祖考❷，王躬是保❸。出納王命❹，王之喉舌❺。賦政于外，四方爰發❻。」

右第三章，述仲山甫之職位也。

【註釋】

❶式：法也。辟：音避ㄅㄧˋ，君也。百辟：謂諸侯。句言爲諸侯之法式也。❷纘：音纂ㄗㄨㄢˇ，繼也。戎：汝也。❸躬：身也。二句言繼汝先祖先父之德業，以保王之身也。❹出：謂受上言，而宣之於下也。納：謂接納人言，以進之於王也。❺喉舌：所以發聲，此謂代言人。❻發：行也。二句謂布政於外，四方之國乃尊行之也。

肅肅王命❶，仲山甫將之❷。邦國若否❸，仲山甫明之❹。既明且哲❺，以保其身。夙夜匪解❻，以事一人❼。

右第四章，述仲山甫任事之勤也。

【註釋】

❶肅肅：摹聲之詞，狀奔馳王命所發之聲也。又嚴也。❷將：行也。❸若：善也。否：音匹ㄆㄧˇ，若否：善惡也。❹明之：謂明見之也，明察之也。❺哲：智也。❻夙：早也。匪：同非。解：同懈。❼一人：謂天子也。

人亦有言：「柔則茹之❶，剛則吐之。」維仲山甫，柔亦不茹，剛亦不吐；不侮矜寡❷，不畏彊禦❸。

右第五章，述仲山甫之剛柔不偏也。

【註釋】

❶茹：音如ㄖㄨˊ，食也。❷侮：欺也。矜：通鰥，老而無妻曰矜。寡：老而無夫曰寡。皆窮而無告之人也。❸彊：彊梁也。彊梁者，強橫剛暴也。禦：禦善也。禦善者，見善而抗拒之也。彊禦：剛暴禦善之強橫惡人也。

人亦有言：「德輶如毛❶，民鮮克舉之❷。」我儀圖之❸，維仲山甫舉之❹。愛莫助之❺。衮職有闕❻，維仲山甫補之❼。

右第六章，述仲山甫之德高能補君闕也。

【註釋】

❶輶：音酉ㄧㄡˇ，輕也。言德之輕而易舉，如毛羽然。❷鮮：音顯ㄒㄧㄢˇ，少也。克：能也。二句言德雖易修，而成德者則鮮也。❸我：吉甫自謂也。儀圖：揣度也。❹舉：身體力行也。二句言我遇事僅能揣度之，而吉甫則能舉德身體之也。❺愛：惜也。句言我愛其人其德，然我不能助之，以其德高非我所能也。❻衮：音滾ㄍㄨㄣˇ，衮衣，天子之服也。衮職：指天子之職也。闕：失也。❼補：匡正也。二句言天子之職如有闕失，維仲山甫能補而匡正之也。

仲山甫出祖❶，四牡業業❷，征夫捷捷❸，每懷靡及❹；四牡彭彭❺，八鸞鏘鏘❻。王命仲山甫：「城彼東方❼。」

右第七章，述仲山甫之出祖城齊也。

【註釋】

❶祖：出行祭道神也。出祖：出門而後祖祭，故曰出祖。❷牡：雄馬也。業業：馬之高大強壯貌。❸捷捷：疾貌。❹每：常常也。靡及：今言趕不及。句言雖竭盡心力，每感仍有不能及者也。❺彭：音旁ㄆㄤˊ，彭彭：強壯有力貌。又馬之奔馳聲。又行不得息貌。❻鸞：鈴在鑣者，一馬二鸞，四馬故云八鸞。鏘：音羌ㄑ一ㄤ，鏘鏘：鈴鳴聲。❼城：築城也。東方：謂齊也。

四牡騤騤❶，八鸞喈喈❷。仲山甫徂齊❸，式遄其歸❹。吉甫作誦❺，穆如清風❻。仲山甫永懷❼，以慰其心❽。

右第八章，述作詩以慰其心而作結也。

【註釋】

❶騤：音揆ㄎㄨㄟˊ，騤騤：馬之高大強壯貌。❷喈：音基ㄐ一，喈喈：鈴聲和諧也。❸徂：音殂ㄘㄨˊ，往也。❹式：語詞。遄：音船ㄔㄨㄢˊ，速也。句謂望其速歸齊也。❺吉甫：尹吉甫也。誦：可誦之詩也。❻穆：和也。❼永懷：長思也。❽慰：安也。二句言仲山甫永懷此詩，以安慰其心也。

【欣賞品評】

陳櫟曰：

篇內諸章，多與開端之語相應。「柔嘉維則」之則，卽「有物有則」之則；儀色之令、威儀之力，皆所以全物中之則。柔不茹，剛不吐，則剛柔不過其則也。民之稟氣受性雖同，而氣未必皆秀，性未必皆全，故德雖易舉而不能舉也。山甫鍾其秀氣，而至其美德，是以獨能舉此德而異於凡民耳。

守亮案：

詩序云：「烝民，尹吉甫美宣王也。任賢使能，周室中興焉。」詩序之說，清人姚際恒、方玉潤已駁斥其非。細審詩末章「四牡騤騤，八鸞喈喈。仲山甫徂齊，式遄其歸。吉甫作誦，穆如清風。仲山甫永懷，以慰其心」語，明言此詩之作者及意旨，何來美宣王？詩序牽附迂曲之說，斷不可從。朱傳云：「宣王命樊侯仲山甫築城於齊，而尹吉甫作詩以送之。」斯言是也，後之說詩者多從之。詩則以一德字爲主，故一至六章，或直言德；或由德行而及事業、政務、職守，反覆咏嘆之。七八章言送行。惟於詩「柔嘉維則，令儀令色。」不吐不茹，不侮不畏。「既明且哲，以保其身；夙夜匪解，以事一人」諸語中，則可知仲山甫眞一「小心翼翼」，「袞職有闕」，擧德以補之之惕勵警懼君子人也。故篇中言仲山甫者十二，亦可見其惓惓尊慕之意矣。又起首四語，孔子讀而贊之曰：「爲此詩者，其知道乎？故有物必有則，民之秉彝也，故好是懿德。」孟子引之，以證性善之說。牛運震曰：「開端四語，性命精微之奧，一篇詩旨，函蓋於此。有物有則一語，微顯兼到。後儒紛紛論性，不如此語之渾約。」其旨深矣！讀者其致意焉。

七、韓奕

此韓侯入覲歸娶，詩人作此以寄望其能為國北衛之詩。

奕奕梁山❶，維禹甸之❷，有倬其道❸。韓侯受命❹，王親命之：「纘戎祖考❺，無廢朕命❻；夙夜匪解❼，虔共爾位❽，朕命不易❾。榦不庭方❿，以佐戎辟⓫。」

右第一章，述韓侯始受封也。

【註釋】

❶奕：音亦一ˋ，奕奕：高大貌。下同。梁山：韓境之山，在今河北固安縣東北。❷甸：治也。❸倬：音卓ㄓㄨㄛˊ，明貌。又直貌。有倬：即倬然。道：道路也。或以為行事之道也。句謂韓侯所行之道倬然明也。❹韓侯：封於韓國之君也，侯爵。受命：受周王策命也。❺纘：音纂ㄗㄨㄢˇ，繼也。戎：汝也。下同。❻朕：我也。二句言繼汝先祖先父之德業，無廢朕之命也。❼夙：早也。匪：同非。解：同懈。❽虔：敬也。共：同恭。二句言早夜勿懈，恭敬慎重於爾之位也。❾命：策命也。易：改易也。❿榦：懲治也，正也。不庭方：不來朝之國也。⓫辟：音避ㄅㄧˋ，君也。此宣王對韓侯言之自稱。二句言汝當能正彼遠方不朝之

國，以佐汝之君也。

四牡奕奕❶，孔脩且張❷。韓侯入覲❸，以其介圭❹，入覲于王。王錫韓侯❺：淑旂綏章❻，簟茀錯衡❼，玄衮赤舄❽，鉤膺鏤錫❾，鞹鞃淺幭❿，鞗革金厄⓫。

右第二章，述王錫韓侯也。

【註釋】

❶牡：雄馬也。句言四馬長而高大也。❷孔：甚也。下同。脩：長也。張：大也。❸覲：音近ㄐㄧㄣˋ，諸侯朝見天子曰覲。❹介：大也。圭：上圓下方之瑞玉。介圭：諸侯之封圭也。❺錫：賜也。❻淑：善也。旂：音旗ㄑㄧˊ，旗上繪有交龍者。綏章：染鳥羽或旄牛尾爲之，注於旂竿之首，以爲表章者也。此言旌旗。❼簟：音店ㄉㄧㄢˋ，方文之竹簾也。茀：音弗ㄈㄨˊ，車之蔽物也。簟茀：以方文竹簾爲車蔽也。錯：文采也。衡：轅前端之橫木也。錯衡：謂橫木有文采也。此言車。❽玄衮：玄色畫有卷龍之衣也，爲王侯所服。舄：音系ㄒㄧˋ，赤舄：赤色屨也。此言衣履。❾膺：音英ㄧㄥ，胸部也。鉤膺：馬腹之帶，以鉤拘之，施之於胸也。鏤：刻也。錫：音陽ㄧㄤˊ，馬額頭之金屬飾物也。亦曰當盧。此言馬。❿鞹：音擴ㄎㄨㄛˋ，去毛之皮革也。鞃：音坑ㄎㄥ，車軾蒙革也。鞹鞃：以去毛之皮，施於軾之中央，持車使牢固也。淺：淺毛虎皮也。幭：音密ㄇㄧˋ，覆也。淺幭：謂以淺毛虎皮覆於軾上，以供乘者依憑也。此亦言車。⓫鞗：音條ㄊㄧㄠˊ，轡首之飾，以金屬爲之。革：轡首也，以皮爲之。鞗革：謂以金屬飾於皮革所製之轡首也。金：以金屬爲飾也。厄：即今之軛字，在車衡兩端扼馬頸項者也。

韓侯出祖❶，出宿于屠❷。顯父餞之❸，淸酒百壺。其殽維何❹？炰鱉鮮魚❺。其蔌維何❻？維筍及蒲❼。其贈維何？乘馬路車❽。籩豆有且❾，侯氏燕胥❿。

右第三章，述顯父餞韓侯也。

【註釋】

❶祖：行路祭道神也。出祖：祭道神而後出發也。句謂韓侯覲見天子之後，首途就國也。❷屠：地名。或以爲屠杜古通，杜陵也，在今長安南。❸父：音甫ㄈㄨˇ，男子之美稱。顯父：周之卿士。地位顯達，故曰顯父。餞：以酒食送行也。❹殽：葷菜也。❺炰：音庖ㄆㄠˊ，以火熟之，謂蒸煮之也。❻蔌：音速ㄙㄨˋ，蔬菜也。❼蒲：水生植物，幼嫩者可食。❽乘：音剩ㄕㄥˋ，四馬曰乘。路車：諸侯所乘之車也。❾籩、豆：均禮器。竹製曰籩。木製曰豆。且：音居ㄐㄩ，多貌。有且：即且然。❿侯氏：謂韓侯。或以爲來朝之諸侯也。燕：燕樂也。胥：相也。又語詞。句言來朝之諸侯，因相燕樂也。

韓侯取妻❶，汾王之甥❷，蹶父之子❸。韓侯迎止❹，于蹶之里。百兩彭彭❺，八鸞鏘鏘❻，不顯其光❼。諸娣從之❽，祁祁如雲❾。韓侯顧之❿，爛其盈門⓫。

右第四章，述韓侯之娶妻也。

【註釋】

❶取：娶也。❷汾王：厲王也。厲王流于彘，在汾之水上，故時人以號王焉。❸蹶：音貴ㄍㄨㄟˋ。父：音甫ㄈㄨˇ。蹶父：周之卿士也。二句言女爲厲王之甥，蹶父之女也。❹止：語詞。又同之。句謂韓侯親迎以娶之也。❺兩：一車兩輪，故謂之兩。是兩，即輛，車輪也。百兩：言多也。彭：音旁ㄆㄤˊ，彭彭：車行盛大之聲也。❻鸞：鈴在鑣者，一馬二鸞，四馬故云八鸞。鏘：音羌ㄑㄧㄤ，鏘鏘：鈴鳴聲。❼不：讀爲丕ㄆㄧ，大也。❽娣：音弟ㄉㄧˋ，女弟也，即妹。諸娣：指陪嫁之媵女。古者，諸侯娶妻，則妻之妹及姪亦隨嫁，謂之媵。❾祁祁：盛多貌。❿顧：曲顧，親迎之禮也。⓫爛其：爛然也，燦爛也。盈：滿也。句言爛然盈其門，言祁祁如雲之衆女粲然也。

蹶父孔武❶，靡國不到❷。爲韓姞相攸❸，莫如韓樂❹。孔樂韓土，川澤訏訏❺，魴鱮甫甫❻，麀鹿噳噳❼，有熊有羆❽，有貓有虎❾。慶既令居❿，韓姞燕譽⓫。

右第五章，述韓姞嫁之得宜也。

【註釋】

❶武：武勇也。❷靡：無也。二句言蹶父甚爲武勇，爲王使於天下，無國不到也。❸姞：音吉ㄐㄧˊ，蹶父之姓。韓姞：蹶父之女，以嫁於韓乃曰韓姞。相：音向ㄒㄧㄤˋ，視也。攸：所也。相攸：謂擇可嫁之所也。❹二句言蹶父觀察之結果，韓姞所宜適者，莫如韓爲最樂也。❺訏：音吁ㄒㄩ，訏訏：大也。❻魴：音房ㄈㄤˊ，鯿魚也。又名赤尾魚。鱮：音序ㄒㄩˋ，魚名。又曰鰱。甫甫：大也。❼麀：音攸ㄧㄡ，牝鹿也。噳：音語ㄩˇ，噳噳：衆多貌。❽羆：音皮ㄆㄧˊ，熊之大者。❾貓：山貓也。❿慶：喜也。令：善也。⓫燕：安也。

譽：樂也。二句言韓姞既已嫁韓，喜得善居，韓姞安樂矣。

溥彼韓城❶，燕師所完❷。以先祖受命❸，因時百蠻❹。王錫韓侯，其追其貊❺，奄受北國❻，因以其伯❼。實墉實壑❽。實畝實籍❾。獻其貔皮❿，赤豹黃羆⓫。

右第六章，述韓侯之能懷柔北狄，總領諸蠻，勤修貢職也。

【註釋】

❶溥：音普ㄆㄨˇ，大也。❷燕：燕國也。師：眾也。完：完成也。二句言以近韓之燕民，築城完畢也。❸以：因也。先祖：韓之先祖，武王之子。句言韓侯以先祖之功德而受命也。❹因：憑藉也。時：是也。百蠻：眾蠻族也。句言因是百蠻而爲其長也。❺貊：音莫ㄇㄛˋ，追、貊：皆戎狄之國也。❻奄：覆也。奄受：盡受也。❼伯：長也。二句言北方諸蠻皆歸附於韓，因而成爲一方諸侯之長也。❽實：是也。下同。墉：音庸ㄩㄥ，城也。壑：溝池也。二字均作動詞用，乃高其城，深其池也。❾畝：治田畝也。籍：定稅法也。❿貔：音皮ㄆㄧˊ，猛獸名，豹屬。⓫以上四句，言乃高其城，深其池；治其田畝，征其賦稅；獻其貔豹熊羆之皮，勤修貢職於王也。

【欣賞品評】

鄒忠胤曰：

韓為望國，諸侯之向背係焉。而又密邇北國，為一方屏藩。韓侯來朝，猶用繼世稟命之禮，王因令之纘舊服，受北國為伯，其依毗亦隆重哉！而馭下之柄，可概見矣。

牛運震曰：

此敍韓侯來朝受命之事，首尾就王命臣職，點出正大情節，自然嚴重篤厚。中間插入娶妻一事，情景絢媚，點染生色，亦文家討好之法。臺閣之詞，藻奇陸離，韓退之諸將帥碑銘多脫化於此。

守亮案：

詩序云：「韓奕，尹吉甫美宣王也。能錫命諸侯。」詩序之說，迂曲牽附，斷不可從。朱傳云：「韓侯初立來朝，始受王命而歸，詩人作此詩以送之。」此又僅以爲送別之章，亦未全得其旨。斯二者淸方玉潤皆駁斥其非。細審詩「韓侯入覲」，「韓侯出祖」，「韓侯取妻」，「韓姞燕譽」句，及末章高城深池以固圉，徹田爲糧以足食之爲邊方慮，自當是方玉潤「送韓侯入覲歸娶，爲國北衞」之說。詩則首述王命之尊嚴，一章「纘戎祖考」七句云云是也；錫予之優渥，二章「淑旂綏章」六句云云是也。中記出祖取妻二事以爲波瀾。其言出祖也，三章之寫餞之殺也、蔌也、贈也，各以維何帶起，下則分別以物充實之，句式不凡。其言取妻也，四章之先敍其出身之高貴，次敍其車騎之盛多，終敍其媵從之粲然。而「韓侯顧之」一句，又最爲神采飛動，流盼有神。五章侈言韓土之美，末以「韓姞燕譽」，仍歸到取妻上，敍出精采。惟文字精神則專重末章，望其因先祖功德而長百蠻，以宣王恩賜而君追貊。「奄受北國」，因以爲方伯；「實墉實壑」，而控制北狄，不辱君命，以衞王室也。篇雖繁富，但語有起落變化，意有連絡照應。自然雄峻奇偉，高華典麗兼而有之，斯亦一精光異彩，炫睛奪目佳構也。

八、江漢

此詩人美召穆公虎平定淮夷之詩。

江漢浮浮❶，武夫滔滔❷。匪安匪遊❸，淮夷來求❹。既出我車，既設我旟❺，匪安匪舒❻，淮夷來鋪❼。

右第一章，述整軍經武，出師伐淮夷也。

【註釋】

❶江：長江也。漢：漢水也。浮浮：水流貌。❷滔滔：眾強貌。或以為二句當作江漢滔滔，武夫浮浮。滔滔，水廣大貌。浮浮，武夫眾強貌。❸匪：同非。下同。安：安樂也。遊：遨遊也。❹淮夷：淮河流域之夷人也。來：是也。下同。求：尋求也。二句言非敢安樂遨遊，惟淮夷是尋求而平之也。❺旟：音ㄩˊ，旗之畫有鷹隼者曰旟。❻舒：徐緩也，安舒也。❼鋪：討伐也，懲處也。

江漢湯湯❶，武夫洸洸❷。經營四方❸，告成于王❹。四方既平，王國庶定❺。時靡有爭❻，王心載寧❼。

右第二章，述淮夷望風而服，不戰已平也。

【註釋】

❶湯：音傷ㄕㄤ，湯湯：水勢浩蕩貌。❷洸：音光ㄍㄨㄤ，洸洸，威武貌。❸經營：經理營建也。四方：指淮夷左右而言，非天下之四方也。下同。❹成：成功也。句言召公虎使人遽告成功於王也。❺庶：幸也，希冀之詞。❻時：是也。靡：無也。爭：戰爭也。❼載：則也。二句言是無戰爭矣，王之心則安寧矣。

江漢之滸❶，王命召虎❷，式辟四方❸，徹我疆土❹。匪疚匪棘❺，王國來極❻。于疆于理❼，至于南海❽。

右第三章，述召虎平其賦稅，疆理江漢也。

【註釋】

❶滸：音虎ㄏㄨˇ，水涯也。❷召：音紹ㄕㄠˋ，召虎：召穆公名虎。❸式：語詞。辟：同闢，開闢也。❹徹：取稅之稱。句謂視疆土之良惡，以定取稅之標準也。❺疚：病也。棘：困急也。❻極：正也，以之爲準則也。二句謂非使淮夷病痛困急，所以定取稅之法者，爲使其取正於王國而已。❼于：于是也。疆：畫其疆界也。理：治其田畝也。❽南海：指今江蘇東部之大海。

王命召虎：「來旬來宣❶。文武受命❷，召公維翰❸。無曰：『予小子』❹，召公是似❺。肇敏戎公❻，用錫爾祉❼」。

右第四章，述王以召虎功，而錫之以福也。

【註釋】

❶旬：通徇，巡察也。又徧也。宣：示也。句謂巡察民情，宣示王命也。❷文武：文王武王也。❸召

公：召虎之祖先召康公奭也。翰：楨榦也。二句言昔文武受命爲天子，召康公爲楨榦也。❹予小子：涵有自輕賤義。❺似：嗣也。二句言王謂召虎曰：汝勿曰予小子也，但繼續汝先祖召康公之德業耳。❻肇：謀也。敏：疾也。戎：汝也。公：功也。句言敏謀汝之公功也。或以爲肇敏，圖謀也。戎公，兵事也。❼用：以也。錫：賜也。祉：福也。

「釐爾圭瓚❶，秬鬯一卣❷，告于文人❸。錫山土田，于周受命❹，自召祖命❺。」虎拜稽首❻：「天子萬年。」

右第五章，述王錫召虎，召虎祝王壽考以報之也。

【註釋】

❶釐：音離ㄌㄧˊ，賜也。圭瓚：以玉圭爲柄，以黃金爲勺，祭祀時灌酒之器也。❷秬：音巨ㄐㄩˋ，鬯：音暢ㄔㄤˋ，秬鬯：黑黍酒也。卣：音有ㄧㄡˇ，酒器也。❸文人：有文德之人也，謂周之先祖。❹周：岐周也。❺自：用也。召祖：召康公奭也。以上三句，言召虎受封山川土田，往受命于岐周，用其祖召康公受封之禮也。❻稽：留也。稽首：叩首也。頭至地而稽留多時，不立即起，至敬之禮也。

虎拜稽首，對揚王休❶。作召公考❷，天子萬壽。明明天子❸，令聞不已❹；矢其文德❺，洽此四國❻。

右第六章，述召虎答王之策命，稱王之德美以謝恩也。

【註釋】

❶對：答也。揚：稱也。休：美也，指王命。二句言召虎拜而答王之策命，稱揚王之德美也。❷考：孝也。作召公孝：即作孝召公之倒文。作孝，猶言孝考，追孝。❸明明：英明也，賢明也。❹令：善也。聞：聲聞也。令問：美譽也。不已：不止也。❺矢：施布也。❻洽：和也。以上四句，言英明顯盛之天子，美譽遠被，稱頌不止；施布其文德，和洽天下四方，使皆蒙其德澤也。

【欣賞品評】

黃櫄曰：

江漢一詩，乃召公還師奏凱之日，論功行封之時所作也。初則整師而往，非為邀功，特以淮夷作患，不能自安耳；次則淮夷之患除，而其功成；次則安民之政舉，而其功廣；次則即功而論賞；次則論定而賞行；次則人臣報塞之義也。

守亮案：

詩序云：「江漢，尹吉甫美宣王也。能興衰撥亂，命召公平淮夷。」詩序之說，今人王靜芝先生已駁斥其非。詩言召穆公虎平淮夷，功成而返，慶賞報塞。宣王勗勉召虎，召虎對揚宣王，其詞甚詳，何來吉甫作以美宣王？詩序之說，斷不可從。朱傳云：「宣王命召穆公平淮南之夷，詩人美之。」斯言是也，後之說解此詩者多從之。詩則雖以美武功爲主，然無一語鋪張威烈。略於平淮斬獲之功，詳於王命慶賞之義。且末以文德結之，是不欲王究武也。命筆高，陳義遠；極典則，極古雅，極生動，非後世文所能望見。又詩喜用疊字，如浮浮、滔滔、湯湯、洸洸、明明是也。而「匪安匪遊」三匪字句，「于疆于理」于字句，「來旬來宣」來字句，自是另一種疊用法，爲他篇所少見。尤以浮浮句，渺渺莽莽，氣象萬千，杜詩「乾坤日夜浮」，浮字自用此詩。而孟詩之「氣蒸雲夢澤，波撼岳陽城。」似亦由「江漢浮浮」云云演出也。

九、常 武

此美宣王自將師伐徐，凱旋還歸之詩。

赫赫明明❶，王命卿士❷：南仲大祖❸，大師皇父❹。整我六師❺，以脩我戎❻。既敬既戒❼，惠此南國❽。

右第一章，述宣王命將帥也。

【註釋】

❶赫赫：威嚴貌，盛貌。赫赫明明：狀王命之嚴明也。❷卿士：治國謂之卿，治軍謂之士，卿而有軍行者稱卿士。❸南仲：人名，周宣王大臣。大：音太ㄊㄞˋ，大祖：謂太祖之廟也。❹大師：即太師，官名，主管軍事。皇父：人名，亦周宣王之大臣。以上三句，言宣王於太祖廟中命南仲爲卿士，皇父爲太師也。❺整：整頓也。六師：六軍也。天子六軍。❻脩：修治也。戎：兵器也，兵事也。❼敬：警也。又肅慎也。戒：備也。❽惠：加恩也。南國：南方諸侯之國也。以上四句，言整頓我之六軍，修治我之兵器，既敬且戒，以討伐徐之暴亂，而加惠此南國也。

王謂尹氏❶，命程伯休父❷，左右陳行❸，戒我師旅❹：「率彼淮浦❺，省此徐土❻，不留不處❼。」三事就緒❽。

右第二章，述宣王誓師也。

【註釋】

❶尹氏：掌命卿士之官。❷程：國名。伯：爵位。休父：其名。句言命休父爲大司馬之卿也。❸陳行：陳其行列也。❹戒：勅令也，二句言使其士衆左右陳列而勅戒之，猶後世之所謂誓師也。❺率：循也。淮浦：淮水之浦涯也。❻省：音醒ㄒㄧㄥˇ，巡視也。徐土：徐夷之地也，徐故城在今安徽泗縣北。❼處：止也。句謂但平其亂，不長久佔據其地而居止之也。❽三事：三卿也。即大將南仲、監軍皇父及司馬休父。王親征，故三卿從王。句言備戰之事，三卿皆籌備就緒也。

赫赫業業❶，有嚴天子❷，王舒保作❸。匪紹匪遊❹，徐方繹騷❺。震驚徐方❻，如雷如霆❼，徐方震驚。

右第三章，述王師震徐也。

【註釋】

❶業業：盛貌。句狀軍容之威武壯盛也。❷嚴：威嚴也。有嚴：嚴然也。❸舒：徐也。保：安也。作：行也。句言王師舒徐而安行也。❹匪：同非。紹：舒緩也。遊：遨遊也。❺徐方：即徐夷，淮夷之一，在淮水之北。繹：音亦一ˋ，繹騷：擾動也。二句言非敢舒緩遨遊，徐方因之騷動不已也。❻震：震動也。驚：

驚恐也。句謂以兵力威赫震驚徐國也。❼霆：疾雷也。

王奮厥武，如震如怒❶。進厥虎臣❷，闞如虓虎❸。鋪敦淮濆❹，仍執醜虜❺。截彼淮浦❻，王師之所❼。

右第四章，述王師武勇也。

【註釋】

❶震：雷也。❷進：進軍也。厥：其也。虎臣：臣如猛虎，狀其武勇也。❸闞：音看ㄎㄢˋ，虎怒貌。虓：音哮ㄒㄧㄠ，虎之吼嘯也。虓虎：怒吼之虎也。❹鋪：布也，陳布軍旅也。敦：同屯，陳也。又殺伐也。濆：音墳ㄈㄣˊ，涯也。❺仍：屢也。又因也。醜：眾也。二句謂陳布軍旅於淮水之涯，而執獲敵虜眾多也。❻截：平治也。❼所：處也。二句言治彼淮水之濱，王師所至，無不平定也。

王旅嘽嘽❶，如飛如翰❷，如江如漢❸。如山之苞❹，如川之流❺。緜緜翼翼❻，不測不克❼，濯征徐國❽。

右第五章，述王師威強也。

【註釋】

❶嘽：音貪ㄊㄢ，嘽嘽：眾盛貌。❷翰：羽也。此作動詞用，飛也。句謂其疾如羽翼之飛也。❸句謂如江漢之浩瀚，言其盛大也。❹苞：本也。言其固也。或以爲借爲抱，句言軍旅駐紮，如山之環抱，不可動搖也。❺句言軍旅之行動，如大川之流瀉，不可禦止也。❻緜緜：連緜不絕貌。翼翼：整飭不亂貌。❼不

測：敵人不可測度之，指用兵之法。不克：敵人不能戰勝之，指作戰之勇。❽濯：音酌ㄓㄨㄛˊ，濯征：洗濯其腥穢之意。謂掃蕩淨盡也。或以爲濯，大也。句謂能大征徐國而獲勝也。

王猶允塞❶，徐方既來❷。徐方既同❸，天子之功。四方既平，徐方來庭❹。徐方不回❺，王曰：「還歸❻。」

右第六章，述徐服凱旋也。

【註釋】

❶猶：同猷，謀也。允：信也。塞：實也。句言王之謀略，信爲切實合於行也。❷來：來歸順於王也。❸同：會同也，會同來朝也。❹來庭：來王庭。謂來朝稱臣，歸順之也。❺回：違逆也。❻還：音旋ㄒㄩㄢˊ，還歸：勝利而歸也。二句言徐方既不敢再違逆，王乃班師凱旋也。

【欣賞品評】

嚴粲曰：

周興西北，岐豐去江漢最遠，故淮夷難服，從化則後，倡亂則先。周人經理淮夷，用力最多。成王初年，淮夷同三監以叛，其後又同奄國以叛。伯禽就封，又同徐戎以叛。宣王一命吉甫，北方旋定；繼命方叔伐蠻荊；後命召公平淮南之夷；又命皇父平淮北之夷。蓋南方之役，至再至三，淮夷未定，則一方倡亂，天下皆危。故至淮夷平，然後四方定。此江漢、常武所以為宣王之終事，而繫之於宣王大雅之末也。

牛運震曰：

始則揚兵以懾之，旣乃據險厚陣以克之。已克則屯兵以待其服。旣服則振旅去之。此征徐用兵次序也。挨順寫來，井井可指。

守亮案：

詩序云：「常武，召穆公美宣王也。有常德以立武事，因以爲戒然。」詩序之說，清人姚際恒、方玉潤已駁其非。篇中有美無戒，且所謂召穆公，不知何所據？而常德一語，亦甚難解，詩序附會之說，自不可信。朱傳云：「宣王自將以伐淮北之夷，而命卿士之謂南仲爲大祖兼大師而字皇父者，整治其從行之六軍，修其戎事，以除淮夷之亂，而惠此南方之國。詩人作此以美之。」朱傳之說，其意近是。然以此爲宣王伐淮北之夷，似有未妥。詩一言徐土，一言徐國，六言徐方，當易以伐徐爲安。又詩末章有「四方旣平，徐方來庭。徐方不回，王曰還歸」之語，此當是美宣王將師伐徐，凱旋還歸之詩。詩則寫王師之嚴明、威武、壯盛，特重其筆。曰「赫赫明明」，曰「赫赫業業」，曰「緜緜翼翼」。又恐描繪之不足，特用十一如字，措語之精，振古無倫。是以「震驚徐方」，「徐方震驚」也。惟兵，凶器也；戰，危事也。用之不可不愼，故第一章卽出「旣敬旣戒」，是臨事而懼也，敬戒乃用兵第一義。故雖爲軍旅詩，而無旗鼓兵戈氣。能如此，則不以兵毒天下，得止戈爲武義，而民獲其惠矣。故篇中敬戒二字不可忽之。又詩屢提王命、王謂、王曰，王字凡九出。明著天子親征，以見「王赫斯怒，爰整其旅。」有孟子所謂「一怒而安天下之民」氣概也。且末句結以還歸，四方平而班師凱旋矣，涵有多少欣幸！此杜甫詩「即從巴峽穿巫峽，便下襄陽向洛陽」時也。

十、瞻卬

此刺褒姒之亂邦，而望幽王知所警悟之詩。

瞻卬昊天❶，則不我惠❷。孔塡不寧❸，降此大厲❹。邦靡有定❺，士民其瘵❻。蟊賊蟊疾❼。靡有夷屆❽。罪罟不收❾，靡有夷瘳❿。

右第一章，述遭虐政，憂極呼天也。

【註釋】

❶卬：同仰。❷惠：愛也。❸孔：甚也。塡：音陳ㄔㄣˊ，通塵，久也。又音顚ㄉㄧㄢ，通瘨，病苦也。❹厲：惡也，禍也。大厲：指褒姒。二句言甚久不安寧矣，降此大惡於我邦也。❺靡：無也。❻瘵：音債ㄓㄞˋ，病也。二句言邦國無安定之日，士民乃病矣。❼蟊：音矛ㄇㄠˊ，害苗之蟲也。賊：殘害也。疾：病苦也。句言爲害之惡人似蟊蟲之殘害病苦人民也。❽夷：平息也。又語詞。下同。屆：終止也。❾罟：音古ㄍㄨˇ，網也。收：收起不用也。❿瘳：音抽ㄔㄡ，病愈也。二句謂罪網張而不收，一無平夷瘳愈之望，則士民之病苦未已也。

人有土田，女反有之❶；人有民人❷，女覆奪之❸。此宜無罪，女反收之❹；彼宜有罪，女覆說之❺。哲夫成城❻，哲婦傾城❼。

右第二章，述侵奪賊害，是非顛倒，寵婦為禍也。

【註釋】

❶女：汝也。下同。有：取以為己有也。❷民人：人民也。或以為指奴隸。❸覆：反也。以上四句，言奪人之物，據為己有也。❹收：拘捕收押之也。❺說：音托ㄊㄨㄛ，通脫，脫免其罪也。以上四句，言是非顛倒，一反常理也。❻哲：智也。句言士可以成城，城以喻國也。❼哲婦：謂褒姒也。傾：毀敗也。句言哲婦可以禍國也。

懿厥哲婦❶，為梟為鴟❷。婦有長舌❸，維厲之階❹。亂匪降自天❺，生自婦人。匪教匪誨❻，時維婦寺❼。

右第三章，述禍源由於女寵，褒姒之惡也。

【註釋】

❶懿：通噫，歎聲。或釋為抑，轉折詞。厥：其也。❷梟：音消ㄒㄧㄠ，鴟：音癡ㄔ。梟、鴟：皆惡聲之鳥，貓頭鷹之屬，俗謂聞其聲則不祥，喻褒姒之言惡也。❸長舌：喻多言也，今語播弄是非。❹厲：惡也，災禍也。階：階梯也，所由形成之根源也。❺匪：同非。下同。句言今之亂非降自天也。❻匪教匪誨：言不教誨之也。❼時：是也。寺：同侍。婦寺：寵暱之婦人也。二句謂不待教誨而能為禍亂者惟婦寺也。或以為若所謂全無教養者，是則此寵婦乎！

鞫人忮忒❶，譖始竟背❷。豈曰不極❸？「伊胡為慝」❹！如賈三倍❺，君子是識❻。婦無公事❼，休其蠶織❽。

右第四章，述忮害惡極，爲慝不已也。

【註釋】

❶鞫：音局ㄐㄩˊ，窮也。鞫人：極力說人壞話，使人辭窮而不能辯答者也。忮：音至ㄓˋ，害也。忒：惡也。忮忒：言害人之手段，至爲惡毒也。❷譖：音怎四聲ㄗㄣˋ，毀謗也。譖始：始進譖言以害人也。竟：終也。背：違也。竟背：言終見其違背事實也。❸極：至也。又中正也，是也。句謂其言旣違事實，豈能曰不至於惡乎？❹伊：語詞。相當於維字。胡：何也。慝：音特ㄊㄜˋ，惡也。句言王乃反解之曰：此何足爲惡哉！❺賈：音古ㄍㄨˇ，商賈也。三倍：三倍之利也。❻君子：指有官爵者言。識：知也。二句言買物而有三倍之利，乃賈人之事，非在官者所當爲。而今君子竟識其道爭爲之，非所宜也。❼公事：朝庭之事也。❽休：停止也。二句言朝庭之事，非婦人所可參與，而今竟休其蠶織之本務以參與之，是如有官爵者之從事商賈之不當，事反常也。

天何以刺❶？何神不富❷？舍爾介狄❸，維予胥忌❹。不弔不祥❺，威儀不類❻。人之云亡❼，邦國殄瘁❽。

右第五章，述善人奔亡，邦國殄絕瘁病也。

【註釋】

❶刺：責也。句謂天何以責王而降禍乎？蓋王有過也。❷富：借爲福。句謂何以神不降福於王乎。❸舍：

捨也。介：大也。狄：夷狄之患也。❹胥：相也。忌：怨也。二句謂爾今捨爾夷狄之大患而不顧，而惟我是怨也。❺弔：閔也。不弔：不哀憐也。不祥：不吉利之事也，災害之事也。句謂王不以災害之事爲可哀憐也。❻類：善也。句謂王之威儀，至於不善也。❼人：謂善人也。云：語中助詞。亡：奔亡也。❽殄：音忝去一ㄢˇ，絕也。瘁：病也。二句言賢者奔亡而去，邦國殄絕瘁病也。

天之降罔❶，維其優矣❷。人之云亡，心之憂矣。天之降罔，維其幾矣❸。人之云亡，心之悲矣。

右第六章，述天降禍網，心憂悲也。

【註釋】

❶罔：同網，謂罪網。下同。❷優：寬大也。二句謂上天降網以羅罪人者，亦寬大矣。❸幾：庶幾也。句言庶幾可逃避，蓋天作孽，猶可違也。

觱沸檻泉❶，維其深矣❷。心之憂矣，寧自今矣❸！不自我先，不自我後❹。藐藐昊天❺，無不克鞏❻。無忝皇祖❼，式救爾後❽。

右第七章，述冀王改悔，慨歎望其能自警悟也。

【註釋】

❶觱：音必ㄅ一ˋ，觱沸：泉水湧出貌。檻：借爲濫，泛濫也。或以爲檻泉，正出之泉也。❷二句謂泉水之能湧出，以其源深也。❸寧：豈也。二句言心爲之憂，豈自今日始也。❹二句言我正生當其時，而禍正及

我身也。❺藐藐：高遠貌。❻克：能也。鞏：固也。二句謂高遠之天，神明莫測，雖危難之國，亦無不能鞏固之者，要在自奮耳。❼忝：辱也。皇祖：先祖也。❽式：語詞。相當於以字。後：後世子孫也。二句言當改過自新，無忝辱爾之先祖，以救爾之後人也。

【欣賞品評】

姚舜牧曰：

幽王之大壞，在維婦寺之聽，若設罔罟以待天下，而君子遠遁，國事終不可為者。故首云罪罟不收，後云天之降罔。

牛運震曰：

孤憤幽痛，結成奥語險調。咏歎處亦自欷歔深長。其情抑塞，其氣荒瘗，周於是不可復矣。

守亮案：

詩序云：「瞻卬，凡伯刺幽王大壞也。」詩序以此爲刺幽王近是，但以爲凡伯所作，則未有據。朱傳云：「此刺幽王嬖褒姒，任奄人，以致亂之詩。」亂邦之褒姒有之，但奄人，則以婦寺連言，偶一及之，未可據以爲言，故姚際恆、方玉潤皆駁其非是。此詩重在刺褒姒，但以末章「無忝皇祖，式救爾後」之勸戒作結，冀王一悟，此當是季本所謂「此詩正言以刺褒姒之亂邦，而欲幽王之知警戒」之說。詩則首章以太息流涕而入，前四句直當作哭聲。「降此大厲」之大厲，自爲亂源，故其下六句，皆大厲所致禍也。二章逐件指出其惡，四呼女字，呶呶數責。而有字、宜字、反字、覆字，亦殊可玩味。三章揭出病根，全篇萃精會神盡在此處。句奇語重，字靑心赤。此處哲婦，卽首章之大厲也。四章仍是發揮一厲字，抉摘盡致。五章起首兩何字句，乃反詰語，特地喚醒，使之明其致此之由，亦厥在大厲也。六章之降罔，應首章之罪罟，且出憂字、悲字，重加欷歎，皆所以傷五章末之殄瘁也。七章末忽以「無忝皇祖，式救爾後」作結，身逢大厲，明知殄瘁，而猶作救後之想。此等忠厚存心，眞是得未曾有。曰傾城、曰哲婦、曰長舌、曰厲階，可謂窮形盡相，不遺餘力矣。篇中所述，不僅將褒姒之亂周，盡情道出；而漢唐婦寺之禍，亦包羅殆盡。用意深厚而語句沉痛，陳情忠藎而音節悽楚。王伯厚贊文文山策「忠肝若鐵石，古誼若龜鑑。」此其是矣。

十一、召旻

此刺幽王任用小人，以致危亡之詩。

旻天疾威❶，天篤降喪❷。瘨我饑饉❸，民卒流亡❹。我居圉卒荒❺。

右第一章，述天降饑饉也。

【註釋】

❶旻：音民ㄇㄧㄣˊ，幽遠之意。疾威：暴虐也。❷篤：厚也。句言天重降喪亂也。❸瘨：音顚ㄉㄧㄢ，病

也。饑：穀不熟曰饑。饉：菜不熟曰饉。饑饉：荒年也。句謂病我以饑饉也。❹卒：盡也。❺圉：音雨ㄩˇ，域也。居圉：居住之地域也，即境內。或以為居，國中也。圉，邊陲也。荒：荒蕪也。句謂我所居之國中以及邊陲盡已荒蕪矣。

天降罪罟❶，蟊賊內訌❷。昏椓靡共❸，潰潰回遹❹，實靖夷我邦❺。

右第二章，述小人為禍也。

【註釋】

❶罟：網也。❷蟊：音矛ㄇㄠˊ，害苗之蟲也。賊：殘害也。蟊賊：喻惡人。訌：音紅ㄏㄨㄥˊ，爭訟誣陷也。❸昏：譁亂也。椓：音卓ㄓㄨㄛˊ，諑之假借，造謠陷人也。靡：無也。共：恭也。靡共：謂無敬事之心，專為惡求利也。❹潰潰：昏亂貌。遹：音遇ㄩˋ，回遹：邪僻也。❺靖：謀也。夷：滅也。以上三句，言當權險詐之人，潰潰然維邪是行，實皆欲圖謀夷滅我之國也。

皋皋訿訿❶，曾不知其玷❷。兢兢業業❸，孔填不寧❹，我位孔貶❺。

右第三章，述是非不明也。

【註釋】

❶皋：音高ㄍㄠ，皋皋：相欺詐也。訿：音子ㄗˇ，訿訿：毀謗也。❷曾：乃也。玷：音店ㄉㄧㄢˋ，缺失也。二句言王於欺詐成性，讒害賢良之人，竟不知其缺失也。❸兢兢：戒慎也。業業：危懼也。❹孔：甚也。填：久也。又同瘨，病也。❺貶：黜也。二句言小心戒慎之人，反病苦不安，官位且被貶黜也。

如彼歲旱，草不潰茂❶，如彼棲苴❷。我相此邦❸，無不潰止❹。

右第四章，述衰敗現象也。

【註釋】

❶潰：與彙通，茂貌。二句言今之情況，如彼歲逢枯旱，草不能茂盛也。❷苴：音居ㄐㄩ，水中浮草也。句言如水草之生於樹上，則皆枯槁矣。❸相：視也。❹潰：亂也。止：語詞。

維昔之富，不如時❶。維今之疚❷，不如茲❸。彼疏斯粺❹，胡不自替❺？職兄斯引❻！

右第五章，述今不如昔也。

【註釋】

❶時：是也。二句言昔日之富樂不如是乎？感歎昔日之好景今已無之也。❷疚：病也。❸茲：此也。二句言而今之病禍不如斯乎？❹彼：指小人。疏：粗糲也，喻小人。粺：音敗ㄅㄞˋ，精米也，喻君子。句謂彼小人之與君子，如疏與粺，甚分明也。❺替：廢也。❻職：主也。兄：同況，茲也。又況且也。斯：語詞。引：長也。二句謂彼小人也，無能而任事；不僅不自廢退，且長久專主其事，居其位也。

池之竭矣，不云自頻❶？泉之竭矣，不云自中❷？溥斯害矣❸，職兄斯弘❹！不烖我躬❺？

右第六章，述禍來有自也。

【註釋】

❶頻：通瀕，水涯也。❷中：謂泉水從中流出也。以上四句，謂池水由外注入，故池之竭，由外之不入；泉水由內湧出，故泉之竭，由內之不出。以喻禍亂之起，自有其內外原因也。❸溥：通普，大也。句言斯害已大矣。❹弘：大也，謂大權重任。❺烖：災本字。我躬：我身也。二句謂彼爲禍小人，主茲重任，災害能不及於我身乎？

昔先王受命❶，有如召公❷，日辟國百里❸。今日蹙國百里❹。於乎哀哉❺！維今之人❻，不尚有舊❼。

右第七章，述今無賢臣也。

【註釋】

❶先王：謂文王、武王也。先王受命：謂文王武王時也。❷召公：召康公奭。二句言先王文武，受命開國，其時之臣，有召奭，賢臣也。而今則無若是之賢臣矣。❸辟：同闢，開闢也。句言一日可闢地百里也。❹蹙：音促ㄘㄨˋ，縮小也。❺於乎：即嗚呼。❻句謂今日在位之人也。❼尚：上也，尊也。有：語詞。有舊：舊日也。二句言今之人，皆不以舊日賢人爲上而追效之也。

【欣賞品評】

錢天錫曰：

此詩刺王用小人，故饑饉侵削，無不因之以致耳。篇末有惓惓望治之意。

牛運震曰：

悲音促節，斷續似不成聲，卻自有極雋永處。一意反復，總在疾王任用小人。結處以舊人共政望之，靈警圓切。

守亮案：

詩序云：「召旻，凡伯刺幽王大壞也。旻，閔也，閔天下無如召公之臣也。」詩序以爲刺幽王是也，但以爲凡伯所作則無據，恐又未必。至何以曰召旻，亦未必若詩序之所言。蘇轍曰：「因其首章稱旻天，卒章稱召公，故謂之召旻，以別小旻而已。」斯言是也。細考詩篇，二章述小人爲禍，末章述今無賢人，當是朱傳所謂「此刺幽王任用小人，以致饑饉侵削之詩也」之說，故後之解詩者多從之。詩則以首章爲總冒，天之所以重降喪亂，病我以饑饉，民盡流亡，居圉荒蕪者，蓋小人之所禍也。故二三章盡量描繪小人爲禍之汚形與醜態。以其如此，故四章言民蕩析離散，無復生理，如彼棲草之枯槁，末至「無不潰止」之潰亂衰敗境地矣。詩至此已無復可言，故五六章乃述今不如昔，禍來有自，以加重感慨也。末章追憶先王，點出召公，明言先王之用得其人而興，靈光突現，盛世或可再也。無奈今則「不尚有舊」，用非其人，故亂不可復振也。詩曰「於乎哀哉」，眞於乎哀哉，危亡莫之能救矣。是以驪山烽火，焚及鎬京，戎狄乘虛而入，平王倉惶東走，雅音於是終絕，黍離降爲國風焉。

頌

頌之說已詳緒論詩之六義一節，爲有歌辭，有配樂，並有舞容，三者並作之詩。詩經頌詩凡四十篇，包括周頌三十一篇，魯頌四篇，商頌五篇。本爲宗廟祭祀樂歌，祀神頌祖之詩；但魯頌四篇，幾全爲美時君之詩，商頌中亦有此等現象，此爲頌之變體。

周頌

周頌三十一篇，多西周初年之詩，作於鎬京。鄭玄詩譜云：「周頌之作，在周公攝政，成王卽位之初。」朱傳云：「周頌三十一篇，多周公所定，而亦或有康王以後之詩。」執競是其例，朱傳是也。周頌多無韻，亦不分章，文字古奧，在三百篇中爲最古之作品。

周頌

清廟之什

一、清廟

此祭文王之詩。

於穆清廟❶，肅雝顯相❷。濟濟多士❸，秉文之德❹。對越在天❺，駿奔走在廟❻。不顯不承❼，無射於人斯❽。

右清廟全篇一章，述肅雝顯相，濟濟多士，助祭之盛也。

【註釋】

❶於：音烏ㄨ，歎詞。穆：深遠也。又美也。清廟：清靜之廟也，指文王之廟言。❷肅：敬也。雝：音雍ㄩㄥ，和也。顯：明也。相：助也。句以肅敬和順狀助祭之公卿諸侯也。❸濟濟：眾多也。多士：與祭執事之人也。❹秉：操持也。文：文王也。二句言眾多與祭執事之人，皆秉奉文王之美德也。❺對越：猶對揚也。在天：言文王在上也。句言發揚文王在天之意旨也。❻駿：大也，疾也。在廟：言文王在廟之主也。❼不：讀爲丕ㄆㄧ，大也。顯：顯耀也。承：尊奉也。句言大爲顯耀文王之美德，大爲尊奉文王之意旨也。❽射：音亦ㄧˋ，厭也。斯：語詞。句謂能如此，神則不厭棄後人而加以保祐矣。

【欣賞品評】

潘時擧曰：

文王之德不可名言，凡一時在位之人，所以能敬且和，與執行文王之德者，卽文王盛德之所在也。必於其不可容言之中，而見其不可掩之實，則詩人之意得矣。

牛運震曰：

不必鋪揚文德，從助祭之人看出秉德無射，自然深厚。對神之詞，文不得，淺不得，妙在質而能深。況與動盪，有一唱三歎之音。

守亮案：

詩序云：「清廟，祀文王也。周公旣成洛邑，朝諸侯，率以祀文王焉。」朱傳從之。詩序以此爲祀文王之詩是也。以中有「濟濟多士，秉文之德」之語，毛傳云：「濟濟之衆士，皆執行文王之德。」但其以洛成告廟之作，詩中無此意。此附會洛誥而妄益之者也，祭文王何止在洛一擧？至謂朝諸侯，率以祀文王，則本諸明堂位。明堂位漢僞書，豈可據以爲說？皆可刪去。故季本直謂「此詩乃祭文王之樂歌」也。詩則第一句說清廟，敍祀文王之所在也。下則肅肅其敬，雝雝以和，作渲染筆法，以明狀公卿諸侯助祭之盛多也。故接言「濟濟多士」之秉文德，而對越，而奔走，以大肆顯耀尊奉文王之美德與意旨。期其無厭於人也。筆觸含蓄婉轉，絕不正寫文王。蓋頌文王，若直接鋪敍德業，雖連篇累牘，豈能盡之！史記孔子贊本此。禮記樂記云：「清廟之瑟，朱弦而疏越，一倡而三歎，有遺音矣。」於肅雝顯相，濟濟多士之周旋中禮，香煙繚繞，樂聲幽揚，一倡三歎中，而裡面却有一文王端坐不動之陰影在也。龍仿山謂爲「烘雲託月法」，深以爲是。

二、維天之命

此康王以來祭文王之詩。

維天之命，於穆不已❶。於乎不顯❷！文王之德之純❸。假以溢我❹，我其收之❺。駿惠我文王❻，曾孫篤之❼。

右維天之命全篇一章，言文王之德配天道於無窮，被子孫於萬世也。

【註釋】

❶於：音烏ㄨ，歎詞。穆：美也。不已：無窮也，無盡也。二句言天命之降於我周，於！美而無窮盡也。❷於乎：即嗚呼。不：讀爲丕ㄆㄧ，大也。❸純：純粹也。二句言於乎！大爲顯其光明，文王之德精純不雜也。❹假：大也。溢：益也。或以爲當依左傳作「何以恤我」。❺收：受也。二句言文王之德，大以增溢於我，我當敬謹收受之。❻駿：大也。惠：德惠也。句謂文王之德惠盛大也。❼曾孫：自孫之子而下皆可稱曾孫。篤：厚也。句謂虔誠守持之而不變也。

【欣賞品評】

眞德秀曰：

純是至誠，無一毫人僞。惟其純誠無雜，自然能不已。如天之春而夏，夏而秋，秋而冬；晝而夜，夜而晝。循環運轉，一息不停，以其誠也。聖人自壯而老，自始而終，無一息之懈，亦以其誠也。旣誠自然能不已。

守亮案：

詩序云：「維天之命，大平告文王也。」篇中未見有告太平之意，詩序之說，自不足信。朱傳云：「此亦祭文王之詩。」近似，以詩中固有「駿惠我文王」語也。惟文有「曾孫篤之」之語，此自是縻文開、裴普賢先生所謂「康王以來祭祀文王之詩。」詩則首兩句從天命總起，下乃接入文王，一氣直下，正擂鼓心，異乎前淸廟之渲染烘託也。其寫文王之德也，特下一純字，覺得緝熙敬止，雍雍肅肅等語，都歸入此一字中。程子曰：「純則無二無雜。」人君之德，莫難於此。詠文王之德，大雅曰敬，此則曰純；敬而能純，所以爲至誠也。至誠無息，與天同體，故子思於中庸亦曰：「純亦不已。」不已卽無息，是無間斷先後；如此，則可配天道於無窮，被子孫於萬世矣。

三、維　清

此祭文王之詩。

維清❶，緝熙文王之典❷。肇禋❸，迄用有成❹，維周之禎❺。

右維清全篇一章，言當法文王之典法也。

【註釋】

❶維：語詞。清：清明也。❷緝：續也。熙：明也。典：則也，法也。句謂文王之法則持續光明，永不已也。❸肇：始也。禋：音因ㄧㄣ，潔祀也。句謂始潔祀文王也。❹迄：至也。成：成功也。句言至今用文王之典，乃有所成功也。❺禎：祥也。句謂實爲周之禎祥也。

【欣賞品評】

嚴粲曰：

此詩言清緝熙者，備舉文王之德。而以典言之者，謂其德寓於法也。文王有典則以貽後人，王業雖未成，而禋祀之禮，已肇始於此。遂至於後而有成焉。是文王之典，為周之禎祥也。

守亮案：

詩序云：「維清，奏象舞也。」詩序之說，清人姚際恆已駁斥其非。象爲武功之樂，武功豈足以盡文王？詩中無此意，故其說斷不可從。細考詩篇，中有「文王之典」、「肇禋」之語，自是朱傳所謂「此亦祭文王之詩」也。詩則以一典字爲主，典，則也，謂聖王之典則也。典，法也，謂後嗣當以聖王典則爲法也。前半言天下已清，後王當嗣續，以昭明先王之典則，所謂毋遏佚前人之光，言聖典之當法也。後半言聖典至今乃有所致治成功，周所以得天下之吉祥，見其所以當法也。詩爲三百篇之最短者，故頌辭簡嚴，無事鋪敘；然歸功文王，宗祀其德，念兹在兹，惓惓不忘之義，昭然可知也。

四、烈　文

此祭周之先公，因以告誡時王之詩。

烈文辟公❶，錫兹祉福❷。惠我無疆❸，子孫保之❹。無封靡于爾邦❺，維王其崇之❻。念兹戎功❼，繼序其皇之❽。無競維人❾，四方其訓之❿。不顯維德⓫，百辟其刑之⓬。於乎⓭！前王不忘⓮。

右烈文全篇一章，歷陳祭先公時，勸戒時王之語也。

【註釋】

❶烈：言其功業。文：言其文德。辟公：諸先公也。❷錫：賜也。兹：此也。祉：福也。句言先公賜此福祿也。❸惠：愛也。無疆：無窮盡極止也。❹保之：謂保此績業福祿也。❺封：大也。靡：損也，壞也。

或以爲封靡，大過惡也。❻崇：尊尚也。二句言王勿大損壞於爾邦，應更奮勉使國運隆盛超過前人也。❼戎：大也。❽序：緒也，功業也。皇：大也。二句言念此大功，繼承先人之緒業而更光大之也。❾無競：謂無人能與之競也。❿訓：順也。二句謂無人能與之競，勝過一般眾人。故四方諸侯，皆順從之也。⓫不：讀爲丕ㄆㄧ，大也。顯：顯耀也。⓬百辟：百官諸侯也。刑：效法也。二句謂大顯其德，百官諸侯皆效法之也。⓭於乎：即嗚呼，歎詞。⓮不忘：不忘前王之功德也。

【欣賞品評】

牛運震曰：

結處點出前王，倒裝法。歎前王之不忘，則戒勉辟公之意隱然言表。篇終咏歎，愾然仁孝之思。

守亮案：

詩序云：「烈文，成王即政，諸侯助祭也。」詩序謂成王即政，無確據，朱傳云：「此祭於宗廟而獻助祭諸侯之樂歌。」然祭於宗廟而專作樂歌以獻諸侯，似亦未甚妥當。細考詩篇，其中但見勸戒時王之語，全無慰勞助祭諸侯之意。詩序朱傳之說，皆不可信。又詩有「烈文辟公」語，屈萬里先生曰：「凡以文字形容人者，多謂已故之人，此烈文辟公，謂周之先公也。」又謂「此蓋祭周先公之詩，因以戒時王也。」後之解詩者多從之。詩則全篇語意警策，其聲動心。首四句言諸先公之功業文德，祉福惠愛，當保守之勿失也。如何保守之勿失？下則用「無封靡于爾邦，維王其崇之」句一筆帶起，連用其皇之，其訓之，其刑之諸排句，正大竦穆，溫摯剴切。四其字皆企冀、希望、叮囑之辭；而崇之、皇之、訓之、刑之，即所以告誡之所在也。末以追念前王作結，以與起句辟公相應，神氣尤爲妙遠。

五、天作

此祭岐山之詩。

天作高山❶，大王荒之❷。彼作矣❸，文王康之❹。彼徂矣❺，岐有夷之行❻。子孫保之❼。

右天作全篇一章，此述岐山大王荒之，文王康之，並望子孫保之也。

【註釋】

❶作：生也。高山：指岐山。❷大：音太去ㄞˋ，大王：即古公亶父。荒之：奄有之也。又擴而大之也。❸彼：指大王。下同。作：開墾也。❹康：安也。安之：謂使人安居之也。❺徂：往也。❻岐：岐山也。夷：平也。行：音杭ㄏㄤˊ，大路也。二句謂大王往岐山後，岐山乃有平坦之大路也。❼保之：謂保有此績業也。句謂此吾周之發祥地，故期子孫保守之勿失也。

【欣賞品評】

輔廣曰：

高山大川，皆天造地設也，故曰天作。大王始荒之，而亦曰彼作矣者，推大王與天同功也。祖先所以經理其始，計安其後者，既已甚艱勤矣。則子孫固宜世世保之而不失也。

嚴粲曰：

成功告神之頌，多言子孫當保守之意。蓋子孫能保守，則可以慰祖宗之心也。

守亮案：

詩序云：「天作，祀先王先公也。」然詩中無先公。朱傳云：「此祭大王之詩。」詩中何以又有文王？且祀先王、大王，應多述功德，而詩中無之，故二者清人姚際恆、方玉潤已駁其非是。詩序朱傳之說，皆不可從。季明德曰：「竊意此蓋祀岐山之樂歌。」引易升卦六四爻曰：「王用享于岐山。」謂周本有岐山之祭。斯言是也，故後之解詩者多從之。其所以言大王、文王，不言王季者，以所重在岐山，故止挈首尾二君言之。蓋大王遷岐，爲王業之始；文王治岐，爲王業之盛也。詩則首句從「天作高山」說起，破空而來，取勢雄偉，與大雅崧高詩起首「崧高維嶽，駿極于天」句，有異曲同工之妙。詩由大王遞入文王，跌宕頓挫，搖曳生姿。「彼作矣」，「彼徂矣」，句法一律；荒之、康之，亦一律，用以形容大王文王墾治之功，撰語奇特，頗堪玩味。收句「子孫保之」，意入規戒，恉有所歸，含蓄無盡。全篇不及三十字，而峯巒起伏，綿亙萬里；葱葱鬱鬱，王氣鍾焉，眞絕世奇文也。

六、昊天有成命

此祀成王之詩。

昊天有成命❶，二后受之❷。成王不敢康❸，夙夜基命宥密❹。於緝熙❺，單厥心❻，肆其靖之❼。

右昊天有成命全篇一章，美成王能敬承文武功業，發揚光大之也。

【註釋】

❶昊：音浩ㄏㄠˋ，昊天：蒼天也，皇天也。成命：明命也。又定而不易之命也。❷后：君也。二后：文王、武王也。❸成王：武王之子，名誦。康：安寧也。❹夙夜：早晚也，有敬勤之義。基：始也。宥：寬宏也。或以爲通又。密：讀爲毖ㄅㄧˋ，謹慎也，靜密也，寧安也。句謂夙夜用心，敬勤於始順天命，而又能施行寬宏靜寧之政，以安天下也。❺於：音烏ㄨ，歎詞。緝：續也。熙：明也。句言嗚呼！能持續其光明也。❻單：厚也。或以爲殫之假借，盡也。厥：其也。句謂盡其心也。❼肆：語詞。靖：安也。句謂遂能使天下安也。

【欣賞品評】

徐鳳彩曰：

成命，謂不易之命也。周家大命所歸，歷千有餘年而不易，故曰成命。文武受命，與天下更始；成王基命，與天下休息，所以終文武之功。

守亮案：

詩序云：「昊天有成命，郊祀天地也。」詩序以此爲祀天地之詩，不知何所據？此詩明言成王之德，其非祀天地之作甚明，詩序之說不可從。朱傳據國語晉語叔向引此詩之說，而謂「此詩多道成王之德，疑祀成王之詩也。」斯言是也，後之說詩者多從之。詩則首句提出天命，壓倒一切。次緊接文武二后之受命。第三句遞入成王，其言成王之德也，曰不敢康，曰夙夜基命，曰宥密，曰緝熙，而終之以單厥心，所以上基天命，纘成王業，而能安靖天下者，於是乎在。語極精粹，氣極貫串，足可與精一數語相參。末句以靖之作結，與上受之相應。一靖字包括許多吉祥昇平好語，古人之頌，簡嚴如是。牛運震謂爲「基命宥密，語極精奧。」「於緝熙以下，寫出艱難勤苦。」姚際恆謂爲「通首密練。」是短篇小章，尤可見其精純者也。又此詩雖短，但句多變化。僅七句三十二字，中有三字、四字、五字以至六字句不等，爲短詩中句法變化最多者。

七、我將

此祀帝於明堂，而以文王配之之詩。

我將我享❶，維羊維牛。維天其右之❷。儀式刑文王之典❸，日靖四方❹。伊嘏文王❺，既右饗之❻。我其夙夜❼，畏天之威❽，于時保之❾。

右我將全篇一章，述用心戒懼，敬天行事，以祀帝與文王也。

【註釋】

❶將：進奉也。享：獻也。❷右：助也。句言祈天其庶幾右助我也。❸儀：善也。式、刑：皆法也。典：典則也。又常道也。句言善效法文王之典則也。❹靖：治也。❺伊：語詞。嘏：音古ㄍㄨˇ，大也。句言大哉文王也。❻右：侑也，勸飲食也。饗：享也。句言勸尸使饗食之也。❼夙夜：早晚也，有敬勤之義。句言我乃早晚用心戒懼也。❽畏：敬畏也。句言畏天命之威，敬行天事也。❾時：是也。保之：保有天與文王所降予我者也。

【欣賞品評】

牛運震曰：

其者疑詞，尊之而不敢必也，故言右而不言饗。既者決詞，親之而可必也，故言右而併言饗。於天不敢加一辭，於文王則詳道其所以事天事親。精細分明如此。

守亮案：

詩序云：「我將，祀文王於明堂也。」此本孝經聖治章：「宗祀文王於明堂，以配上帝」

而說之。然詩序以爲專祀文王而不言配天。而詩以祀帝爲主，文王配焉。詩序據孝經而改孝經，且意欠周匝，似不可從。後之說詩者多從朱傳全用孝經「此宗祀文王於明堂，以配上帝之樂歌」之說。詩則首尾皆言天，包文王在中間。以祀天，祀文王，故所告之辭，備極畏敬自勉。語拙氣柔，直如結誓。首曰右之，以牛羊奉獻於天帝之前，祈其右助我也；中曰饗之，法文王之常道，曰求安靖四方，祝其來饗之賜福於我也；下曰保之，願己夙夜畏威警切，保有天與文王所降予我者也。雖僅數語，可視爲三節以成篇，亦自有其章法在。故方玉潤有「首三句祀天，中四句祀文王，末三句則祭者本旨。賓主次序井然」之言也。

八、時邁

此武王巡守，告祭柴望之詩。

時邁其邦❶，昊天其子之❷，實右序有周❸。薄言震之❹，莫不震疊
❺。懷柔百神❻，及河喬嶽❼，允王維后❽。明昭有周❾，式序在位
❿。載戢干戈⓫，載櫜弓矢⓬。我求懿德⓭，肆于時夏⓮，允王保之
⓯。

【註釋】

右時邁全篇一章。歷陳武王巡守時，燔柴祭天，望祭山川之狀也。

❶邁：行也。邦：諸侯之國也。句謂武王按時巡行於邦國也。❷昊：音浩ㄏㄠˋ，昊天：蒼天也，皇天也。其：希冀之詞。子：以爲子也。句言望蒼天以我王爲子也。❸右：助也。序：即緒，承繼也。下同。句謂天實能助惠有周而使之承繼王位也。❹薄言：語詞。震：驚動震服也。❺疊：懼也。句言無不震懼懾服也。❻懷柔：慰安之也。句謂告祭諸多神靈也。❼河：黃河也。喬：高也。嶽：高山也。太岳也。即霍山。句謂祭及山川之神也。❽允：信也。下同。后：君也。句謂信乎王之爲天下君也。❾明昭：光明也。❿式：語詞。句謂承繼天命在王位也。⓫載：則也。下同。戢：聚也，斂而藏之也。⓬櫜：音高ㄍㄠ，盛弓矢於櫜也。二句謂聚干戈而藏之，盛弓矢於櫜，示不復用兵也。⓭懿：美也。⓮肆：陳也。時：是也。夏：中國也。二句謂陳美德於此中國也。⓯保之：保守之勿使失也。句謂信哉王能保此周邦也。

【欣賞品評】

牛運震曰：

一其字自謙自任俱有。震疊懷柔，兼德威言之，寫人鬼受職，開國規模不凡。「懷柔百神」二句正為「莫不震疊」作襯托，直寫得精神寂寞，性情動盪。懿德字渾括淵微，求字別有深妙之旨。寫歸馬放牛心事氣象俱出。「允王維后」，「允王保之」此自臣下頌君之詞，故傳以為周公作也。

守亮案：

詩序云：「時邁，巡守告祭柴望也。」鄭箋云：「巡守告祭者，天子巡行邦國，至于方嶽之下而封禪也。」柴望者，柴謂燔柴祭天；望謂望祭山川也。左傳宣公十二年云：「昔武王克商，作頌曰：載戢干戈。」國語周語云：「昔周文公之頌曰：載戢干戈。」今「載戢干戈」，明在詩中。且又有「懷柔百神，及河喬嶽」語，故歷來說解此詩者，多與左傳、國語、詩序之說相近。時邁詩，何楷以其爲大武之五章。此當係武王巡守告祭柴望時，周公所作之詩也。詩則章法謹嚴，用字不苟。以首句「時邁其邦」，總提巡守。巡守，天子之事也，天子代天理物，故次曰「昊天其子」，何等堂皇，何等鄭重？妙用一其字作疑而未定之辭，然後再用一實字接之，此謂緊湊。下用二允字決辭相應，使前其字脚踏實地，章法一線。「明昭有周」與「右序有周」相對，皆共貼緊一實字貫通。其法謹嚴，其詞整練。較之魯頌浮夸，相去天淵。文公之文，豈可以後世長楊、羽獵目之哉！此龍仿山所及言之者也。

九、執競

此祭武王、成王、康王之詩。

執競武王❶，無競維烈❷。不顯成康❸，上帝是皇❹。自彼成康，奄有四方❺，斤斤其明❻。鐘鼓喤喤❼，磬筦將將❽，降福穰穰❾。降福簡簡❿，威儀反反⓫。既醉既飽，福祿來反⓬。

右執競全篇一章，頌三王功德盛美，奉祭獲福隆多也。

【註釋】

❶競：強也。執競：堅持其自強不息之心也。或以爲執持競爭之事，指伐商言也。❷無競：謂無人能與之競也。烈：業也。句言武王之功業，天下莫得與之相競也。❸不：讀爲丕ㄆ一，大也。顯：顯耀也。成：成王也。康：康王也。句言成王、康王，又能大顯其德也。❹皇：嘉美也。句言上帝是以美之而加福祿也。❺奄：覆也。奄有：盡有也，擁有也。四方：四方之國也。二句言自成王、康王，乃盡有四方之國也。❻斤斤：明察貌。❼喤：音皇ㄏㄨㄤˊ，喤喤：大聲也。又聲之和也。❽磬：樂器，以石爲之。筦：同管，竹製管樂器。將：音槍ㄑ一ㄤ，集也。又聲之盛多也。❾穰：音攘ㄖㄤˊ，穰穰：眾多也。❿簡簡：大也。二句謂成王、康王之神降福於祭者眾多盛大也。⓫反反：愼重貌。⓬來：是也。反：歸也。句言福祿乃歸於祭者也。

【欣賞品評】

牛運震曰：

執競，無競互應，句法廉奧有神。篇幅不長，卻極鋪張揚厲之勢。朱傳以執競爲祭武、成、康之詩。按三王無合祭之禮，當是一詩而各歌於三王之廟耳。若序以爲祭武王，毛鄭解成康爲成大功而安之，則失之矣。

守亮案：

詩序云：「執競，祀武王也。」惟詩中除言武王外，尚有「不顯成康」語，當是朱傳所謂「此祭祀武王、成王、康王之詩。」然三王無並祭之禮，故多啟紛爭。但如一準牛運震「當是一詩而各歌於三王之廟」之言，亦無不可，當以朱傳爲是。詩則首言三王功德嘉美，次言樂聲盛作，終言降福隆多也。以章法論，自以武王作緣起，謂伐商之功，無人可與之競爭。繼以成康大顯其德，上帝美之而加以福祿，使奄有四方也。賓主分明，不可誣也。其下所言，則喜用疊字，自多迴複繚繞韻味。末結以「既醉既飽，福祿來反。」是「既醉以酒，既飽以德。」「福祿來歸無休止，以與前烈字，降福字相應也。龍仿山謂「前半章固謹嚴，後半章頗多浮語。」然辭非虛妄無根，何來浮語之譏？深以爲非是。

十、思　文

此祀周始祖后稷，頌其德可配天之詩。

思文后稷❶，克配彼天❷。立我烝民❸，莫匪爾極❹。貽我來牟❺，帝命率育❻。無此疆爾界❼，陳常于時夏❽。

右思文全篇一章，歷陳后稷功德，可以配天之所在也。

【註釋】

❶思：語詞。文：文德也。后稷：名棄，相傳爲堯時稷官，爲周之始祖，故周人尊之曰后稷。❷克：能也。句謂其德眞可配天也。❸立：定也。或以爲係粒之省文。烝民：眾民也。句謂安定我眾民也。❹匪：同非。

極：極盡其心力也。句謂民之所受，無非皆爾極盡其心力之所致也。❺貽：遺也。來：小麥也。牟：大麥也。❻帝：上帝也。率：徧也。育：養也。二句言上帝貽此來牟，命徧養我下民也。❼疆：田界也。界：域限也。句言無分此疆與爾界，眾所皆同也。❽陳：布也。常：常道也，謂稼穡之道。時：是也。夏：中國也。句言陳此稼穡常道於中國也。

【欣賞品評】

張所望曰：

后稷配天，一事也。生民述事，故詞詳而文直；思文頌德，故語簡而旨深。雅頌之體，其不同如此。

守亮案：

詩序云：「思文，后稷配天也。」詩序蓋據孝經「昔者周公郊祀后稷以配天」之言，然詩中但有頌后稷之德，無祀天之文。詩序之說，意有未愜。故朱傳云：「言后稷之德，眞可配天。」是非指郊祀，但云后稷之德可配天而已。以詩中明言「思文后稷，克配彼天。」朱傳說是也。此當係周公作，以祀周始祖后稷，頌其德可配天之詩。詩則首二句「思文后稷，克配彼天。」總提后稷功德，可以配天也，下則詳言其可以配天之所在。安定我衆民，無不由爾極盡其心力是也；敎民稼穡，貽我小麥、大麥，偏養我衆民是也；無分疆界地域，均敎之以播種之道，無使我衆民有所不同亦是也。雖係短篇之作，但有總提，有詳釋。宜乎裴普賢先生有「前四句虛寫，後四句實敍。全篇結構緊密，層次分明」之論也。

臣工之什

一、臣工

此戒農官而祈豐年之詩。

嗟嗟臣工❶，敬爾在公❷。王釐爾成❸，來咨來茹❹。嗟嗟保介❺，
維莫之春❻。亦又何求❼？如何新畬❽？於皇來牟❾，將受厥明❿。
明昭上帝，迄用康年⓫。命我衆人，庤乃錢鎛⓬，奄觀銍艾⓭。

右臣工全篇一章，歷述戒農官，勸耕作，祈穀熟豐收之狀也。

【註釋】

❶嗟嗟：重嘆之詞，言其戒敕之深也。工：官也。臣工：群臣百官，此特指農官，田畯。❷敬：儆也，慎也。公：公事也。句言敬慎爾所從事之事也。❸釐：音離ㄌㄧˊ，賜也。又理也。成：成功也，指穀物豐熟言。❹來：語詞。咨：詢也。茹：度也。句言詢問商討穀物豐熟農事之道也。❺保介：農官之副也。❻莫：同暮。夏曆三月爲暮春。❼句言不可捨農事而他求也。❽畬：音余ㄩˊ，田已墾二歲曰新，三歲曰畬。句言爾之田事今如何哉？❾於：音烏ㄨ，歎詞。皇：美也。來：小麥也。牟：大麥也。❿厥：其也。明：古通成，謂年穀豐熟也。⓫迄：當讀爲氣ㄑㄧˋ，庶幾也，希冀之詞。用：以也。康：樂也。康年：豐年樂

歲也。⑫庤：音峙ㄓˋ，具也。錢：銚也，掘土之農具。鎛：音博ㄅㄛˊ，鋤類，除草之田器。⑬奄：奄忽也，謂不久也。銍：音至ㄓˋ，短鐮也。艾：音亦一ˋ，通刈，收穫也。句言不久即可觀其收穫也。

【欣賞品評】

胡紹曾曰：

先王深知生民之仁，起於菽粟，故農事常首天下之政，周官一書，三致意焉。或以巡稼穡，或以簡稼器；趣其耕耨，辨其穜稑；合耦以相助，移用以相恤；懸其法式，行其秩敍。又三歲大比，以興其治田之畛，如興士焉。或誅或賞，或興或廢。及其朝巡，慶則始於土地之闢，罰則始於田野之荒。故當時風之七月，臣戒其君；頌之臣工，君戒其臣，擧不外此也。

守亮案：

詩序云：「臣工，諸侯助祭，遣於廟也。」詩序之說，迂曲牽附，與詩無涉，不可從。朱傳云：「此戒農官之詩。」詩有「嗟嗟臣工」，「嗟嗟保介」語，似指農官田正之屬。且戒之之意，甚爲明著，朱傳說近之。惟於皇以下，又全係祈禱年穀豐熟之詞，此自是戒農官而祈豐年之詩也。詩則以敬爾之敬字，釐爾之釐字，「來咨來茹」之咨茹字，以示戒意。臣工以下，戒農官也；保介以下，戒農官之副也。於皇以下，祈禱年穀豐熟，昭明上帝，乃賜以康年；我衆農民，備農具勤作，將可見其豐碩收穫也。語雖虛設，但筆情飛舞，極富意趣。又龍仿山曰：「『嗟嗟臣工』，『嗟嗟保介』，兩段分明。首段有咨茹語，中間用如何語應之。中間有將字迄字，後用奄觀字應之。中有莫春，後有銍艾，時節尤歷歷分明；而周之改月改時，尤可於此得之。」斯亦一結構謹嚴，呼應完密之作也。

二、噫　嘻

此春始播種百穀時，勸民勤作，祈禱豐年之詩。

噫嘻成王❶，既昭假爾❷！率時農夫❸，播厥百穀❹。駿發爾私❺，終三十里❻。亦服爾耕❼，十千維耦❽！

右噫嘻全篇一章，述勸民勤作，必得豐碩收穫也。

【註釋】

❶噫嘻：猶嗟嗟，贊歎聲。成王：周成王，武王之子，康王之父。❷昭：明也。假：音格ㄍㄜˊ，至也。爾：語詞。相當於矣字。句謂神既昭然降臨也。❸時：是也。❹播：播種也。厥：其也。二句言今乃率此農夫，播種百穀也。❺駿：疾也。發：發土，即耕也。私：私田也。❻終：竟也，完成也。二句言疾治爾之私田，完成三十里之耕作也。❼亦：語詞。服：從事也。❽耦：二人並耕也。十千：百倍也。二句言同心齊力，從事爾之耕種，必獲百倍之收成也。

【欣賞品評】

朱善曰：

成王旣置田官而戒命之，後王復遵其法而重戒之。「率時農夫」，農官之職也；「播厥百穀」，農夫之事也。「終三十里」，欲其地之無遺利也；「十千維耦」，欲其人之無遺力也。地無遺利，人無遺力，此豐穰之所以可必也。

守亮案：

詩序曰：「噫嘻，春夏祈穀于上帝也。」詩序之說近是，惟春夏二字作不定辭，欠妥。朱傳以爲亦戒農官之詞，而謂「蓋成王始置田官，而常戒命之也。」農事，古人所急；治農之官，自古有之。況武王所重者民食，豈待成王而始置哉？細審詩「播厥百穀，駿發爾私」語，自是春始播種百穀時，勸民勤作，祈禱豐年之詩。詩則以「噫嘻成王」起，咨嗟我周之自后稷以至成王，卽重稼穡，勉以農事，蓋農事爲王道之本也。次句曰「旣昭假爾」，旣者已事之辭。謂神旣昭然降臨，必助成我也。三四句乃親率農夫以播種百穀，似爲躬耕帝藉也。「駿發爾私」以下，勸民使勤農業，完成三十里之數；同心齊力，必可得豐碩收穫也。龍仿山曰：「此詩首節與臣工手筆頗相似，但此詩第說到耦耕，而臣工直說到銍艾；此詩筆端謹嚴，而臣工中間筆勢曲折。似一人爲之，而前謹後放者。」斯亦別有所見也。

三、振　鷺

此微子來周助祭，周人美之之詩。

振鷺于飛❶，于彼西雝❷。我客戾止❸，亦有斯容❹。在彼無惡❺，在此無斁❻。庶幾夙夜❼，以永終譽❽。

右振鷺全篇一章，述人神相洽之可頌美也。

【註釋】

❶振：羣飛貌。鷺：白鳥也。于：助詞。有正在進行之義。于飛即正在飛。❷雝：音雍ㄩㄥ，水澤也。西雝：以在京城西郊，故名西雝。❸客：謂殷後微子也。廟祭時，微子助祭，時王有所尊敬，待之以客而不臣之也。戾：至也。止：語詞。❹亦、斯：皆語詞。有斯容：謂有鷺之白潔儀容也。❺彼：指神靈而言。或以爲指殷宋之本國。惡：音務ㄨˋ，嫌棄也。❻此：指殷微子而言。或以爲指助祭之周朝。斁：音亦一ˋ，厭倦也。二句言人神相洽，彼此無嫌棄厭倦也。❼夙夜：早晚也，有敬勤之義。❽永：長也。永終連言，終亦永也。譽：樂也。二句謂能早晚敬愼，則庶幾永安長樂也。

【欣賞品評】

朱公遷曰：

親之曰我，尊之曰客，愛敬兼至，以其先代之後也。而德容如此，真又有可愛敬之實也。

守亮案：

詩序云：「振鷺，二王之後，來助祭也。」鄭箋云：「二王，夏殷也。其後，杞也，宋也。」詩序明著二王後，似有未妥。故明季本、清姚際恆，以爲周有三恪助祭，不應獨言二王後。且詩明言有客，不言二客。又鷺容白也，殷尚白；詩明言容似白鷺，是客僅商客而無夏客也。又武庚被誅，雖有詩亦當刪黜。微子嗣封縱賢，尤應箴規，故方玉潤曰：「振鷺，微子來助祭也。」雖係臆測，但近情實。此微子來周助祭，周人美之之詩也。詩則首以鷺之飛舞，興客之亦有斯容，以見其毫無拘忌，逍遙自得之致，躍然紙上。次「在彼無惡」，言神不嫌棄殷微子也；「在此無斁」，言殷微子助祭無厭倦也。二句見得人神相洽，故深可美者也。末二句微帶希冀、叮囑、儆戒意，命筆亦自不凡。

四、豐年

此豐年秋冬祀上帝百神之詩。

豐年多黍多稌❶，亦有高廩❷，萬億及秭❸。爲酒爲醴❹，烝畀祖妣❺，以洽百禮❻。降福孔皆❼。

右豐年全篇一章，述豐年多收穫，爲酒爲醴，祀上帝百神也。

【註釋】

❶稌：音途ㄊㄨˊ，稻也。❷亦：語詞。廩：音凜ㄌㄧㄣˇ，米倉也。❸秭：音子ㄗˇ，萬萬曰億，萬億曰秭。句言收穫之多也。❹醴：甜酒也。❺烝：進也。畀：音必ㄅㄧˋ，予也。烝畀：謂祭祀享獻也。祖妣：謂歷

代男女祖先。❻洽：合也。百禮：言禮之多也。❼孔：甚也。皆：徧也。句謂降福甚多且徧也。

【欣賞品評】

朱善曰：

收入之多，而祭禮之無不備；祭禮之備，而福祿之無不徧。此方社之賜也，而亦田祖先農之力也。秋而報焉，則方社之謂也；冬而報焉，則蜡祭百神之謂也。以其同謂之報祭，故同歌是詩也。

守亮案：

詩序云：「豐年，秋冬報也。」鄭箋云：「報者，謂嘗也，烝也。」嘗，秋祭也；烝，冬祭也。陳奐曰：「此秋冬報祭，亦必自上帝百神凡有功於穀實者徧祭之。」又詩明言「烝畀祖妣，以洽百禮。」此當係豐年秋冬祀上帝百神之詩也。詩則特重一多字，豐年之所以為豐年者卽在此。職方氏謂雍冀之地高燥，其穀宜黍；荆揚之地下濕，其穀宜稌。今黍稌皆多，是高燥下濕，各得其宜。舉此以見風調雨順，百穀皆多稔也。首句固明有兩多字，下「亦有高廩」，多也；「萬億及秭」，尤多也。以其多，故為酒為醴，饗祖考，洽群神，祀事無缺，百禮咸備，上帝降福孔皆也。末二句百字、孔皆字，自與首句多字相應，亦結構謹嚴佳作也。

五、有瞽

此成王始行祫祭，大合諸樂器而祭之之詩。

有瞽有瞽❶，在周之庭。設業設虡❷，崇牙樹羽❸。應田縣鼓❹，鞉磬柷圉❺。既備乃奏，簫管備擧❻。喤喤厥聲❼，肅雝和鳴❽，先祖是聽。我客戾止❾，永觀厥成❿。

右有瞽全篇一章，述成王始行祫祭，合諸樂器奏之於祖廟情形。

【註釋】

❶瞽：音鼓ㄍㄨˇ，目盲也。古樂官以瞽人爲之。重言有瞽者，見其非一人也。❷設：陳也。業：栒上之大板也。栒爲虡上之橫木也。虡：音巨ㄐㄩˋ，懸鐘、磬架之立木也。❸崇牙：古樂器架之橫木，上刻如鋸齒狀，用以懸鐘磬處，即樅。樹羽：置五彩羽於崇牙之上以爲飾也。❹應：小鼓之橫懸者。田：大鼓也。縣：同懸，縣鼓：懸掛之鼓也，此周制。❺鞉：音桃ㄊㄠˊ，同鼗，如鼓而小，有柄，兩耳，持其柄搖之，則旁耳自擊鼓，如今小兒之摇鼓。磬：石製敲擊樂器。柷：音祝ㄓㄨˋ，木製樂器，如漆桶。圉：音語ㄩˇ，亦作敔，木製樂器，形似伏虎。背上刻鋸齒形，以木具劃之作聲。周人擊柷以起樂，擊圉以止樂。❻簫：古之簫係編小竹爲之，管長短各不同，以分音階，捧而左右移動吹奏之，如今之排簫，非今世所謂之單管簫也。管：樂器，六孔單管竹製。❼喤：音皇ㄏㄨㄤˊ，喤喤：聲宏亮而和諧也。❽肅：敬也。雝：和也。肅雝：狀聲音之和諧肅敬也。❾我客：諸侯助祭之人也。戾：至也。止：語詞。❿永：長也。厥：其也。成：樂終謂之成。

【欣賞品評】

孔穎達曰：

作之喤喤然和集，諸聲皆肅敬和諧而鳴，不相奪倫，先祖之神於是降而聽之。我客二王之後適來至此，與聞此樂。助祭之人多，獨言我客者，以二王之後尊，故特言之。

守亮案：

詩序云：「有瞽，始作樂而合乎祖也。」朱傳同之。鄭箋云：「合者，大合諸樂而奏之。」然後之解此詩者，多誤解詩序之意，以此爲樂初成而薦之祖考之詩。惟明何楷謂「序意謂成王至是始行合祖之禮，大奏諸樂云爾，非謂以新樂始成之故合乎祖也。」細考詩篇，中有「鞉磬柷圉」，「簫管備擧」，「先祖是聽」，「我客戾止」之語，此當係成王始行祫祭，大合諸樂器而奏之之詩也。詩則首二句先擧樂官，以下雜擧樂器。柷圉以上，樂器之大者也；簫管，樂器之小者也。旣備而奏之，聲喤喤而「肅雝和鳴」。肅雝二字箇至，可聞樂以知德也。末以成字結之，樂終曰成，樂成祭亦成也。筆墨鍊淨，章法嚴明。又所擧大小樂器及「肅雝和鳴」等處，頗有助於硏讀禮記樂記，呂覽古樂諸篇，惜先儒多忽乎此，不禁興起遺珠之嘆！

六、潛

此冬薦魚祀于宗廟所歌之詩。

猗與漆沮❶，潛有多魚❷。有鱣有鮪❸，鰷鱨鰋鯉❹。以享以祀❺，以介景福❻。

右潛全篇一章，述冬薦諸魚於宗廟，以祀神求福也。

【註釋】

❶猗與：歎美之詞。漆、沮：西周境內二水名，在今陝西境內。❷潛：水深之處也。或以爲槮之借，水中積柴以聚魚者也。❸鱣：音占ㄓㄢ，黃色大魚。鮪：音偉ㄨㄟˇ，魚名，似鱣而小。❹鰷：音條ㄊㄧㄠˊ，白條魚也。鱨：音常ㄔㄤˊ，黃頰魚也。鰋：音晏ㄧㄢˋ，即鮎魚，體滑無鱗，俗稱黏魚。鯉：魚名。❺享：獻也。❻介：音丐ㄍㄞˋ，求也。景：大也。

【欣賞品評】

范處義曰：

鱣鮪之大，鰷鱨之長，鰋形似偃，鯉之形俯。舉其類之多，皆可用以薦享者，亦形容萬物盛多之意也。以是備物以享祀，則神助我以大福，所以報也。

守亮案：

詩序云：「潛，季冬薦魚，春獻鮪也。」詩序之說，全襲禮月令季冬之月：「是月也，命漁師始漁，天子親往，乃嘗魚，先薦寢廟。」季春之月：「薦鮪于寢廟」之說。以月令釋周詩；且一詩當冬春兩用。又魚乃總名，鮪乃詩中六魚之一，何以冬總薦魚？春單獻鮪？故清姚際恆、方玉潤已駁其非，詩序之說不可從。細考詩篇，中云「潛有多魚」，下並舉六魚以實之，是多魚潛不行而肥美。斯時也，凡魚皆可薦獻，此當係多薦魚祀于宗廟所歌之詩也。詩則以首句「猗與漆沮」爲主，猗與者，歎美之詞也。所歎美者何？漆沮二水耳。二水之所以可歎美者，取其所出諸魚，而享祀於宗廟，以求大福，示不忘本也。是以彭執中有「子孫之祭其先祖，九州之美味，莫不畢備；然其樂歌，必言其所興之地，取其所產之物而薦之者，以示不忘本之意」之言也。

七、雝

此武王祭文王而徹俎之詩。

有來雝雝❶，至止肅肅❷，相維辟公❸，天子穆穆❹。於薦廣牡❺，

相予肆祀❻。假哉皇考❼，綏予孝子❽。宣哲維人❾，文武維后❿。

燕及皇天⓫，克昌厥後⓬。綏我眉壽⓭，介以繁祉⓮。既右烈考⓯，

亦右文母⑯。

右雝全篇一章，歷述武王祭時薦牲、頌神、祈福之事也。

【註釋】

❶有來：謂諸侯之來助祭者。雝：音雍ㄩㄥ，雝雝：和也。❷至：至於宗廟也。止：語詞。肅肅：敬貌。❸相：音向ㄒㄧㄤˋ，助祭者也。維：語詞。辟公：謂諸侯也。❹天子：主祭之武王也。穆穆：容止端莊恭敬貌。❺於：音烏ㄨ，歎詞。薦：進獻也。廣：大也。牡：雄牲也。❻相：助也。肆：陳也。句謂助予陳列全牲祭品也。❼假：大也。皇考：亡父曰皇考，此指文王。❽綏：安也。下同。孝子：武王自稱。❾宣：明也。哲：智也。句言皇考爲人明智也。❿后：君也。句謂爲君則兼備文武之德也。⓫燕：安也。皇天：上帝也。⓬克：能也。昌：大也，盛也。二句謂文王能事上帝，使之安樂，故能昌大其後嗣也。⓭眉壽：高壽也。年高者每有豪眉，故云。⓮介：助也。繁祉：多福也。二句言安我以老壽，又助我以多福也。⓯右：尊也。又佑也，保佑也。烈：功業也。考：稱亡父，謂文王也。⓰文母：有文德之母也，指武王母太姒。二句謂願我既能尊我烈考，亦得尊我文母也。

【欣賞品評】

牛運震曰：

颯然而來，只開端二語摹出幽光靈響，讀之精神竦豎。有來至止，節奏泠泠。雝雝肅肅，映切文考德性，妙。穆穆字深渾。天子穆穆正所謂秉文之德也。想到文母，儼然二親並坐孺慕承歡光景，極真摯極溫媚。如此收法最遒古。

守亮案：

詩序云：「雝，禘大祖也。」周之大祖后稷也。禮祭法：「周人禘嚳而郊稷。」惟詩中未及嚳與后稷，非禘明矣。故朱子已駁其非，詩序迂曲附會之說，斷不可從。細考詩篇，中有「假哉皇考，綏予孝子。」又有「既右烈考，亦右文母」語，係子祭父母之詞。劉向封事曰：「文王既沒，武王周公繼政；朝臣和於內，萬邦驩於外，故盡得其驩心以事其先祖，其詩曰：『有來雝雝，至止肅肅，相維辟公，天子穆穆。』言四方皆以和來也。」謂此詩作於武王之世。論語八佾云：「三家者以雍徹。子曰：『相維辟公，天子穆穆。』奚取於三家之堂？」朱子註曰：「天子宗廟之祭，則歌雍以徹。」由此可知，此當係武王祭文王而徹俎之詩也。詩則首敍雝雝諸侯，穆穆天子之來祭，有鶴步鸞翔之概，氣象非凡。中乃薦大牲以陳祭品，呼皇考以安孝子。而皇考也，既明且哲，允文允武，故能安及皇天上帝，昌大後世子孫也。末乃祈皇考安我以高壽，助我以多福。並願一己既能尊我有功業之父，又能尊我有文德之母也。通篇雍容華貴，一片承平雅頌之聲。牛運震曰：「全篇音節遒壯，意象悚穆，全從深孝篤誠發出一段和愉祥藹之氣。」信然。

八、載見

此成王初即位，諸侯來朝，始助祭於武王廟之詩。

載見辟王❶，曰求厥章❷。龍旂陽陽❸，和鈴央央❹，鞗革有鶬❺，休有烈光❻。率見昭考❼，以孝以享❽，以介眉壽❾。永言保之❿，思皇多祜⓫。烈文辟公⓬，綏以多福⓭，俾緝熙于純嘏⓮。

右載見全篇一章，述諸侯來朝助祭所見也。

【註釋】

❶載：始也。辟王：天子也，謂成王。❷曰：語詞。章：典章法度也。❸龍旂：旗上繪有交龍者。陽陽：鮮明之貌。❹和鈴：鈴之在旂者曰鈴，在軾前者曰和。央央，聲也。❺鞗：音條ㄊㄧㄠˊ，轡首之飾，以金屬為之。革：轡首也，以皮為之。鞗革：謂以金屬飾於皮革所製之轡首也。鶬：音槍ㄑㄧㄤ，同鏘。有鶬：鏘然作聲也。❻休：美也。烈光：光彩也。❼率：領也。昭：光顯也。昭考：謂武王。廟制，太祖居中，左昭右穆，文王當穆，武王當昭。句謂成王率諸侯祭武王也。❽孝：以致孝子之事也。享：以獻祭祀之禮也。❾介：音丐ㄍㄞˋ，求也。眉壽：高壽也。年高者每有豪眉，故云。❿永：長也。言：語詞。相當於而或乃字。⓫思：語詞。皇：大也。祜：福也。二句謂永保此皇大而多之福也。⓬烈：功業也。文：文德也。辟公：諸侯也。或以為當指諸侯之先人言。或又以為蓋指武王而言。⓭綏：安也。⓮俾：使也。緝：續也。熙：明也。純：大也。嘏：音古ㄍㄨˇ，福也。以上三句，言有功業文德之諸侯，安我以多福，

使我持續而光明之，至於有大福也。

【欣賞品評】

方玉潤曰：

毛萇訓載爲始，諸儒從者多，以下文率見昭考與首句相應故也。彙纂亦曰：「成王新即政，率是百辟，見於昭廟，以隆孝享。一以顯耆定之大烈彌光，一以彰萬國之歡心如一，有丕承王業，畏懷天下氣象。故曰始也。若泛言諸侯助祭，則烈祖有功德之廟多矣，何獨詣武王一廟而作此歌乎？」案此乃作詩大旨，亦存詩者之微意也。

守亮案：

詩序云：「載見，諸侯始見乎武王廟也。」詩首載字，朱子訓爲發語詞，故以此爲「諸侯助祭於武王廟」之詩。惟細審詩篇，載字當依毛鄭訓爲始，觀詩中「率見昭考，以孝以享。」與起首「載見辟王，曰求厥章」相應自知。此當依詩序說，爲成王初卽位，諸侯來朝，始助祭於武王廟之詩也。詩則首言載見，載見者何？求其法度是也。次言率見，率見者何？宗廟祭祀是也。末提烈文，覺得前幅龍旂和鈴等句，皆爲此四字生色。全詩章法秩然，舒徐有度；且語祥和而意懇摯，亦一不可多得之佳構也。

九、有客

此箕子來朝見祖廟，武王眷顧而祝頌之詩。

有客有客❶，亦白其馬❷。有萋有且❸，敦琢其旅❹。有客宿宿❺，有客信信❻。言授之縶❼，以縶其馬❽。薄言追之❾，左右綏之❿。既有淫威⓫，降福孔夷⓬。

右有客全篇一章，歷述箕子始至、將去，既別祝福之經過。

【註釋】

❶有：語詞。客：指箕子，周滅商，待以客禮，而不臣之，故云。❷亦：語詞。白其馬：殷尚白，故騎白馬。❸萋：盛貌。且：音阻ㄗㄨˇ，多貌。有萋有且：即萋然且然，以狀從者之盛多也。❹敦：音堆ㄉㄨㄟ，治也。敦琢：猶雕琢，精選之意也。旅：眾也。二句言從者盛多，皆精選者也。❺宿：一宿也。或以為宿宿為住二夜。❻信：再宿也。或以為信信為住四夜。二句言留客不欲其去也。❼言：語詞。相當於而或乃字。縶：繫馬之索也。❽縶：作動詞用，以繩索繫馬也。二句謂留客不使之去也。❾薄言：語詞。追之：已去而復追還之，不欲其速去也。❿綏：安也。句謂左右亦安慰之，欲其多留時日也。⓫淫：大也。威：德也。⓬孔：甚也。夷：易也。二句謂客既有大德，天降其福，當甚易也。

【欣賞品評】

姜炳章曰：

晉魏以來，禪代革命之際，視故主遺育，如芒刺在身，必去後已。至有生生世世願無生帝王家者，亦可哀矣。觀振鷺有客之詩，愛敬交至，不啻若自其口出。非大公無我之聖人，何能如是哉！延祚八百，雖以秦政之暴，猶有南君之封，天道不誣也。

守亮案：

詩序云：「有客，微子來見祖廟也。」詩序之說，衆多從之。惟前振鷺詩已言微子來周助祭，不應於此再出微子。故鄒肇敏、方玉潤擧例證以爲箕子，可信，此當係箕子來朝見祖廟，武王眷顧而祝頌之詩也。詩則脈絡極分明，首四句言箕子之始至，有客句起得飄然。寫箕子之來作客，所騎白馬固殷代所尙白色，而隨從之盛多，亦皆精選英俊。中四句言其將去，不容其去而挽留之。故一宿不已，必曰信宿；信宿不已，欲縶其馬而不使之去，與漢陳遵「關門取客車轄投井中」以留客相仿。末四句言其既去又追之使還，並安撫其左右；然終不可留也，方祝而別之。有客一詩，與振鷺頗相似，彼首節形容一白字，此則直點明白字；彼末節但說一個無惡無斁，此後二節幷傳出一番相愛無已之神。眞禮遇隆，情意重，既足以見箕子之賢，尤足以見周家愛客之厚也。

十、武

此奏大武樂，祝頌武王成功之詩。

於皇武王❶，無競維烈❷。允文文王❸，克開厥後❹。嗣武受之❺，勝殷遏劉❻，耆定爾功❼。

右武全篇一章，述武王戰勝殷紂，遏阻殺戮，致定成功也。

【註釋】

❶於：音烏ㄨ，歎詞。皇：大也。❷競：爭也。無競：謂無人能與之競也。烈：業也。句言武王之功業，天下莫得與之相競也。❸允：信也。文：文德也。句言信乎文王之有文德也。❹克：能也。厥：其也。句言能開啓其後人之基業也。❺嗣：繼也。武：步武也。或以爲嗣武，嗣子武王也。受：承受也。句謂嗣子武王承受此基業也。❻遏：止也。劉：殺也。句謂武王戰勝殷紂，遏止屠殺，致太平也。❼耆：音只ㄓˇ，致也。定：成也。爾：如此也。句言致定如此之大功也。

【欣賞品評】

嚴粲曰：

文王有文德，以開其後人之基緒。然殷虐未除，武王伐紂以止殺，然後致定其功。所以歸重武王之功，明非武王之武，無以成文王之文也。

守亮案：

詩序云：「武，奏大武也。」呂氏春秋古樂篇云：「武王伐殷，克之於坶野，乃薦馘於京太室，乃命周公作爲大武。」孔疏亦云：「武詩者，奏大武之樂歌也。謂周公攝政六年之時，象武王伐紂之事，作大武之樂，旣成而於廟奏之，詩人覩其奏而思武功，故述其事而作此歌焉。」故自來說解此詩者皆從詩序之說。武，卽名大武，又名象武。其詩或吹或舞，以象武功。朱熹、何楷、魏源等謂大武共六章。又以樂記有大武六成之說，樂曲一終爲一成，則大武爲六成之樂也。何楷定一成爲武，二成爲酌，三成爲賚，四成爲般，五成爲時邁，六成爲桓。或古時武詩原分章，而今本則以章爲篇耳。細考詩篇，詩以於皇歎詞起句，且有遏劉止戈爲武意，詩序僅云奏大武，似有未足。此當係奏大武樂，祝頌武王成功之詩也。詩則以於皇歎詞起句，美其德曰於，尊其位曰皇。其所以可美可尊者，在遏劉二字，所謂止戈爲武是也。故不侈陳首虜之功，此孔子所謂「盡美矣」，非若後世之以殺敵爲武也。武王以虎賁三千人，破七十萬如林之旅於會朝，以覩垓下之圍，昆陽之戰，晉陽之擧義旗，開平之襲應昌，其烈何如？君子曰：此之謂神武，一戎衣而天下平也。武王之功，其所以天下莫强者，由詩「允文文王」開啟之於前歟！

閔予小子之什（本什周頌之末，多收所餘一篇共十一篇）

一、閔予小子

此武王殁，成王年幼嗣位，守喪七月而葬，奉其神主入祀於祖廟之詩。

閔予小子❶！遭家不造❷。嬛嬛在疚❸。於乎皇考❹！永世克孝❺，念茲皇祖❻，陟降庭止❼。維予小子，夙夜敬止❽。於乎皇王❾！繼序思不忘❿。

右閔予小子全篇一章，連呼皇考、皇祖，維予小子是閔，期己不忘先祖緒業也。

【註釋】

❶閔：通憫，憐憫悼傷之也。予小子：成王年幼之自稱也。❷遭：逢也。造：善也。不造：猶言不淑，不幸也。二句言哀憐我小子成王，家遭不幸也。❸嬛：音瓊ㄑㄩㄥˊ，與煢同。嬛嬛：孤獨無依貌。疚：病也，憂慼也。句言致我嬛嬛無所依，日陷憂慼之中也。❹於乎：即嗚呼，歎詞。皇考：稱亡父曰皇考，謂武王也。❺永：長也。永世：猶言終身也。克：能也。❻茲：此也。皇祖：謂文王也。❼陟：音至ㄓˋ，升也。陟降：猶往來也。止：語詞，下同。以上四句，言嗚呼我皇考武王，終身能孝，念皇祖文王，常存在心，若文王來去於庭間者，故能承其德業也。❽夙夜：早晚也。敬：敬慎也。二句言至我小子，必當早晚戒懼，

敬慎從事也。❾皇王：兼指文王武王言。❿序：緒也，業也。思：語詞。忘：通亡，失也。句言繼先祖之緒業，不使之失墜也。又忘，讀如本字，句言思而不忘繼承文武之緒業也。

【欣賞品評】

牛運震曰：

開口一閔字，多少愴痛！不造猶言無祿，遭家不造二語，寫得孤怯蒼涼。只歎皇考之孝，悚慕惻動。陟降庭止一語，靈恍溫切，依依如目。終以永歎愾摯之思，含蓄無限！

守亮案：

詩序云：「閔予小子，嗣王朝於廟也。」自來說解此詩者，多從詩序之說。惟詩序不云嗣王爲何人，亦不言何時朝于廟，故異說遂又紛起。鄭箋云：「嗣王者，謂成王也。除武王之喪，將始即政，朝於廟也。」朱傳從之。鄭氏以嗣王爲成王，甚是；但以此爲除喪而朝於先王之廟者，恐又非是。細考詩篇，詩起首三句爲方在喪之辭，其必非除喪者甚明，此當係武王既葬而祔主于廟之詩也。詩則起首三句，如聞哀痛之聲。下連呼皇考、皇祖，祈其維予小子是閔也。末以「繼序思不忘」作結，不忘繼先祖之緒業，使不失墜，將皇考、皇祖，連自己均包裹於一句之內，何等精神！語語孤危恐懼，悽愴哀痛。而惕勵、戒謹，誠摯、眞切處，又可於「夙夜敬止」句中之敬字見之，是敬字亦全篇重心之所在也。大雅文王篇云：「於緝熙敬止」，亦落在一敬字上，是以方玉潤曰：「周家聖聖相承，家學淵源，不外一敬字。」明朱善則合孝敬爲一理，而有「孝敬，一理也。自繼述而言謂之孝，自存主而言謂之敬。敬其身，卽所以孝於親；孝於親，未有不敬其身者也，此所以能崇大化之本」之言也。

二、訪落

此成王既除喪，始卽政而朝於廟，與羣臣謀政之詩。

訪予落止❶，率時昭考❷。於乎悠哉❸！朕未有艾❹。將予就之❺，繼猶判渙❻。維予小子，未堪家多難❼。紹庭上下❽，陟降厥家❾。休矣皇考❿！以保明其身⓫。

右訪落全篇一章，述己幼沖孤弱，當追維皇考之德，望群臣助成之，勿使有所顛墜也。

【註釋】

❶訪：謀也，問也。予：我也，成王自稱。落：始也。止：語詞。句謂我乃謀於群臣有關開始即政之事也。❷率：循也。時：是也。昭考：謂先父武王也。句謂當循是先父武王之德也。❸於乎：即嗚呼，歎詞。悠：遠也。句謂武王之德甚高遠也。❹朕：音振ㄓㄣˋ，我也。艾：通乂，音亦ㄧˋ，治才也。句謂我未有此才幹也。❺將：音羌ㄑㄧㄤ，發語詞。有願也、請也、希望也之意。就：成也。句言願我將能有所成就也。❻猶：圖也。判：分也。渙：散也。句謂我將繼先德謀收我所失散者，以成其完美也。❼堪：任也。二句言我成王年幼，未堪任此處理國家諸多難理之事也，家遭多難之事也。❽紹：繼也。又昭之假借，明也。

❾陟：音至ㄓ丶，升也。陟降：猶往來也。厥：其也。二句謂神昭然上下於庭，不斷往來於其家也。❿休：美也。皇考：謂武王也。⓫保明：保護而光大之也。其身：嗣王自謂。

【欣賞品評】

姚舜牧曰：

文王陟降，在帝左右，此文之所以為文。念茲皇祖，陟降庭止，此武之所以為武。紹庭上下，陟降厥家，此成王之所以為成王。

牛運震曰：

陡然一歎，慽動深遠。「朕未有艾」，作窮處語，是求助真情懇結處。「將予就之」云云，所謂欲從末由也。寫得微至靈怳，有情有景，離合閃忽，非親歷不能道。「昭庭上下」倒句古，又插入皇考，寫得精神飛越。

守亮案：

詩序云：「訪落，嗣王謀於廟也。」自來說解此詩者，多與詩序說相近，如朱傳云：「成王既朝于廟，因作此詩，以道延訪群臣之意。」細考詩篇，首言「訪予落止，率時昭考。」又言「休矣皇考」，詩中既有與群臣謀政心意，又有追維皇考孝思，此當係成王卽政告廟，乃于廟中與群臣謀政之詩也。詩則首下一訪字，以廣謀群臣發端也，下分兩節言之。「繼猶判渙」而上，欲率循武王之道；但巍巍乎高遠不可及，而己方幼沖，未有所經歷，將勉強以就之，惶惶如有求而弗得也。「維予小子」而下，述己尚未能任國家諸多難處理之事，思繼我皇考之德，常存心中，如或見之，修斯德而保其身無危亡之憂，明其身無昏塞之患也。情深意遠，眞氣洋溢，極類前閔予小子詩。何楷曰：「此詩雖對群臣而作，以延訪發端，而意止屬望昭考，至小毖篇始道其延訪群臣之意耳。」可謂善讀詩者。

三、敬之

此成王旣謀群臣，述其規戒之言，告祭於廟以自勵也。

「敬之敬之❶！天維顯思❷，命不易哉❸！無曰：『高高在上❹。』陟降厥士❺，日監在茲。❻」「維予小子，不聽敬止❼？日就月將❽，學有緝熙于光明❾。佛時仔肩❿，示我顯德行⓫。」

右敬之全篇一章，述群臣規戒之言，以敬慎黽勉，祈神示以顯明之德以自勵也。

【註釋】

❶敬：恭謹戒愼也。或以爲敬天也。❷顯：明也。思：語詞。❸易：容易也。以上三句，言敬之哉，敬之哉，天道甚明，其命不易保也。❹二句言勿謂天之高高在上，去人甚遠，不能察我，而不加敬也。❺陟：音至ㄓˋ，升也。陟降：猶往來也。厥：其也。士：事也。❻監：視也。茲：此也。二句言天則往來於我之前，是其所事，故日日在此監視我，是敬之之道，不可須臾離也。❼聽：聽也。止：語詞。二句言我小子，

敢不聽而聽之，敬而愼之乎？❽就：成也。將：進也，行也。❾緝：續也。熙：明也。二句言我當力求，日有所成就，月有所進益；努力學之，庶幾續往者之明德，而至於大光明也。❿佛：音義同弼ㄅㄧˋ，輔也。時：是也。仔肩：猶今語責任也。⓫德行：進德之路也。二句言祈神助我此任務，示我顯明之德行也。

【欣賞品評】

朱善曰：

敬者，戒懼愼獨之事，所以誠身也；明者，學問講習之事，所以明善也。群臣以敬而進戒，欲成王之誠之也。成王以明而自勉，謂必先有以明之，而後可以誠之也。旣有以致其明之之功，復有以致其誠之之力，則聖賢之事業，可以馴致矣。

守亮案：

詩序云：「敬之，群臣進戒嗣王也。」詩之前半似之；然「維予小子」以下，不類群臣之言，故近人吳闓生已駁其非是。詩序之說，不可盡信。方玉潤曰：「成王自箴也。」近之說解此詩者，多與方氏之說相近；然以何自箴？細考詩篇，自是朱傳所謂「成王受群臣之戒而述其言」也。此當係成王旣謀群臣，述其規戒之言，告祭於廟以自勵之詩也。詩則以「敬之敬之」起筆，多少恭謹戒愼，危悚警切，自在其中。戒王以天之當敬，臣之忠也；自勵憂其未能敬，君之謙也。君臣同德，故以一敬字貫上下兩截，亦前閔予小子之「夙夜敬止」也。末以顯德行作結，是疊呼「敬之敬之」之所在也。誠意懇惻，首尾相應，自無空言也。

四、小毖

此成王旣誅管蔡後，作此以自儆之詩。

予其懲❶，而毖後患❷。莫予荓蜂❸，自求辛螫❹。肇允彼桃蟲❺，拚飛維鳥❻，未堪家多難❼，予又集于蓼❽。

右小毖全篇一章，述患伏於微而禍發所忽，愼之於小，勿使亂作也。

【註釋】

❶懲：戒也。❷毖：音必ㄅㄧˋ，愼也。二句謂當以前事爲戒而愼防後患也。❸荓：音乒ㄆㄧㄥ，使也。❹螫：音是ㄕˋ，毒蟲刺人也。辛螫：辛毒之刺螫也。二句謂莫使之成爲毒蜂而已反招刺螫之痛也。❺肇：始也。允：信也。桃蟲：鷦鷯，鳥之小者。❻拚：音翻ㄈㄢ，飛貌。二句謂初信其爲鷦鷯小鳥，後竟翻飛而爲猛鷙大鳥，乃成其禍也。❼堪：任也。❽蓼：音了ㄌㄧㄠˇ，植物名，生水中，味辛，古稱爲辛菜，因以喻辛苦。二句言我方幼，未堪任此處理國家諸多難理之事，而又處於辛苦之地也。

【欣賞品評】

牛運震曰：

一句一折，一聲一痛，拔瀝之詞，動人惻隱。三喻錯出，奇極！語語為親者諱，却自躍然可想。至誠深切，雖隱文諱詞，意思自然明透。不得以艱僻目之。況痛慘切，居然鴟鴞之志。鍾惺云：「創鉅痛深，傷弓之鳴。」古拗奥闢，此為絕調。

守亮案：

詩序云：「小毖，嗣王求助也。」言求忠臣輔己，亦含畏有後患之意，惟不甚切耳。朱傳云：「此亦訪落之意。」訪落在追維皇考孝思，與群臣謀政；小毖則在懲管蔡患後而自儆戒，不得謂相同，故清方玉潤已駁其非是。詩名小毖，意實大戒。細審荓蜂辛螫，桃蟲維鳥之隱語暗示，及「未堪家多難，予又集於蓼」句，實成王方幼時，變生骨肉，驚痛多難，不忍訟言耳。此當係成王既誅管蔡後，作此以自儆之詩也。詩則開口即言懲戒前事，愼防後患，自儆之至也。荓蜂二句，本無毒於予，而自取其毒者。管蔡之變，誰爲之咎，非自取歟？桃蟲二句，向以爲小物鼠耳，竟成大禍虎者。武庚之叛，人不及防，豈所料哉！通篇譬喩，實從鴟鴞詩得來。然彼淒以惻，此則憂而苦。眞悔恨無極，痛自懲戒，憂深慮遠，哀音動人也。

五、載芟

此春耕祈禱社稷之詩。

載芟載柞❶，其耕澤澤❷。千耦其耘❸，徂隰徂畛❹。侯主侯伯❺，侯亞侯旅❻，侯彊侯以❼。有嗿其饁❽，思媚其婦❾，有依其士❿，有略其耜⑪，俶載南畝⑫，播厥百穀⑬，實函斯活⑭。驛驛其達⑮，有厭其傑⑯。厭厭其苗⑰，緜緜其麃⑱。載穫濟濟⑲，有實其積⑳，萬億及秭㉑。爲酒爲醴㉒，烝畀祖妣㉓，以洽百禮㉔。有飶其香㉕，邦家之光㉖。有椒其馨㉗，胡考之寧㉘。匪且有且㉙，匪今斯今㉚，振古如茲㉛。

右載芟全篇一章，述合力耕作，播種收穫，祀神養老之狀也。

【註釋】

❶載：則也。芟：音山ㄕㄢ，除草也。柞：音作ㄗㄨㄛˊ，除木也。❷澤澤：同釋釋，土鬆散貌。二句言先除草木而後耕治，似是新開之田。❸耦：二人並耕也。千耦：言其多。耘：去苗間之草也。❹徂：音殂ㄘㄨˊ，往也。隰：音昔ㄒㄧˊ，下濕之地也。畛：音診ㄓㄣˇ，田畔也，即今田間小路。二句言千耦已在田耕耘，或往下濕之地，或往田陌也。❺侯：語詞。相當於維字。主：家長也。伯：長子也。❻亞：仲叔也。旅：子弟也。❼彊：民之有餘力來助者。以：用也，謂傭力之人，隨主人之任使者。以上三句，言家長、長子、仲叔各子，家族眾子弟，以及幫助者，傭工者，皆至田耕作矣。❽嗿：音坦ㄊㄢˇ，眾食聲。有嗿：嗿然也。饁：音頁ㄧㄝˋ，家人送至田畝之飯食也。❾思：語詞。媚：愛也，美也。句謂婦送食田中，其夫見之，欣然迎接，以示媚愛也。❿依：愛也。士：夫也。句謂婦人亦示其愛依丈夫之情也。⓫略：利也。耜：音似ㄙˋ，農具也。用以揷地起土，其柄名爲耒。句謂耕者磨利其耜也。⓬俶：音觸ㄔㄨˋ，始也。載：

事也。句謂始從事農作於南畝也。⑬厥：其也。百穀：言多也，謂各種穀物。⑭實：穀實也，今云種籽。函：含也，謂穀種包含於土中也。斯：語詞。相當於乃字。活：生也。句謂播穀種土中，遂萌芽而生長也。⑮驛驛：繹繹之假借，苗接續出生貌。達：出於土而達地面之上也。⑯厭：饜字之省體，好貌，有厭：厭然也。傑：先生之苗也。二句謂苗繼續出生而達地面，先生者厭然美好也。⑰厭厭：苗齊等貌。⑱緜緜：詳密也。麃：音標ㄅㄧㄠ，穮之省體，耘也。二句謂苗生厭厭而齊等，且經詳密耘治也。⑲濟濟：眾多貌。⑳實：大也。有實：實然也。積：謂堆積之穗也。㉑秭：音子ㄗˇ，萬萬曰億，萬億曰秭。以上三句，言收穫極多，其實之堆積，萬億以至億億，禾秉無數也。㉒醴：甜酒也。㉓烝：進也。畀：音必ㄅㄧˋ，予也。烝畀：謂祭祀享獻也。祖妣：謂歷代男女祖先。㉔洽：合也。百禮：言禮之多也。㉕飶：音必ㄅㄧˋ，芳香也。有飶：飶然也。㉖邦家：國家也。二句謂以飶然其香，以享賓客，則邦家之所以光榮也。㉗椒：香也。有椒：椒然也。㉘胡：大也。考：老也。胡老：年老大壽也。之：是也。寧：安也。二句謂以椒然其馨，以養耆老，則胡考之所以安寧也。㉙且：音居ㄐㄩ，此也。句謂非此處有此豐收也。㉚句謂非獨今年始有如今日之豐收也。㉛振古：自古也。如茲：如此也。句謂神佑不始自今日，從古即如此也。

【欣賞品評】

龍起濤曰：

此篇春耕夏耘，備言田家之苦；秋穫冬藏，極言田家之勤。至於烝祖妣，洽百禮，供賓客，養耆老。於慰勞休息之中，有堅強不息之神焉，有合衆齊力之道焉，有蟠結不解之勢焉。

是以起於隴畝之中，蔚開邦家之基；以一隅而取天下，其本固也，此之謂農戰。

守亮案：

詩序云：「載芟，春藉田而祈社稷也。」詩無藉田之義，惟言耕之而能多穫，詩序之說，不可全信。朱傳以此未詳所用，謂其辭意與豐年相似。豐年乃秋冬祀上帝百神之詩，意亦不全似。細審詩篇，首言耕耘，陳民之力作；次言豐收，祈神之佑助，此當係春耕而祈社稷之詩也。詩則鋪敍田事，極有次序。自載芟至有略，言初耕先耘草木之事。所有主伯亞旅等，皆千耦中人。徂者、饁者、嗿者、媚者、依者，一班士女，錯雜寫來，活繪出一幅田家作苦圖。而以「有略其耜」一句，爲欲斷不斷之勢，作承上起下之樞紐。自俶載至「萬億及秭」，言始播百穀以至收穫之事，多用疊字，隱隱與上主伯亞旅等整語相配。一咏人，一咏苗；上截有舉鍤成雲，揮汗如雨之妙；下截有原隰龍鱗，粒米狼戾之狀，而以「萬億及秭」爲承上起下之句。至此恰好爲酒爲醴，烝祖妣，洽百禮，燕賓客，養耆老，皆在其中矣。筆酣墨飽，氣足神完，原野風光，描摹盡致，眞一幅田家行樂圖也。

六、良耜

此秋穫報祭社稷之詩。

畟畟良耜❶，俶載南畝❷，播厥百穀❸，實函斯活❹。或來瞻女❺，載筐及筥❻，其饟伊黍❼，其笠伊糾❽，其鎛斯趙❾，以薅荼蓼❿。荼蓼朽止⓫，黍稷茂止。穫之挃挃⓬，積之栗栗⓭。其崇如墉⓮，其比如櫛⓯，以開百室⓰。百室盈止⓱，婦子寧止⓲。殺時犉牡⓳，有捄其角⓴。以似以續㉑，續古之人㉒。

右良耜全篇一章，歷述起土播種，鎡田耘草，收穫藏聚，殺牲報祭之事也。

【註釋】

❶畟：音測ㄘㄜˋ，畟畟：鋒利貌。又耜深耕入土貌。耜：音似ㄙˋ，農具也。用以揷地起土，其柄名爲耒。❷俶：音觸ㄔㄨˋ，始也。載：事也。句謂始從事農作於南畝也。❸厥：其也。百穀：言多也，謂各種穀物。❹實：穀實也，今云種籽。函：含也，謂穀種包含於土中也。斯：語詞。相當於乃字。活：生也。句謂播穀種土中，遂萌芽而生長也。❺或：有人也。又語詞。瞻：省視也。又瞻之假借字，供給也，此謂送飯食至田中，即饁也。❻載：舟車運物曰載，此謂携來也。筐：盛物之竹器也。筥：音舉ㄐㄩˇ，圓筐也。❼饟：音賞ㄕㄤˇ，同餉，所送之飯食也。伊：維也，乃也。黍：以黍所煑之飯食也。❽笠：笠帽也。糾：纏結也。句謂笠帽以繩糾結於項下也。❾鎛：音博ㄅㄛˊ，鋤類，除草之田器。趙：刺也。又鋒利也。❿薅：音蒿ㄏㄠ，拔田草也。荼：塗去ㄨˊ，陸地之草也。蓼：音了ㄌㄧㄠˇ，水邊之草也。⓫朽：腐也。止：語詞。⓬挃：音至ㄓˋ，挃挃：穫禾之聲也。⓭栗栗：眾多貌。⓮崇：高也。墉：城墻也。⓯比：密也。櫛：梳也。⓰百室：言多也。以上三句，言積之眾多，高如城牆，相接比如櫛，故當開百室以藏之也。⓱盈：滿也。

止：語詞。下同。⑱寧：安也。⑲時：是也。犉：音淳ㄔㄨㄣˊ，黃牛黑脣曰犉。犉牡：犉之雄者。⑳捄：音求ㄑㄧㄡˊ，曲長貌。有捄：捄然也，今云彎彎的。㉑似：嗣也。續：繼也。㉒古之人：謂先祖也。以上四句，言乃殺是黑脣黃牛之雄而曲其角者，以祭社稷，以嗣續先祖奉祭祀不絕也。

【欣賞品評】

牛運震曰：

田家樸陋事，寫來韻甚。祇是敘饁事，空中插「或來瞻女」四字便覺神情飛動。或字虛用，不言婦子，妙。「其笠伊糾」畫態，絕妙耘田圖。挃挃栗栗刻劃精鑿，如櫛亦自奇想。「有捄其角」點染亦佳，偏有閒筆。結法篤厚高逸。

守亮案：

詩序云：「良耜，秋報社稷也。」秋報社稷者，秋祭社稷之神也。細審詩篇，先追述春耕之勤，繼述秋穫之豐，末又明言以犉牡祭祀社稷，詩序之說是也，故歷來說解此詩者多從之。詩則與前載芟篇詠田家事相同，惟載芟多墾土一層，詳耕略耘；良耜則逕從播穀起，詳耘略耕也。其言穫積也，則載芟略而良耜詳。蓋祈禱詩詳耕種，報祭詩重收穫也。百室盈，婦子寧二句，最堪欣慰。其笠其鎛二句，亦大有畫意，不獨孤舟蓑笠一絕，使柳州擅長也。詩以「以似以續，續古之人」結，蓋周自后稷以來，卽世以農業為重，故似之續之如此，可謂知本務矣。

七、絲衣

此收穫後祭畢燕享之詩。

絲衣其紑❶，載弁俅俅❷，自堂徂基❸，自羊徂牛❹。鼐鼎及鼒❺，兕觥其觩❻，旨酒思柔❼，不吳不敖❽，胡考之休❾。

右絲衣全篇一章，歷述主祭人之服色、衣冠、祭地、祭牲、祭器、祭賓，及祭時之儀態與期望也。

【註釋】

❶絲衣：祭服也。紑：音弗ㄈㄨˊ，鮮潔貌。❷載：語詞。弁：音變ㄅㄧㄢˋ，冠也。俅：音求ㄑㄧㄡˊ，俅俅：糾糾纏結之貌，又恭順貌。二句言主祭者之衣冠光潔肅整也。❸徂：音殂ㄘㄨˊ，往也。基：堂基也。❹二句言自堂至基，自羊至牛，視其籩豆犧牲也。❺鼐：音奈ㄋㄞˋ，大鼎也。鼒：音兹ㄗ，又音才ㄘㄞˊ，小鼎也。鼎用以烹牲。❻兕：音似ㄙˋ，野牛也。觥：音工ㄍㄨㄥ，兕觥：以兕牛角製成之酒器，後以銅爲之。觩：音求ㄑㄧㄡˊ，曲貌，言兕觥之流曲也。❼旨：美也。思：語詞。柔：和也。❽吳：音話ㄏㄨㄚˋ，喧譁也。敖：怠慢也。❾胡：壽也。考：老也。胡考：年老大壽也。休：美也。二句言不譁不怠，祭而敬老，故能得壽考之美也。

【欣賞品評】

傅斯年略謂：

載芟為耕耘，良耜乃收穫，絲衣則收穫後燕享，三篇相合，有如七月。絲衣一章，恰似七月之辭，惟七月為民歌，此應係稷田之彝耳。

守亮案：

詩序云：「絲衣，繹賓尸也。高子曰：『靈星之尸也。』」繹，祭之名，祭之明日又祭也。周謂之繹，商謂之肜。賓尸者，卿大夫祭之同日又祭之禮。尸者，祭時以生人一人當受祭之位以爲主，若今之以畫像當之也。然繹與賓尸既不同，此詩所歌者既爲繹。而序以繹與賓尸連言，則爲不妥。其下云：「高子曰：『靈星之尸也。』」尤難解釋。高子爲誰，頗難知之；靈星爲何，亦難確定。而古代祭天地日月星辰山川之屬無尸，而此言祭靈星，又言賓尸，則序之前後未合也。詩序之說不可從。細審詩「自堂徂基」三句，及「胡考之休」語，除言祭事外，尙有養耆老，祈其休美意。此當係收穫後祀農祥稷神，燕享耆老之詩也。詩則短短九句，寫主祭人之服色、衣冠、祭地、祭牲、祭器、祭實，及祭時之儀態與期望，至爲賅備。文約而節密，有禮儀，有法度。後小雅楚茨，以六章二百八十八字寫祭祀；但所表現之主要各點，殆不出乎此詩。蓋絲衣僅簡敍祭祀燕享要旨，而楚茨則以絲衣爲骨架而加以血肉充實，詳予描繪者歟？此糜文開先生所及言之者也。

八、酌

此成王歌頌武王之詩。

於鑠王師❶，遵養時晦❷。時純熙矣❸，是用大介❹。我龍受之❺，蹻蹻王之造❻。載用有嗣❼，實維爾公允師❽。

右酌全篇一章，言武王興師，動靜得時，其功信可師法也。

【註釋】

❶於：音烏ㄨ，歎詞。鑠：音朔ㄕㄨㄛˋ，美盛也。❷遵：循也。養：謂養之使成長也。晦：闇昧也。二句謂武王之師，能循其時勢，而於闇昧之時長養壯大也。❸純：大也。熙：光明也。❹是用：所以也。介：甲兵也。大介：張大其甲兵也。二句言待時至大顯光明，即所謂時機成熟，乃張大其甲兵而定天下矣。❺龍：寵也，謂我受此寵光也。❻蹻：音矯ㄐㄧㄠˇ，蹻蹻：猶赳赳，武貌。造：作爲也。二句言我今受此寵光，是蹻蹻武王之功也。❼載：乃也，則也。用：以也。有嗣：謂繼先人之業也。❽爾：指武王。公：功也。允：信也。師：師法也。二句言然則所應繼嗣者，實維武王之功，武王之功信可爲師法也。

【欣賞品評】

朱公遷曰：

此篇重在時字，武頌止殺，酌頌適時。蓋窮兵黷武，不足以為武；違天悖時，不足以成功。可謂頌所當頌矣。

守亮案：

詩序云：「酌，告成大武也。言能酌先祖之道，以養天下也。」序襲漢書禮樂志：「周公作勺，勺言能酌先祖之道也。」而增「以養天下」四字，于詩言遵養者不切，清姚際恆已駁斥其非。詩序之說，不可從也。酌卽勺，舞名，酌詩，何楷以其爲大武之第二章。細審詩「我龍受之」語，歐陽修曰：「言武王興此王業，成王能寵受而承之。」據此而言，此當係成王歌頌武王之詩，朱傳「此亦頌武王之詩」之說是也。詩則特重一時字，所謂動靜皆不失其時也。大有靜如處女，動如脫兎之妙。「遵養時晦」，當是有師而不用其威，時止則止，養其全鋒也。「時純熙矣」，是用大戎。」待敵敝而興其師，時行則行，發揚蹈厲也。以「於鑠王師」起，見得如火如荼。以「實維爾公允師」結，言此王師之功，信可師法也。首尾相應，自有起落。通篇氣勢遒緊，蹻蹻句尤爲古練有致。

九、桓

此祀武王，頌其武功之詩。

綏萬邦❶，婁豐年❷，天命匪解❸。桓桓武王❹，保有厥士❺，于以四方❻，克定厥家❼。於昭于天❽，皇以閒之❾。

右桓全篇一章，述武王安邦定國功業，代商而王也。

【註釋】

❶綏：安也。❷婁：讀爲屢ㄌㄩˇ，數也，屢次也。❸匪：同非。解：同懈。以上三句，言安天下而屢獲豐年，乃武王之功也。其所以如此者，以武王承天命，爲善而不懈也。❹桓桓：武貌。❺厥：其也。下同。士：卿士也。或以爲士當作土。❻以：用也。❼克：能也。以上三句，言桓桓武王，乃能保有其卿士，而用其武事於四方，故能定其家邦也。❽於：音烏ㄨ，歎詞。昭：明也。❾皇：謂天也。又美也。閒：代也。二句謂其功德上昭於天，天乃命之以代商也。

【欣賞品評】

朱熹曰：

大軍之後，必有凶年，而武王克商，則除害以安天下，故屢獲豐年之祥。然天命之於周，久而不厭也。故此桓桓之武王，保有其士，而用之於四方，以定其家。其德上昭于天，言君天下以代商也。

守亮案：

詩序云：「桓，講武類禡也。桓，武志也。」講武類禡者，謂武王將欲伐殷，先陳列六軍，講習武事，又爲類祭於上帝，爲禡祭於所征之地。類、禡皆祭名。然詩中稱武王之諡，當非武王時所作甚明，故姚際恆、方玉潤已駁其非。詩序迂曲附會之說，不可從也。桓詩，何楷以其爲大武之六章。細審詩「桓桓武王」，「於昭于天，皇以閒之」諸語，明是武王功德上昭於天，天乃命之以代殷。此當係祀武王，而頌其武功之詩，朱傳「此亦頌武王之功」之說是也。詩則開端二語，氣局和大；桓桓武功詩，竟如此起法，自非凡筆。其所以如此者，以其承天命，爲善不懈也。中間「保有厥士」二語，頗有大風歌「安得猛士兮守四方」意，惟彼爲帝王作，此爲詩人造，特口氣不同耳。而「克定厥家」一句，一則言功業宏偉，一戎衣而有天下；一則言御于家邦，正家而天下定矣。結語謂代商而王，此武王之武，異乎常人之武，故「亦一怒而安天下之民。」而有開端二語之氣局和大也。

十、賚

此武王克商，歸告文王廟之詩。

文王既勤止❶，我應受之❷，敷時繹思❸。我徂維求定❹，時周之命❺。於繹思❻！

【註釋】

右賚全篇一章，述應受文王勤德，繹而行之，以定天下也。

❶勤：勞也。止：語詞。❷我：武王自稱。應：當也。又膺之假借。應受：即膺受，接受也。❸敷：展布也。時：是也，此也。繹：尋繹也，引申也，發展也。思：語詞。又如字，念也。以上三句：言文王既勤勞而成其功業，我當受其業，布是政，尋繹而行之，續謀發展也。❹徂：音殂ㄘㄨˊ，往也。維：語詞。相當於乃字。❺時：承受也。二句謂我之所往爲，在求天下之安定，此乃周之所以受天命而當行者也。❻於：音烏ㄨ，歎詞。

【欣賞品評】

季本曰：

時周之命如此，則武王本非以力爭天下，而欲後人求之於文王之德也。故再言於繹思以歎美之。

守亮案：

詩序云：「賚，大封於廟也。賚，予也。言所以錫予善人也。」朱傳云：「此頌文武之功，而言其大封功臣之意也。」詩無大封之義，亦不可謂頌文武之德。清姚際恆、方玉潤已駁斥其非。詩序朱傳之說，不可從也。賚詩，何楷以其爲大武之三章。細審詩篇，中有「文王既勤止，我應受之」語。我，武王自稱。此當係武王克商，歸告文王廟之詩也。姚際恆曾言之。詩則以「敷時繹思」句爲樞紐。所敷者何？時是也。時字當有所指，首句文王勤勞之德是也。故曰：「我應受之。」僅受之亦不可，必尋繹而行之；行之之目的，又厥在求天下之安定也。故下曰：「我徂維求定。」如何求定？亦惟先人簡拔以遺我者，相與戮力，以追文王之勤德，而圖報於後來耳！首以文王起，呼而稟告之也。中有兩我字，一肩承擔，責無旁貸也。末以「於繹思」結，大有吞吐轉換之妙，頗類漢樂府中之收中吾，妃呼豨，一唱三歎之餘音也。詩經中如此收者不多見。

十一、般

此武王巡狩，祭祀河嶽之詩。

於皇時周❶，陟其高山❷。嶞山喬嶽❸，允猶翕河❹。敷天之下❺，裒時之對❻，時周之命❼。

右般全篇一章，述祭祀河嶽，諸侯會聚，答揚天下休命也。

【註釋】

❶於：音烏ㄨ，歎詞。皇：大也。時：是也。下同。❷陟：音至ㄓˋ，升也，登也。❸嶞：音惰ㄉㄨㄛˋ，山形狹而長也。喬：高也。嶽：太岳也。即霍山。❹允：信也。又順也。猶：同由，亦順也。翕音系ㄒㄧˋ，潝字之省體，水急流聲也。又合也。河：黃河也。以上四句，言於！美哉是大周，升其高山，其山長而且高，信乎由此而可合於黃河也。❺敷：普也，徧也。❻裒：音掊ㄆㄡˊ，聚也。對：答也。❼時：承受也。以上三句，言當此之時，普天之下之諸侯，皆聚於此，以答揚天子之休命，是周之所以承天命而王也。

【欣賞品評】

鄒泉曰：

上三句本言祭告事，然於此而祭告百神，卽於此而朝會諸侯。蓋不言朝會，而朝會之意已在；故下敷天二句，遂承上而推言其朝會之意也。

守亮案：

詩序云：「般，巡守而祀四嶽河海也。」自來說解此詩者，多與詩序之說相近。般詩，何楷以其爲大武之四章。細審詩篇，中有「墮山喬嶽，允猶翕河」語，而不及海；且所謂嶽，乃吳嶽，非四嶽。方玉潤「武王巡守祀嶽瀆」之說，尤較詩序說爲長。詩則首句以歎詞總提，下三句將中夏規模說盡。山峙水流，雲連星拱，其會於方嶽之下者，皆我周之屏藩，是其所宜祭者也。「敷天之下」二句，正所謂「萬方玉帛風雲會，一統山河日月明。」諸侯會聚，以答揚天子休命，而藩周室，是何等氣象?!末以「時周之命」作結，自與起句相應。一陟字，一猶字，不僅可想見般遊之象，亦可知其登高臨深，巡狩而祀河嶽之狀也。又此篇與時邁略同，惟時邁「薄言震之，懷柔百神。」全是初開國氣象。而此詩「敷天之下，裒時之對。」特子孫守成之事，太平天子之語，此不可不知也。或以爲時邁詩封賞諸侯，此則初克商巡狩柴望嶽瀆，告所以得天下之意，蓋詩在時邁前，不似。

魯頌

周成王封周公旦長子伯禽於魯，故城在今山東省曲阜縣。朱傳云：「成王以周公有大勳勞於天下，故賜伯禽以天子之禮樂，魯於是乎有頌，以爲廟樂。其後又自作詩以美其君，亦謂之頌。」，國風無魯詩，而魯頌四篇，皆非廟堂祀神之辭；其體實兼風雅，而與頌殊。其所以列之於頌者，一因魯用天子之禮樂，故不爲風而爲頌也。再即今本三百篇之編定出於魯，等魯於王，所以尊魯也。至其著作時代，閟宮詩云：「新廟奕奕，奚斯所作。」謂奚斯作此閟宮新廟，今文家遂謂魯頌四篇爲奚斯所作，實誤。傅斯年以爲「詩三百中，除陳風外，恐無後於魯頌者。」

魯頌 共四篇

一、駉

此詩人假牧馬之盛，以頌魯侯育賢之衆之詩。

駉駉牡馬❶，在坰之野❷。薄言駉者❸：有驈有皇❹，有驪有黃❺；以車彭彭❻，思無疆❼，思馬斯臧❽。

右第一章，述肥碩雄馬之所在、毛色、駕車，及其臧善之可美也。

【註釋】

❶駉：音窘ㄐㄩㄥˇ，駉駉：馬肥大貌。牡馬：雄馬也。牡，一作牧。❷坰：音窘ㄐㄩㄥˇ，遠野也。邑外謂之郊，郊外謂之牧，牧外謂之野，野外謂之林，林外謂之坰。❸薄言：語詞。❹驈：音聿ㄩˋ，驪馬白跨者。皇：黃馬雜以白色者。❺驪：馬之純黑色者。黃：黃馬雜以赤色者。❻以車：駕車也。彭：音邦ㄅㄤ，彭彭：馬蹄聲。又有力有容之盛貌。❼思：語詞。又如字：念也，謀也。下同。無疆：無期也。❽斯：猶其也。臧：善也。二句言馬之盛多，無盡無休，而又皆善也。

駉駉牡馬，在坰之野。薄言駉者：有騅有駓❶，有騂有騏❷；以車伾伾❸，思無期❹，思馬斯才❺。

右第二章，義同首章，換韻而重唱之。

【註釋】

❶騅：音錐ㄓㄨㄟ，馬蒼白帶有雜毛者。駓：音丕ㄆㄧ，馬黃白帶有雜毛者。❷騂：音星ㄒㄧㄥ，馬之色赤黃者。騏：音其ㄑㄧˊ，馬青黑色有如棋盤格紋者。❸伾：音丕ㄆㄧ，伾伾：有力貌。❹無期：無限期也。與上無疆義同。❺才：美材也。

駉駉牡馬，在坰之野。薄言駉者：有驒有駱❶，有駵有雒❷；以車繹繹❸，思無斁❹，思馬斯作❺。

右第三章，義同前章，換韻而三唱之。

【註釋】

❶驒：音駝ㄊㄨㄛˊ，馬之青黑色而有白鱗文者。駱：音洛ㄌㄨㄛˋ，白馬而黑鬣者。❷駵：音留ㄌㄧㄡˊ，與騮同。馬之赤身黑鬣者。雒：音洛ㄌㄨㄛˋ，馬之黑身白鬣者。❸繹繹：善走也。❹斁：音亦ㄧˋ，厭倦也。無斁：含有美義。❺作：奮起也，振興也。

駉駉牡馬，在坰之野。薄言駉者：有駰有騢❶，有驔有魚❷；以車祛祛❸，思無邪❹，思馬斯徂❺。

右第四章，義同前三章，又換韻四疊而唱之。

【註釋】

❶駰：音因一ㄣ，馬之淺黑色而有白雜毛者。騢：音遐ㄒ一ㄚˊ，馬之彤白雜毛者。❷驔：音談ㄊㄢˊ，馬之黑色而黃脊者。魚：馬二目邊有白毛者。❸祛：音曲ㄑㄩ，祛祛：強健貌。❹無邪：言無不正，謂其完美也。

【欣賞品評】

劉瑾曰：

美文公之馬，則言其駷而駜者有三千之衆；美僖公之馬，則言其駉而牡者有十六種之毛色。蓋各極其盛而言，皆以見其國之殷富也。

守亮案：

詩序云：「駉，頌僖公也。僖公能遵伯禽之法，儉以足用，寬以愛民，務農重穀，牧于坰野，魯人尊之。於是季孫行父請命于周，而史克作是頌。」詩中未見務農重穀意；且季孫行父請命于周，史克作頌云云，不知何所據而言此。朱子、姚際恆已駁其非是。詩序之說，恐不可從。細審詩篇，中有「思無疆，思馬斯臧。」「思無期，思馬斯才。」「思無斁，思馬斯作。」「思無邪，思馬斯徂」諸語。自是方玉潤「愚獨以爲喻魯育賢之衆，蓋借馬以比賢人君子耳」之說。此當係詩人假牧馬之盛，以頌魯侯育賢之衆之詩也。詩則極鋪排之能事，置諸定之方中詩，「秉心塞淵，騋牝三千。」二語盡之，而此詩言馬者，凡十有六字，以寫其毛色，此魯頌之所以為侈也。詩四章，形式至為整齊。開手徑從馬起，此問國君之富，數馬以對也。前二句必言坰野者，避民居與良田也。薄言句似作問辭，下四有字二句答之。第六句寫其駕車聲勢。曰彭彭，言其盛也。伾伾則盛而有力也，繹繹則盛而善走也，祛祛則盛而強健也，皆自彭彭而推言之。末兩句思字，上屬馬言，下屬牧人言。故方玉潤曰：「觀每章思無疆、思無期、思無斁、思無邪句，必非獃咏馬者。上四思字當屬馬言；下四思字，乃屬牧人言。意謂德之良者，其智慮必深廣而無窮也；才之長者，其幹濟必因應而無方也；神之王者，其舉動必振興而無厭也；心之正者，其品行必端向而無曲也。此雖駉馬歌，實一篇賢才頌耳。」每章結用一字收，彌見其老練也。

二、有駜

此慶豐年，燕飲而頌禱僖公之詩。

有駜，有駜❶，駜彼乘黃❷。夙夜在公❸，在公明明❹。振振鷺❺，鷺于下❻。鼓咽咽❼，醉言舞❽，于胥樂兮❾！

右第一章，言乘其駜然健壯之馬，至公所燕飲而樂之也。

【註釋】

❶駜：音必ㄅㄧˋ，馬肥強貌，有駜：即駜然。❷乘：音剩ㄕㄥˋ，四馬爲乘。乘黃：謂四馬皆黃色也。❸夙夜：早晚也。公：公所也。❹明明：勉勉也，今言工作努力。二句言早晚在公，黽勉努力，故國治而君成其德也。❺振振：羣飛貌。鷺：白鳥也，或以爲此處指鷺羽，舞者所持。❻于：語詞。有正在進行意。下：來至也。二句謂如鷺羽潔白之士，群至君前也。或以爲舞者將鷺羽放下也。❼咽：音煙ㄧㄢ，咽咽：鼓聲之深長也。❽言：語詞。相當於而或乃字。❾于：借爲吁，語詞。胥：相也。以上三句，言乃擊鼓咽咽，且醉而舞，以相爲樂也。

有駜，有駜，駜彼乘牡❶。夙夜在公，在公飲酒❷。振振鷺，鷺于飛❸。鼓咽咽，醉言歸。于胥樂兮！

右第二章，義同首章，換韻而重唱之。

【註釋】

❶牡：雄馬也。❷飲酒：言君燕臣，是君有德而臣能有餘暇也。❸于飛：正在飛也。

有駜，有駜，駜彼乘駽❶。夙夜在公，在公載燕❷。自今以始❸，歲其有❹。君子有穀❺，詒孫子❻。于胥樂兮！

右第三章，義仍同上兩章，惟於在公載燕之下，增以「自今以始，歲其有。君子有穀，詒孫子。」為頌禱之詞耳。

【註釋】

❶騆：音捐ㄐㄩㄢ，青黑色之馬也，即鐵驄。乘騆：四匹鐵驄也。❷載：則也。燕：燕飲也。❸自今以始：今言從此以後也。❹有：謂有年，即豐年也。❺君子：謂僖公也。穀：善也，祿也。❻詒：音怡一，即貽，遺留也。孫子：子孫也。以上四句，爲頌禱之詞也。

【欣賞品評】

范處義曰：

始言在公明明，則明足以善其職。中言飲酒，卒言載燕。既善其職，則朝廷無事，君臣相與飲酒而宴樂耳。始言舞，不知手之舞之，足之蹈之也。終言歸，既醉而出，並受其福也。上二章醉而舞，醉而歸，一時之樂耳；未若卒章人臣稱願，歲歲有年。君子之穀，詒孫子，其樂為無窮，不止於一時也。

守亮案：

詩序云：「有駜，頌僖公君臣之有道也。」有駜之詩，詩中有「自今以始，歲其有」之語。屈萬里先生曰：「有，謂有年，即豐年也。王質云：『自今以始，言昔多無年也。春秋自莊、閔、至僖十餘年之間，莊二十五年大水，二十七年無麥禾，二十九年有蜚，僖二年三年冬春夏不雨，此詩當此年以後也。』據此，知此詩亦作於僖公時。」由斯以觀，詩序以此爲頌僖公之詩者，甚是。但其以此爲頌君臣之有道，恐未必。自來說解此詩者，多與朱子「此燕飲而頌禱之辭也」相近；惟朱子說意有未盡。細審詩篇，詩中既言豐年燕飲之樂，詩末又有頌禱福祿之詞。此當係慶豐年，燕飲而頌禱僖公之詩也。詩則因豐年而燕飲，因燕飲而稱頌，開後世柏梁燕饗賦詩獻頌之漸。以其慶豐年而燕飲，故通篇不離一樂字。是以龍仿山曰：「通體描畫一樂字；而首章之明明，末章之詒穀，則又有好樂無荒之意。妙在中間振振鷺一筆，忽然插入，如天外飛來，令人精神一振。後來惟少陵頗得其祕。結末明點樂字，通體皆醒。」雖情致纏綿，意思浹洽而樂矣；然能「在公明明」，「君子有穀」。樂而醉止於舞，樂以成之也；終乎歸，禮以節之也。中規中矩，故無慢弛之闕也。語極莊嚴，音節亦佳。

三、泮水

此僖公征淮夷獲勝，群臣執俘報功於泮宮，淮夷獻寶而貢，詩人作此以頌僖公才德之詩。

思樂泮水❶，薄采其芹❷。魯侯戾止❸，言觀其旂❹。其旂茷茷❺，鸞聲噦噦❻。無小無大❼，從公于邁❽。

右第一章，寫魯侯來至泮宮之狀也。

【註釋】

❶思：語詞。泮：音畔ㄆㄢˋ，泮水：泮宮之水也。泮宮之東西南三方均有水，形如半璧，即泮水也。天子

學宮曰辟廱，諸侯曰泮宮。❷薄：語詞。芹：水菜也。二句言樂見此泮宮之水，而采其芹菜，以之爲祭奠之用也。❸戾：至也。止：語詞。又同之。下同。❹言：語詞。相當於而或乃字。旂：旗之畫有交龍者。❺茷：音吠ㄈㄟˋ，又音派ㄆㄞˋ，茷茷：猶旆旆，旌旗飛揚貌。❻鸞：車上之鈴也。噦：音惠ㄏㄨㄟˋ，噦噦：鈴聲也。❼小、大：謂老少也。或以爲官吏職位之尊卑也。❽于：語詞。下同。邁：行也。二句言群臣無分尊卑，皆正從公行邁而來也。

思樂泮水，薄采其藻❶。魯侯戾止，其馬蹻蹻❷。其馬蹻蹻，其音昭昭❸。載色載笑❹，匪怒伊教❺。

右第二章，義大致同上章，末言其顏色和悅，足以為非怒之教化，頌之也。

【註釋】

❶藻：水藻也。❷蹻：音矯ㄐㄧㄠˇ，蹻蹻：強健貌。❸昭昭：明朗也。❹載：則也。色：顏色溫和也。笑：面有笑容也。❺匪：同非。伊：語詞。相當於維字。下同。二句言其和顏悅色，不必發怒，足以教化人也。

思樂泮水，薄采其茆❶。魯侯戾止，在泮飲酒。既飲旨酒，永錫難老❷。順彼長道❸，屈此羣醜❹。

右第三章，義大致同首章，惟在泮飲酒，祈天永賜長壽，順其大道，屈服淮夷群醜也。

【註釋】

❶茆：音卯ㄇㄠˇ，水草名，嫩葉可食，即蓴菜。❷錫：賜也。難老：難以衰老，謂長壽也。句言天將永賜不老，祝其長壽也。❸長道：大路也。❹屈：服也。群醜：謂淮夷也。

穆穆魯侯❶，敬明其德❷。敬慎威儀，維民之則❸。允文允武❹，昭假烈祖❺。靡有不孝❻，自求伊祜❼。

右第四章，頌魯侯允文允武之德也。

【註釋】

❶穆穆：美也。謂儀表美好，容止端莊也。❷敬：恭勤也。句謂魯侯敬慎修明其美德也。❸維：語詞。相當於乃字。則：法也。二句言魯侯敬慎其威儀容止，為民之法則也。❹允：誠也，信也。❺昭：明也。假：音格ㄍㄜˊ，至也。烈祖：有功業之祖先也。又通列，列祖，歷代祖先也。二句言魯侯信有文德武功，能感格歷代祖先，故其神靈昭然降臨來饗也。❻孝：孝敬其烈祖也。或以為孝，效也，謂效法其祖先也。❼祜：福也。句謂魯侯之福，乃一己修德以求得者也。

明明魯侯，克明其德。既作泮宮，淮夷攸服❶。矯矯虎臣❷，在泮獻馘❸；淑問如皋陶❹，在泮獻囚❺。

右第五章，美群臣獻馘獻囚之功也。

【註釋】

❶淮夷：周時分布於今淮河下游一帶之夷族也。攸：乃也。二句言既建造泮宮，淮夷乃降服也。❷矯矯：

勇武貌。虎臣：猛將也。❸馘：音國ㄍㄨㄛˊ，殺敵割取其左耳以計功者。❹淑：善也。問：訊問也。皋：音高ㄍㄠ，陶：音摇一ㄠˊ，皋陶：舜臣，善於治獄聽訟。❺獻：當讀爲讞一ㄢˋ，議罪也。囚：俘虜也，言使善於聽訟如皋陶之人，訊此俘虜也。

濟濟多士❶，克廣德心❷。桓桓于征❸，狄彼東南❹。烝烝皇皇❺，不吳不揚❻。不告于訩❼，在泮獻功。

右第六章，述群臣體君德也。

【註釋】

❶濟濟：眾多也。多士：眾戰士也。❷克：能也。廣：推而大之也。德心：善意也。二句言濟濟眾多之士，能推廣其善意也。❸桓桓：勇武貌。于征：正出征也。❹狄：音剔ㄊ一，治也。東南：謂淮夷也。二句言桓桓然以武力出征，治平東南之淮夷也。❺烝烝、皇皇：皆狀聲勢之盛大。❻吳：吴之訛，音話ㄏㄨㄚˋ，大聲喧嘩也。揚：高揚其聲也。二句言其武功烝烝皇皇，聲勢盛大。及其成功而旋，不喧不譁，無驚擾之行也。❼訩：音凶ㄒㄩㄥ，爭訟也。句謂不因爭功而興訟也。或以爲告與鞫通。鞫，窮治罪人也。句謂不窮治凶惡，唯在柔服之而已。

角弓其觩❶，束矢其搜❷。戎車孔博❸，徒御無斁❹。既克淮夷，孔淑不逆❺。式固爾猶❻，淮夷卒獲❼。

右第七章，述戰勝凱旋也。

【註釋】

❶角弓：以角飾弓也。觩：音求ㄑㄧㄡˊ，曲貌。又強勁貌。❷束矢：一束之矢也。搜：矢多貌，矢勁貌。或以爲矢疾聲。❸戎車：兵車也。孔：甚也。下同。博：廣大也。又多也。❹徒：徒步者。御：御車者。斁：音易ㄧˋ，厭也。無斁：言能盡力敬事而無厭倦也。❺淑：善也。逆：違命也。❻式：語詞。固：堅定也。猶：謀略也，計劃也。❼卒：終也。二句言由於爾謀之固定，故終於平定淮夷也。

翩彼飛鴞❶，集于泮林❷。食我桑黮❸，懷我好音❹。憬彼淮夷❺，來獻其琛❻：元龜象齒❼，大賂南金❽。

右第八章，述淮夷降服，獻貢歸化也。

【註釋】

❶翩：飛貌。鴞：音梟ㄒㄧㄠ，惡聲之鳥也，即今猫頭鷹。❷泮林：泮宮之林也。❸黮：同葚ㄕㄣˋ，桑果也。❹懷：念也。二句謂鴞本惡聲之鳥也，因食我之桑黮，懷我之德意而爲好音矣，喻淮夷之能歸服也。❺憬：音景ㄐㄧㄥˇ，覺悟也。又遠行貌。或又以爲蠻悍貌。❻琛：音瞋ㄔㄣ，寶也。❼元龜：尺二寸大龜也。古以龜卜吉凶，以爲龜愈大愈靈。象齒：象牙也。❽大：猶多也。賂：音路ㄌㄨˋ，遺也，獻納也。南金：荆、揚等南方出產之黃金也。以上四句，言彼淮夷，翻然覺悟，多獻其元龜象牙寶物及南金，以示歸服也。

【欣賞品評】

鄒泉曰：

此詩見僖公建學育才，固足稱賢者；而魯人欲其修德服遠，蓋亦寓規戒之意。

守亮案：

詩序云：「泮水，頌僖公能修泮宮也。」朱傳云：「此飲於泮宮而頌禱之辭也。」詩序朱傳之說，淸方玉潤已駁斥其非是，二說皆不可從。淸季以還，說解此詩者，多從何楷「頌伯禽允文允武也。伯禽就封于魯，初作泮宮，遂服淮夷，魯人爲之頌」之說。屈萬里先生於尙書釋義中已駁其非是。屈先生又曰：「惠周惕云：『此詩始終言魯侯在泮宮事，是克淮夷之後，釋菜而儐賓也。釋奠釋菜，祭之略者也。釋奠釋菜不舞，詩言不及樂，故知爲釋菜也。』禮記王制云：『出征，執有罪反，釋奠于學，以訊馘告。』鄭注：『釋菜奠幣，禮先師也。』按：此亦僖公時詩。僖公十三年，嘗從齊桓公會於鹹，爲淮夷之病杞；十六年，又從齊桓會於淮，爲淮夷之病鄫。詩所言當指此二役之一。春秋經傳雖未言爭戰，然以情勢度之，必有兵事。下文言獻馘獻囚，雖不免鋪張，要非無中生有也。」就其全篇詩義揆度之，屈先生之說是也。此當係僖公征淮夷獲勝，群臣執俘報功於泮宮；淮夷獻寶而貢，詩人作此以頌僖公才德之詩。詩則所敍極有步驟，旣克淮夷，歸而飮至策勳，釋奠于學，以訊馘告。首三章采芹、采藻、采茆爲釋奠之用。而初見其旂，次色笑，次飮酒，次第井然。穆穆明明兩章，爲一篇中樞，極力頌揚，探源立論。六章是將帥體君德無爭功者，七章是凱旋士卒無怠倦者，八章以淮夷歸化獻琛作結。有典有則，氣寬博而語潔練，視後勒石刻銘，肆陳斬殺割剝之慘者，又有天淵之別也。

四、閟宮

此史臣假新廟之祀，而頌僖公之詩。

閟宮有侐❶，實實枚枚❷。赫赫姜嫄❸，其德不回❹。上帝是依❺，無災無害，彌月不遲❻，是生后稷❼。降之百福，黍稷重穋❽，稙稺菽麥❾。奄有下國❿，俾民稼穡⓫。有稷有黍，有稻有秬⓬。奄有下土，纘禹之緒⓭。

右第一章，因廟而及姜嫄，頌周之先德也。

【註釋】

❶閟：音必ㄅㄧˋ，幽邃也。宮：廟也。閟宮：指魯之宗廟。侐：音侐ㄒㄩˋ，寂靜貌，有侐：即侐然。❷實實：鞏固也。枚枚：細密也。二句言幽邃之閟宮，甚爲清靜，其基址砌石鞏固，梁椽結構周密也。❸赫赫：顯盛貌。姜：姓也。嫄：音原ㄩㄢˊ，名也。姜嫄：炎帝之後，有邰氏之女也，爲后稷之母。❹回：邪也。二句言赫赫顯盛之姜嫄，品德純正也。❺依：猶眷顧也。❻彌：滿也。彌月：滿十月懷胎之期也。❼后稷：名棄，相傳爲堯時稷官，爲周之始祖，故周人尊之曰后稷。以上四句，言上帝眷顧之，使其懷孕之後，無災無害，滿十月而生后稷，不稍遲也。❽重：音蟲ㄔㄨㄥˊ。穋：音路ㄌㄨˋ，先種後熟曰重，後種先

熟曰穋。❾稙：音至ㄓˋ，禾之早種者曰稙。穉：稚之或體，禾之晚種者曰穉。菽：豆也。❿奄：猶覆也。奄有：盡有也。句言領有天下邦國，謂封於邰也。⓫俾：使也。下同。稼：種之曰稼。穡：收之曰穡。對言之其義如此；散言之則稼穡義通，即從事農作，種田。⓬秬：音巨ㄐㄩˋ，黑黍也。⓭纘：音纂ㄗㄨㄢˇ，繼也。下同。緒：業也。下同。句言禹平水土，而后稷教民播種，故謂繼禹之業也。

后稷之孫，實維大王❶，居岐之陽❷，實始翦商❸。至于文武❹，纘大王之緒。致天之屆❺，于牧之野❻：「無貳無虞❼，上帝臨女❽。」敦商之旅❾，克咸厥功❿。

右第二章，於姜嫄后稷之後，述大王及文武之德也。

【註釋】

❶實維：是爲也。大：讀爲太去ㄞˋ，大王：古公亶父也，文王之父。❷岐：岐山也，在今陝西岐山縣。陽：山南曰陽。❸翦：猶割也，侵削也，滅除也。❹文武：周之文王武王也。❺致：執行也。屆：殛也，誅殺也。❻牧之野：即牧野，古地名，在今河南淇縣西南，武王敗商紂於此。❼貳：二心也。虞：疑慮也。❽臨：監護也。女：同汝。二句言勿疑貳顧慮，上帝監護汝等，爲武王誓師牧野之詞。❾敦：殺伐也。旅：軍旅也。❿克：能也。咸：備也，成也。厥：其也。

王曰：「叔父❶！建爾元子❷，俾侯于魯❸。大啓爾宇❹，爲周室輔。」乃命魯公❺，俾侯于東❻；錫之山川❼，土田附庸❽。周公之孫，莊公之子❾，龍旂承祀❿，六轡耳耳⓫。春秋匪解⓬，享祀不忒⓭。皇皇后帝⓮，皇祖后稷⓯，享以騂犧⓰。是饗是宜⓱，降福既多。周公皇祖⓲，亦其福女⓳。秋而載嘗⓴，夏而楅衡㉑。白牡騂剛㉒，犧尊將將㉓。毛炰胾羹㉔，籩豆大房㉕。萬舞洋洋㉖，孝孫有慶㉗。俾爾熾而昌㉘，俾爾壽而臧㉙。保彼東方，魯邦是常㉚。不虧不崩，不震不騰㉛。三壽作朋㉜，如岡如陵㉝。

右第三章，敍伯禽封魯，傳至僖公，奉祀于祖也。

【註釋】

❶王：成王也。叔父：謂周公也。❷建：立也。元：首也。元子：周公之長子伯禽也。❸句謂成王封伯禽爲魯侯，伯禽乃魯開國之君也。❹啓：開拓也。宇：居也，謂疆域。❺魯公：伯禽也。❻東：魯在周之東也。❼錫：賜也。❽附庸：小國也，不能自達於天子，而附於大國者也。以上四句，言於是乃命魯公爲侯於東地，賜之以山川土田，並有附庸之小國也。❾莊公之子：一爲閔公，一爲僖公，此謂僖公，因閔公在位僅二年，未有可頌。❿龍旂：旗上繪有交龍者。承：奉也。祀：祭祀之禮也。⓫六轡：四馬有八轡，兩驂馬內轡納於觖，故爲六轡。耳耳：華盛貌。⓬春秋：猶言四季也。匪：同非。解：通懈。匪解：謂祭祀不懈怠也。⓭享：獻也。下同。忒：音特ㄊㄜˋ，過差也。二句言四時奉祀，不敢懈怠，獻祭未有過差也。⓮皇皇：光明也，偉大也。后帝：天帝也。⓯皇祖：太祖也，最高祖。⓰騂：音辛ㄒㄧㄣ，純赤色。下同。

騂犧：純赤色之牲也。⑰宜：凡神歆饗其祀通謂之宜。句謂神來饗用而合宜也。⑱皇祖：此指伯禽，魯始封之君。⑲其：語詞。女：指魯僖公。二句言周公及魯始祖伯禽將降福於汝也。⑳載：則也。嘗：秋祭曰嘗。㉑楅：音福ㄈㄨˊ，又音壁ㄅㄧˋ，楅衡：以横木着牛角，防其觸人也。秋祭所用之牛，於夏即楅衡之，蓋早防其觸人，以免不吉也。㉒白牡：白色雄牛也，祭周公所用之牲。剛：犅之假借字，牡牛也。騂剛：赤色牡牛也，祭魯公所用之牲。㉓犧尊：器作獸形，空其中以爲尊者也。將：音鏘ㄑㄧㄤ，將將：嚴整貌。㉔炰：音袍ㄆㄠˊ，正字應作炮。炮：燒也。毛炰：連毛裹以泥燒之也。胾：音自ㄗˋ，已切之肉也。羹：責肉之汁也。㉕籩：音邊ㄅㄧㄢ，祭時盛器，竹製曰籩，木製曰豆。大房：盛半體牲之俎，足下有跗如堂房然。㉖萬：舞之總名，兼文武之舞。文用千戚，武用羽籥。洋洋：盛大貌。㉗孝孫：謂僖公也。慶：福也。二句謂於時萬舞衆盛，而主祭之魯公有福矣。㉘爾：指僖公。熾：盛也。昌：大也。㉙臧：善也。二句謂神將使魯公盛而且大，使魯公長壽而多善。㉚常：常守不墜也。㉛震：動盪也。騰：驚動也。二句謂魯國不被震動，不受侵淩，甚爲安定也。㉜三壽：謂上壽、中壽、下壽也。上壽百二十歲，中壽百歲，下壽八十歲。此三壽即三老之意，謂國家元老也。作朋：齊等也。句謂僖公之壽，可與三壽之人相齊等也。㉝岡：同崗。句言僖公之壽，如岡之堅，如陵之固，此頌禱之辭也。

公車千乘，朱英綠縢❶，二矛重弓❷。公徒三萬❸，貝胄朱綅❹，烝徒增增❺。戎狄是膺❻，荆舒是懲❼，則莫我敢承❽。俾爾昌而熾，俾爾壽而富。黃髮台背❾，壽胥與試❿。俾爾昌而大，俾爾耆而艾⓫。萬有千歲⓬，眉壽無有害⓭。

右第四章，頌僖公之受福也。

【註釋】

❶英：纓也。朱英：矛飾也，絲纏而朱染之，以爲矛之英飾也。縢：繩也。綠縢：弓上纏以綠色之繩也。❷二矛：酋矛有二也，二矛並建於車上。重弓：謂備二弓，防折壞也。❸徒：步兵也。每車徒兵約三十，千乘則有徒兵三萬也。❹冑：盔也。貝冑：飾有貝殼之頭盔也。或以爲盔有似貝形之花紋也。綅：音纖ㄒㄧㄢ，線也。朱綅：所以綴貝爲冑之飾也。❺烝：眾也。增增：眾多貌。❻戎：西戎也。狄：北狄也。是：於是也。下同。膺：擊也。❼荆：楚之舊稱。舒：楚之與國。懲：創也，罰也。❽承：禦也，抵擋也。以上三句，言僖公與齊桓舉義兵，北當戎狄，南懲荆舒，莫之敢禦也。❾黄髮：老人髮由白而復黄也。台：同鮐。台背：背如鮐魚之文，老年皮膚乾燥之狀似之，老壽之相也。或以爲台背即駝背，年老者多有之。❿胥：相也。試：比也。句謂壽與黄髮台背者相比也。⓫耆、艾：均老壽意。⓬有：又也。句謂可活一萬又數千歲也。⓭眉壽：高壽也。年老者每有豪眉，故云。

泰山巖巖❶，魯邦所詹❷。奄有龜蒙❸，遂荒大東❹，至于海邦❺。淮夷來同❻，莫不率從❼，魯侯之功。

右第五章，頌僖公之武功也。

【註釋】

❶巖巖：積石貌，峻危可怖貌。❷詹：通瞻，仰望也。泰山爲魯之望，故曰魯邦所瞻望。❸奄：覆也。奄有：盡有也。龜：山名，在今山東泗水縣。蒙：亦山名，在今山東蒙陰縣。❹荒：擴大也，奄有也。大

東：遠東之大國也。或以爲魯東一帶之地也。❺海邦：近海之國也。以上三句，言奄有龜蒙之山，遂有東方之大國，至于近海之地也。❻同：會同也。句謂淮夷歸服，來朝魯國也。❼率從：相率而從也。

保有鳧繹❶，遂荒徐宅❷，至于海邦。淮夷蠻貊❸，及彼南夷❹，莫不率從。莫敢不諾❺，魯侯是若❻。

右第六章，仍頌僖公之武功也。

【註釋】

❶鳧：音扶ㄈㄨˊ，山名，在今山東魚台縣。繹：即嶧山，在今山東嶧縣。❷徐：國名，在今安徽泗縣北。宅：居也。徐宅：徐人之居處，即徐國。❸貊：音莫ㄇㄛˋ，蠻貊：蠻夷之人也。❹南夷：荊楚也。❺諾：應諾也，不違抗也。❻若：順也。以上五句，言淮夷蠻貊及彼南夷，莫不相率而從，莫敢違逆不應命者，皆順從魯侯者也。

天錫公純嘏❶，眉壽保魯，居常與許❷，復周公之宇❸。魯侯燕喜❹，令妻壽母❺，宜大夫庶士❻，邦國是有❼。既多受祉，黃髮兒齒❽。

右第七章，頌僖公之德也。

【註釋】

❶純：大也。嘏：音古ㄍㄨˇ，福也。❷居：住也。常、許：魯地名，二邑皆曾爲齊所侵佔，至是復反於魯也。❸宇：居也，謂疆域。魯係周公之封國，僖公時，齊桓公反魯侵地，故曰復周公之宇。❹燕：安也。

喜：猶樂也。❺令：善也。令妻：賢妻也。壽：壽考也。❻庶：眾也。句言使大夫眾士皆安適也。❼有：保有也，常有也。以上四句，言魯侯以功德而安樂，能善其妻而壽其母，和宜其大夫眾士，於是乃能常有其邦國也。❽兒齒：兒童之齒，言其整固也。或以為老人齒落，又生細者，曰兒齒，亦老壽之徵也。

徂來之松❶，新甫之柏❷，是斷是度❸，是尋是尺❹。松桷有舄❺，路寢孔碩❻。新廟奕奕❼，奚斯所作❽。孔曼且碩❾，萬民是若❿。

右第八章，述新廟成，而頌僖公也。

【註釋】

❶徂來：山名，在今山東泰安縣東。❷新甫：山名，在今山東新泰縣。❸斷：橫截也。度：剫之省體，判也，木中分之也。❹尋：八尺曰尋。以上四句，言徂來山之松，新甫山之柏，翦伐以用，斷之判之。應尋則尋，應尺則尺，以適其用也。❺桷：音角ㄐㄩㄝˊ，方椽也。舄：音系ㄒㄧˋ，大貌。有舄：即舄然。❻路寢：正寢也。孔：甚也。下同。碩：大也。❼新廟：謂閟宮也。奕奕：高大貌。❽奚斯：魯大夫公子魚之字也。奚斯所作：謂祖廟由奚斯所主持建成也。❾曼：長也。❿若：順也。句言萬民皆順從魯侯也。

【欣賞品評】

方玉潤曰：

此詩褒美失實，制作又無關緊要，原不足存。其所以存者，以備體耳，蓋頌中變格，早開西漢揚、馬先聲。固知其非全無關係也。

守亮案：

詩序云：「閟宮，頌僖公能復周公之宇也。」詩序之說，淸方玉潤已駁其非。詩首尾皆以廟言，復土宇僅詩中一端，何以能賅全詩？詩序之說，斷不可從。朱傳云：「閟宮時蓋修之，故詩人歌咏其事，以爲頌禱之詞；而推本后稷之生，而下及于僖公耳。」朱傳之說，淸姚際恆亦駁其非。蓋末章明言「新廟奕奕，奚斯所作。」豈修舊廟乎？蓋閟宮卽新廟，集傳未喻斯旨，亦恐非是。至所作新廟爲何廟？或以爲姜嫄之廟，或以爲后稷之廟，或以爲周公之廟，或以爲莊公之廟，或以爲閔公之廟；然皆臆測，而無實據，闕疑可也。又此詩之作者，舊多云爲奚斯；然詩中明言奚斯作廟，非作詩也。細審詩篇，中有「莊公之子」。莊公之子，其一閔公，在位不久，未有可頌。其一僖公，此必頌僖公可知也。詩又言「新廟奕奕」，此當係王靜芝先生所謂「此新廟已成，僖公祀於廟，史臣作頌」之詩也。詩則三百中最爲長篇，除首二句領閟宮起，末章作廟收，首尾相應外。中間歷頌周之先祖，開國文武及伯禽封魯，傳至僖公之德。其所以又浩衍其詞，侈公車公徒之盛，誇龜蒙鳧繹之宏，而膺夷狄，懲荆舒，同淮夷，荒徐宅，氣象堂皇非凡者。蓋魯之積弱也久矣，史臣特就此肆作描繪以震動之，而見其聲威也。全詩浩衍恣肆，暢所欲言，極文章之大觀；鋪張揚厲，意酣辭贍，開漢賦之先聲。惟敍事近冗而語句過多，亦不無複雜之病也。且時至春秋，諂諛之意多，規諫之風少。僖公庸主耳，尙如此頌之，則其他亦可知矣。

商頌

商頌五篇，舊說以爲商代詩。朱傳云：「契爲司徒，而封於商。傳十四世而湯有天下。其後三宗迭興，及紂無道，爲武王所滅，封其庶兄微子啟於宋，脩其禮樂，以奉商後。其地在禹貢徐州泗濱，西及豫州盟豬之野。其後政衰，商之禮樂日以放失。七世，至戴公時，大夫正考父得商頌十二篇於周大師。歸以祀其先王。至孔子編詩，而又亡其七篇。然其存者亦多闕文疑義，今不敢强通也。商都亳，宋都商丘。」亳在今河南省商丘縣西南。商丘卽今河南省商丘縣。商頌爲宋之詩，非商代作品，詳見前緒論詩之時代一節。屈萬里先生亦曰：「殷武之篇，爲美宋襄公無疑，然非正考父所作。餘篇疑亦宋襄公時所作。蓋襄公修行仁義，稱覇一時，自念爲王者之後，因制禮作樂，以仿有周，而作此頌，乃甚自然之事。其人其事，正與魯僖公相似也。要之，今存商頌五篇，其文辭多襲周頌及大雅；而殷武所詠史實，又非宋襄公莫屬。在在可以證知其非作於商代而作於宋國也。」傅斯年曰：「宋襄公卒於魯僖卒前十年，則魯頌商頌同代，而魯頌稍後也。」朱傳謂今存五篇多闕文疑義，亦未必然。如有之，則殷武第三章，最後或脫一句耳。

商頌 共五篇

一、那

此祭祀成湯之詩。

猗與那與❶！置我鞉鼓❷，奏鼓簡簡❸，衎我烈祖❹。湯孫奏假❺，綏我思成❻；鞉鼓淵淵❼，嘒嘒管聲❽；既和且平，依我磬聲❾。於赫湯孫❿，穆穆厥聲⓫；庸鼓有斁⓬，萬舞有奕⓭；我有嘉客⓮，亦不夷懌⓯？自古在昔⓰，先民有作⓱：溫恭朝夕⓲，執事有恪⓳。顧予烝嘗⓴，湯孫之將㉑。

右那全篇一章，歷陳樂聲舞容，溫恭恪敬，以頌成湯也。

【註釋】

❶猗：音依一，與：讀為歟ㄩˊ，語詞，猶兮。那：音挪ㄋㄨㄛˊ，猗那：同婀娜，美盛之貌。❷置：植也，樹立也。或以為持也。鞉：音桃ㄊㄠˊ，同鼗，如鼓而小，有柄，兩耳，持其柄搖之，則旁耳自擊鼓，如今小兒之搖鼓。❸簡簡：聲之和而大也。❹衎：音看ㄎㄢˋ，樂也。烈祖：有功業之祖先也，指成湯而言。❺

湯孫：成湯之孫，自大甲以下皆是，此主祭者，或即宋襄公。奏：進也。假：音格ㄍㄜˊ，至也。奏假：言神來至也。祈神之降臨，亦曰奏假，此謂湯孫祭祀以祈先祖之神來格也。❻綏：安也。思：語詞。成：備也，福也，平也。以上六句，言美哉盛典，立我之鞉鼓，鼓聲既和而大，以愉樂我之烈祖。湯孫祈神降臨，以安我而享太平之福也。❼淵淵：鼓聲深遠也。❽嘒：音惠ㄏㄨㄟˋ，嘒嘒：吹管聲清亮也。❾依：倚也，相配合也。以上四句，言鞉鼓淵淵然深遠，管聲嘒嘒然清亮，既和且平，鼓管聲與玉磬聲高下疾徐相應和也。❿於：音烏ㄨ，歎詞。赫：顯赫也。⓫穆穆：和美也。厥：其也。句謂樂聲和穆幽美也。⓬庸：通鏞，大鐘也。斁：音亦ㄧˋ，盛貌。有斁：即斁然。⓭萬：舞之總名，兼文武之舞。文用干戚，武用羽籥。奕：音亦ㄧˋ，盛大貌。有奕：即奕然。⓮嘉客：謂與祭者也。⓯亦：語詞。夷：悅也。懌：音亦ㄧˋ，亦悅也。句言豈不愉悅而和暢也。或以爲不，通丕，大也。⓰自古在昔：猶今語自古往昔時。⓱有作：有所作爲也，意謂立有定規，指下文朝夕言。⓲溫：和也。恭：謹也。⓳恪：音客ㄎㄜˋ，敬也。有恪：即恪然。二句言朝夕持溫和恭謹之態，執事恪敬，以法古人也。⓴顧：謂神來顧也。烝：冬祭曰烝。嘗：秋祭曰嘗。此並言之，統謂四時之祭也。㉑將：進奉也。二句言神其來顧我之烝嘗，此烝嘗乃湯孫之所進奉也。

【欣賞品評】

朱謀㙔曰：

湯之功德偉矣，宜有可述。此詩獨舉鞉鼓管磬庸鼓之聲，與萬舞之奕者何哉？商人尚聲，聲之盛，是德之盛也。湯之功德，自有大濩之樂。此所謂聲，即大濩之聲耳。

方玉潤曰：

詩雖祀湯而不言湯之功德，獨舉鞉鼓管磬庸鼓之聲與萬舞之奕者，說者謂商人尚聲，聲之盛是德之盛也。故審音以知樂，觀樂而知德。非湯盛德，孰克當此！故商頌以那為首者此爾。

守亮案：

詩序云：「那，祀成湯也。微子至于戴公，其間禮樂廢壞，有正考甫者得商頌十二篇於周之大師，以那爲首。」此語蓋本國語魯語閔馬父之言：「昔正考父校商之名頌十二篇於周大師，以那爲首。」國語之言，是謂正考父作頌，校於周太師。而序謂得商頌十二篇。序意是謂商頌爲商代之作，至宋正考父得之。詩序以那爲祀成湯之詩甚是，但其以商頌爲商詩之說必非。清魏源證商頌爲宋襄公時正考父祭商先祖而頌君德之詩，頗爲有據。又王國維亦以商頌當爲宋詩，不爲商詩。以殷虛卜辭中祭禮典制文物，商頌中一無可尋；而人名地名，與殷時不類，反與周時相近。所用成語，不類周初，而類宗周中葉以後也。屈萬里先生以爲文辭多襲周頌及大雅者亦在此。細審那詩，詩意溫恭恪敬，文辭簡典嚴峻，當作宋襄公時祭祀成湯宗廟之詩也。詩則通篇特重一聲字，蓋商人尚聲使然也。故詩中四言鼓、一言管，一言磬。蓋鼓以起之，而鞉先兆之，管復應之，磬乃收之也，起止明白。首六句，總言奏樂期格乎湯也。「鞉鼓淵淵」以下四句，寫聲如淵淵嘒嘒，既和且平也。依磬爲節，恍然有一闋既畢，復奏一闋之妙。「於赫湯孫」以下六句，鏞鼓交作，萬舞盈庭，主祭之湯孫，與祭之嘉客，無不歡欣喜悅也。「以古在昔」以下六句，溫恭恪敬，拳拳思慕，願神格降來饗，回應烈祖也。中間「穆穆厥聲」句，明點聲字，以醒人目。上結鞉鼓管磬，下起庸鼓萬舞，尤爲扼要。三言湯孫，親之之詞，係著意語，非泛塡也。全詩不獨盛言樂聲之妙，文字亦自有起落也。

二、烈　祖

此亦祭祀成湯之詩。

嗟嗟烈祖❶，有秩斯祜❷。申錫無疆❸，及爾斯所❹。既載清酤❺，賚我思成❻。亦有和羹❼，既戒既平❽。鬷假無言❾，時靡有爭❿。綏我眉壽⓫，黃耇無疆⓬。約軝錯衡⓭，八鸞鶬鶬⓮。以假以享⓯，我受命溥將⓰。自天降康⓱，豐年穰穰⓲。來假來饗⓳，降福無疆。顧予烝嘗⓴，湯孫之將㉑。

右烈祖全篇一章，歷陳清酤和羹，戒謹誠敬，以頌成湯也。

【註釋】

❶嗟嗟：歎美聲。烈祖：有功業之先祖也，指成湯而言。❷秩：大貌。有秩：即秩然。祜：福也。二句言

嗟嗟有功業之祖成湯，有此秩然大福也。❸申：重也。錫：賜也。❹爾：主祭之君也。斯所：此處所，謂祭之所，指主祭之人也。二句言天又再賜之以福至無疆之期，而其福乃能降及爾主祭者之處所也。❺載：設也。酤：音古ㄍㄨˇ，酒也。❻賚：音賴ㄌㄞˋ，賜也。思：語詞。成：備也，福也，平也。二句言既設清酒以獻神，而祈賜我安享太平之福也。❼和羹：調和五味之羹也，即鉶羹。❽戒：戒慎也。平：和也，謂味調勻和也。二句言亦進有和五味之羹，既戒慎而味調勻和也。❾鬷：音宗ㄗㄨㄥ。假：音格ㄍㄜˊ，至也。鬷假：即奏假，神來曰奏假，祈神之降臨亦曰奏假。無言：敬肅也。❿時：是也。靡：無也。爭：爭吵之聲也。二句言祈神降臨，於時敬肅無言，亦無爭吵之聲也。⓫綏：安也。眉壽：高壽也。年老者每有豪眉，故云。⓬黃：黃髮也，老人髮白而復黃也。耇：音苟ㄍㄡˇ，老也。或以爲耇，凍梨也。謂老人面色如凍梨也。二句言神乃將安我以老壽，至黃耇無疆也。⓭約：約束也。軝：音祈ㄑㄧˊ，長轂也。戎車轂長，故以皮纏轂以保護鞏固之。錯：文采也。衡：轅前端之橫木也。錯衡：謂橫木有文采也。⓮鸞：鈴之在鑣者也，馬口兩旁各一，一車四馬故曰八鸞。鶬：音槍ㄑㄧㄤ，鶬鶬：鈴聲也。二句言與祭者，約轂錯衡，八鸞鶬然和鳴，乘車而至也。⓯假：音格ㄍㄜˊ，至也。下同。享：獻也。⓰溥：廣也，大也。將：長也，大也。二句言與祭者來祭，獻祭其方土之所有；我受天命，既廣且大也。⓱康：安康也。⓲穰：音攘ㄖㄤˊ，穰穰：收穫之多也。二句言天降以康安，而豐年多穫也。⓳假：神來曰假，祈神之來亦曰假。饗：受用祭品也。⓴顧：謂神來顧也。烝：冬祭曰烝。嘗：秋祭曰嘗。此並言之，統謂四時之祭也。㉑將：進奉也。二句言神其來顧我之烝嘗，此烝嘗乃湯孫之所進奉也。

【欣賞品評】

龍仿山曰：

烈祖起，湯孫結，首尾照應與那篇同。第一言聲樂，一言飲食。言聲樂則舉鞉鼓磬管，言飲食則擧清酒和羹。聲樂則曰：「既和且平」，飲食則曰：「既戒既平」。而一則曰：「綏我思成」，一則曰：「賚我思成」。一則及於嘉客，一則及於嘉客之車馬。而其為奏假則同也，其不同者：前篇為灌獻，故曰：「執事有恪」；此篇為祝釐，故曰：「降福無疆」。明是一人手筆，故結構相同，不但首尾照應如一也。

守亮案：

詩序云：「烈祖，祀中宗也。」詩序之說，清人姚際恒，近人王靜芝先生並駁斥其非。中宗爲湯之玄孫大戊，然詩中全無此類言語，亦無旁證，臆測之辭。詩序之說，恐不可信。自來說解此詩者，多從朱傳「此亦祀成湯之樂」之說。細審詩篇，中有清酤、和羹之詞。詩末又有「顧予烝嘗，湯孫之將」之語，結語與那相同。此亦當係祭祀成湯之詩也。惟一祭兩詩，其分別在那則專言聲，始作樂時歌之；烈祖則兼言酒與饌，既祭五獻薦熟時歌之也。詩則起首之所以云嗟嗟，言烈祖而云嗟嗟者，以商尙質故也。若周頌，則言於穆、於皇，如此則近於文矣。又云清酤，酤，一宿酒也，造之一夜而熟；酒只用一宿而成者，亦見其尙質也。質則質矣，但戒謹未削，誠敬不減。「既戒既平」，「以假以享」是也。無言，靡爭亦是也。又詩中不僅祈無疆壽福，亦祈天降安康，穰穰豐年，命意亦自遠大，此牛運震所謂「間有和大之筆，亦不失爲簡質」之所在也。

三、玄鳥

此祭祀高宗之詩。

天命玄鳥❶，降而生商❷，宅殷土芒芒❸。古帝命武湯❹，正域彼四方❺。方命厥后❻，奄有九有❼。商之先后，受命不殆❽，在武丁孫子❾。武丁孫子，武王靡不勝❿。龍旂十乘⓫，大糦是承⓬。邦畿千里⓭，維民所止⓮，肇域彼四海⓯。四海來假⓰，來假祁祁⓱。景員維河⓲，殷受命咸宜⓳，百祿是何⓴。

右玄鳥全篇一章，頌高宗武丁之德，由契之始生，湯之初有天下敘起。

【註釋】

❶玄鳥：燕也，相傳高辛氏妃簡狄，呑燕卵而生契。❷生商：謂生契也。契爲堯時司徒，佐禹治水有功，封於商，賜姓子氏，是爲商之始祖，故曰生商。❸宅：居也。殷：地名，殷土：指商地，即今之河南商邱縣。芒芒：大貌。❹古：昔也。帝：上帝也。武湯：有武德之湯也。❺正：治也。或讀如本字。域：封域也。二句言昔上帝命有武德之湯，治彼四方之域也。❻方：古通旁，徧也，並也。后：君也，謂諸侯。❼奄：覆也。奄有：盡有也。九有：九州也。二句言乃徧告諸侯，盡擁有九州之地而王天下也。❽殆：與怠

通。❾武丁：高宗也。武丁孫子：即武丁，孫子者指武丁爲先后之孫子也。以上三句，商之先后，受天命而不怠，故其所成之福，降于武丁孫子也。❿武王：湯之號也。靡：無也。勝：音升ㄕㄥ，堪也，任也。二句謂凡武王所爲，武丁無不能爲也。⓫旂：音旗ㄑㄧˊ，龍旂：旗之繪有交龍者。乘：音剩ㄕㄥˋ，四馬也。⓬糦：音至ㄓˋ，饎之或體，酒食也。大糦：猶言盛饌，此謂祭祀所用之酒食也。承：進奉也。二句言諸侯賓服，皆龍旂十乘，進奉盛饌而來助祭也。⓭畿：音基ㄐㄧ，王畿也，京師四周天子直轄地區。⓮維：語詞。相當於乃字。下同。止：居也。⓯肇：開也。以上三句，言王畿本千里，是其民之所安居者；王畿之外，又開拓疆域至於四海也。⓰假：音格ㄍㄜˊ，至也。⓱祁祁：眾多貌。二句言四海諸侯助祭來至者眾多也。⓲景：大也。員：音元ㄩㄢˊ，通隕，指幅隕。幅謂寬度、面積；員謂周遭，幅員謂疆域也。河：黃河也，商境三面皆河，故云。⓳咸宜：皆能宜也。⓴何：音賀ㄏㄜˋ，同荷，負荷也，承受也。以上三句，言商之疆域，在黃河所流經之地，亦已大矣！以殷之受天命咸能合宜，故負荷百福也。

【欣賞品評】

李樗曰：

此詩歷言殷之先祖，其實為高宗設也。高宗，中興之主也。商之先祖，能正四方，故奄有天下。其政中微，則諸侯必有不服者。高宗既興之後，能肇域彼四海，是以四海之諸侯，莫敢不服。此詩大抵言奄有天下之由，而發揚高宗能紹祖宗之舊，服諸侯之心也。祀高宗而指武丁者，蓋以諱事神者，周人之制也。自周以前，則未嘗諱之也。

守亮案：

詩序云：「玄鳥，祀高宗也。」高宗，殷王武丁也。自來說解此詩者，多從詩序之說。細審詩篇，詩中明言「武丁孫子」。所謂孫子者，武丁也；對湯言，故曰孫子。此當係宋國祭祀其先祖殷高宗武丁之詩，詩序之說是也。詩則祀高宗而先述祖德，故詩前半追述湯之奄有九有，此又由其始祖契誕生之傳說追敍起。後半歸重武丁之中興能「肇域彼四海」，以復成湯之舊。武湯正域，武丁肇域，疆域日益擴大，故由「殷土芒芒」，「奄有九有」，終至「四海來假，來假祁祁」也。孟子亦曰：「武丁朝諸侯，有天下，猶運之掌也。」可爲此作註脚。而「邦畿千里」，「景員維河」，又寫盡殷都轄區之廣，山河形勢之勝也。中興雄邁氣概，盡情描繪出。商雖云尙質樸，而語亦壯麗浮夸矣，堪稱佳構。故方玉潤亦有「詩骨奇秀，神氣渾穆，而意亦復雋永，實爲三頌壓卷」之言也。

四、長發

此亦祭祀成湯之詩。

濬哲維商❶，長發其祥❷：洪水芒芒❸，禹敷下土方❹。外大國是疆❺，幅隕既長❻。有娀方將❼，帝立子生商❽。

右第一章，述商之始受命也。

【註釋】

❶濬：音瑞ㄖㄨㄟˋ，睿之假借，濬哲：睿智明哲也。商：謂商世代之君也。❷長：久也。句謂商之發祥也已久矣。❸芒芒：大貌。❹敷：鋪也，平也。下土方：猶言下國也。二句言自昔洪水廣大，禹平治之後，商即有其國也。❺外大國：王畿以外之諸侯也。疆：疆界也。❻幅：寬度也，面積也。隕：音元ㄩㄢˊ，幅隕：即疆域也。長：廣大也。二句言諸大國皆在疆域之中，版圖乃廣大也。❼娀：音松ㄙㄨㄥ，有娀：國名，故地在今山西永濟縣左近。此指有娀氏之女契母簡狄也。將：謂迎娶也。❽生商：謂生契也。上帝命燕遺卵使簡狄呑之而生契，契為堯時司徒，佐禹治水有功，封於商，賜姓子氏，是為商之始祖，故曰生商。

玄王桓撥❶，受小國是達❷，受大國是達❸。率履不越❹，遂視既發❺。相土烈烈❻，海外有截❼。

右第二章，述契及相土之業也。

【註釋】

❶玄王：契也。桓撥：剛勇也。又桓，大也。撥，治也。❷受：領受也。達：通也。❸以上三句，言玄王契剛勇，領受小國大國而治之，皆能通達得宜也。蓋其國由小而大，無不治而宜之也。❹率：循也。履：禮也。越：踰越也。❺遂：徧也。又就也。視：觀察也。發：謂教令盡行也。二句謂循禮而動，不稍踰越；循視所治，教令盡行也。❻相土：契之孫也。烈烈：威盛貌。❼截：整齊之貌。有截：即截然。下同。二句言相土威盛，四海之外率服，截然整齊，無不服者也。

帝命不違，至于湯齊❶。湯降不遲❷，聖敬日躋❸。昭假遲遲❹，上帝是祗❺。帝命式于九圍❻。

右第三章，述湯之德也。

【註釋】

❶齊：讀如濟ㄐㄧˋ，成功也。二句言商於天命，能承行不違，故至湯而成功也。❷降：生也。不遲：言適逢其時也。❸躋：音基ㄐㄧ，升也。二句言其聖明敬謹之德，日有升進也。❹昭：明也。假：音格ㄍㄜˊ，至也。昭假：謂祈神之昭然降臨也。遲遲：久也。❺祗：音支ㄓ，敬也。二句言其祈神之誠，久而不懈，惟上帝是敬也。❻式：法也。圍：域也。九圍：九域也，即九州。句謂帝命湯爲九州之典範，即命湯統制九州也。

受小球大球❶，爲下國綴旒❷。何天之休❸，不競不絿❹，不剛不柔❺。敷政優優❻，百祿是遒❼。

右第四章，續述湯之德也。

【註釋】

❶受：受之於天也。球：法則也。又玉也。❷下國：畿外諸侯之國也。綴：音墜ㄓㄨㄟˋ，表也。旒：音流ㄌㄧㄡˊ，章也。綴旒：表章也，即表率。二句言湯無論受小法大法於天，皆能以身作則，爲下國表率也。❸何：音賀ㄏㄜˋ，同荷，負荷也，承受也。下同。休：讀爲庥ㄒㄧㄡ，福祥也，美也。❹競：爭也。絿：

音求ㄑㄧㄡˊ，急也。❺不剛不柔：謂剛柔適中也。以上三句，言湯承荷上天所降之善福，不爭逐，不急進；不失之過剛，亦不失之過柔也。❻敷：布也，施也。下同。優優：溫和貌。❼遒：音酋ㄑㄧㄡˊ，聚也。二句言行其政優優然和順，於是百福聚於湯焉。

受小共大共❶，爲下國駿厖❷。何天之龍❸，敷奏其勇❹。不震不動，不戁不竦❺，百祿是總❻。

右第五章，續述湯之德也。

【註釋】

❶共：讀如拱ㄍㄨㄥˇ，法也。❷駿：大也。厖：音旁ㄆㄤˊ。駿厖：庇護也。❸龍：寵也。❹奏：告也，陳也。二句言荷承上天之寵，布陳其武勇也。❺戁：音難ㄋㄢˊ，恐也。竦：音聳ㄙㄨㄥˇ，懼也。❻總：聚合也。以上三句，言無震動戁竦，國境平安，百祿乃聚於湯也。

武王載旆❶，有虔秉鉞❷，如火烈烈，則莫我敢曷❸。苞有三蘖❹，莫遂莫達❺。九有有截❻。韋顧既伐❼，昆吾夏桀❽。

右第六章，述湯為民除暴，滅夏有天下之武功也。

【註釋】

❶武王：指商湯。載：設也。旆：音沛ㄆㄟˋ，旗也。設旗將用兵也。❷虔：敬也。又威武也。有虔：即虔然。秉：持也。鉞：音越ㄩㄝˋ，大斧也，兵器之一種。❸曷：同遏，阻止也。❹苞：根也，以喻夏。蘖：

音孽ㄋ一ㄝ˙，樹木斬伐後復生之芽也。三蘖：喻韋、顧、昆吾，夏之三與國。❺遂、達：皆謂順遂生長也。二句言莫使三蘖順遂生長，謂被湯所滅也。❻九有：九州也。句言九州率服，截然整齊，無不服者。❼韋：國名，在今河南滑縣東南。顧：國名，在今山東范縣東南。❽昆吾：國名，在今河北濮陽縣。二句言韋顧二國，既已伐而平之矣，乃伐昆吾，而卒滅夏桀以王天下也。

昔在中葉❶，有震且業❷。允也天子❸，降予卿士❹：實維阿衡❺，實左右商王❻。

右第七章，述湯受天命，而天賜卿士伊尹以佐命作結也。

【註釋】

❶中葉：中世也。謂湯未興時。❷震：驚動也。業：危殆也。二句言在昔中世，湯未興時，國曾驚危不安也。❸允：信也。句言信哉名副其實之天子，謂湯也。❹降：謂天賜降下也。卿士：謂生賢佐也。❺實維：是爲也。阿衡：官名，謂伊尹也。❻左右：即佐佑，謂輔佐之也。商王：謂湯也。

【欣賞品評】

陳櫟曰：

此詩頌湯之興，而推本於契之始。湯武德之盛如此，本其所以聖者，不越乎敬而已。是敬也，卽契率履不越之心也；率履不越之心，卽舜命之以敬敷五教之心也。

守亮案：

詩序云：「長發，大禘也。」禘者，禘其祖之所自出，以其祖配之。朱傳云：「此宜爲祫祭之詩。」祫者，大合先祖親疏遠近也。詩序朱傳之說，清姚際恆已駁其非。蓋詩未及契之所自出帝嚳，故非禘也；此詩下及湯而不及群廟之主，故又非祫也。詩序朱傳之說，斷不可從。細審此詩，自三章後皆稱頌成湯功德，此當係宋君祀成湯之詩，屈萬里先生「此蓋亦祀成湯之詩」之說是也。詩則首二句籠罩全篇，氣象端正吉祥。突接「洪水芒芒」，現出禹來，有石破天驚之妙。落到「有娀方將」二句，何等鄭重！次章首提玄王，自是文中主腦；章末相土二句，亦自遙追玄王。三章明頌成湯，又是大主腦。兩提帝命，固屬分外鄭重；尤妙能寫出聖人心法，如「聖敬日躋」語，直是截金爲句。文王曰「昭事上帝」；成湯曰「上帝是祗」，先聖後聖，其揆一也。四章五章，竭力鋪張，然却是外面文字，以精蘊已盡於前一章也。六章接敷奏其勇，說來却是一武字。六百載皇基創業，全在此章；筆端亦具有「如火烈烈」之勢。「有虔秉鉞」，所謂恭行天罰也，四字簡嚴可畏。末章以阿衡作結，與大明篇「維師尙父」一例。然寫阿衡之功，用左右二字了之，筆力尙簡；視大明篇於尙父下演作四五句，微覺夸而泛矣。矜嚴之至，後人何從夢見？此龍仿山所曾言之者也。

五、殷武

此宋襄公以伐楚功，告於新廟之詩。

撻彼殷武❶，奮伐荊楚❷，罙入其阻❸，裒荊之旅❹。有截其所❺，湯孫之緒❻。

右第一章，述伐荊楚之功也。

【註釋】

❶撻：音踏去ㄚˋ，疾貌，勇武貌。殷武：殷之武力也。宋爲殷之後，故在春秋時猶有殷商之稱。❷奮：奮起也。荊：亦楚也，春秋於僖公元年始稱荊曰楚，荊楚異呼而同爲一名。❸罙：音彌ㄇㄧˇ，深也。阻：險阻之地也。❹裒：音抔ㄆㄡˊ，取也。旅：眾也。下同。二句言伐楚深入其險阻，虜取其士眾也。❺截：整齊之貌。有截：即截然。其所：其處所也，即楚地。❻湯孫：成湯之孫，自大甲以下皆是，此指宋襄公。緒：功業也。二句謂截然而平其楚地，乃湯孫襄公之功業也。

維女荊楚❶，居國南鄉❷。昔有成湯，自彼氐羌❸，莫敢不來享❹，莫敢不來王❺。曰商是常❻。

右第二章，述戒責荊楚不得非禮也。

【註釋】

❶女：汝也。❷鄉：同向。南鄉：南方也。楚在宋之南，故云。❸氐、羌：皆西方夷狄之國。❹享：獻也，謂進貢。❺王：音旺ㄨㄤˋ，遠方諸侯一世一見天子曰王。以上三句，言昔在成湯之世，彼氐羌之國，遠在隴西，然莫敢不來獻，莫敢不來王，以盡人臣之職也。❻曰：語詞。常：通尚，崇尚也。句言維商是輔也。

又常讀如本字，常禮也。言諸侯來獻來見，是商之常禮也。

天命多辟❶，設都于禹之績❷。歲事來辟❸，勿予禍適❹。稼穡匪解❺。

右第三章，述商盛時諸侯之賓服也。

【註釋】

❶辟：君也。多辟：謂諸侯。❷都：都城也。績：通蹟，迹也。句謂立國於禹所治之地也。❸歲事：歲時朝見之事也。來辟：來王也。❹予：與也。適：借爲謫，譴責也，懲罰也。二句言歲時來朝於商，祈王勿加以禍責也。❺稼：種之曰稼。穡：收之曰穡。對言之其義如此；散言之則稼穡義通，即從事農作，種田。匪：同非。解同懈。句言諸侯於稼穡農事，不敢懈怠也。

天命降監❶，下民有嚴❷。不僭不濫❸，不敢怠遑❹。命于下國❺，封建厥福❻。

右第四章，述商之承天命，監下民也。

【註釋】

❶監：視也。❷下民：在下之民也。嚴：威嚴也。有嚴：即嚴然。二句謂天命有嚴，降監下民也。❸僭：音賤ㄐㄧㄢˋ，越其本分也。濫：過而不得其當也。❹遑：暇也。二句言商之君不敢越分，不敢濫行，不敢懈怠偷懶也。❺下國：各國諸侯也。❻封：大也。厥：其也。

商邑翼翼❶，四方之極❷。赫赫厥聲❸，濯濯厥靈❹。壽考且寧，以保我後生❺。

右第五章，述商先德，宅中國，保後生，大一統之狀也。

【註釋】

❶商邑：商之都城也。此當指宋都商丘，今河南商丘縣。翼翼：整飭貌。❷極：中也。二句言商之都邑翼翼整飭，爲四方之中也。❸赫赫：顯盛貌。❹濯濯：光明貌。二句謂商之祖先有顯赫之聲威，光明之英靈也。❺後生：謂宋襄公。二句互易見義，謂商之祖先，保佑其後生壽考且寧也。

陟彼景山❶，松柏丸丸❷。是斷是遷❸，方斲是虔❹。松桷有梴❺，旅楹有閑❻。寢成孔安❼。

右第六章，述廟寢成，神居之安以作結也。

【註釋】

❶陟：音至ㄓˋ，登也。景：大也。或以爲景山，山名，在商丘附近。❷丸丸：平滑條直之貌。❸是：助詞。猶於是也。斷：斬伐也。遷：移也。❹方：猶是也。斲：音卓ㄓㄨㄛˊ，以斧砍之也。虔：截也，伐也。二句言於是斷而遷之以爲材，砍而截之以備用也。❺桷：音角ㄐㄩㄝˊ，方形屋椽也。梴：音攙ㄔㄢ，木長貌。有梴：即梴然。❻旅：衆也。楹：堂室前之立柱也。閑：大貌。有閑：即閑然。二句言松椽甚長，眾柱頗大也。❼寢：廟也。孔：甚也。句謂寢廟築成，神居之甚安也。

【欣賞品評】

顧廣譽曰：

「商邑翼翼，四方之極。」建首善自京師始，國治而天下平也。赫聲濯靈，其道在「不僭不濫，不敢怠遑。」賢王事業，總從小心敬畏來；若專恃兵威，則已末矣。

守亮案：

詩序云：「殷武，祀高宗也。」蓋以奮伐荊楚一語而言。然春秋於僖公元年始稱荊曰楚，豈可歸之高宗？且詩亦無祭祀意。詩序之說，斷不可從。伐荊楚爲宋襄公元年事，見僖公十五年及廿二年。細審詩篇，一章言伐荊楚之功，五章頌先祖之德，六章述廟寢之成，此當係王靜芝先生「此宋襄公成新廟，以伐楚告於廟」之說之詩也。詩則首章起二句單刀直入，不作冒頭，有異軍特起，石破天驚之勢。二章述遠者尙來享來王，以戒近者亦當然也。三章四章，並提天命，各立其國而爲商臣，歲時來朝，祈勿罪責。承天命，監下民，大建其國，孰敢不賓服？以上三章，皆作告諭戒責語。五章乃正面文章，陳商赫赫然顯盛之聲，濯濯然光明之靈。邑中土，保後生，自是王者氣象，與「居國南鄉」之荊楚，作反對之勢。末章以作廟結之，與閟宮文義略同。筆意謹嚴，語自簡古，實非後人所能企及。

國家圖書館出版品預行編目資料

詩經評釋

朱守亮著. — 初版. — 臺北市：臺灣學生，1984
面；公分

ISBN 978-957-15-0643-2（一套：平裝）

1. 詩經 — 評論

831.18 83007429

詩經評釋（全二冊）

著作者 朱守亮
出版者 臺灣學生書局有限公司
發行人 楊雲龍
發行所 臺灣學生書局有限公司
地址 臺北市和平東路一段 75 巷 11 號
劃撥帳號 00024668
電話 (02)23928185
傳真 (02)23928105
E-mail student.book@msa.hinet.net
網址 www.studentbook.com.tw
登記證字號 行政院新聞局局版北市業字第玖捌壹號
定價 新臺幣一〇〇〇元

一九八四年十月初版
二〇一七年六月初版四刷

09306

ISBN 978-957-15-0643-2（一套：平裝）